UMA VIDA E TANTO

Também de Emily Henry

Lugar feliz
Loucos por livros
De férias com você
Leitura de verão
Nem te conto

EMILY HENRY

UMA VIDA E TANTO

Tradução
Carolina Simmer
Giovanna Chinellato

1ª edição

Rio de Janeiro-RJ / São Paulo-SP, 2025

VERUS
EDITORA

Título original
Great, Big, Beautiful Life

ISBN: 978-65-5924-370-9

Copyright © Emily Henry Books, LLC, 2025
Publicado mediante acordo com a autora, a/c Baror International, Inc., Armonk, NY, EUA.

Tradução © Verus Editora, 2025
Direitos reservados em língua portuguesa, no Brasil, por Verus Editora. Nenhuma parte desta obra pode ser reproduzida ou transmitida por qualquer forma e/ou quaisquer meios (eletrônico ou mecânico, incluindo fotocópia e gravação) ou arquivada em qualquer sistema ou banco de dados sem permissão escrita da editora.

Verus Editora Ltda.
Rua Argentina, 171, São Cristóvão, Rio de Janeiro/RJ, 20921-380
www.veruseditora.com.br

CIP-BRASIL. CATALOGAÇÃO NA PUBLICAÇÃO
SINDICATO NACIONAL DOS EDITORES DE LIVROS, RJ

H451v

Henry, Emily
    Uma vida e tanto / Emily Henry ; tradução Carolina Simmer, Giovanna Chinellato. – 1. ed. – Rio de Janeiro : Verus, 2025.

    Tradução de: Great big beautiful life
    ISBN 978-65-5924-370-9

    1. Ficção americana. I. Simmer, Carolina. II. Chinellato, Giovanna. III. Título.

25-96456   CDD: 813
                             CDU: 82-3(73)

Meri Gleice Rodrigues de Souza – Bibliotecária – CRB-7/6439

Revisado conforme o novo acordo ortográfico.

Seja um leitor preferencial Record.
Cadastre-se e receba informações sobre nossos
lançamentos e nossas promoções.

Atendimento e venda direta ao leitor:
sac@record.com.br

*Para minha mãe e minhas três avós.
A vida é complicada. O amor de vocês nunca foi.*

1

EXISTE UM VELHO ditado sobre histórias e como elas sempre têm três versões: *a sua, a minha e a verdade*. O autor da frase trabalhava na indústria cinematográfica, mas ela também vale para o jornalismo.

Precisamos ser imparciais. Precisamos apresentar fatos. Juntamos os fatos até chegarmos à verdade.

Fato: Robert Evans — produtor, executivo de cinema e ator, que cunhou esse mantra bonito sobre a verdade — foi casado sete vezes.

Fato: Eu, Alice Scott — jornalista do *The Scratch*, aspirante a biógrafa e sem muito para falar de mim além disso — não estou nem oficialmente namorando o homem com quem saio há sete meses.

Fato: Com um metro e setenta e cinco, Robert Evans tinha exatamente a minha altura.

Fato: Minha vida talvez esteja prestes a mudar por completo, e, em vez de sair correndo na direção da adorável cerca branca que me separa de um sonho que tenho desde que me entendo por gente, estou sentada no meu carro alugado, com o ar-condicionado no talo, lendo a página do IMDb de um homem cujo nome eu desconhecia até três minutos atrás só porque a frase que ele proferiu sobre histórias surgiu na minha cabeça, e também porque estou enrolando.

Neste momento, estou bem mais empolgada do que nervosa, mas ainda assim não dá para negar que estou *bem* nervosa. Respirando fundo uma última vez, desligo o carro e abro a porta.

O calor abafado de meio-dia do verão da Geórgia me acerta imediatamente por todos os lados, uma sensação familiar e muito amada que só melhora com a brisa salgada vinda do mar que cerca a ilha Little Crescent.

Verifico mais uma vez se peguei o caderno, o gravador e as canetas e, em seguida, fecho a porta e me inclino para dar uma olhada na minha franja, cada vez mais úmida, pelo espelho retrovisor lateral.

Tento conferir um ar de naturalidade para o meu sorriso. É importante que eu pareça estar de boa para o que estou prestes a fazer.

Fato: Nunca consegui estar de boa na vida.

Abro o portão, minhas sandálias estalando sobre o caminho de pedras enquanto acompanho sua curva contornando uma parede de plantas: juncos e palmeiras, cactos e suculentas, e — meu favorito — um carvalho.

Faz onze anos que moro em Los Angeles, mas ainda penso *Estou em casa* sempre que vejo um carvalho da Geórgia.

Uma casa azul-turquesa charmosa, construída sobre palafitas, surge na minha linha de visão e subo os poucos degraus de madeira gastos que levam à porta da frente, cor-de-rosa, cada centímetro dela coberto por redemoinhos brancos pintados à mão.

Fico contente quando toco a campainha e ela é adequadamente excêntrica. Tipo, parece uma campainha normal, mas, quando a aperto, escuto o som de um sino de vento.

Ainda estou puxando o ar para um suspiro preparatório para o que vou enfrentar quando a porta é escancarada e uma mulher baixinha, de cabelo branco, usando uma blusa de flanela desbotada e calça jeans, me encara com um olhar emburrado.

— Oi! — Estendo a mão. — Sou a Alice. Scott.

Ela continua me encarando e assimilo o tom muito claro de seus olhos azuis e seu cabelo cortado bem curto.

— Do *The Scratch* — acrescento, para o caso de isso despertar alguma memória.

Ela nem pisca.

— Na verdade, não vim por causa do *The Scratch*. Só trabalho lá, mas estou aqui pra falar do livro.

A expressão dela permanece plácida. Por um segundo é impossível não cogitar a possibilidade de aquilo tudo ter sido uma pegadinha muito elaborada, talvez orquestrada pelo filho de meia-idade daquela mulher, lá no computador dele, no porão da casa, onde gasta seus dias enviando e-mails e fazendo ligações fingindo uma voz aguda e meio falha, imitando uma mulher com oitenta e muitos anos, para enganar escritores inocentes como eu.

Não seria a primeira vez.

Pigarreio e abro um novo sorriso.

— Desculpa. Você é a Margaret?

Ela não *parece* ser, mas, por outro lado, as últimas fotos que vi da mulher com quem combinei me encontrar devem ter sido tiradas há cerca de três décadas. Até onde sei, essa *poderia* ser a glamourosa e quase lendária (pelo menos para um grupo seleto de pessoas, no qual me incluo) Margaret Grace Ives.

A Princesinha dos Tabloides. Conhecida tanto por ser a herdeira do império midiático da família Ives *quanto* pelos anos em que a fama que tinha fazia com que recebesse a atenção quase constante de paparazzi e colunistas de fofoca.

A mulher solta uma gargalhada sincera e escancara a porta.

— Sou a Jodi — diz ela, com um leve sotaque indeterminado. Talvez alemão. — Entra aí.

Entro no hall fresco e o cheiro de limão e hortelã paira no ar. Jodi não faz uma pausa nem diminui o ritmo dos passos por minha causa, e só sai andando casa adentro em uma marcha acelerada, deixando que eu feche a porta e a siga correndo.

— Que lugar bonito — observo.

— É mais quente que o inferno, e o Drácula não faria nem cócegas perto de tantos mosquitos — diz ela.

Penso em Robert Evans: *a sua, a minha e a verdade.*

No fim de um corredor estreito, ela vira para entrar em outro, a casa se revelando um labirinto arejado e claro de tábuas de madeira branca na vertical e detalhes em tons esverdeados. Finalmente chegamos a uma sala de estar espaçosa, com setenta por cento das paredes formadas por janelas.

— Espera aqui enquanto chamo a *madame* pra você — orienta Jodi, o tom óbvio de quem está achando graça da situação.

Ela abre uma das portas de vidro que dá para os fundos da casa e sai para o quintal, um espaço mais amplo e desordenado que o jardim da frente, com uma pequena piscina em um dos lados.

Aproveito a oportunidade para dar uma volta lenta pela sala, ainda cheia de energia *e* sorrindo tanto que minhas bochechas começam a doer. Deixo minhas coisas em cima da mesa de vime baixa e cruzo os braços, para não esbarrar em nada enquanto dou uma voltinha pelo cômodo. Obras de arte forram cada centímetro das paredes e há plantas penduradas em conjuntos na frente das janelas, com ainda mais vasos de cerâmica no chão. Um ventilador com detalhes em palha gira preguiçosamente no teto, e livros — a maioria sobre jardinagem e horticultura — estão espalhados em pilhas bagunçadas, as capas viradas para baixo e as lombadas rachadas, cobrindo todas as superfícies de madeira antiga disponíveis.

É lindo. Já estou pensando em como vou descrever essa sala. O único problema é que ainda não me convenci de que vou ter *motivo* para descrevê-la.

Porque até agora nada indica que aqui seja, de fato, a casa de Margaret Ives. Não há fotos da família famosa. Não há cópias, novas ou antigas, de qualquer um de seus inúmeros jornais e revistas. Não vejo ilustrações emolduradas da luxuosa "Casa Ives", onde ela cresceu na costa da Califórnia, e nenhum dos Grammys do falecido marido dela está em cima da cornija da lareira. Nada concreto que a associe ao falido império midiático *nem* às alegrias e tragédias que as publicações rivais da família Ives adoravam reportar na época em que Margaret ainda estava no auge da fama.

A porta se abre de novo e me viro para encarar Jodi; reúno coragem para exigir respostas sobre quem exatamente me convidou para fazer uma viagem de onze horas de avião, além do trajeto de quarenta e cinco minutos em um Kia Rio alugado, só para aquela reunião.

Mas então vejo a mulher que vem logo atrás dela.

Ela encolheu alguns centímetros, ganhou alguns quilos — se fosse para chutar, diria que boa parte são músculos —, e o cabelo dela, antes pretíssimo, agora é uma mistura de branco e castanho meio sem graça.

Todo o ar de glamour, ou de dinheiro e poder, foi perdido, mas o brilho astuto naqueles olhos azuis é exatamente o mesmo de todas as fotos que já vi dela, com aquela *essência* nebulosa, indescritível, que a fez deixar de ser apenas uma *herdeira da fortuna de um império jornalístico* e se transformar em *princesinha da primeira página*.

— Ora, ora, olá. — O tom simpático na voz de Margaret me surpreende, assim como aconteceu durante as ligações telefônicas rápidas que trocamos nas semanas que antecederam a viagem. — Você deve ser a Alice.

Ela tira as luvas de jardinagem e as arremessa sobre o braço da cadeira de vime branca mais próxima, chegando perto de mim descalça e limpando as mãos na bata antes de estender uma delas para apertar a minha.

— É você — digo.

Todas as palavras eloquentes ou mesmo *úteis* que já juntei na vida para formar frases foram digitadas devagar, em longos intervalos de tempo. As que saem direto da minha boca tendem a soar assim.

Ela dá uma risada.

— É, acho que o fato de ser eu é justamente o que a trouxe até aqui.

Ela aperta de leve minha mão, depois a solta e gesticula para que eu me sente.

— Não, é mesmo. — Sento-me no sofá. Ela ocupa a cadeira à minha frente. — Eu só estava tentando não criar muita expectativa! Não deu certo. Nunca dá. Mas continuo tentando.

— É mesmo? — Ela parece achar graça. — Costumo ter o problema oposto. Sempre espero o pior das pessoas.

Ela me lança um sorriso. Ele é deslumbrante e triste ao mesmo tempo. *Desluntriste.*

Isso, por exemplo, é uma das coisas que *não* sobreviveria em uma frase digitada e revisada. Mas, enfim, consigo enxergar aquilo que está escondido ali, logo atrás das íris brilhantes dela: a verdade. A que ninguém nunca ficou sabendo.

Sobre como foi nascer em berço de ouro e lençóis de seda, com atores bêbados nadando completamente vestidos na piscina coberta que você tem em casa e políticos fechando acordos com apertos de mão enquanto estão sentados à sua mesa de jantar elegante.

Sobre como foi se apaixonar por um membro da realeza do rock e ser amada loucamente por ele.

E, é claro, sobre as *outras* coisas também. O escândalo, a seita, o julgamento, o acidente.

E, finalmente, vinte anos atrás, sobre o sumiço de Margaret.

O que aconteceu, mas também *por quê.*

E por que agora, depois de todo esse tempo, ela está disposta a contar a história inteira.

Atrás de Margaret, as portas se abrem com um rangido e Jodi volta para dentro da casa carregando um balde cheio de limões sicilianos.

— Obrigada, Jodi — agradece Margaret, sem se virar para trás.

Jodi resmunga. Não faço a *menor* ideia se as duas mulheres são amigas, um casal, patroa e funcionária ou inimigas mortais que, por um acaso, moram juntas.

Margaret cruza uma perna sobre a outra.

— Gostei das unhas — comenta ela, inclinando o queixo na direção das minhas mãos, que apoiei no colo.

O instante de conexão me deixa quase eufórica.

— São postiças.

Eu me inclino para a frente para que ela consiga ver melhor os desenhos de morangos.

— Aposto que você é o tipo de pessoa — diz ela — que tenta enxergar beleza em tudo.

— Você não é assim? — pergunto, curiosa com o sorriso leve e triste que vejo passar bem rápido por seus lábios.

Ela dá de ombros com um ar quase distraído que está mais para *Não gosto dessa pergunta* do que *Não sei*.

Então, mostrando que é mesmo uma Ives, ela redireciona a conversa:

— Então, como isso funcionaria? *Se* eu concordasse?

Não deixo o *se* me desanimar. Sei que ainda não consegui convencê-la, o que é compreensível.

— Do jeito que você quiser — prometo.

Ela ergue uma sobrancelha.

— E se eu quiser que funcione como esse tipo de coisa normalmente funciona?

— Bem — respondo —, nunca fiz nada exatamente assim. No geral, escrevo reportagens e perfis. Passo uns dias, ou semanas, com a pessoa. Aí acrescento meus comentários, encaixo umas piadas. É meio que "uma pessoa olhando de fora", sabe? Mas, com você, seria diferente.

"Minha ideia seria mais transmitir a *sua* experiência para o papel. Uma coisa mais 'olhando de dentro pra fora'. Eu precisaria de mais tempo, talvez meses, só pra conseguir esboçar a rodada inicial de pesquisas, pra saber o que está faltando. Aí eu me hospedaria em algum lugar aqui perto e a gente combinaria um cronograma, marcaria horários para entrevistas, mas também um tempo pra eu te acompanhar."

— Pra me acompanhar — repete ela, pensativa.

— Pra entender como é sua rotina — explico. — Ver suas plantas no quintal, com quem conversa. Passar um tempo com você e com a Jodi, e com quaisquer outros amigos que tenha na cidade.

Margaret se inclina para a frente e fecha os olhos ao mesmo tempo, soltando uma risada rápida, sincera.

— Me faz um favor e repete isso quando ela voltar.

Poucos segundos depois, Jodi entra na sala com dois copos de limonada. Coloca os dois sobre a mesa de centro.

— Obrigada, Jodi — agradeço, determinada a conquistá-la.

Ela vai embora na mesma marcha que entrou.

— Sem você eu já teria morrido — grita Margaret em um tom brincalhão.

— E eu não sei? — berra Jodi, antes de desaparecer pela porta.

Tomo um golinho da limonada, que logo se transforma em um golão, porque está incrível, refrescante e gelada, com folhas de hortelã picadas girando junto com os cubos de gelo.

Baixo o copo e me obrigo a voltar ao trabalho.

— Olha, tem escritores bem mais experientes do que eu com quem você poderia trabalhar. Um monte de gente me jogaria na frente de um ônibus pra conseguir esse trabalho, e, pra falar a verdade, eu nem julgaria.

— O que é bem preocupante — emenda Margaret.

— O que estou querendo dizer é que, se você estiver pronta pra contar sua história, merece que ela seja contada exatamente do jeito que preferir. Ela precisa ser sua e de mais ninguém. E isso só vai dar certo se você confiar plenamente na outra pessoa. Mas prometo que, se quiser escrever o livro comigo, a *sua* voz será o foco. Vai ser a minha prioridade. Garantir que a história seja sua.

O sorriso dela desaparece, o rosto ficando sério. As rugas nos cantos dos olhos e dos lábios ficam mais pronunciadas, prova de uma vida inteira vivida, não apenas dos primeiros trinta e tantos anos passados na frente do público, mas dos trinta de reclusão depois disso e dos vinte desde que ela desapareceu.

— E se — diz ela, devagar — não for isso que eu quiser?

Balanço a cabeça.

— Acho que não entendi.

— E se eu não quiser que seja a minha versão da história? — pergunta ela. — E se eu quiser que seja a verdade completa e horrível? E se eu estiver cansada de viver com a minha versão dos fatos, onde sempre sou a heroína, e quiser encarar as coisas como elas aconteceram, só pra variar?

A pergunta me pega desprevenida. Estou acostumada a ter que garantir aos meus entrevistados que não distorcerei as declarações que me derem em uma matéria maldosa que acabará com a reputação deles. Que eu *quero* considerar o quadro geral, entender aquilo que os torna humanos.

A testa de Margaret se franze diante da minha hesitação.

— Isso seria um problema?

Eu me arrasto até a beira do sofá.

— *Você* decide como quer contar a história — repito. — Se for isso que quiser, é isso que faremos.

Ela reflete sobre minha resposta por um longo instante.

— Mais uma pergunta.

— Claro.

Ela poderia me perguntar até qual é a minha história sexual mais vergonhosa e eu a desembucharia inteirinha na hora. Preciso que ela entenda que pode confiar em mim.

Ela ergue a sobrancelha grisalha de novo, com ar travesso.

— Você é sempre assim tão animada?

Solto o ar. Aquele é um trabalho longo e importante demais para começar com uma mentira.

— Sou — respondo. — Sou, sim.

A gargalhada dela é interrompida pelo som do sino de vento. Margaret olha para o relógio feito com lascas de madeira em cima da cornija sem nenhum Grammy.

— É meu compromisso das duas horas. — Ela se levanta. — Vou pensar bem em tudo o que você me disse, Alice Scott.

Também me levanto de um pulo, pegando o caderno e o gravador intocados.

— De toda forma — digo —, obrigada. De verdade.

— Pelo *quê?* — pergunta ela, parecendo sinceramente confusa ao me mostrar o caminho de volta naquele labirinto de corredores.

— Por hoje — respondo. — Por ter me dado uma chance.

Pelo fato de eu *finalmente* ter uma história de trabalho para contar para minha mãe que não vai fazer com que ela revire os olhos de tanto tédio.

— Foi só uma chance. — Margaret me lembra quando chegamos à porta da frente. — Não precisa agradecer. É o mínimo que qualquer pessoa merece. E ainda estou dando uma olhada em outras possibilidades, vendo o que aparece.

— Entendo completamente, mas...

Minhas palavras desaparecem no instante em que ela abre a porta cor-de-rosa e percebo o quanto eu estava enganada.

Eu *não* entendia completamente.

O compromisso das duas horas de Margaret está parado no primeiro degrau, usando uma calça de algodão acinzentada e uma blusa branca.

O que faz meu coração ficar apertado e meu rosto empalidecer não é a roupa — apesar de a ideia de usar uma calça comprida naquele clima com certeza me deixar nervosa.

É o homem alto, de olhos escuros e nariz aquilino que a está vestindo.

Hayden Anderson.

Quatro anos atrás, talvez ele fosse conhecido como *Hayden Anderson, o jornalista de música*, e esse seria um bom resumo da carreira do cara. Só que, se ele *ainda* fosse só um jornalista de música, eu não saberia o nome dele, muito menos como ele é. Tenho uma memória boa, mas ainda não desenvolvi o hábito de decorar os créditos das matérias da *Rolling Stone*.

Enfim.

Ele não é mais só *Hayden Anderson, o jornalista de música*.

Agora, ele é *Hayden Anderson, biógrafo vencedor do prêmio Pulitzer*. Que escreveu aquele calhamaço emocionante sobre o cantor com demência.

Agora ele é Hayden Anderson, que acabou de ser mencionado por Margaret como uma das *outras possibilidades*. Uma possibilidade mais bem-sucedida, mais conhecida, mais *mais*.

Ele me estuda com os olhos escuros (inexpressivos, já que não me reconhece; e por que me reconheceria? Sou uma possibilidade inofensiva) e depois os leva até Margaret (sobre quem ele parece levemente menos desinteressado) enquanto diz, com aquela voz grossa e retumbante:

— Cheguei cedo?

— Você chegou bem na hora — responde Margaret, simpática. — A Alice já estava de saída.

Eu descreveria a expressão no rosto de Hayden como um gritante *quem caralhos é Alice*, como se ele já tivesse esquecido que há outra pessoa parada bem na frente dele, ou talvez sequer tivesse computado minha presença quando nossos olhos se encontraram.

— Olá!

Recupero o controle dos meus órgãos a ponto de permitir que meu coração volte a bombear sangue, que meus pulmões voltem a puxar oxigênio e que minha mão se estenda para apertar a dele.

Ele ergue o braço lentamente, como se quisesse receber um pouco mais de informação antes de concordar com um contato físico.

— Eu já estava de saída — prometo, e essa declaração parece fazer efeito.

Por fim, a mão muito grande, muito quente e muito seca dele se fecha ao redor da minha, balança apenas uma vez e depois retorna para o lado de seu corpo.

— Obrigada de novo — digo para Margaret por cima do ombro enquanto sigo apressada na direção da calçada.

— Vou entrar em contato — garante ela, e me obrigo a sorrir, como se meu coração não estivesse um pouco partido, como se eu *não* estivesse prestes a me debulhar em lágrimas por causa do trabalho dos sonhos que tenho quase certeza absoluta de que acabei de perder.

2

Passo minha primeira noite no Grande Lucia Resort comendo balas de morango e pesquisando Hayden Anderson no Google, tentando me convencer de que aquilo não é o fim do mundo.

Primeiro, leio uma dúzia de críticas maravilhosas sobre o livro que ele escreveu. Depois, me deparo com uma matéria da *Publishers Weekly* que avalia que o primeiro ano de vendas dele deverá ultrapassar dois milhões de cópias nos Estados Unidos. Por fim, só para me torturar, assisto a uma entrevista com Hayden e o protagonista do livro, Len Stirling, em que Len conta para o entrevistador que já tinha conversado com outros nove escritores antes de Hayden se candidatar para o trabalho. Hayden, sem dar qualquer sinal de humor ou ironia, inclina o corpo para a frente e acrescenta:

— Eu sou bem competitivo.

Tento conter um gemido.

Ainda existe a *possibilidade* de Margaret preferir trabalhar comigo.

Talvez ela prefira uma mulher. Talvez ela goste de ajudar os desfavorecidos. Talvez Margaret só tenha uma antipatia natural por homens altos, fortes e talentosos, que escrevem biografias que além de *não* matarem uma eventual leitora de tédio a ponto de cair no sono, ainda levam essa leitora às lágrimas várias vezes enquanto lê o livro no restaurante de comida mexicana perto da casa dela, em Highland Park.

Podem existir vários motivos para Margaret não querer trabalhar com Hayden, assim como tenho certeza de que pode haver *vários outros* pelos quais ela *gostaria* de trabalhar comigo.

Aceno para mim mesma com a cabeça, parecendo mais confiante do que de fato me sinto, e volto a desmoronar em cima da alegre colcha xadrez da cama, olhando pela janela, de cabeça para baixo, em direção à faixa de areia da praia que fica depois do pátio do hotel.

Eu devia ter imaginado que um segredo como o do paradeiro de Margaret não duraria para sempre.

Tudo começou quatro meses atrás, quando minha matéria sobre a antiga estrela mirim Bella Girardi foi publicada. Aquela matéria era *o maior* orgulho da minha carreira até então. Cheguei a guardar em uma pasta um monte de e-mails fofos de colegas de trabalho e prints incríveis de comentários feitos na internet depois da publicação da matéria.

E tudo isso, por si só, já seria *mais* do que suficiente para compensar as semanas que eu tinha passado escrevendo e reescrevendo o texto, além de todas as conversas que tive com revisores e com a minha editora.

Mas, no final de um e-mail bem curto, encontrei um detalhezinho extra.

Adorei a matéria, escreveu LindaDaAVoltaPorCimaAos53. **P.S. Sou apaixonada por aquela música do Cosmo Sinclair sobre a Margaret Ives que vc e a Bella mencionaram. Vc sabia que a Margaret agora mora em uma ilha na Geórgia e vende arte usando um pseudônimo?**

Só isso. E mais nenhuma informação. E, quando respondi ao e-mail de Linda, não recebi resposta.

Passei duas semanas pesquisando toda e qualquer conexão existente entre Margaret e a Geórgia (não encontrei nenhuma) e procurando no Google combinações do nome dela com as palavras "arte" e "ilha", mas sem sucesso. Margaret Ives tinha abandonado completamente a vida pública no começo dos anos 2000, e boatos sugeriam que ela havia se mudado para o outro lado do Atlântico após se casar com um fazendeiro italiano que tinha metade da idade dela e cultivava azeitonas.

No começo, eu tinha quase certeza de que Linda estava mentindo ou só havia se enganado.

Não existia a menor possibilidade de Margaret Ives estar na Geórgia, em uma ilha minúscula que sobrevivia do turismo, a um dia de viagem de carro da cidade natal de seu falecido marido, Cosmo Sinclair, no Tennessee.

Mas não conseguia tirar aquilo da cabeça. O boato devia ter surgido de *algum lugar*, era o que eu ficava pensando, mesmo enquanto tentava me convencer a abandonar meu otimismo natural.

Comecei a vasculhar fóruns on-line. Qualquer coisa relacionada às músicas de Cosmo, à ilustre família Ives, ao sumiço de Margaret.

Nada. Em nenhum deles.

Então acabei encontrando as teorias da conspiração. Pessoas que publicavam fotos de um suposto "Elvis" em um shopping no meio do Alabama. Ou de John F. Kennedy em Miami, usando um chapéu bucket e uma camisa quase toda desabotoada, os pelos brancos do peito contornando a corrente de ouro que tinha no pescoço. Demorou um tempo para eu encontrar a publicação sobre Margaret, mas só porque o *mistério* dos acontecimentos ao redor dela tinha esmorecido com o tempo.

As pessoas sabiam da existência da Ives Media e conheciam o palácio da família dela (que agora pertencia ao governo e estava aberto ao público para visitação). É claro que também tinham se inteirado de toda a confusão envolvendo a irmã de Margaret e aquela seita, e era bem provável que todo mundo conhecesse a famosa fotografia em preto e branco de Margaret e Cosmo correndo de mãos dadas, subindo os degraus do cartório no dia em que se casaram, o cabelo louro dele penteado para trás, o dela arrumado no estilo colmeia que era popular na época.

Mas, depois da morte trágica de Cosmo, a viúva dele havia se retirado quase que completamente do olhar público. Ela se retirou tanto que, quando desapareceu por completo, vinte anos atrás, o fato nem chegou a chamar tanto a atenção quanto teria chamado no passado.

A maioria das pessoas só aceitava que jamais descobriria o que havia acontecido com ela. Era apenas mais uma Amelia Earhart, uma mulher perdida no tempo.

No entanto, ainda restavam algumas comunidades virtuais ativas dedicadas aos boatos sobre o desaparecimento de Margaret Ives. A intenção delas era desmenti-los ou comprová-los, dependendo do ponto de vista dos comentários. Eram tipo essas comunidades de maníacos por true crime que usam trechos de entrevistas antigas como provas contra ou a favor das teorias favoritas deles.

Esses fóruns específicos não me ajudaram em nada.

O fórum Famosos com o Pé na Cova, no entanto, me levou até ali, até a ilha Little Crescent.

E, se *eu* tinha sido capaz de encontrá-la usando aquela publicação, seria impossível prever quantos outros Hayden Andersons talvez estivessem atravessando o país rumo à ilha naquele exato minuto.

Meu telefone vibra no colchão ao meu lado, e tateio o lençol até encontrá-lo. Sinto um frio na barriga de ansiedade — talvez Margaret já tenha se decidido —, mas então olho para a tela.

Theo. Uma sensação diferente toma conta do meu estômago, aquele frio na barriga que *ainda* sinto quando falo com meu ficante premium.

Como foi lá com a herdeira?, pergunta ele. Fico até emocionada por ele ter se lembrado. Talvez emocionada demais. Tudo bem que nas últimas semanas eu só falava disso. Mas mesmo assim! Ele mandou mensagem para saber como foi — isso já é alguma coisa!

Penso em como responder e me contento com: Ela é fascinante, a casa dela é um sonho e quero tanto, tanto que ela me contrate.

É tudo verdade. Não me ajudaria em nada acrescentar que *estou morrendo de medo de não ser contratada porque um cara de quase dois metros de altura que parece uma porta, já ganhou um Pulitzer e tem uma expressão tão assustadora que congelaria uma górgona apareceu por aqui.*

Fico olhando para o celular por um, dois, três minutos. Deixo o aparelho de lado. Theo me atraiu pela confiança tranquila que demonstra e por aquele jeito calmo, despreocupado, de seguir a vida. Pessoas que não levam nada muito a sério são irresistíveis. Até você precisar mandar mensagem para elas. Theo é péssimo nisso. Para ser justa, eu mesma também não sou lá muito boa, mas ele é o *rei* de mandar mensagens, receber respostas imediatas e depois esperar um dia inteiro para ler.

Até lá, talvez eu tenha perdido meu trabalho dos sonhos e também derretido inteirinha em cima desta cama, virando uma poça que antes era conhecida como a escritora Alice Scott.

— Para de fazer drama, Scott! — exclamo, tomando impulso para me levantar e fechando o laptop com força. — Você está em uma ilha linda, com a barriga roncando e a agenda livre — digo para mim mesma, pegando o celular e enfiando meus pés nas sandálias. — É melhor aproveitar essa experiência ao máximo.

A ILHA LITTLE Crescent é um destino turístico, mas *não* é famosa pela vida noturna agitada. Em grande parte, os visitantes parecem ser aposentados ou famílias com crianças, e, às nove da noite de uma terça-feira, as opções na avenida principal são escassas.

O primeiro restaurante que encontro aberto é o Fish Bowl, e o cardápio apresentado na fachada parece ser quase inteiramente composto por álcool, sobrando só uns frutos do mar lá no fim.

O interior do estabelecimento é apertado e de uma breguice maravilhosa, com painéis de bambu nas paredes e redes de pesca penduradas no teto, decoradas com uma variedade de peixes de plástico coloridos e algas marinhas que brilham no escuro. Uma garçonete com o cabelo preso em um rabo de cavalo e usando uma blusa branca apertada e um short curto passa rápido por mim segurando uma bandeja e diz, em um tom alegre:

— Pode se sentar onde quiser, querida. Hoje está tranquilo.

Há várias mesas vazias, porém dois senhores mais velhos usando camisas de botão com uma listra vertical no centro, no típico estilo jogador de boliche, estão sentados no bar, e, como estou querendo bater papo, sigo na direção deles. No entanto, assim que começo a me sentar no banco, os dois deixam algum dinheiro na bancada de madeira escura brilhante e se levantam para ir embora.

Um deles encontra meu olhar e abro um sorriso.

Ele sorri de volta.

— Recomendo muito a Cumbuca do Capitão!

— Obrigada pela dica — respondo, e ele gesticula para mim como se tocasse a aba de um chapéu invisível antes de seguir atrás de seu amigo.

No caminho até a porta, os dois param para falar com a garçonete de rabo de cavalo e ela dá um beijo na bochecha do fã da Cumbuca do Capitão, então chego à conclusão de que ou todo mundo ali se conhece ou o atendimento daquele lugar é muito bom.

Volto a analisar o cardápio, retornando a um dilema que me acompanha praticamente desde que nasci: pedir tacos de peixe ou peixe empanado com batatas fritas.

Ainda estou refletindo sobre o assunto quando alguém coloca na minha frente uma cumbuca imensa contendo um líquido surpreendentemente azul, gelo e mais ou menos uns cinco espetinhos de fruta. Ergo o olhar, surpresa, e encontro a garçonete de rabo de cavalo sorrindo atrás do bar.

— A Cumbuca do Capitão — solta ela. — Cortesia dos próprios capitães.

— Ah, é? — Olho para a porta da frente, sabendo que os senhores de antes já foram embora. — Do que eles são capitães?

— O tio Ralph é capitão do time de boliche, e o Cecil é o capitão deste restaurante — explica ela. — Cada um deles tem certo poder de decisão, só que o Cecil manda mais aqui, o que faz sentido.

— Bom, agradeça a ele por mim da próxima vez que encontrá-lo — digo.

Ela concorda com a cabeça.

— Pode deixar. Você vai comer alguma coisa ou só vai nadar?

Ela inclina o queixo na direção da cumbuca gigantesca e cheia de um azul violentamente artificial, e solto uma gargalhada.

— O que tem nisso aqui? — pergunto.

— Tudo — diz ela. — Além de um pouco de Coca-Cola.

Tomo um gole minúsculo pelo canudo rosa-fluorescente e sinto como se tivesse inalado açúcar e depois jogado gasolina garganta baixo, mas de um jeito divertido.

— Vai comer? — pergunta de novo a mulher.

O crachá diz que o nome dela é Sheri.

Explico meu dilema para ela: tacos de peixe ou peixe empanado com batatas fritas.

— Tacos — responde ela, decidida. — Tacos são sempre uma escolha melhor.

— Perfeito.

Deixo o cardápio de lado, e ela passa rápida e graciosamente pela porta atrás do bar. Baixo o olhar para o meu drinque e solto outra gargalhada. Nunca fui de beber muito, mas daria nota dez para aquela mistureba só pela apresentação. Tiro uma foto e a envio para Theo enquanto começo a mordiscar o primeiro espetinho de frutas. **Se você fosse um drinque, seria assim**, responde ele no mesmo instante. **Divirta-se!**

Pode deixar!, respondo de volta, então baixo o celular e olho novamente ao redor do restaurante. Outras duas mesas estão ocupadas além da minha: em uma delas, embaixo das janelas da frente, há uma família de cinco pessoas e, na outra, em uma cabine apertada do lado do corredor que leva ao banheiro, um cara bebendo água com gelo e comendo uma salada.

Ele ergue o olhar da água que está bebendo naquele exato momento. Cabelo quase preto, nariz anguloso, expressão séria.

Eu me viro imediatamente para o bar com um movimento brusco, quase caindo do banco em que estou sentada. Seguro a beira da bancada para me equilibrar, sentindo o coração disparado. Não, acho que não é ele. Acho que é só minha imaginação e esse teto que brilha no escuro me pregando peças, formando Hayden Andersons a partir de sombras aleatórias.

Tomo outro golinho da Cumbuca do Capitão para me acalmar e então, devagar, como quem não quer nada, olho por cima do ombro na direção da cabine.

Ele não está mais olhando para cá. Em vez disso, está encarando algo bem na frente dele, franzindo muito a testa. Curvado sobre a mesa minúscula daquele jeito, passa a impressão de ser um urso em uma festinha de bonecas, tudo ao redor dele parecendo pequeno e frágil demais.

Com certeza é ele.

E, depois que dei uma boa olhada nele, uma parte não tão pequena de mim quer sair correndo e me esconder. O que *não* faz sentido.

Ele não é um urso. É só um cara que, por acaso, quer o mesmo trabalho que eu. Um cara que escreveu um livro que eu *adorei*!

É ridículo ficar pensando nele como se fosse meu inimigo só porque nós dois queremos escrever a história de Margaret. E é ridículo ficar sentada aqui e ignorá-lo quando estamos a três metros de distância um do outro.

Eu deveria ir até lá dar um oi.

Tomo mais um gole da Cumbuca do Capitão para dar sorte, pulo do banco e atravesso o restaurante até parar bem na frente da mesa de Hayden.

Ele não olha pra cima. Dou um segundo até ele terminar a página que está lendo, mas, mesmo depois de tocar na tela para passar para a próxima, ele não tira os olhos do e-reader.

— Oi! — cumprimento animadamente.

Ele se retrai ao som da minha voz e devagar, bem devagarinho, ergue o olhar até encontrar o meu, a testa franzida.

— A gente se conheceu mais cedo. — digo, para ajudá-lo. — Sou a Alice.

— Eu me lembro — responde ele, a voz retumbante, mas inexpressiva.

— Eu sei quem é você — digo.

Ele ergue uma das sobrancelhas escuras.

Deslizo sobre o banco da cabine, me sentando em frente a ele, nossos joelhos se esbarrando. Sempre fiquei me perguntando por que homens extremamente altos tendem a namorar mulheres adoravelmente baixinhas, mas agora acho que sei a resposta: seria impossível para um cara tão alto quanto Hayden Anderson se sentar de maneira confortável na frente de alguém com mais de um metro e sessenta de altura. Estou uns quinze centímetros acima do limite.

Eu me viro até ficar meio de lado. Ele continua me encarando com a testa franzida, o equivalente visual de um ponto de interrogação.

— Por causa do seu livro — explico. — *Nosso amigo Len*. Eu amei. Quer dizer, é óbvio. Todo mundo que leu amou. Depois do Pulitzer, ouvir isso de uma mulher aleatória em um bar deve ser meio sem graça, mas eu queria te dizer isso mesmo assim.

Os ombros dele relaxam, mas só um pouco.

— Você é amiga ou parente?

— Quê? — pergunto.

— Da Margaret — explica ele.

— Ah, nenhum dos dois. — Aceno com uma mão. — Também sou escritora.

Ele volta a concentrar o olhar em mim, me analisando diante dessa nova informação. As íris dele são mais claras do que eu pensava. Ainda castanhas, porém de um tom mais claro.

— Escritora de quê? — pergunta ele.

— Varia bastante — respondo. — Escrevi muitas matérias de interesse humano e algumas de cultura pop. Trabalho no *The Scratch*.

O rosto dele continua completamente impassível. Decido tentar uma abordagem diferente:

— Você já tinha vindo à Geórgia?

— Primeira vez — diz ele.

— Sério? — pergunto, surpresa. — De onde você é?

— Nova York — diz ele.

— Da cidade ou do estado? — pergunto.

— Da cidade.

— Você nasceu lá? — indago.

— Não — responde ele.

— Então onde você cresceu? — pergunto.

— Em Indiana — diz ele.

— Você gostava de lá? — questiono.

A testa dele, que antes estava só franzida, de repente se molda em uma careta, a boca larga permanecendo uma linha completamente reta.

— Por quê?

Solto uma risada.

— Como assim *por quê*?

— Por que você quer saber se eu gostei de ter crescido em Indiana? — pergunta ele, o rosto e a voz confluindo de forma perfeita na rabugice.

Luto contra um sorriso.

— Porque estou pensando em comprar.

Ele estreita os olhos, as íris parecendo ficar ainda mais escuras.

— Comprar o quê?

— Indiana — digo.

Ele fica me encarando.

Não consigo mais me controlar. O humor vence, e deixo outra risada escapar.

— Só estou tentando te conhecer — explico.

Ele apoia os antebraços na mesa em uma postura quase desafiadora. Então inclina a cabeça para a esquerda e diz provavelmente a última coisa que eu esperava ouvir:

— Não vai dar certo.

Inclino o corpo para trás, surpresa e confusa.

— O quê?

— Você está tentando me atrapalhar usando um joguinho psicológico — resmunga ele.

— E que "joguinho psicológico" seria esse? — pergunto, olhando ao redor do Fish Bowl, agora vazio. — Espera, tô atrapalhando você com a *Sheri*?

Giro o corpo de repente para encará-lo e nossos joelhos se esbarram de novo.

— Quem é *Sheri*? — questiona ele em um tom levemente desagradável.

— A garçonete! — Baixo a voz, para o caso de ela sair da cozinha. — Se você estava tentando chegar nela, era só avisar, eu teria voltado pra minha cumbuca...

— Não tô falando da garçonete — interrompe ele. — Tô falando do livro.

— Do livro? — repito.

Então minha ficha cai. Ele está falando do *livro*. Do livro de Margaret. Hayden continua:

— Não sei o que está tentando conseguir com isso aqui. — Ele acena com a mão grande para nós dois. — Mas é a *Margaret Ives* que está em jogo. Eu quero esse trabalho e não vou desistir, então é melhor parar com isso.

A princípio, é difícil ouvir esse tipo de coisa vindo de um desconhecido. Ouvir alguém cujo trabalho admiro me acusar de tentar passar a perna nele profissionalmente quando eu só estava tentando conhecê-lo melhor.

Mas, por trás do incômodo, outra sensação surge, ganhando força dentro de mim.

Esperança.

Na vida, aprendi que quase toda situação tem um lado bom. Acabei de encontrar um.

Hayden franze as sobrancelhas, tirando os braços da mesa.

— Por que está fazendo isso?

— Fazendo o quê?

— *Sorrindo* — responde ele, seco.

Solto uma risadinha e deslizo para fora da cabine, ficando de pé, praticamente flutuando de volta ao bar, porque a reação dele acabou de me indicar uma informação importante — quer dizer, além do fato de que ele é um cínico desconfiado.

— Porque — digo para ele — agora sei que ainda tenho chance.

Ele revira os olhos, e me jogo sobre meu banco, vibrando de empolgação, bem na hora em que Sheri abre a porta da cozinha com o quadril e se aproxima com minha cesta de tacos de peixe frito.

— Estou vendo que a Cumbuca do Capitão te deixou feliz — comenta ela.

— É ótima, mesmo — respondo, dando outro gole generoso e satisfeito.

Talvez um dos últimos que eu vá conseguir tomar, para ser sincera, a menos que eu esteja querendo ser internada ou presa mais tarde.

— Que ótimo — diz ela. — Você não está de carro, né?

— Não, estou hospedada no Grande Lucia, então vim a pé — explico.

— Ah, meu marido Robbie e eu passamos a lua de mel lá.

Sheri não parece ter idade para já estar casada, mas acho que estou levando em conta os padrões de Los Angeles. A maioria das garotas com quem estudei na escola já se casou, e meus pais se casaram com vinte e três anos, embora minha irmã e eu só tenhamos nascido bem mais tarde.

— Vai querer mais alguma coisa? — pergunta ela com uma das mãos na cintura.

— Na verdade — digo —, queria pagar uma bebida pra alguém, se você não se importar.

Uma coisinha para melhorar o humor *dele*, já que ele melhorou o meu.

Os olhos de Sheri passam por cima do meu ombro e vão até o canto, encontrando o único outro cliente naquele nobre estabelecimento.

— No que está pensando? Uísque? Cerveja?

— Tem alguma coisa maior ou mais azul que *isso aqui*? — pergunto, apontando para minha cumbuca.

— Além de um vaso sanitário limpo, não — responde ela —, mas posso acrescentar uns hibiscos caramelizados pra dar um toque extra, se você quiser.

— Isso — digo — seria perfeito.

3

Acordo com uma dor de cabeça lancinante. Não é possível que seja uma ressaca — posso ser fraca para bebida, mas os cinco goles do drinque que tomei ontem à noite não causariam um estrago tão grande.

Não, essa é uma dor de cabeça que conheço muito bem: abstinência de cafeína.

Antes de desabar sobre minha cama de hotel com lençóis limpos ontem à noite, desativei meu alarme, coloquei o volume do celular no máximo — para o caso de Margaret resolver ligar — e fechei os blecautes.

O relógio na mesa de cabeceira anuncia que são nove e trinta e dois da manhã. Uma hora depois do que costumo tomar minha primeira xícara de café. Cambaleio para fora da cama e abro as cortinas, encontrando o brilho do sol, um céu azul limpo e ondas azul-turquesa quebrando na praia lá embaixo.

É interessante pensar que a casa de Margaret fica do outro lado da ilha, junto ao canal pantanoso que separa Little Crescent da Geórgia continental, e não aqui, na região que — a julgar pela fileira de resorts na avenida principal e pelas mansões mais distantes a leste e oeste — todos os turistas e milionários parecem preferir.

Talvez seja para evitar a companhia de outras pessoas, talvez os motivos sejam outros. De toda forma, anoto no celular para acrescentar esse questionamento à lista de perguntas que farei caso e quando ela concordar com o livro.

A última anotação que fiz, em algum momento da madrugada anterior, questiona: *Brincar com a estrutura???* Após vários segundos revirando minha memória, me lembro do que eu estava querendo dizer.

A ideia veio de *Nosso amigo Len*, o livro de Hayden.

Len Stirling havia decidido autorizar a biografia logo após receber o diagnóstico de demência, na esperança de que pudesse ajudar a diminuir a progressão da doença. Porém, mais do que isso, achava que o livro confortaria sua família e seus amigos depois de sua partida. Não de sua morte, necessariamente, mas da perda da memória que tinha deles.

Hayden, então, resolveu contar a história de trás para a frente, cada parte se concentrando no Len de uma época diferente, conforme sua memória de curto prazo ia se deteriorando, e então, aos poucos, as memórias antigas também.

Em uma das últimas conversas em que Len ainda se lembrava de Hayden, ele compartilhava o medo de perder a si mesmo, de chegar ao ponto em que não apenas deixaria de reconhecer sua antiga banda, sua esposa ou as filhas, mas também a si mesmo.

Hayden perguntara a Len o que ele gostaria de escutar como resposta se algum dia fizesse a pergunta *Quem sou eu?*

E, de certa forma, essa pergunta era a base da estrutura do livro inteiro, a tese sobre quem, em essência, era o lendário Len Stirling. O que, no fim das contas, é o mais importante na identidade de uma pessoa.

Depois de pensar um pouco, Len respondeu para Hayden:

— Diga que sou seu amigo Len.

Àquela altura, fazia quatro anos que os dois estavam elaborando o livro, e apenas o empresário e as pessoas mais próximas de Len sabiam do diagnóstico que fora o pontapé inicial para o projeto.

E essa seção final, a parte do livro que tratava da infância de Len na foz do Mississippi, deixava de lado a lenda e o mito de forma muito bonita e apresentava apenas isto: o retrato amoroso de um amigo, de um garoto que resgatava cobras que seriam torturadas pelas crianças da vizinhança, que baixara a cabeça de vergonha após roubar uma bala no aniversário do irmão caçula, um Len mais humano do que provavelmente tinha sido em muito tempo.

É óbvio que eu não imitaria aquela estrutura para o livro de Margaret, mas encontrar um recurso diferente nesse mesmo estilo poderia me ajudar a alcançar algo parecido, a remover os rótulos, os boatos e as histórias a respeito dela que se acumularam, e revelar a *pessoa* de verdade.

Mas, antes de eu conseguir pensar melhor nisso, preciso de café.

Tomo um banho rápido e me arrumo: uma saia cor-de-rosa que está, tecnicamente, meio curta demais, brincos grandes em formato de melancia e uma blusa de tricô branca. Calço as sandálias, pego a bolsa, os óculos escuros e a chave do quarto, e saio para a brisa fresca da manhã, uma camada de sal cobrindo minha pele quase que no mesmo instante.

Desço os degraus de forma ágil e entro no carro. Ontem, tomei café no Main Street Bean antes da reunião com Margaret e não me impressionei, mas depois vi uma dica na internet de uma cafeteria com avaliações ótimas, próxima da ponte que saía da ilha.

Após digitar o nome do lugar — Little Croissant — no celular, ligo o carro. A música do The Cranberries que eu estava escutando na volta da casa de Margaret ontem começa a tocar automaticamente e abro as janelas enquanto saio do estacionamento do hotel.

Dentro de poucos minutos, as palmeiras que ladeiam a rua em intervalos regulares são substituídas por uma vegetação mais selvagem: ciprestes, carvalhos e agaves imensos, a grama alta sob eles coberta pelas sombras projetadas pelo sol.

Viro à esquerda na estrada com quatro pistas que sai da cidade e da ilha, os olhos alternando entre o GPS e as ruas estreitas conforme vou passando por elas.

Lá na frente surge uma rua larga de terra batida com mais palmeiras e um conjunto de placas de madeira pintadas em tons vivos sob uma placa maior que anuncia o centrinho de Little Crescent.

> Café e Bar Little Croissant
> Pizzaria Two Dudes
> Antiquário Turquoise Turtle
> Artes Finas e Joalheria Esmeralda
> Sisters o' the Sea
> Bar Booze Hound

Viro a esquina e me vejo bem no meio de duas fileiras iguais de lojinhas apertadas, cada uma pintada com a cor alegre de sua respectiva placa. De ambos os lados da rua por onde se estende o centro comercial, os estabelecimentos estão construídos sobre plataformas de madeira acinzentada — uma proteção contra enchentes —, e todas as lojas estão com as portas escancaradas, com clientes entrando e saindo munidos de copos de café.

A rua termina em um estacionamento circular, de cascalho branco, com uma grande árvore retorcida no meio, e paro na vaga mais próxima que encontro, deixando as janelas abertas para que o carro não vire um forno. Saio e, do lado de fora, aproveito um instante para admirar o cantinho charmoso escondido na floresta. Em seguida, vou para o Little Croissant.

A fila termina nos degraus da plataforma, mas demoro só alguns minutos para fazer meu pedido, e, como só quero um café coado, fico esperando por pouco tempo sob os toldos da área externa superior (também há um pátio com chão de pedra ao lado da plataforma) antes de um atendente adolescente chamar meu nome na janela por onde entregam as bebidas.

— Obrigada! — agradeço ao pegar o copo.

Mesmo depois de duas décadas queimando a língua, ainda não aprendi a tomar cuidado com o primeiro gole, e é por isso que acabo com a boca *bem* cheia de algo que *com certeza* não é café, o que, por consequência, é nojento.

Quase cuspo tudo, mas, no último segundo, me obrigo a segurar o líquido na boca por tempo suficiente para virar o copo e ler o nome e o pedido anotado na lateral.

Chá verde. (Instantaneamente menos nojento agora que sei o que é.)

Hayden. (Instantaneamente mais humilhante.)

— Este deve ser o seu, então — diz uma voz grave e retumbante às minhas costas, e me viro para encontrar um peitoral gigantesco com uma camisa cinza e úmida da Universidade Purdue grudada nele.

Meus olhos sobem por uma clavícula, um pomo-de-adão e um maxilar bem definido até um nariz anguloso e olhos castanho-claros irritados.

É impressionante que eu tenha conseguido me lembrar de engolir o chá antes de soltar:

— Por que você está tão molhado?

O olhar irritado dele se intensifica conforme estica o copo de papel que tem na mão para mim, meu nome nitidamente escrito na lateral.

— Se chama suor. Acontece quando você corre.

Aceito o copo e entrego o que estou segurando para ele.

— Do que você estava correndo? — pergunto, com ar inocente.

— Do tédio — diz ele, seco. — *E* da preguiça.

— Eu não fazia *ideia* de que existiam preguiças por aqui!

Ele fica me encarando, tentando entender se estou falando sério. Sinto meu sorriso aumentar.

De qualquer forma, ele não chega a ter a oportunidade de me responder, porque o relógio que está usando começa a tocar indicando uma ligação. Ele olha para a tela e noto seus olhos brilharem com algo que parece satisfação antes de baixar o braço e voltar a me encarar.

— Não quero mais atrapalhar sua manhã — diz ele bruscamente e se vira, apertando o botão para atender a chamada nos fones enquanto segue para o estacionamento.

— A gente se vê por aí! — grito, me obrigando a não olhar para a bunda dele. Nem para aquelas pernas. Nem para aquelas costas.

Ele olha por cima do ombro como se lesse meus pensamentos e afasto o olhar ao mesmo tempo que o escuto atender ao telefonema:

— Oi, sra. Ives.

FICO TENTANDO ME convencer de que o fato de ela ter ligado primeiro para ele é positivo.

É claro que ela preferiria se livrar dessa parte de não-demitir-mas--também-não-contratar um de nós *antes* de dar as boas notícias para a outra pessoa.

Mas meu coração não sai da garganta durante todo o caminho de volta até o hotel, e cantar a letra de "Linger" aos berros parece mais um sinal de desespero do que de comemoração. Tipo fazer polichinelos para evitar um ataque de pânico.

Vai dar tudo certo, prometo para mim mesma. *De um jeito ou de outro, vai dar tudo certo.*

Já passei por coisas muito piores do que perder um trabalho dos sonhos. E, como não tinha contado para ninguém sobre a oportunidade além do meu agente literário, alguns amigos de trabalho e Theo, quase não tenho a quem decepcionar.

Ainda *bem* que não contei para minha mãe. Cheguei a quase contar várias vezes. A tentação de *finalmente* escrever algo que despertaria o interesse dela era quase grande demais.

Amo minha mãe e com certeza a respeito, mas a lista de coisas que temos em comum é pequena. No diagrama de Venn de *coisas sobre as quais ela acha que alguém deveria escrever* e *coisas sobre as quais tenho a chance de escrever*, a história da família que mais influenciou a imprensa americana talvez esteja em uma interseção.

Na cabeça dela, eu estaria contribuindo para a história e, na minha, seria uma oportunidade de descobrir a verdadeira história de amor entremeada às tragédias que assolaram a família de Margaret.

Na verdade, a pessoa para quem eu mais queria poder contar é meu pai. Foi ele quem me apresentou a Margaret quando eu era pequena. Ele colocava todas as músicas do Cosmo para tocar enquanto preparava o jantar com minha mãe, mas gostava especialmente das que os superfãs chamavam de "Quarteto de Peggy". As quatro canções de amor que Cosmo fez para Margaret.

Meu pai, o último romântico da família além de mim, adorava o romance arrebatador dos dois. Chamava Cosmo de o "Grande Contador de Histórias Americano": *Ele só conta uma parte e te deixa querendo arrancar os cabelos pra descobrir o restante.*

Uma ligação interrompe a música tocando no som do carro e solto um grito como se alguém tivesse acabado de me agarrar pelas costas, então ligo a seta e paro no estacionamento de um pequeno shopping, o cheiro de asfalto quente entrando pelas janelas abertas.

Dou uma olhada no identificador de chamadas: *Margaret*!

Será que é um bom sinal ela ter me ligado logo depois de falar com Hayden?

Ou isso significa que o telefonema *dele* não exigiu o pedido de desculpas obrigatório que acompanharia a rejeição de uma oferta? Será que foi, em vez disso, só um rápido *até segunda-feira, biógrafo*?

— Você dá conta — relembro a mim mesma.

Seja lá o que *isso* for. É só um trabalho.

Respiro fundo e atendo a ligação no viva-voz.

— Aqui é Alice Scott.

— Oi, Alice — diz uma voz brusca, nada parecida com a de Margaret. — Aqui é a Jodi.

— Ah! Oi! — Tento me recuperar. — Tudo bem?

Ela ignora a pergunta.

— A Margaret quer saber se você poderia comparecer a outra reunião hoje. Talvez na hora do jantar?

— Posso! Claro! — respondo. — Por volta das cinco ou seis, então?

Ela solta uma risadinha irônica.

— Meu Deus, quem dera. Ela tem mais de oitenta anos, mas continua jantando como se tivesse vinte e cinco e morasse em Roma. Então às oito. Mas os drinques são servidos às sete e meia. Não chegue mais do que cinco minutos adiantada. Nem atrasada.

Para ser sincera, não consigo imaginar Margaret se preocupando tanto assim com pontualidade, mas talvez seja importante para Jodi, o que já é suficiente para mim.

— Estarei aí exatamente às... — Escuto um clique na linha antes de conseguir terminar a frase. — Alô?

Ninguém responde. Ela já desligou.

The Cranberries volta a tocar, e, desta vez, quando canto junto, minha voz é pura alegria.

4

À S SETE E vinte e nove, seguro com apenas uma das mãos a garrafa de vinho e o buquê que trouxe e toco a campainha de Margaret com a outra.

Passos pesados indicam que alguém do outro lado está vindo atender, e então a porta cor-de-rosa se abre para revelar Jodi em uma blusa de flanela diferente, mas quase idêntica à anterior, camisa e calça jeans.

— Bem na hora — anuncia ela.

— E trouxe presentes!

Estico o vinho e as flores na direção dela.

Jodi lança um olhar desconfiado para os dois.

— A Margaret detesta flores cortadas em buquê desse jeito, a deixam triste.

— Ah. — Franzo a testa para as flores, depois encontro o olhar dela. — E você?

O rosto quadrado dela fica um pouco mais amigável.

— Elas não me incomodam.

— Então são suas — digo, e, como Jodi me fez um grande favor, acrescento — e, se você disser que ela odeia vinho, também pode ficar com a garrafa.

Sua boca se curva em um *quase* sorriso.

— Infelizmente, não sou mentirosa. Ela adora vinho.

— Bom, então pode dizer que trouxe um presente pra vocês duas — decido, entregando a garrafa. — Mas já vou avisando que não sou de beber muito, então talvez ele seja horroroso.

Jodi inclina a cabeça para os fundos da casa.

— Pode entrar — diz ela, voltando ao humor habitual. — Eles já estão lá atrás.

Eles. Eu achava que seria um jantar para nos conhecermos melhor. Se Margaret convidou amigos, eu devia ter trazido meu gravador. Quase sempre *também* uso o celular para as gravações, só para o caso de algo acontecer com algum dos aparelhos, e me sinto um pouco irresponsável por não o ter colocado na bolsa antes de sair do hotel.

Em minha defesa, fiquei meio distraída depois de analisar a lista dos imóveis disponíveis para aluguel de temporada na ilha Little Crescent. Só para me adiantar um pouco.

Nos fundos da casa, Jodi me guia através de portas duplas de vidro e passa por um caminho de lajotas que serpenteia ao redor de uma cerca--viva, o som de cigarras, gafanhotos e grilos pulsando pela noite.

Um grande pátio de lajotas surge mais adiante, iluminado por um fio de luzes redondas pendurado em zigue-zague sobre uma longa mesa de madeira no centro, e outro enrolado no tronco de uma grande árvore que se estende parcialmente sobre uma das extremidades da mesa.

Há espaço para umas doze pessoas comerem ali, mas só há três cadeiras de encosto alto, e duas estão ocupadas.

— Ah, oi, Alice! — exclama Margaret, toda contente, impulsionando o corpo para se levantar enquanto, à direita dela, o homem gigantesco e tenso fica em pé com um movimento brusco.

Hayden não parece surpreso ao me ver, mas também não parece feliz.

O que é compreensível, claro — eu mesma também não gostei de encontrá-lo aqui —, mas, ainda assim, é algo que aciona um mecanismo antigo dentro de mim, uma necessidade não apenas de conquistá-lo, mas de insistir até descobrir o que há por trás daquele exterior gélido dele.

Deixo minha frustração cada vez maior de lado enquanto sigo Jodi até a mesa.

Se nada der certo, pelo menos vou ter jantado ao ar livre com a única integrante de que se tem notícia de uma das famílias mais famosas dos Estados Unidos: uma pessoa que me fascina desde a infância.

— Que bom ver vocês dois! — digo, me esticando para apertar a mão de Margaret.

Ela aperta rapidamente minha palma entre as dela, o aroma de biscoitos quentinhos me envolvendo, os olhos brilhantes como sempre. Quer dizer, muito brilhantes.

— Você também, querida — diz ela. — Obrigada por ter aceitado vir assim tão em cima da hora.

— Obrigada por ter me convidado — respondo.

Ela olha de soslaio para Jodi e o sorriso que tem no rosto vacila.

Jodi balança a cabeça.

— As flores são pra *mim*, então nem invente.

— E o vinho é pra todo mundo — acrescento.

— Ah, que gracinha — responde Margaret, apertando de leve meu antebraço. — Você se lembra do Hayden, de ontem.

— É claro — digo. — Sou uma grande fã. — Específico, desnecessariamente: — do trabalho dele.

— É muita gentileza sua — emenda Hayden antes de voltar a se sentar na cadeira, todo duro.

— Sente-se, sente-se — diz Margaret, acenando para a cadeira vazia na frente de Hayden. Quando me acomodo, ela pergunta: — O que vai querer beber? A Jodi faz drinques incríveis.

— Ah, só água está bom.

Essa resposta parece desagradar tanto a Margaret quanto a Jodi.

— Chega a ser pecado negar a uma garota a oportunidade de demonstrar a hospitalidade sulista — diz Margaret. — Você devia pedir pelo menos um chá gelado ou alguma coisa assim.

Olho para Jodi.

— Café? — sugiro. — Descafeinado, se tiver, mas também pode ser normal.

Ela concorda com a cabeça e desaparece pelo caminho de lajotas, deixando nós três à mesa tendo que lidar com aquele clima pesado.

— Então! — Margaret cruza os dedos e desliza os cotovelos sobre a mesa. — Aposto que vocês dois querem saber o que é que está acontecendo. Bem, ao menos você, Alice. Eu estava contando minha ideia para o nosso amigo Hayden.

Nosso amigo Hayden toma um gole extremamente irritado do próprio copo d'água, ignorando o coquetel escuro que também tem à frente.

— Estou um pouco surpresa — admito.

— Eu sei, eu sei — diz ela. — Tentei tomar uma decisão rápida, juro, mas não consegui parar de pensar no que você disse, Alice.

— No que *eu* disse? — repito.

— Que isso só vai dar certo se eu confiar plenamente na pessoa. — Ela dá de ombros. — E, levando em consideração que sou uma mulher que tem certa dificuldade em confiar nos outros, vou demorar um pouco para conseguir entender quem vai ser essa pessoa.

Lanço um olhar para Hayden. Ele está encarando o próprio copo como se estivesse tentando quebrá-lo só com a força do pensamento.

Pigarreio rapidamente e volto a encarar Margaret.

— Faz todo o sentido. A gente pode passar mais uns dias se conhecendo antes de você se comprometer...

— Um mês — diz ela.

— *Um mês* — repetimos Hayden e eu ao mesmo tempo.

Ela abre um sorriso alegre, mas vejo uma indecisão quando ela enxerga algo em meu rosto.

— Ora, não se preocupem — exclama ela. — Vou remunerar os dois por esse tempo, é claro. A Jodi está preparando a documentação pra que assinem.

Olho para Hayden de novo, noto o cenho franzido dele e a tensão na testa.

— Acho que ainda não entendi — admito.

— O negócio é o seguinte. — Margaret toma um gole do copo congelado de martíni de antes de continuar: — Vou pagar aos dois pelo mês inteiro, além de um valor adequado para se hospedarem por aqui. A Jodi pode mandar uma primeira oferta para vocês ou seus agentes, como preferirem. Estou aberta a negociar o preço, desde que seja razoável e, no fim das contas, os dois vão receber a mesma quantia. Vão ter que assinar acordos de confidencialidade e conversarei com cada um ao longo do mês. Ao final desse tempo, vão me mostrar o que escreveram até então. Vou escolher um dos dois para continuarmos com o livro, e aí vendemos o original para a editora que estiver disposta a nos pagar mais por ele.

— Sra. Ives — começa Hayden.

— Margaret — corrige ela, acenando com a mão. — Só Margaret. Ou Irene. É assim que as pessoas me chamam por aqui. Troquei a primeira inicial pela última. Opa, acho que devia ter esperado pra contar isso *depois* dos acordos de confidencialidade.

Ela dá uma piscadinha na minha direção e parte do meu mal-estar por aquela situação toda desaparece como que em um passe de mágica.

— Não acha que seria mais fácil se você só...?

— Talvez — Margaret interrompe Hayden, sorrindo a todo momento. — Mas, quando queremos fazer algo do jeito certo, não podemos escolher o caminho mais fácil. Pensei no assunto e é assim que prefiro seguir.

— E se um de nós simplesmente desistir? — pergunta ele.

Ela enrijece, o humor sumindo de seu olhar.

— Bom, não vou escolher uma pessoa por falta de opção. Quero alternativas. Então, se alguém desistir, o que obviamente pode acontecer, vou seguir com o teste de um mês com a outra pessoa antes de me comprometer a qualquer outra coisa. Se eu gostar do trabalho, seguimos em frente.

— Então você está dizendo — rebate Hayden — que nós dois podemos passar um mês nos dedicando a isso e talvez você prefira nem fazer o livro?

Fico surpresa com o quanto ele está sendo direto, beirando a grosseria, mas o brilho volta ao olhar de Margaret e os cantos de seus lábios naturalmente cor-de-rosa se curvam para cima.

— Isso mesmo.

Pela primeira vez desde que me sentei, os olhos dele se concentram em mim.

— Tudo bem. — É tudo o que tem a dizer.

Nem uma palavra a mais, e, de algum jeito, o tom que usa deixa bem claro o que está dizendo nas entrelinhas: não é um *Tudo bem, entendi* ou um *Tudo bem, vou pensar*, mas um *Tudo bem, eu topo*.

O sorriso de Margaret se alarga enquanto ela se vira para mim.

— E você, dona Alice, o que acha?

Penso no assunto, questiono se existe algum motivo para *não* continuar por aqui por mais algumas semanas e ver no que dá.

Quem estou querendo enganar?

Eu aceitaria mesmo que ela *não* fosse me pagar. Gastaria todas as minhas economias, arriscaria meu emprego no *The Scratch* e dançaria "YMCA" plantando bananeira e fazendo as letras com as pernas se ela me pedisse.

Eu faria praticamente qualquer coisa por essa oportunidade.

— Eu topo — digo.

Ela bate palmas.

— Maravilha! Isso pede um brinde!

Ela ergue o copo de martíni. Hayden, nitidamente desconfiado, levanta o próprio copo com gelo para acompanhá-la, e, quando estou prestes a lembrar que ainda *não tenho* uma bebida, Jodi sai das sombras e coloca uma bandeja em cima da mesa.

Um bule de prata. Uma xícara fumegante. Um jarro com leite e um potinho branco com cubos de açúcar mascavo. E, ao lado disso tudo, uma pilha de documentos marcados com etiquetas.

Contratos.

Pego minha xícara e a encosto de leve nos copos de Margaret e Hayden. Margaret solta um suspiro renovado após tomar um gole.

— Agora — diz ela —, quem está com fome?

DEPOIS DA SOBREMESA — torta de limão com merengue —, Margaret é quem nos acompanha pela casa até a porta da frente. Apenas algumas luminárias continuam acesas, e não há sinal de Jodi, confirmando ainda mais minha teoria de que, quando a vemos ali na casa de Margaret, ela está a trabalho.

— Vocês não se esqueceram dos contratos, né? — verifica ela ao abrir a porta para nós.

— Não! — Exibo a pasta que ela me deu, e Hayden apenas nega com a cabeça.

Ele também mal falou durante o jantar, meio que só olhando de cara feia para seja lá o que comeu hoje. Não sei se foi por causa da *minha* presença ou se ele é assim mesmo, mas é meio difícil imaginar um homem que se comporta *desse* jeito persuadindo Len Stirling a contar a própria história espetacular e emocionante, que dirá moldando-a na versão linda que eu li.

Por outro lado, sei muito bem que raramente é possível dizer quem uma pessoa é de verdade, ou pelo que ela está passando, com uma mera análise superficial da situação.

Hayden pode muito bem ter recebido uma notícia ruim logo antes do jantar ou ter terminado com a namorada logo antes de vir para a ilha Little Crescent. Por conta de todas as experiências que já tive, prefiro sempre dar a todo mundo o benefício da dúvida.

— E as tortas? — pergunta Margaret.

Nesse momento, tanto eu quanto Hayden levantamos nossos potes de plástico com pedaços do merengue macio.

— Muito bem — diz ela, com uma piscadela. — Meu pessoal vai entrar em contato com vocês.

— Mal posso esperar! — exclamo, tomada de um impulso para abraçá-la antes de conseguir me deter.

Por sorte, ela retribui o gesto, me apertando com força.

— A gente ainda se vê, a gente ainda se vê — promete ela, e então se vira, os braços abertos para envolver Hayden.

Só que ele já ergueu a mão para apertar a dela.

Ela solta uma risadinha, mas segura a mão dele entre as dela em um gesto caloroso.

— Voltem com cuidado — diz ela. E acrescenta: — Onde estão hospedados?

— No Grande Lucia — respondo.

Hayden me olha de soslaio, a boca se retorcendo para baixo por um breve instante antes de voltar a encarar Margaret.

— No Grande Lucia — diz ele, irritado.

— Ah, que bom! — exclama ela. — Ainda bem que vão ter um amigo por perto, caso precisem.

Lanço um olhar para Hayden, que não o devolve.

— Enfim — digo, animada —, vamos deixar você em paz.

— E me devolvam logo esses contratos assinados para que a gente possa começar logo os trabalhos!

Ela gesticula para sairmos pela porta e acena enquanto seguimos pelo caminho até a rua, então vou acenando por cima do ombro a cada intervalo de alguns metros, como se aquilo fosse um jogo de hospitalidade sulista para ver qual das duas desiste primeiro.

Enquanto isso, Hayden segue andando com foco total (foco total em se afastar o máximo possível de mim, pelo visto).

Aceno uma última vez por cima do ombro e saio correndo pelo caminho que leva até o portão.

Hayden o deixou aberto para mim, então me apresso logo atrás dele, saindo para a rua quieta e banhada pela lua lá fora.

— Então — começo —, será que é melhor combinarmos um cronograma?

— Cronograma? — Ele não diminui o ritmo.

Apresso o passo para alcançá-lo até chegar aos nossos carros, o dele parado na frente do meu.

— Pensei em dividirmos os dias, aí você pode se encontrar com ela de segunda a quarta e eu fico com quinta a sábado.

Ele para de andar e se vira na minha direção com um movimento tão repentino que quase dou um encontrão com o peitoral dele. Para evitar que isso aconteça, paro tão perto que preciso virar a cabeça para cima para encontrar o olhar dele.

— Desse jeito você ficaria com o fim de semana e eu só teria dias úteis.

— Tudo bem — digo. — Então eu fico com segunda a quarta e você com quinta a sábado.

— Desse jeito *você* só teria dias úteis — argumenta ele.

Solto uma risada.

— E isso seria um problema pra você?

— Imagino que vá continuar escrevendo pro *The Scratch*, e eu preciso de tempo para os meus freelas. Nós dois precisamos de alguns dias úteis livres — responde ele. — Além do mais, pra entender de verdade uma pessoa, precisamos ter uma visão completa da rotina dela.

Sinto minha testa franzir na direção da franja.

— Ué, agora você está querendo me ajudar? Em vez de só aproveitar a vantagem que eu ofereci?

Mais uma prova de que as pessoas não se resumem ao que mostram à primeira vista.

Ele revira os olhos e se vira até estar de costas para mim, seguindo na direção do próprio carro.

— Confie em mim — diz ele, ao parar para abrir a porta do veículo, tornando-se apenas uma sombra imensa contra a luz da lua. — Eu não preciso de vantagem.

5

APESAR DE ESTAR dentro do carro, com a porta fechada, os faróis ligados e o motor roncando suavemente, Hayden só vai embora depois de eu entrar no meu carro e fechar a porta.

Talvez ele não esteja a fim de ser cúmplice caso eu seja assassinada em uma rua interiorana escura perto do pântano, ou talvez tenha sido só uma coincidência, mas prefiro ser otimista.

Ele não pode ser tão ruim quanto parece. E, mesmo que seja, não é como se fôssemos passar tempo juntos.

Abro as janelas e dou partida para sair da casa de Margaret, escutando os zumbidos e murmúrios tranquilizadores das noites na Geórgia.

Por um instante, cogito ligar para minha mãe e dar a notícia. Mas já passa das dez, e ela sempre foi de dormir cedo. Além do mais, talvez seja melhor esperar para ver no que vai dar. Posso avisar que estou trabalhando por perto, marcar uma visita, mas esperar para contar qualquer coisa só depois de ter uma noção melhor do que vai rolar.

Volto para a estrada de quatro pistas praticamente vazia que conecta Little Crescent ao restante do estado e paro em um sinal vermelho. Hayden é o carro parado logo ao lado do meu. Ele também vê que estou ali. Aceno. Ele franze a testa.

O sinal fica verde e nós dois seguimos.

Parece que estamos tentando *não* dirigir emparelhados, mas os sinais nos atrapalham. Passamos pelo Little Croissant e pelas outras lojas, e entro atrás dele na pista, em uma tentativa de pelo menos evitar ficar ultrapassando um ao outro.

No cruzamento da avenida principal, sigo Hayden por uma curva à direita de volta para a área turística e até o estacionamento do Grande Lucia Resort.

Ele vira para a esquerda em um corredor, então entro na direita. No final, acabamos a três vagas de distância um do outro.

Ele pega a mesma escada que *eu* costumo pegar para entrar e sair do meu quarto.

Diminuo o ritmo, mas, surpreendentemente, ele para na metade do primeiro lance de escadas ao perceber que estou fazendo o mesmo caminho que ele.

Não apenas ele para, como se *vira* para mim e faz contato visual. O que é um baita progresso para a gente. O próximo passo vai ser pulseiras da amizade, já estou até sentindo.

— Segunda, quarta e sexta — resmunga ele.

— Bons dias — digo.

— Ou — continua ele — terça, quinta e sábado. Você escolhe. Desse jeito, vai poder passar a noite de sexta ou a de sábado com ela, se quiser, e podemos alternar os domingos ou tirá-los de folga, dependendo do que ela decidir.

Paro no mesmo degrau que ele, pensando no plano.

— Quando a gente começa?

— Pretendo dar uma lida nisso tudo até amanhã. — Ele ergue os contratos. — Sexta e sábado podem ser nossos primeiros dias de pesquisa.

— Como você a encontrou? — questiono.

Ele franze a testa quando ouve a pergunta.

— Não vou te contar.

— Sério? — pergunto. — Por que não?

— Porque não faz a menor diferença pra você — responde ele.

— Posso te contar como *eu* a encontrei — digo, usando a oferta como moeda de troca.

— Não dou a mínima.

Ele volta a subir a escada, e vou atrás.

Chegamos ao primeiro andar e continuamos a subir.

— Você já está aqui — argumento. — Saber como eu cheguei à ilha não faz diferença nenhuma pra você. Do mesmo jeito que *me* contar como *você* descobriu sobre a Margaret não seria vantagem nenhuma pra *mim*.

— Não estou entendendo por que quer tanto saber disso — retruca ele.

— Estou curiosa — digo. — Não foi fácil descobrir.

De soslaio, ele me lança um olhar desconfiado quando chegamos ao segundo andar.

— Então está impressionada — comenta ele, seco.

— É tão difícil assim acreditar nisso? — pergunto.

Ele solta uma risadinha irônica e volta a olhar para a frente enquanto subimos.

— Lá vai você de novo — resmunga ele, sem olhar para mim.

— De novo? — repito.

— Dando esse sorriso maníaco — responde ele.

Fico tão surpresa que solto uma risada.

— Como você sabe? Não tá nem olhando pra mim.

Isso faz os olhos dele encontrarem os meus.

— Olha só, agora tenho certeza de que acertei.

— É que estou empolgada — digo.

— Com a aventura da subida pela escada? — rebate ele, sério.

— Com a perspectiva de trabalhar com a Margaret — respondo.

— Não é possível que você não esteja nem um *pouquinho* empolgado, mesmo sendo um bloco de mármore.

— *Não* conseguir um trabalho não é lá motivo pra me *empolgar* muito, sabe — resmunga ele.

— Ué, mas você ainda pode conseguir — digo.

— Sim — responde ele. — Assim como você.

— Pois é — digo. — Por isso a *empolgação*. Dá pra imaginar as histórias que ela tem pra contar? Ela conheceu *todo mundo*. Esteve em *todo canto*. É uma oportunidade única.

— Ah, eu sei bem — diz ele. — Por isso a irritação por passar um mês sendo enrolado antes de descobrir se consegui o trabalho ou não.

Chegamos ao terceiro dos quatro andares e ele hesita por um instante, esperando para ver que rumo vou seguir. Saio da escada e caminho pelo corredor. Com um suspiro, ele faz o mesmo.

— Que coincidência, né? — constato, enquanto seguimos andando lado a lado.

Ele não parece estar vendo muita graça nessa situação, mas tudo bem. Estou achando engraçado por nós dois.

Ele para diante de uma das portas azul-claras, o rosto de traços fortes sendo tomado por algo parecido com alívio.

— O meu é aqui — anuncia ele.

— Ah — digo, passando por ele e parando na porta ao lado. Meu quarto.

— Você só pode estar brincando — diz ele.

— Não estou — respondo. — Já vou me adiantar e pedir desculpas. Dizem que eu ronco.

Ele balança a cabeça, resmungando consigo mesmo, enquanto tira a chave do quarto do bolso de trás da calça:

— Claro que ronca.

— Terças, quintas e sábados — digo.

Ele volta os olhos para mim, a mão pairando a meio caminho da maçaneta.

— Se realmente não fizer diferença pra você — começo —, quero terças, quintas e sábados.

Ele me encara em silêncio por mais um instante, então concorda lentamente com a cabeça apenas uma vez.

— Caso eu não te veja mais...

— Foi um prazer me conhecer? — adivinho.

Os cantos da boca dele se curvam para baixo.

— *Aproveite sua estada, Alice* — corrige ele.

É a primeira vez que diz meu nome e, por algum motivo, parece uma vitória.

Enquanto ele entra no próprio quarto, não consigo me controlar e grito:

— Tenha bons sonhos, Hayden! Use um aplicativo de ruído branco!

A única resposta que ele solta, enquanto a porta bate, é um grunhido.

Ou talvez... não, tenho certeza de que não foi uma *risada*.

Destranco minha porta e entro, pronta para analisar a lista de aluguéis de temporada.

Pelo bem de Hayden Anderson, vou procurar um lugar bem longe do Grande Lucia Resort.

Ou tão longe quanto for possível em uma ilha de pouco mais de quinze quilômetros quadrados.

DURMO MAL E acordo cedo. Ainda está escuro lá fora, mas não consigo recuperar o sono, então é melhor me levantar e tomar um café.

Visto um short e uma blusa de alça, pego a bolsa do laptop e saio para a manhã que começa a clarear, em um tom azul-escuro, meus braços e pernas ficando arrepiados com a brisa do mar.

As ruas não estão tão vazias quanto ontem à noite — os moradores locais estão indo para o trabalho e os turistas seguem para as praias em uma tentativa de reservar lugares antes de o movimento começar —, mas o mundo parece tranquilo e estático, e, quando entro no centrinho de lojas próximo da saída da ilha e da rua de Margaret, quase não vejo carros no estacionamento. A maioria das lojas à esquerda está fechada. Todos os restaurantes à direita, com exceção do Little Croissant, também estão escuros e vazios, os guarda-sóis listrados fechados sobre as mesas do pátio.

Há apenas um cliente na minha frente, um homem com cabelo branco formando uma ferradura ao redor da careca. A parte de trás da blusa rosa-salmão que ele veste diz *Aprendi a navegar no* FISH BOWL DA ILHA LITTLE CRESCENT, com o endereço do restaurante logo abaixo, em letras menores.

— *Capitão Cecil?* — digo, reconhecendo-o.

O senhor mais velho se vira, revelando um sorriso de dentes espaçados.

— Ah, oi!

— Que bom te encontrar aqui — digo. — Queria agradecer pela bebida na outra noite.

— Bem gostosa, né? — pergunta ele.

— Muito — concordo.

O atendente acena para o capitão fazer o pedido na janela, mas eu me adianto.

— Fica por minha conta.

Ele franze as sobrancelhas finas e brancas, de pelos curvados.

— Ora, mas por que eu aceitaria uma coisa dessas?

— Pra deixar uma visitante muito feliz? — respondo.

Ele ri.

— Bom, não dá pra discordar desse argumento.

— Bom mesmo.

Ele dá um passo à frente e pede:

— Um café com leite gelado grande com açúcar mascavo e canela, finalizado com chantili, por favor.

O atendente concorda com a cabeça e escreve CAPI em um dos copos para viagem antes de se virar para mim.

— Vou querer um igual — digo —, mas sem o chantili, por favor.

— Pode colocar o chantili dela no meu — pede Cecil.

— Ah! E um chá verde gelado grande — acrescento, em um impulso.

— Pode deixar — diz o atendente, e entrego meu cartão para pagar, digitando a gorjeta no teclado quando ele vira a máquina para mim.

— Então — comenta Cecil, assim que me aproximo. — O que uma garota como você está fazendo sozinha na nossa ilhota?

— Vim a trabalho — respondo.

Ele franze a testa.

— A trabalho? Esse é o lugar errado pra isso!

— Bom, eu adoro meu trabalho — digo. — Então também é meio que por *lazer*.

— E o que você faz da vida? — pergunta ele. E então: — Na verdade, quem *é* você? Pelo visto, você sabe meu nome, mas não me lembro do seu.

— Ah! A Sheri me contou o seu — explico, estendendo a mão para ele. — Eu me chamo Alice. E sou escritora.

— Encantado, escritora Alice — diz ele, balançando duas vezes o aperto antes de soltar minha mão.

— Igualmente — concordo.

— E o que é que você escreve? Nosso belo lar vai ser cenário para um assassinato misterioso? — Ele parece fascinado com a ideia.

— Não, não. Pelo menos, não por causa de nada que eu vá escrever. Sou jornalista.

Ele solta um assobio entre os dois dentes da frente.

— Mas que coisa. Uma matéria de jornal sobre Little Crescent. Finalmente vamos ficar famosos.

Não o corrijo. Ontem à noite, dei uma olhada rápida no acordo de confidencialidade antes de enviá-lo para meu advogado (isto é, um amigo da faculdade que agora é advogado) e, apesar de achar que não entendi tudo que ele engloba, tenho quase certeza de que Margaret não gostaria de ter a presença dela na ilha revelada antes mesmo de topar fazer o livro.

— Já aconteceu uma vez, sabe — diz ele. — Recebemos uma jornalista de viagens da revista *Rest and Relaxation*. Mas, pra falar a verdade, ela escreveu mais sobre o próprio companheiro de viagem do que sobre a gente.

— Dois cafés com leite gelados com canela e açúcar mascavo — anuncia outro atendente na janela ao lado. — E um chá verde gelado.

Cecil e eu nos aproximamos para pegar nossas respectivas bebidas.

— Está com tanta sede assim? — pergunta ele, olhando para o chá. — Ou vai encontrar alguém?

— Vou encontrar alguém — respondo, e então acrescento: —, talvez. Não tenho certeza.

Se Hayden acabar vindo correr por estas bandas de novo, entrego o chá pra ele. Se não vier, deixo o copo no quarto dele mais tarde.

Cecil franze a testa.

— Alice! Se estiver na dúvida se ele vai aparecer ou não, o cara não vale a pena! Essa é a minha opinião, mesmo sem você ter me perguntado.

Eu me pego sorrindo. Apesar de ele ser bem mais velho do que meu pai era, há algo nesse homem que lembra o meu pai. A postura confiante, porém relaxada, ou o peito largo.

Gosto do nozinho que esse pensamento causa na minha garganta, do lembrete de quanto sou sortuda por ter minha família, de quanto sempre fui sortuda.

— Pode deixar que não vou me esquecer disso.

— Bem, infelizmente tenho um dia cheio pela frente — diz Cecil, tirando a carteira do bolso. — Mas, se precisar de qualquer coisa enquanto estiver por aqui, toma meu número.

Ele enfia um cartão de visitas entre meus dedos e o copo de café.

— Obrigada! Muito gentil — digo.

Ele acena para mim enquanto segue rumo aos degraus até a estrada de terra batida.

— E, Alice? — grita ele por cima do ombro.

— Sim?

— Não fique esperando por *muito* tempo.

Ele inclina o queixo para o chá verde com um ar sábio.

Levanto um copo, prestando continência para o capitão, e ele solta uma risada antes de ir embora.

Levo os dois copos para o pátio com chão de pedra ao lado da plataforma, deixando-os sobre uma mesa de ferro fundido aconchegada no meio de um monte de vasos de plantas frondosas. Uma grade de ferro fundido semelhante cerca o pátio, com heras e videiras se entrelaçando a ela e conferindo um clima mágico ao espaço.

Duas mulheres com roupa de academia conversam enquanto comem croissants sentadas a uma mesa no canto oposto, e, após ligar meu laptop, volto à janela para pedir dois para mim.

O wi-fi da cafeteria é decente, então abro todos os sites que já salvei sobre Margaret Ives, assim como o documento com minhas observações iniciais, mordiscando o croissant e espalhando o recheio de amêndoa de forma que todo pedaço tenha a proporção perfeita de doce e amanteigado.

Partindo do princípio de que meu amigo advogado e meu agente aprovarão os contratos nos próximos dois dias, devo conseguir começar a entrevistar Margaret no sábado, e quero me preparar.

Também mando uma atualização no meu grupo de mensagens, o Lacradoras, com meus amigos mais próximos do *The Scratch*. A última mensagem era de Priya, enviada ontem à noite: uma selfie embaçada em um bar, com o cabelo preto preso em um coque e um cara sentado atrás dela, junto com a legenda **Ele parece mesmo o Pedro Pascal?? (Já tomei cinco cervejas.)**

A mensagem tinha chegado após as duas da manhã e ninguém tinha respondido, apesar de Bianca e Cillian terem dado joinhas na foto, aparentemente concordando.

Não dá nem pra ver o rosto dele, argumento, **mas dá pra notar que ele é bonitinho.**

Então, em uma mensagem diferente, acrescento: Aliás, M aceitou me dar uma chance. Resumindo, o teste vai durar um mês.

AE PORRA, manda Bianca uns minutos depois. Mas você deveria contar pra sua editora...

Oficializando por e-mail neste segundo, srta. Ribeiro, respondo, então abro minha caixa de entrada no computador. Digito *bribeiro@thescratch.com* no campo *Para* e faço meu pedido formal. Continuarei trabalhando para o jornal, mas em matérias que possa escrever remotamente usando telefone e e-mail. Nada muito intenso.

Depois que envio o e-mail, volto para o grupo.

Infelizmente, digo, outro escritor também vai fazer o teste. Hayden Anderson.

Priya manda uma foto de si mesma ainda na cama, estreitando os olhos, a maquiagem de ontem toda borrada. Alguém avisa pra minha editora que estou passando mal e não vou conseguir ir trabalhar.

Devia ter pensado nisso antes de mandar a mensagem contando das cinco cervejas pra ela, argumenta Bianca.

Cillian responde minha mensagem: Conheço a peça. Um tipo deveras desagradável, né?

Franzo a testa. Um tipo deveras desagradável? Não sabia que tava falando com um aristocrata da era vitoriana.

Que foi?, pergunta Cillian. Ele é desagradável, mas um gostoso. TRISTE.

Não achei ele tão ruim assim, comento.

Kkkkk, responde Cillian. Claro que não.

Não entendi, retruco.

Você gosta de todo mundo, explica Priya.

Tomo um longo gole do meu café com leite. Mais uma vez, Cecil me deu uma dica boa. Está delicioso. Só acho, digito, que ele deve ter motivos pra ser assim. Normalmente quem é assim tem motivo.

Bianca e Cillian curtem a mensagem, e Priya diz: *Pessoas gostosas costumam ser meio desagradáveis. Não precisam seguir regra nenhuma. Tudo o que gente gostosa tem a oferecer é ser gostosa. Tipo no meu caso!*

Eu, enquanto um gostoso agradável, diz Cillian, *fiquei ofendido.*

Silenciando aqui pra trabalhar, mas amo todos vocês. Coloco o celular no silencioso, abaixo a cabeça e me jogo nas minhas anotações, acrescentando comentários.

Depois de mais ou menos meia hora, no entanto, a bateria do laptop está morrendo. A essa altura, o sol já está a pino e minha nuca começa a suar e pinicar com uma futura queimadura, então guardo minhas coisas e volto para o hotel. Ontem à noite, consegui reservar um lugar para passar o mês, mas a reserva só começa amanhã, então tenho mais uma noite no Grande Lucia.

Só mais uma noite sendo vizinha de Hayden Anderson, o que certamente vai ser um alívio para ele.

Em vez de interromper a manhã dele com uma batida à porta, deixo o chá verde e o saquinho de papel com o croissant na frente dela e depois sigo para o meu quarto.

Coloco o computador para carregar e entro em um banho escaldante, principalmente porque minha franja está oleosa demais para eu ter qualquer esperança de que o shampoo seco vá funcionar.

Depois, seco meu cabelo com a toalha, a franja se espalhando bagunçada sobre a testa, e me besunto com protetor solar antes de me vestir. Como este será, no geral, um dos meus últimos dias livres antes de mergulhar no trabalho, decido fazer algo divertido. Tipo ir à praia ou alugar uma bicicleta e dar uma volta pela ilha. Coloco meu biquíni, só para garantir, e visto um macaquinho com estampa floral amarela e cor-de-rosa com gola estilo anos 1960, combinando tudo com as sandálias plataforma que Priya me deu de aniversário.

Se minha mãe visse o que estou vestindo, desmaiaria. Quando eu era adolescente, ela insistia que, por eu ser alta, tudo parecia mais curto em mim do que nas outras garotas, e, apesar de ela provavelmente estar certa, eu era louca para poder me vestir igual às meninas da escola, então talvez seja por isso que agora me vista, nas palavras de Bianca, *feito uma novinha*, ou como diz Cillian, *igual a uma adolescente de uma série da Nickelodeon dos anos 1990*.

São dois elogios, na minha opinião.

Deixo o laptop para trás, mas coloco meu caderno na bolsa, junto com os óculos escuros, antes de sair para o corredor.

Já passei da porta de Hayden quando me dou conta de que o chá verde e o croissant continuam lá.

Volto, verifico a hora no meu celular. Ele já deveria ter acordado.

Por um segundo, a ansiedade me domina. Controlo o impulso há muito dormente de entrar em pânico. No geral, sou grata pelas coisas que minha infância instigou em mim — otimismo, empatia, apreço pela vida —, mas o desconforto causado por uma porta fechada não se inclui nisso.

O sinal urgente de *será que aconteceu alguma coisa?*, e o pensamento que sempre o acompanha: *E se eu chegar tarde demais dessa vez?*

Balanço a cabeça. Hayden *não* é minha irmã. Não tenho nenhum motivo para suspeitar de que algo tenha acontecido com ele e, além disso, nenhum motivo para me sentir responsável pelo bem-estar dele.

Ainda assim, me pego batendo à porta, precisando ter certeza de que ele está bem.

Quando não recebo uma resposta imediata, a ansiedade aumenta.

Não importa que ele possa ter saído para correr, ou ido almoçar, ou estar em qualquer outro lugar da ilha.

É só que fui dominada por uma *sensação* de que ele é o tipo de pessoa que segue o mesmo cronograma básico todos os dias, e, se for o caso, ele já deveria ter voltado da corrida matinal.

Bato com força de novo.

— Hayden? — berro.

Escuto um grunhido abafado no interior do quarto e algo dentro de mim relaxa na mesma hora.

Quer dizer, sei lá, ele poderia estar preso a uma cadeira lá dentro, atado com silver tape, mas *pareceu* um grunhido típico de Hayden, considerando todos os que já presenciei até agora.

— Resmunga duas vezes se estiver tudo bem! — berro.

Em vez disso, escuto o barulho do trinco e depois a porta se escancara.

— O hotel está pegando fogo? — pergunta ele.

Não consigo responder de imediato. Porque estou concentrada demais tentando parar de encarar a imensidão de peito nu na altura dos meus olhos para conseguir desviá-los para cima, para o rosto muito perplexo de Hayden Anderson.

6

ENGULO O NÓ que subiu pela minha garganta. Agora que sei que nada aconteceu com ele, estou com vergonha.

Agora que sei que ele reagiu aos meus murros de forma bastante enfática ao sair correndo do banho para abrir a porta com uma toalha enrolada ao redor da cintura e a cara fechada, a testa franzida e o maxilar trincado, quero morrer.

Meu corpo inteiro está quente e pinicando, a sensação de queimadura de sol multiplicada por mil.

— Alice? — A expressão fica um pouco mais amena. — Está tudo bem?

Dou um passo para trás de repente e me inclino para tirar o chá e o croissant do chão, esticando-os na direção dele.

— Você não viu isso aqui quando voltou da corrida?

Ele baixa o olhar, depois o volta para meu rosto.

— Vi.

Hesito.

— Então por que deixou aí?

— Porque não sabia de onde isso aí tinha vindo — responde ele —, e não tenho o hábito de comer ou beber coisas que encontro no chão.

Sinto que estou murchando.

— Fui eu que comprei pra você.

Ele ergue as sobrancelhas escuras, a luz refletindo em seus olhos por um instante e deixando suas íris na cor de creme de café. Apesar de ainda sentir o café com leite no estômago, minha língua fica seca.

Ele pigarreia.

— Eu não sabia.

Ele estende uma das mãos para pegar o copo e o saco de papel, a outra ainda segurando a toalha ao redor do quadril molhado.

Para a qual, por vontade própria, meus olhos descem antes de voltarem imediatamente para o rosto dele.

— Obrigado — diz ele.

— De nada — me obrigo a dizer, com dificuldade para manter o olhar em qualquer lugar que *não* seja seu peitoral salpicado de água. Ou as gotas que escorrem por seu pescoço, vindas do cabelo preto puxado para atrás das orelhas. Ou a barriga e o quadril e as pernas e a toalha e seja lá o que esteja embaixo da toalha e… — Enfim! Hoje é nosso último dia como vizinhos. Reservei um lugar pra passar o mês.

Ele abre a boca como se fosse dizer alguma coisa, mas então a fecha, concordando com a cabeça.

— Desculpa de novo se meus roncos te incomodaram — digo.

Ele hesita antes de responder:

— Na verdade, achei meio relaxante.

Solto uma gargalhada.

— Tá falando sério? Deu pra ouvir pela parede?

Ele ergue um ombro, meus olhos acompanhando o movimento, meu corpo escolhendo este momento bastante mal-educado para me informar que talvez eu tenha um fetiche por ombros.

— Tenho o sono leve — responde ele. — Mas não leva pro lado pessoal.

— Ah, eu tento não levar quase nada pro lado pessoal — digo. — Na verdade, acho que seria até melhor se eu começasse a levar *mais* as coisas pro lado pessoal.

Ele remexe os cantos da boca e não tenho a menor ideia se a intenção era formar um sorriso ou uma careta.

Dou meio passo para trás.

— Enfim, caso eu não te veja mais...

— Foi um prazer me conhecer? — completa ele, repetindo minhas palavras de ontem à noite com uma sobrancelha arqueada.

Abro um sorriso.

— Aproveite sua estada.

Enquanto me afasto, a voz baixa e trovejante dele responde:

— Também foi bom te conhecer, Alice.

O que, decido, *com certeza* foi uma vitória.

NAQUELA MADRUGADA, ACORDO ouvindo algo apitando alto. Luzes piscando. Pura confusão.

Dou um pulo, assustada com aquele som, e quase caio da cama, meus olhos sonolentos percorrendo o quarto escuro.

Na parede atrás da cama, um aparelho pisca e berra, as luzes vermelhas e brancas se alternando em projetar listras no quarto. Meu primeiro pensamento é *ambulância*. O segundo é *Audrey!*

Minha irmã. A dor perfura meu peito junto com o pânico, e então percebo onde estou.

Alarme de incêndio, penso.

Seria de se esperar que essa conclusão não me inundasse de uma onda de alívio, mas me inunda. Meu peito relaxa, meu coração desacelera muito aos poucos enquanto me levanto, pego o laptop e o celular da mesa de canto e sigo para a porta.

Calço minhas sandálias, agarro a chave do quarto e saio para o corredor, me juntando à multidão de crianças sonolentas e adultos rabugentos cambaleando rumo às escadas.

A noite está úmida e quente conforme descemos até o estacionamento, e a equipe do hotel sai do saguão, um gerente berrando para todos:

— FIQUEM CALMOS. OS BOMBEIROS JÁ VÃO CHEGAR.

Eu me junto a um grupo de hóspedes parados na calçada. Com o laptop embaixo do braço, checo a hora no celular — pouco antes de quatro da manhã.

Alguém esbarra em mim e, quando olho para cima, encontro um homem cerca de dez ou quinze anos mais velho que eu, cambaleando, os olhos vermelhos e embotados concentrados em mim.

Estico o braço para ajudá-lo a se equilibrar.

— Tudo bem aí?

Ele abre um sorriso cheio de dentes que me acerta com o fedor de álcool. Está bêbado, não apenas cansado.

— Estou melhor agora, gata.

Seu olhar escorre pelo meu corpo feito slime.

Estou usando uma camisola azul estilo anos 1960, larga e comprida, com uma barra que vai até meus joelhos, mas o modo como ele me olha faz com que eu me sinta nua, e não de um jeito bom.

Tento me afastar, mas ele já agarrou meu cotovelo. Parece estar mais forte e firme do que eu imaginava.

— Acho que estamos em quartos vizinhos — diz ele, apertando os olhos para mim. — Em qual você está?

— Eu... — Olho por cima do ombro, hesitante, torcendo para encontrar um rosto simpático, ou pelo menos uma prova de que alguém está prestando atenção em nós, mas ninguém está olhando para cá. — Não me lembro.

A expressão dele fica mais severa, o sorriso desaparecendo do rosto.

— Você não se *lembra*?

— Te achei — diz uma voz baixa e tranquila às minhas costas.

Eu me viro e o homem bêbado solta um pouco meu braço, mas não completamente.

Hayden se agiganta sobre mim, o rosto impassível.

— Oi! — Com meus olhos, tento sinalizar o que está acontecendo. Acho que não dá muito certo, porque o rosto de Hayden permanece igualzinho.

Ele se vira para o intruso ao perguntar:

— Quem é seu amigo?

— É vizinho nosso, acho — digo.

— Achei que estivesse sozinha — diz o homem, bêbado ou sem noção demais para entender como ouvir uma coisa dessas é apavorante para uma mulher que viaja sozinha o tempo todo.

Abro a boca para tentar inventar uma desculpa para sair dali com Hayden, mas ele é mais rápido:

— Não. — Hayden envolve minha cintura de leve com um braço. — Ela não está sozinha.

O rosto do homem relaxa, a mão por fim soltando meu braço.

— Você devia ter avisado — diz ele, irritado, a fala arrastada.

Ah, sim, a culpa aqui é minha, mesmo.

Dou de ombros como quem diz *Paciência*.

— Agora, se nos der licença — diz Hayden. — Acho que vamos aproveitar que estamos dando uma pausa nas nossas atividades do quarto pra tomar café.

O homem faz um gesto irritado na nossa direção enquanto Hayden se vira e me puxa mais para dentro do estacionamento, afastando o braço de mim.

— Obrigada — digo. — Sou péssima com esse tipo de coisa.

Ele lança um olhar na minha direção por cima do ombro.

— Que tipo de coisa?

— Evitar caras bêbados — respondo. — Evitar gente esquisita. Não puxar conversa com desconhecidos. *Encerrar* conversas com desconhecidos. Tudo isso.

Os cantos da boca dele ficam tensos. Ele para ao lado da porta do carona do carro que alugou. Olho de volta para onde estávamos e encontro nosso amigo embriagado apoiado em uma árvore, o corpo fazendo um ângulo de quase quarenta e cinco graus.

— Se esperarmos uns cinco minutos, ele vai cair no sono e aí a gente pode voltar pra esperar com todo mundo — digo.

Hayden franze ainda mais a testa.

— Quer dizer, não que você precise ficar comigo! — acrescento. — Sério, agora que entendi qual é a dele, estou bem. Não vou mais dar moral. Sei que a gente já se despediu hoje cedo, então é isso.

Ele inclina a cabeça como se estivesse tentando entender alguma coisa.

— Eu estava falando sério, sabe, sobre ir tomar café. Se quiser vir junto.

— São quatro da manhã — argumento.

— Esse tipo de coisa costuma demorar uma eternidade, mesmo quando é alarme falso — diz ele. — Vamos ter que esperar por pelo menos mais uma hora. É melhor se a gente for pra algum lugar mais confortável.

— Mas são *quatro da manhã* — repito.

— Então você não está com fome?

— Estou faminta — digo —, mas não vai ter nada aberto.

Ele gira o corpo e abre a porta do carona.

— Sempre tem algum lugar aberto — diz ele.

HAYDEN DIGITA RAY'S Diner no GPS depois que nos acomodamos no carro. Fica a vinte e cinco minutos de distância, fora da ilha.

— Talvez eu devesse ter explicado — diz ele — que o *algum lugar* aberto fica perto de Savannah. Não consegui achar nada por aqui. Tem problema?

Dou de ombros.

— Por mim, de boa. É como você disse, essas coisas costumam demorar uma eternidade. Mas, se quiser voltar a dormir...

— Ah, eu nunca consigo pegar no sono depois que acordo — diz ele, dando partida no carro. — Por isso que conheço o Ray's Diner.

Quando chegamos, alguns carros e picapes já ocupam o estacionamento. Um sino toca acima da porta ao entrarmos.

Uma garçonete usando um vestido verde-hortelã e um avental passa um esfregão entre as mesas e uma música antiga toca baixinho nas caixas de som crepitantes. Um homem barbudo grisalho olha na nossa direção, notando nossos pijamas — ou melhor, notando que *eu* estou de camisola; Hayden está usando uma calça de moletom preta e blusa branca, então é mais discreto —, mas volta a comer seus ovos.

A garçonete ergue o olhar do esfregão quando passamos e nos cumprimenta com um aceno de cabeça.

— Já vou aí — promete ela, e nos acomodamos em uma cabine no canto.

— Você adora uma mesa de canto — digo.

Ele franze as sobrancelhas.

— Quê?

— Você também estava sentado no canto no Fish Bowl.

— A mesa do canto é sempre a melhor escolha.

— Quem disse? — pergunto.

Ele dá de ombros.

— Sei lá. Ninguém precisa dizer. É óbvio.

Gesticulo na direção dos outros clientes, a maioria parecendo caminhoneiros ou pessoas saindo do turno da noite.

— Nenhuma dessas pessoas escolheu essa mesa aqui.

— Acho que estava ocupada quando chegaram — responde ele, abrindo um grande cardápio plastificado e deslizando outro para mim por sobre a mesa de fórmica.

— Quantas vezes você já veio aqui desde que chegou? — pergunto.
— Quatro — diz ele, sem pestanejar. — Contando hoje.
— E quantas vezes conseguiu pegar essa mesa? — pergunto.
Ele tira os olhos do cardápio só para fixá-los nos meus.
— Tá fazendo aquilo de novo.
— Aquilo o quê?
— Sorrindo como se tivesse acabado de chegar a uma festa-surpresa de aniversário — diz ele. — Mas, na verdade, não tem nenhum motivo para isso.
— Bom, tem motivo, *sim* — rebato. — Estou descobrindo suas peculiaridades.
— *Minhas* peculiaridades? — Ele solta o ar pelo nariz e baixa o cardápio. — É você que dorme fantasiada de *Jeannie é um gênio*.
Reajo a essa frase com uma gargalhada.
A garçonete chega empunhando um bloquinho, a postos.
— Pra beber?
— Café — diz ele, e olha para mim.
— Pra mim também.
— E pra comer? Já decidiram? — pergunta ela.
Hayden lança outro olhar breve na minha direção.
— Eu sou rápida — prometo, abrindo o cardápio de proporções gigantes.
— Omelete, torrada integral e frutas da estação, por favor — diz ele para a garçonete, e os grandes olhos castanhos dela passam para mim.
— Rabanada com pêssego e creme inglês — escolho.
— Já vem.
E vai embora.
— Reparou que ela sempre *corta* a frase? — pergunta ele, abaixando a cabeça e falando baixo.
Imito a postura dele.
— Quantas vezes você pegou a mesa do canto, Hayden?

Ele curva os lábios para baixo.

— Se quiser trocar de mesa...

— Ah, *eu* não quero trocar de mesa — digo. — Só estou fascinada pelo jeito como você enxerga o mundo.

Ele recosta o corpo no banco estofado cor-de-rosa reluzente.

— É o lugar em que se tem mais privacidade. Dá pra enxergar todas as entradas e saídas daqui.

— Mas fica do lado do banheiro — acrescento.

— Mas dá pra ver os garçons onde quer que eles estejam, caso precise chamar alguém.

— Mas fica do lado do banheiro — repito.

— Ou, por outro lado, se eu me sentar onde *você* está, ninguém vai conseguir ver meu rosto a não ser que queira muito — diz ele.

— Mas fica do lado do banheiro — digo —, e nossa, você é foragido, por um acaso?

— Sou meio reservado — responde ele.

— E você dizendo que eu tenho peculiaridades — brinco.

Ele ergue uma sobrancelha. Abre a boca para rebater, mas a fecha quando a garçonete volta, colocando nossas xícaras sobre a mesa e as enchendo com o café fumegante do bule que traz na mão.

— Obrigado — diz Hayden, sério.

— Nada, querido.

Ela vai embora de novo, parando na bancada para encher a xícara do homem barbudo.

Hayden hesita, pensando em alguma coisa, e luto contra todos os meus impulsos para apressá-lo. Ele lembra, de verdade, um animal selvagem, imenso. Não *perigoso*, mas arisco.

— Minha família é meio... conhecida — diz ele, por fim.

Ao ouvir isso, não consigo me controlar: me inclino para a frente, ávida.

— Me diz que os Anderson tiveram um reality show, por favor.

Ele abre um sorriso. Pelo menos *acho* que aquilo é um sorriso. Pode ser que seja uma careta.

— Não *tão* conhecida assim. Meu pai foi prefeito.

— Prefeito — repito. — Prefeito de Indiana!

— Bom, como estados não têm prefeitos — corrige ele —, não. Mas prefeito de uma cidade pequena *em* Indiana, sim.

Deslizo até a beira do banco, mas me lembro de que nossas alturas somadas tornam esta posição desaconselhável. Então puxo os pés para cima e me sento de pernas cruzadas, debruçando o máximo do corpo possível sobre a mesa.

— Então aprendeu a ser reservado com eles?

— Não — responde Hayden. — Aprendi a ser *perfeito* com eles.

Devo estar fazendo uma expressão engraçada — provavelmente outro sorriso de prazer que grita *isso aqui é uma festa-surpresa só pra mim?*, porque a declaração que ele acabou de fazer é simplesmente ridícula.

— Eu não disse que *ainda* sou assim — diz ele.

Tento segurar a risada.

— Ah, fala sério. — Ele chega para a frente, nossos joelhos se esbarrando mesmo com minha postura contida. — Não sou tão ruim a ponto de você nem conseguir me *imaginar* causando uma boa impressão.

— Eu não disse que você passa uma impressão ruim! — exclamo. — Mas ninguém é perfeito.

— Ah, acredita em mim — diz ele. — Meu pai é. Meu irmão também.

— Seu irmão virou prefeito agora? — pergunto.

— Pior — conta Hayden. — O Louis é o pediatra da cidade. E a esposa dele é presidente do conselho escolar.

Mais uma gargalhada escapa de mim.

— A não ser que eu entrasse pro Corpo da Paz — diz ele —, seria impossível competir.

— Tá, tudo bem, em *primeiro lugar* — começo, erguendo um dedo —, você ganhou um Pulitzer, porra. Duvido que eles estejam morrendo de preocupação com como vão fazer pra trazer o rebelde da família Anderson de volta ao caminho certo.

— Talvez não mais — admite ele —, mas passaram uns bons dez anos preocupados.

— Tá, em segundo lugar — interrompo —, essa é praticamente a deixa perfeita pra eu contar que minha irmã literalmente trabalha no Corpo da Paz.

Ele me encara.

— Não brinca.

Outra rodada de risadas cansadas me atravessa.

— É sério. Ela está, tipo, ajudando a combater a fome em outro país enquanto eu, segundo minha mãe, continuo metida no mundinho das fofocas de celebridades.

Ele franze a testa.

— Mas você não escreve fofocas de celebridades.

— Pois é, mas, pra minha mãe, o que *escrevo* chega perto disso, então ela nem se dá ao trabalho de entender a diferença.

Ele balança a cabeça, nitidamente confuso.

— Mas ela lê seus textos.

Sinto meu peito murchar como se eu tivesse enfiado um alfinete em um balão.

— Na verdade, não. Quer dizer, ela até chegou a ler as primeiras matérias que escrevi na época que consegui o emprego. Mas não é "a praia dela". E eu entendo. Quer dizer, acho que até prefiro que ela *não* leia em vez de ficar se obrigando a ler e depois fingindo muito mal que gostou.

— O *The Scratch* é um jornal de prestígio — diz ele. — Que paga bem e tem muitos assinantes.

Dou de ombros.

— Não é a praia dela. Eu entendo.

Ele fica tão absorto por um instante, estudando meu rosto, que toma um susto quando a garçonete volta para colocar os pratos à nossa frente — e, para ser sincera, dou um pulo também.

— Tá quente, cuidado — diz ela, antes de ir embora de novo. Pigarreio.

— Então — digo, voltando a encontrar o olhar de Hayden. — Está empolgado pra sua primeira entrevista com a Margaret?

Ele balança a cabeça.

— *Não* está? — pergunto.

— Não — responde ele. — Quis dizer pra você não me perguntar isso.

— Por que não? — insisto.

— Porque não vou falar disso com você — afirma ele.

Reviro os olhos, deslizo os pés até que estejam apoiados no chão mais uma vez e chego para a frente de novo. Meus joelhos acabam pressionados contra os dele, mas não os tiro dali.

— Acha que eu roubaria *o que*, exatamente, da resposta que você me desse pra essa pergunta?

Ele enfia o garfo na omelete e se inclina para a frente também, pressionando as coxas de leve contra as minhas no processo. Baixa a voz para imitar meu tom.

— *Alice*.

Sinto um friozinho de ansiedade no peito.

— *Hayden* — retribuo.

— Também não vou responder a essa pergunta — diz ele.

E dá uma garfada enorme da comida.

Vou considerar esta rodada, penso, um empate.

7

— AINDA NÃO ACREDITO que estamos fazendo isso — digo, na manhã de sábado.

— Que estamos sentadas em uma sala tomando chá de hortelã? — brinca Margaret, olhando para mim por trás do vapor que se desprende da xícara que tem nas mãos. — Alice, querida, acho que devia começar a sonhar mais alto.

Ela está na cadeira de vime em frente ao sofá em que estou empoleirada, com todas as janelas escancaradas e o cheiro de mato aquecido pelo sol chegando até nós sempre que o vento sopra, interrompido pela ocasional lufada de ar salgado vindo do pântano atrás da casa.

— Tá brincando? — digo. — Esse aqui é o meu Everest. Nenhuma matéria sobre qualquer outra celebridade vai conseguir chegar aos pés dessa. Depois disso aqui vou ter que me aposentar mais cedo ou, sei lá, começar a reformar carros antigos ou qualquer coisa assim. Não achei que fosse concordar com a entrevista, para ser bem sincera.

— Então por que teve todo o trabalho de me procurar? — pergunta ela.

Dou de ombros.

— Ué, eu precisava tentar, pelo menos.

Com cuidado, ela coloca a xícara sobre a mesa de tampo de vidro entre nós, um brilho de curiosidade perpassando seus olhos azuis.

— Você se lembra do que disse? Na última mensagem que me mandou antes de eu finalmente te ligar?

Balanço a cabeça. Eu tinha ligado para dezenas de artistas vendendo seus trabalhos em pequenas ilhas da Geórgia antes de uma publicação no fórum Famosos com o Pé na Cova me dar uma pista sobre Little Crescent, e várias outras indicarem para o mesmo lugar depois que encontrei a ilha certa. Todos os artistas negaram ser Margaret Ives, o que, na minha cabeça, não provava nada. Mas ela foi a primeira a desligar assim que a pergunta saiu da minha boca.

Passei uma semana sem tentar de novo. Meu medo era que ela me bloqueasse na hora. Quando resolvi ligar mais uma vez, a chamada caiu na caixa postal e deixei uma mensagem rápida explicando quem eu era e por que queria conversar com ela.

Depois de me obrigar a esperar mais três dias, fiz uma tentativa final: outra mensagem, dessa vez sendo mais uma súplica fervorosa do que uma proposta, porque, àquela altura, eu já tinha sessenta por cento de certeza de que havia encontrado a pessoa certa. Ela retornou a ligação nove dias depois e meu celular quase saiu voando pela janela do táxi onde estava quando tentei atender o mais rápido possível.

— Pra falar a verdade, não lembro — respondo.

Então ela diz:

— Você disse que chorou quando ficou sabendo da morte do Cosmo.

Meu rosto arde de vergonha.

— Eu disse isso? Meu Deus, desculpa. Que falta de noção.

Ela abre um sorriso.

— Falta de noção? Não achei. Curioso? Demais, levando em consideração que meu marido deve ter falecido uns trinta anos antes de você ter nascido.

Deixo minha xícara de lado.

— Sim, mas só fiquei sabendo disso na época do meu aniversário de sete anos. Meu pai adorava música. Sempre escutava Cosmo Sinclair enquanto a gente preparava o jantar. *Corações pegando fogo* era meu favorito.

— Um ótimo álbum — comenta Margaret, orgulhosa.

— Quando fiz sete anos, meus pais me deram uma festa de aniversário. Só que, na época, eu e minha irmã estudávamos em casa e não tínhamos muitos amigos. Então, quando minha mãe perguntou quem eu queria convidar, minha resposta foi "Cosmo Sinclair". Mas aí os meus pais... eles só deram uma olhada um para o outro. Tipo, *Ah, não*. Eles nunca mentiam pra mim. Essa era a regra da casa. Então, quando vi a cara deles, entendi que estava prestes a receber uma notícia ruim. E foi assim que descobri. Fiquei arrasada.

— Arrasada por não poder conhecê-lo? — pergunta Margaret.

— Arrasada pela *Peggy* — digo. — Essa era minha música favorita do álbum. "Peggy a todo momento". E, sei lá, eu sabia que tudo o que ele dizia era verdade. Que não dava pra uma pessoa escrever uma música como aquela se não tivesse encontrado o amor de verdade. E não queria que ela tivesse perdido a pessoa que ocupava esse lugar na vida dela.

Ela abaixa a cabeça até olhar para o próprio colo.

Fico me perguntando se seria melhor parar, se estou forçando a barra cedo demais, trazendo à tona algo doloroso demais. Mas foi ela quem tocou no assunto, e, se quero ser testemunha da história dela, quero que saiba que me identifico com sua dor.

Pigarreio.

— Tanto meu pai quanto minha mãe eram jornalistas. E eles só liam não ficção. Coisas sérias sobre política, mudanças climáticas e sociologia. Coisas que não me interessavam. Mas eles tinham um livro que meu pai comprou em um sebo. Uma biografia não autorizada.

Os olhos dela sobem até os meus e juro que vejo algo lá dentro se fechar, me deixando de fora. Entendo por quê. Mas sigo em frente mesmo assim.

— *A queda da Casa Ives.*

Ela me encara, os ombros empertigados, um sorriso educado e nada convincente se espalhando pela boca.

— Você era a entrevistada dos sonhos do meu pai — explico. — Ele escrevia sobre política, e você já tinha parado de dar entrevistas quando ele começou a trabalhar. Mas ele adorava sua história, a sua e a do Cosmo, das músicas que ele escreveu. E sempre achou que ela ia muito além das coisas que a imprensa tinha publicado.

"Enfim, antes mesmo de aprender a ler, eu adorava ficar olhando pras fotos daquela biografia. Ficava admirando todas as suas roupas e seus sapatos e chapéus. Você era tão glamourosa, e minha vida não tinha *nem um pingo* de glamour. Mas não era só isso. Você sempre me pareceu... não só *feliz*, mas também uma pessoa que sabia aproveitar o mundo. As outras pessoas da sua família sempre pareciam tão sisudas e misteriosas, mas você era só você. Alegre, ousada e cheia de vida. Ainda mais nas fotos com a sua irmã, com o Cosmo. E aí, quando fiquei mais velha, aprendi a ler e... *odiei* aquele livro."

Uma risada baixa escapa dela, o olhar ficando mais tranquilo. Mais do que isso, *brilhando*. Os olhos azuis tinham se enchido de lágrimas, o que deixara os cílios dela escuros e dramáticos.

Uma risadinha também me escapa.

— Descobri que meu pai também odiava aquele livro. Só não queria me contar e acabar com a minha diversão. Mas não havia como se divertir com aquele conteúdo. Eram só fofocas, críticas e... e manchetes *recicladas* de tabloides. Tinha uma frase, no capítulo sobre seu casamento no cartório, onde o Dove Franklin dizia que um especialista em linguagem corporal chegou a sugerir que você estava...

— *Levando Cosmo para a morte, e ele sabia disso* — completa ela, baixinho. — Não era só que não acreditassem que ele queria se casar comigo. Também me culparam pelo que aconteceu com ele. Minha família é amaldiçoada, caso ainda não saiba.

Um resquício de um sorriso de mágoa profunda volta aos lábios dela.

Minha intenção tinha sido parafrasear o comentário em vez de jogá-lo como uma granada em cima dela. Mas ouvir a frase saindo da boca *de Margaret* faz com que *eu* sinta um buraco no peito. Engulo em seco.

— Eu olhava pra aquela foto e não entendia como minha interpretação podia ser tão diferente.

Ela tensiona a mandíbula e, após um longo instante, diz:

— E o que você via ali?

— Que ele estava tentando te proteger — respondo — de todo mundo ao seu redor. E percebendo que isso seria impossível.

Ela pisca várias vezes, voltando a encarar o próprio colo.

Por um instante, nós duas ficamos em silêncio. Ela pigarreia.

— Desculpa — digo, baixinho. — Não queria começar de um jeito tão pesado.

— Eu perguntei — diz ela, com uma sombra de dar de ombros. — Você respondeu. É assim que entrevistas funcionam, até onde eu sei.

— É, mas não sou eu quem está sendo entrevistada — respondo, como lembrete.

O meio-sorriso dela volta a ganhar certa ironia.

— Ah, sei lá. Acho que faz sentido eu também conhecer você e o Hayden antes de escancarar a história da minha família e mostrar onde os corpos estão enterrados.

— E só pra eu entender melhor — digo —, quando você fala de "corpos enterrados", é no sentido literal ou metafórico?

A risada dela é contida, mas, quando volta a falar, a voz adquiriu mais uma vez um tom confiante, claro e animado.

— Acho que as duas coisas. — Ela se inclina para a frente, por cima da mesa sobre a qual meu celular e o gravador registram a conversa, e enuncia com clareza: — Que conste nos autos que eu pisquei.

E ela pisca.

Também me inclino para a frente.

— Ela piscou, mesmo — concordo —, e depois passou um dedo pela garganta como se estivesse me ameaçando.

Margaret solta uma gargalhada ao se recostar na cadeira.

— Então, por onde quer começar?

— Pelo começo — digo. — Quero saber como foi nascer com o sobrenome Ives.

Ela toma outro gole de chá antes de devolver a xícara para seu lugar sobre a mesa, bem no meio, entre meu celular e o gravador.

— Vou ser sincera. Quando você disse que me encontrou pela internet, por aqueles sites de teorias da conspiração, achei que chegaria aqui e começaria a entrevista com: *Margaret, você congelou o corpo do Cosmo por criogenia para tentar ressuscitá-lo no futuro?*

— Essa *é* uma teoria popular — concordo.

— É, a Jodi falou que é mesmo — responde ela.

— Você nunca procura nada? — pergunto. — Pra ver o que as pessoas estão falando?

Ela solta uma risadinha irônica pelo nariz.

— Dá pra perceber que você não cresceu em uma família nem perto de parecida com a minha. O segredo é tentar *não* saber o que estão falando.

— Acho que posso afirmar com bastante certeza que *ninguém* cresceu em uma família nem perto de parecida com a sua — concordo.

— Pois é, acho que não. — Ela leva os olhos até minha bolsa, apoiada no chão, junto aos meus tornozelos, e inclina a cabeça, o reconhecimento estampando no rosto quando vê a ponta do livro escapulindo do interior. — Posso dar uma olhada?

Fico com medo de que ela comece a arrancar as páginas e as rasgue em mil pedacinhos. Mas, se isso for ajudá-la a se sentir confortável para se abrir comigo, paciência.

Entrego *A queda da Casa Ives* e, por vários segundos, ela folheia o livro em silêncio, uma expressão séria no rosto, até que finalmente solta uma gargalhada, me pegando tão desprevenida que dou um pulo no sofá.

Balança a cabeça.

— É engraçado. Minha família foi uma das primeiras a entender que *notícias* não são o que realmente vende. São as manchetes. Na maioria das vezes, as pessoas não leem uma palavra além das letras enormes e chamativas e, quando leem, não se lembram das nuances. O que fica mesmo é a versão simples. Simples e escandalosa, essa é a combinação perfeita.

— O clickbait — digo — antes do advento do *clique*.

— É por aí — concorda ela. — Foi isso que minha família usou pra fazer uma fortuna. E, como diz o Dove Franklin, pra ganhar *poder*. Mas, no fim das contas, não faz diferença. Mesmo que você tenha criado o monstro, nunca vai conseguir controlá-lo. Ele não vai ver o menor problema em te comer viva e palitar os dentes com seus ossos depois de terminar de devorar todo mundo ao redor.

Sinto um aperto no peito conforme vou me lembrando de algumas das manchetes mais maldosas sobre Margaret e sua família. A irmã caçula dela, Laura, tinha sofrido bastante nas mãos da imprensa durante a pré-adolescência, quando havia engordado e feito um corte de cabelo infeliz — coisas normais da juventude, mas que pareciam bem piores ao lado da família sofisticada e séria em tapetes vermelhos, em cerimônias de inauguração e em uma infinidade de eventos que sempre apareciam na mídia.

Margaret, por outro lado, era a queridinha da imprensa. Até deixar de ser.

— Deve ter sido estranho — digo —, crescer sendo alvo de tanta atenção.

Ela *quase* abre um sorriso. Que mal chega aos cantos dos lábios e não sobe nem um milímetro a mais que isso.

— Ninguém entende o quanto a própria vida é "normal" ou "estranha" até descobrir que existe alternativa. Eu não conhecia outra realidade além da Casa Ives. — Eu devo estar fazendo uma cara esquisita, porque ela ergue uma das sobrancelhas de repente. — Seja lá o que você estiver pensando, não precisa ter medo de me chatear, Alice. Sou dura na queda.

Meu peito aperta. Claro que ela é. Tenho certeza de que ninguém sobreviveria a tudo o que ela passou, *com um adicional* de anos sendo obrigada a revisitar os mesmos eventos tristes e bizarros por conta da mídia, sem desenvolver certa resistência.

— Beleza — digo, mas, mesmo assim, não insisto para que ela comece. Essas entrevistas precisam ser um espaço seguro para ela. A única maneira de conseguir a história inteira, sem filtros, de uma pessoa é deixar que ela a conte quando e como quiser. As melhores histórias nascem quando as palavras saem sem esforço da boca do entrevistado, em vez de serem dolorosamente arrancadas, ponto a ponto.

Ela coloca o livro sobre a mesa, empertigando os ombros ao encontrar meu olhar.

— Tá bom, Alice. Vamos começar do começo.

E então é o que ela faz.

A história

VERSÃO DA MÍDIA: Lawrence Richard Ives construiu um império para sua família. Ele também era um sociopata frio que talvez tenha assassinado o próprio sócio.

VERSÃO DE MARGARET: Não é que a mídia estivesse *errada*. É só que ela estava atrás de responder à pergunta errada.
Lawrence Richard Ives construiu um império para sua família. Tá, e daí? Isso nem era bem uma versão da história. Era um fato.
Nem os *métodos* aos quais ele havia recorrido tinham sido assim tão interessantes a ponto de dar início a fofocas. Mas independentemente disso, inúmeros jornalistas ao longo do último século haviam catalogado essa informação milhares de vezes, como se ela justificasse alguma coisa da história da família.
Quem: O oitavo filho de dois fazendeiros pobres em Dillon Springs, Pensilvânia, faz fortuna ao tentar a vida no oeste.
Como: Gasta cada centavo que ganha arrematando mais lotes, mais equipamentos, mais minas, mais mineradores, mais hotéis em todas as cidades que logo vão crescer no rastro do que um dia seria chamado de corrida do ouro.

A pergunta interessante, a resposta interessante, é quase sempre o *porquê*.

É por isso que lemos biografias de celebridades, não é? É por isso que nos debruçamos sobre crimes não solucionados. Queremos entender *por que* as coisas acontecem. Queremos que tudo faça sentido.

O motivo para Lawrence Richard Ives ter se tornado rico não foi por ele ter tino para negócios. Mas por ter passado fome. Por ter nascido em uma fazenda falida, durante o inverno cruel de 1830, o oitavo de dez filhos.

Quando chegaram à idade adulta, só restavam seis.

O mundo é cruel e perigoso, e Lawrence aprendera isso com cada morte.

A pior tinha sido a de seu irmão caçula, Dicky, que se perdera na floresta certo inverno, padecendo pelas úlceras causadas pelo frio. Lawrence só tinha nove anos na época em que isso aconteceu, mas se sentia responsável. Era assim que as coisas funcionavam em famílias grandes como a dele. Cada irmão cuidava do que vinha depois.

Ele achou que os pais o culpariam da maneira como ele se culpava.

Mas não culparam.

E fora aí que Lawrence entendera a terrível verdade. Os pais quase nem tinham sentido a perda de Dicky, porque mal o conheciam. Assim como mal conheciam Lawrence. Eles tinham uma vida dura demais, trabalhavam demais. Estavam *cansados* demais para amar.

As únicas pessoas no planeta para quem Lawrence, de fato, fazia diferença — as únicas pessoas que o amavam do mesmo jeito como ele as amava — eram seu irmão e sua irmã, ambos mais novos do que ele. E, naquele momento, um deles havia partido e a outra ficava mais faminta e magra a cada dia, o precioso brilho sumindo pouco a pouco de seus grandes olhos castanhos.

Ele vivia preocupado. Se a decepcionasse... se a perdesse também, então qual era o *sentido* daquilo tudo? O sofrimento e a dor causados pela sobrevivência não valeriam de nada se ele não conseguisse mantê-la segura.

Lawrence tinha dezenove anos na primeira vez que ouviu falar do ouro por um jovem minerador local chamado Thomas Dougherty. Quando ouviu falar de lugares no oeste onde bastava cavar um buraco de um metro para encontrar metal. De cidades que sempre eram quentes, de homens que jamais sentiriam fome ou frio de novo.

Tentou ignorar as histórias.

Fantasias, pensava. Uma palavra que não servia de nada em seu mundo.

Durante o dia, ele era prático. Mas, à noite, sonhava.

Com ouro. Com encontrá-lo nos campos vazios e no celeiro caindo aos pedaços, e então, finalmente, no riacho ensolarado onde ele e Dicky nadavam durante o verão, quando eram pequenos. Dicky também surgia em seus sonhos de vez em quando, ainda — e para sempre — o garotinho que Lawrence não conseguira proteger, tirando da água pedras que brilhavam feito mel, estendendo-as na direção de Lawrence com um ar fascinado. *Olha, Lawrie*, dizia ele, *uma pedra mágica*.

Nesses sonhos, Lawrence chorava de alívio. Sabia que a pedra significava que estavam salvos.

Acordava desolado pela realidade. O irmão continuava morto. A irmã continuava passando fome.

Após uma semana de sonhos, foi embora com Thomas para a Califórnia. Durante os oito anos seguintes, os dois trabalharam com uma equipe de catorze pessoas, ocasionalmente desencavando quartzos.

Ganharam um pouco de dinheiro, então utilizaram a quantia para seguir em frente e reverter o investimento em uma nova mina. Quanto mais ganhavam, menos trabalho Thomas e Lawrence precisavam fazer. Os dois passaram, basicamente, a apenas escolher novos investimentos, comprar terras ou minas e então ficar com a maior parte dos rendimentos de tudo que encontravam nelas. Melhor ainda, passaram a provar que a mina tinha metal e era valiosa, para vendê-la com muito lucro. Era um negócio arriscado, mas Lawrence tinha talento para a coisa. Cada centavo que ganhava era revertido para a família ou investido no aumento das minas.

E não importava o quanto ganhassem, Lawrence nunca se dava por satisfeito. Na verdade, ficava cada vez mais e mais obstinado. Quanto mais tinha, mais queria. Quanto mais acumulava, mais havia a perder, e esse medo nunca desaparecia.

Então, um dia, ele e Thomas visitaram um terreno em Nevada, e Lawrence simplesmente *soube*, conseguiu *sentir* o metal chamando seu nome debaixo daquele solo pedregoso. *Uma pedra mágica*, exatamente como a que ele sonhava.

E, em vez de contar isso para Thomas, decidiu comprar sozinho o terreno.

Falou para Thomas que estava considerando se aposentar, que o terreno que tinham visitado era imprestável e que estava cansado do trabalho, de viver se mudando, procurando trabalhadores, correndo atrás da próxima mina. E foi tão convincente no discurso que Thomas foi embora, voltou para a Califórnia para montar uma equipe nova em um terreno mais promissor.

Então Lawrence comprou a mina, sozinho. Semanas depois, sua equipe encontrou quarenta e duas toneladas de minério de prata.

A primeira coisa que Lawrence fez foi comprar o hotel local. Porque sabia que, quando a notícia sobre a prata se espalhasse, dezenas de homens — de homens *desesperados* — viriam arriscar a própria sorte, e precisariam de um lugar para comer, dormir e gastar dinheiro.

E estava certo. É claro que estava. Ele próprio era um homem desesperado. Sabia como homens desesperados agiam.

Várias semanas depois, Thomas ficou sabendo do que havia acontecido, e Lawrence Ives tomou outra decisão que mudaria a direção da história de sua família para sempre.

8

— BOM, ISSO... COM certeza é o começo — falei, empurrando as palavras para fora, para acabar com o silêncio.

Imaginei que ela começaria pelo ano em que o avô havia importado neve para a mansão da família, no sul da Califórnia, para o Natal. Ou que falaria sobre o pônei Shetland que ganhou de presente de aniversário de três anos, que só comia caviar. Ou que pularíamos isso tudo e iríamos direto para a primeira vez que ela ouviu a voz arrastada e sexy de Cosmo Sinclair, me contando se balõezinhos de coração saíram dos seus olhos naquele momento, como em um desenho animado.

Em resumo, eu achava que o "começo" de Margaret seria uns cento e cinquenta anos mais tarde e, sei lá, envolveria a vida *dela* de alguma forma.

Mas tudo bem! Aquilo também era interessante! E era ela quem estava conduzindo a conversa, o que era o meu objetivo.

Pigarreio enquanto penso em como continuar.

— Então sua família falava muito sobre o Lawrence? Como você descobriu isso tudo?

Ela ri disso.

— Nunca. Pelo que sei, meu bisavô era um homem insuportável, e ninguém sentiu falta dele depois que morreu. Mas ele era obcecado por escrever diários. Quando morreu, o filho dele, meu avô Gerald, encontrou todos no cofre da família. Durante a vida, meu avô nunca mostrou aqueles diários pra ninguém. Mas os deixou de herança pra minha irmã, Laura. Os dois eram muito próximos — diz ela. — Ele queria que ela queimasse tudo depois que lesse. Mas ela não teve coragem, sei lá por quê. Sempre foi bem mais sentimental que eu.

Puta merda. Isso que era baú do tesouro. *Diários.* Do século XIX, escritos pelo fundador da Ives Media.

— Eles ainda estão com ela?

Até onde eu sei, ninguém vê nem tem notícias de Laura desde muito antes do sumiço de Margaret, mas, como ela nunca tinha sido foco dos tabloides, ninguém se interessava muito pelo paradeiro dela.

— Não — responde Margaret. — Infelizmente, não estão.

A expressão dela fica distante, quase turva, parecendo que ela se perdeu em uma memória. O mesmo aconteceu enquanto ela contava a história de Lawrence — como se, de fato, estivesse *lá*. Como se tivesse vivido aquilo tudo e ainda sofresse com as lembranças.

Dou uma lida rápida em minhas anotações, procurando alguma coisa para perguntar, de preferência algo que não a deixe reflexiva.

— O primeiro hotel que o Lawrence comprou... sabe como se chamava?

Ela pisca para mim por vários segundos como se estivesse perdida no tempo e no espaço.

— Margaret? — incentivo.

— Ebner. — A palavra parece grudar em sua garganta.

A curiosidade arrepia minha nuca.

— Você já foi até lá? Pra visitar o lugar onde a fortuna da família começou?

— Só uma vez — diz ela. — Em uma viagem de família. Pouco antes de os meus pais se divorciarem, minha irmã e eu fomos passar um feriado com eles nas montanhas. — O leve sorriso dela fica tenso bem rápido, e ela afasta o olhar. — Mas acabou sendo vendido nos anos 1970.

A mensagem é óbvia. Ela não quer falar sobre o assunto. Ainda não.

Rabisco *Ebner* em meu caderno junto com *última viagem em família com os pais de M*, para não me esquecer de voltar a essa questão quando ela estiver pronta.

— Posso perguntar — começo, com cuidado — o que fez você querer começar por *essa* história específica?

Nesse momento, quando os olhos dela encontram os meus, vejo uma força real por trás deles, sem qualquer resquício de distanciamento, tomados, em vez disso, por uma veemência ansiosa, como se ela fosse capaz de enxergar meus pensamentos se quisesse, ou como se tentasse projetar algo diretamente na minha cabeça, querendo que eu entenda.

— Você queria saber como foi ter uma família como a minha — responde ela, depois de um instante. — Antes de conseguir entender isso, precisa entender onde tudo começou. Minha história, cada pedacinho dela, foi influenciada pelo que o Lawrence fez.

— Você... você quer dizer com o Thomas? — pergunto.

— Meu bisavô era um homem frio e cruel, que não tinha problema algum em pegar o que não era dele — diz ela, aquele olhar de repente poderoso e potente ainda grudado em mim, o tipo de carisma capaz de fazer uma pessoa refém.

Deixo o silêncio pairar como um convite. Mas um instante de hesitação surge no rosto dela. A qualquer segundo, ela vai recuar de novo, dando continuidade a esse morde e assopra enlouquecedor que toda entrevista incrível tem. Tomo uma decisão impulsiva e me inclino para a frente, pausando os dois gravadores.

Ela ergue as sobrancelhas grisalhas de surpresa.

— Você pode fazer isso?

— A gente ainda não fez um acordo, isso é só uma conversa — digo.

— Uma conversa *que vai durar um mês*, sim, mas só uma conversa. Se acabar concordando em fazer o livro, podemos gravar as coisas depois. Mas, se os gravadores estiverem te deixando nervosa, podemos não gravar nada por enquanto.

Você pode confiar em mim, penso, tentando transmitir isso nas entrelinhas.

Ela sustenta meu olhar. Décadas atrás, quando estava no auge da fama, era superaberta com a imprensa. Sempre sorrindo e acenando e mandando beijos para os paparazzi, fazendo comentários simpáticos para os jornalistas enquanto desfilava por tapetes vermelhos ou entrava em boates. Ela é bem diferente da impressão que passa nas fotos e matérias antigas, tão contida em si mesma, permitindo que apenas vislumbres de um charme travesso e explosões repentinas de emoção escapem.

Você está segura, envio esse pensamento na direção dela.

Margaret abre e fecha a boca duas vezes antes de qualquer som sair e, quando fala, é com um uma voz mais baixa, quase como quem faz uma confissão.

— No fim da vida — começa ela —, meu bisavô repetia só as mesmas três coisas.

Então aperta os lábios com força enquanto planeja, com todo o cuidado, o caminho a seguir.

— Ele pedia desculpas para o irmão Dicky, como se ele estivesse ali no quarto. Chorava a morte dele como se tivesse acabado de acontecer — diz ela. — E brigava com Thomas Dougherty. Berrava com ele, na verdade. O filho do Lawrence, meu avô, não deixava ninguém entrar no quarto, morria de medo do que o Lawrence poderia falar, do que poderia vazar pra imprensa. A briga da minha família com os Pulitzer estava no auge nessa época e, se um Ives espirrasse, virava manchete de jornal.

Faço três risquinhos no papel. Ao lado do primeiro, escrevo *pedia desculpas pro Dicky* e, após o segundo, *discutia com o Thomas*. Quando percebo que Margaret está me observando, decido checar:

— Acha melhor eu não anotar o que acabou de me contar?

— Olha, na verdade, eu preferiria que não — admite ela.

Risco as anotações que acabei de fazer e deixo a caneta de lado.

Ela concorda com a cabeça, parecendo me agradecer, então continua:

— Depois que o Thomas ficou sabendo do minério de prata que meu bisavô surrupiou dele, foi até lá tirar satisfação, furioso. Depois de tanto tempo juntos, ele pensava no Lawrence como um irmão e queria saber por que tinha sido traído.

"Mas o Lawrence se recusou a falar com ele. Todo santo dia, toda santa noite, o Thomas ficava parado na frente daquele hotel minúsculo, berrando pra que o Lawrence saísse e o encarasse. Só que meu bisavô tinha tanto dinheiro e tantos funcionários que conseguia se tornar inacessível. Aí, com o tempo, o Thomas acabou indo embora. Procurou o maior jornal da Califórnia pra contar a história da traição do meu bisavô. Então um jornalista acabou tendo que ir conversar com o Lawrence, que respondeu comprando o jornal."

Fico boquiaberta.

— O *San Francisco Daily Dispatch*? — O começo da Ives Media? — Ele comprou o jornal pra proteger a própria reputação?

Ela solta uma risadinha irônica pelo nariz.

— Ah, ele estava pouco se lixando pra reputação. Quando conversou com o jornalista, perguntou quanto o Thomas tinha recebido pra contar a história, porque Lawrence Ives só conseguia pensar nesses termos. Depois que descobriu o valor, percebeu que jornais eram mais um tipo de empreendimento em que ele poderia investir e ter retorno.

"Passou a lidar menos com as minas e a se preocupar mais com investimentos. Comprou uma casa linda em San Francisco e mandou que buscassem sua irmã caçula. Tinha planejado, desde o começo, chamá-la para morar com ele quando conseguisse ter uma vida confortável. Só que, nos anos que ele tinha passado fora, ela havia crescido. Praticamente se esquecera dele. E, pior, casara-se com um Dougherty, outro fazendeiro pobre. Por causa do que Lawrence tinha feito com Thomas, ela não queria mais saber do irmão."

Depois de uma pausa, Margaret prossegue:

— No fim da vida, quando não estava pedindo desculpas para o fantasma do Dicky, o Lawrence discutia com o fantasma do Thomas. Colocava nele a culpa por tudo o que tinha acontecido. Dizia que ele merecia o que tinha recebido, ter morrido sem um tostão, alcoólatra, por ter sido burro a ponto de achar que o Lawrence tinha qualquer responsabilidade pelo bem-estar dele. Achava que todas as pessoas que contavam com a ajuda dos outros pagariam por isso em algum momento. Eu, por outro lado, sempre achei que a lição real a se tirar dessa história era que qualquer um que confiasse em um *Ives* sempre acabaria se machucando.

Fico quieta por um momento, assimilando o que acabei de escutar. O olhar de Margaret fica um pouco turvo, como se esse pensamento continuasse pairando por sua mente.

Pigarreio e volto delicadamente ao assunto:

— Mas e aí, qual era a outra coisa?

— Quê? — pergunta ela.

— Você disse que seu bisavô repetia três coisas — lembro. — Qual era a terceira?

Um sorriso repuxa seus lábios, frágil e nada convincente.

— Acho que podemos deixar essa pra outro dia — diz ela, levantando-se da cadeira. — Estou precisando tirar uma soneca.

— É claro — digo, usando o tom mais alegre possível. — Mas...

— A Jodi vai te acompanhar até a porta — diz ela, me interrompendo com um sorriso radiante.

Fecho a boca e assinto, aceitando meu destino: fui dispensada.

Margaret se vira e sai da sala.

MAIS TARDE, ME deito no sofá do bangalô meio entulhado que aluguei, ignorando minhas malas ainda fechadas em nome da pesquisa. Se eu estivesse escrevendo uma matéria para o *The Scratch*, poderia só enviar uma lista de perguntas para alguém do jornal e verificar a veracidade das declarações de Margaret. Aliás, se eu conseguir esse trabalho, talvez seja interessante contratar um freelancer para me ajudar com essa parte, para que eu possa me concentrar apenas em escrever e fazer as entrevistas, mas não tenho ninguém para cumprir essa tarefa por enquanto.

Dou uma olhada na minha lista de fatos que precisam ser verificados e começo por Dillon Springs, Pensilvânia.

Tudo aconteceu há tanto tempo que certidões de nascimento e óbito nem existiam na época. Não tenho como confirmar boa parte do que Margaret me contou, já que é apenas um relato, mas, conforme formos avançando na história, vou precisar encontrar provas de tudo.

Mando mensagem para alguns freelancers para saber se estarão disponíveis nos próximos meses e volto a ler sobre Dillon Springs, uma cidadezinha que, de fato, considera-se "o berço do jornalismo americano moderno", uma alegação bem grandiosa, ainda mais levando em consideração que Lawrence Ives nunca voltou para Dillon Springs *e* que foi o *filho* dele, nascido em San Francisco, que se tornou o verdadeiro magnata midiático da família.

Lawrence era dono de três jornais na época em que faleceu, mas não tinha qualquer envolvimento na gestão deles. O filho dele, Gerald, avô de Margaret, era quem realmente tinha se jogado no mercado das notícias.

Até onde eu sabia, não existia mais nenhum Ives em Dillon Springs, apesar de eu achar que, se Margaret fizesse um teste de DNA, conseguiríamos encontrar vários primos, levando em consideração como a família do bisavô dela era grande.

Em seguida, me dedico a procurar por Thomas Dougherty. Porém, se existe mais da história dele por aí, as primeiras cinco páginas dos resultados de busca não revelam nada. Tento o nome dele junto com Dillon Springs, mas também não dou sorte.

A partir daí começo a ler sobre a primeira grande mina e as quarenta e duas toneladas de prata, uma quantidade confirmada por várias fontes e que, a esta altura, já é parte oficial da história, porque — apesar de os Ives terem feito fortuna em várias indústrias — aquela mina específica e o tesouro ali contido davam a manchete mais impactante, mais impressionante.

Manchete. A palavra faz meu cérebro juntar os pontos.

Abro uma nova aba e procuro o primeiro jornal comprado pelos Ives, em vez de buscar nas minhas anotações anteriores à entrevista. Lá está: o *San Francisco Daily Dispatch*. Se Lawrence o comprou, então imagino que a matéria sobre como ele havia traído Thomas nunca fora publicada, mas envio um e-mail para o departamento de arquivos do jornal para ver se existe alguma cópia das edições daquela época que ainda não tenha entrado em decomposição, só para garantir.

Então começo a procurar informações sobre o hotel que Lawrence comprou e algo esquisito acontece.

O Ebner Hotel surge de imediato, exatamente onde eu esperava, na cidade em Nevada onde a fortuna da família Ives começou.

O problema é que, apesar de o hotel *ser* um prédio histórico, construído durante a corrida do ouro, só foi batizado de Ebner *após* ser vendido pela família nos anos 1970. Quando Lawrence o adquiriu, o nome dele era Arledge, sendo então rebatizado de Nicollet em 1917 e permanecendo assim durante todo o tempo em que os Ives foram os proprietários.

Então por que Margaret não o chamou por esse nome? Ele só se tornaria Ebner uns… quarenta anos depois da única visita que ela fez ao hotel. Por que a primeira reação dela foi se referir a ele pelo nome atual?

É uma discrepância boba, provavelmente insignificante, mas não consigo tirar da cabeça a forma como a voz dela embargou ao dizer aquele nome.

Talvez ela *tenha* voltado lá depois de o hotel ter sido vendido pela família. Mas por que esconderia isso de mim?

Ou será que estou me preocupando demais com um engano que não quer dizer nada?

Disparo uma mensagem no meu grupo de amigos e, quando não recebo uma resposta imediata, escrevo para Theo também: **Me dá sua opinião em uma coisa?**

Por sorte, ele responde bem rápido. **Que coisa?**

Uma coisa de trabalho, digo.

O celular começa a tocar na mesma hora.

Se existe uma coisa a que Theo Bouras não consegue resistir, é um bom mistério. Talvez seja por isso que nunca oficializou nada comigo. Ser misteriosa não é meu ponto forte.

— Oi — atendo com uma voz animada.

— Aliceee — diz ele, arrastando meu nome de um jeito brincalhão que me deixa arrepiada.

— Theo — digo.

— O que queria saber? — pergunta ele.

— Tem certeza de que não está ocupado?

— Tenho — responde ele. — Te coloquei no viva-voz enquanto revelo umas fotos.

Ele trabalha só com fotos digitais, mas a verdadeira paixão dele é o filme, então costuma passar os dias de folga em seu quarto escuro caseiro ou saindo para tirar fotografias em máquinas a filme.

— Estou tentando entender por que uma fonte mentiria sobre uma besteira — explico.

— E, por fonte, você quer dizer a *Margaret Ives*? — brinca ele.

— Estou falando de uma maneira mais geral — digo.

— Qual é o nível da besteira? — pergunta ele, obviamente curioso.

— Tipo dizer que só esteve em um lugar uma vez quando talvez tenha sido mais do que isso — respondo. — Talvez em um passado mais recente do que deu a entender.

Ele faz um barulho pensativo.

— Bom... talvez a pessoa tenha cometido um crime lá?

Prendo o celular entre o ombro e a orelha e me ajeito na frente do computador, procurando notícias sobre o Ebner, mas sem encontrar nada interessante.

— Talvez — respondo. — Mas duvido muito.

Ele pensa de novo.

— Vai ver o lugar era um ponto de encontro. Ela podia estar tendo um caso. Traindo o Garoto-Prodígio do Rock antes de ele morrer.

Reviro os olhos.

— Eu não disse nada sobre a pessoa em questão ser *mulher*.

— Beleza — cede ele. — Talvez *essa pessoa* estivesse traindo o *marido*, Cosmo Sinclair.

Tomo um gole do meu café da tarde, agora já frio, e faço um bochecho com ele, como se fosse possível sentir o gosto da resposta. Cosmo já tinha morrido quando o Nicollet Hotel se tornou Ebner.

Se Margaret estivesse escondendo uma visita — ou várias —, não seria por causa de uma traição.

Além disso, um caso amoroso podia até ser uma revelação chocante, mas estamos falando da *mesma mulher* que usou o próprio vestido de casamento no enterro do marido, sabendo muito bem que haveria paparazzi por todos os lados. Acho difícil acreditar que ela o tenha traído, e duvido ainda mais que fosse sentir necessidade de esconder isso depois de tanto tempo.

— Ou, sei lá — continua Theo, interrompendo meus pensamentos. — Talvez ela tenha só se esquecido. A mulher tem mais de oitenta anos.

— Eu não disse nada sobre ser uma mulher — repito. — Nem sobre ninguém de oitenta anos, na verdade.

— Não é mais fácil você só perguntar pra ela? — sugere ele.

— Na próxima vez que a gente se encontrar — respondo —, farei isso. Mas vai ser só na terça.

— Então ela está te dando uns dias de folga — diz ele. — Que interessante.

Pelo tom que ouço na voz dele, fica óbvio que está me dando mole. Sinto um friozinho gostoso na barriga. Sei aonde ele quer chegar: posso voltar para casa para a gente transar. E gosto da ideia.

Só que, umas semanas atrás, depois de mandar para meus amigos um print de uma mensagem que ele tinha me enviado de madrugada, Bianca comentou algo que anda me incomodando desde então.

Você já percebeu, escreveu ela, que esse cara NUNCA te convida pra fazer nada? Ele só arma pra ser você quem sempre sugere alguma coisa.

Cillian respondeu: Eu já percebi. Ele é meu inimigo.

Priya acrescentou: Se você estiver conseguindo o que quer dessa situação, ignora os chatos, Alice.

A questão é que, tecnicamente, não estou. Meses atrás, eu ficaria toda empolgada com a ideia de começar a namorar o Theo se ele tivesse cogitado essa possibilidade. Mas ele não falou nada, e, como eu não estava interessada em mais ninguém, não fazia sentido, na minha cabeça, colocá-lo contra a parede. Então a gente continuou do mesmo jeito, o que não me incomodava na maior parte do tempo: eu gostava muito de estar com ele, nas ocasiões em que, de fato, *ficávamos* juntos.

Mas comecei a prestar atenção depois de ler o comentário de Bianca. E ela e Cillian tinham razão.

Toda mensagem era o que você está fazendo hoje, ou uma foto do uísque caro que ele tinha comprado, ou uma foto sem camisa que ele achava que talvez fosse sensual, mas que geralmente só me deixava com vergonha, por mais bonito que ele fosse.

O cara simplesmente era *incapaz* de dizer *E aí, Alice, quer vir pra cá hoje à noite?*

E, como eu não dava o braço a torcer desde aquele dia fatídico no grupo de mensagens, não encontrei com ele nas últimas duas semanas que passei em Los Angeles antes de vir para cá.

— Alice? — chama ele, no meu ouvido. — Você ainda tá aí?

— Tô, mas preciso desligar — digo. — Valeu pela ajuda.

— Precisando, tô aqui — responde ele.

E acho que ele pensa estar falando sério, mas não está.

DEPOIS DE MAIS uma hora pesquisando na internet, encontro um lugar para passar a noite de sábado.

O Rum Room fica escondido atrás de uma fileira de árvores desconjuntadas, do lado oposto da rua do Little Croissant, só que uns oitocentos metros mais adiante.

Também fica a apenas dez minutos a pé da minha casa alugada, então vou sem o carro.

O lugar parece uma pequena casa de fazenda com uma varanda de madeira na frente e toldos listrados de verde e branco sobre janelas retangulares. Vários carvalhos imensos estendem seus galhos sobre o pátio, com pisca-piscas coloridos pendurados desordenadamente entre eles para iluminar as mesas de madeira, que estão todas ocupadas.

Subo a rampa até a porta, passando por um pendente neon de cachorro-quente e por outro de cabeça falsa de tubarão, ambos presos às tábuas de madeira branca que formam a fachada.

O interior do restaurante é de um maximalismo colorido, cada centímetro coberto por papel de parede tropical, placas bregas relacionadas a salsichas ou azulejos em cores escuras. Um recepcionista vestido de preto me cumprimenta com um sorriso e um aceno de cabeça eficiente.

— A senhora tem reserva?

— Não, desculpa — digo.

— Mesa pra quantos? — pergunta ele.

— Só pra mim — respondo, olhando para o bar às costas dele. Há um único banco vazio, espremido entre dois grupos. — Posso pedir comida no bar?

— Com certeza — diz ele. — Aliás, se não quiser se sentar ali, estamos com uma fila de espera de mais ou menos meia hora.

— Posso ficar no bar — digo, e ele gesticula para que eu entre. Eu me aperto entre os dois grupos e coloco a bolsa em cima da bancada. — Desculpa — digo para a mulher do meu lado ao lhe dar uma cotovelada acidental tirando o casaco.

— Tudo bem — responde ela, e se vira de novo para o amigo.

Algo murcha dentro do meu peito. Talvez eu devesse ter engolido o orgulho e convidado Theo para uma visita. Aquele mês poderia acabar se tornando muito longo e solitário. Ainda mais se as próximas entrevistas fossem tão curtas quanto a daquela manhã. Dou uma olhada rápida pelo interior do restaurante. Duas portas dão para uma sala de jantar ainda maior, mas essa parte em que estou é ocupada principalmente por mesas com duas cadeiras — pessoas tomando drinques enquanto esperam por uma mesa de verdade.

Meu coração fica um pouco mais leve quando me concentro no canto dos fundos. O que fica mais perto dos banheiros.

O cabelo escuro de Hayden está inclinado sobre um laptop, com uma salada comida pela metade esquecida ao lado do seu cotovelo esquerdo e um copo d'água à direita do computador.

Deixo minhas coisas para trás e saio do banco para dar oi.

Assim como no Fish Bowl, ele não ergue o olhar quando paro ao seu lado, a concentração absoluta e intensa na tela.

— Tá me seguindo, por acaso? — pergunto.

Ele dá um pulo, surpreso, como se nem desconfiasse da minha presença ali, e uma expressão horrorizada surge em seu rosto.

— Claro que não — responde ele. E então, como se precisasse de provas: — Cheguei aqui primeiro.

— Hayden — digo. — É *brincadeira*. A ilha é minúscula. A gente vai acabar se trombando o tempo todo. Relaxa.

E ele relaxa mesmo. É visível. Mas só por um segundo. Então, parecendo se lembrar de algo, fica tenso e fecha o computador.

— Não vim te espionar — prometo. — Só te vi do bar e achei que seria esquisito não dar oi. Então, oi.

Ele alterna os olhos entre mim e o bar duas vezes.

— Você faz amizade rápido.

— Não conheço aquelas pessoas — digo. — Mas, vai saber, talvez depois de uns dois drinques com rum?

Ele abre a boca, volta a fechá-la e concorda com a cabeça.

O silêncio começa a azedar e ganhar um ar desconfortável.

— Bom, então boa noite! — digo, e começo a me virar.

— Alice?

Eu paro e me viro na direção dele de novo.

— Quer se sentar comigo? — pergunta ele.

Eu o analiso, tentando interpretar a expressão séria que ele tem no rosto.

— Não sei se você está só sendo educado ou se é um convite de verdade.

Ele faz uma cara e tenho *quase* certeza de que é um sorriso de verdade, ainda que minúsculo, que vejo ali.

— Você pode sempre partir do princípio de que não estou sendo educado — diz ele.

Isso me tira uma risada. Eu deveria ter chegado a essa conclusão antes. Não é como se ele tivesse sido a pessoa mais educada do mundo nos últimos dias desde que nos conhecemos.

— Não quero atrapalhar… — digo.

— Você não vai atrapalhar nada — insiste ele. — Preciso parar de trabalhar. Preciso de… uma distração.

Abro um sorriso.

— Uma *distração*?

Ele retrai o corpo.

— Não era pra isso ter soado tão…

— Uma distração tá ótimo — digo.

9

Quando volto para a mesa segurando meu casaco e minha bolsa, Hayden já guardou o computador e colocou a salada e o copo d'água a sua frente. Só me lembro do dilema depois que já estou sentada na frente dele. Do *nosso* dilema, meu e de Hayden.

É impossível a gente se sentar em espaços apertados como este sem precisar fazer um malabarismo complexo com as pernas.

— Desculpa — digo, quando meu joelho esquerdo esbarra no dele e acaba aconchegado entre suas duas coxas, entrelaçado. — Acho que somos altos demais pra essas mesas.

— A culpa não é sua — diz ele. — Eu sou alto demais pra quase todas as mesas. Se você me visse em um avião...

Dou uma risada.

— Tá aí uma coisa que eu queria ver. Da próxima vez, me manda uma foto?

— Não tenho seu número — lembra ele, que não é a mesma coisa que *pedir* meu número, mas isso ainda assim me surpreende com um choque que desce até minha barriga, e a surpresa maior é que é agradável.

Eu poderia oferecer meu número. Normalmente, ofereceria.

Mas não tenho a menor ideia se isso foi uma *indireta* para que eu fizesse isso. Com Theo, sempre entendo o que ele quer. É reconfortante.

— Como foi seu primeiro dia? — pergunto.

Ele balança a cabeça.

— A gente não vai falar da Margaret Ives.

— Não, *você* não vai falar dela. — Eu me inclino para a frente e sinto as pernas dele se tensionarem de leve ao redor das minhas. — Porque eu não tenho o menor problema em te dizer que meu primeiro dia foi esquisito.

— Você não deveria me contar essas coisas — diz ele.

— É, talvez — admito —, mas, como nós dois assinamos acordos de confidencialidade bem estritos, tenho quase certeza de que você é a única pessoa com quem *posso* comentar sobre essas coisas. Acho que ela mentiu pra mim.

O rosto de Hayden pode não expressar toda a variedade de emoções à qual estou acostumada, mas descubro que ele é perfeitamente capaz de demonstrar surpresa.

E depois mais alguma coisa, tipo um lampejo de compreensão, antes de ele se obrigar a fazer cara de paisagem de novo.

— Hayden — digo, me inclinando ainda mais para a frente, de modo a olhar no fundo dos olhos dele.

— Alice — responde ele, meio tenso.

— Que cara foi essa? — pergunto.

Ele afasta o olhar, coçando o queixo.

— Ah, fala sério — exclamo. — E se eu prometer não usar nada do que você me contar?

Seus olhos voltam para os meus na mesma hora. Naquela iluminação quente, ficam quase dourados. Parecidos com mel. Ele também se inclina mais para a frente, deslizando o joelho até quase a minha virilha no processo, o calor dele palpável entre minhas coxas expostas.

— Não vou te contar nada — diz ele.

— Mas ela também mentiu pra você — digo. — Ou, pelo menos, você acha que pode ter mentido.

Ele volta a erguer a sobrancelha e relaxa a boca. A careta retorna logo depois para seu rosto.

— É por isso que nunca saio para encontros com jornalistas.

Outra onda de calor, dessa vez bem mais intensa, me atravessa. Ele está insinuando que isto aqui conta como *um encontro* ou só queria me ofender?

Então esfrega o queixo de novo, os olhos distantes até o segundo em que se voltam para mim, concentrados. Depois ele desmorona sobre a cadeira com um suspiro.

— Tiveram algumas... — E escolhe as palavras que vai dizer a seguir com cuidado. — Discrepâncias que ainda não consegui entender.

Franzo a testa.

— Ela tá zoando com a nossa cara, porra?

Uma garçonete passa por nós, diminuindo o passo quando ele ergue a mão para chamá-la.

— Acho que minha amiga quer pedir.

Amiga! Nossa, que progresso.

Após dar uma olhada rápida no cardápio, peço o cachorro-quente vegano e, para beber, alguma coisa chamada Queen's Park.

— E você, vai querer mais alguma coisa? — pergunta a garçonete para Hayden, que balança a cabeça.

Assim que ela sai de perto, ele volta a me encarar, curvando-se para a frente, os antebraços apoiados na mesa.

— É esquisito *mesmo* ela topar fazer isso assim, do nada. Sei lá, tipo, por que agora?

O olhar dele é afiado, expressivo. Demoro um instante para entender o que ele está insinuando. Dá para perceber que não quer falar com *todas* as letras, mas espera que eu adivinhe mesmo assim. Como se essa fosse uma forma de driblar a regra que ele mesmo criou de "não vamos falar sobre Margaret Ives".

O que faria alguém cogitar escrever um livro de memórias de repente, depois de passar três décadas se escondendo do mundo? Só consigo pensar em dois motivos óbvios.

Talvez ela esteja morrendo. Ou talvez...

— Ela está perdendo a memória? — sugiro.

A garçonete deixa meu drinque quando passa por nós. Agradeço a ela e volto a encarar Hayden.

— Talvez eu só esteja fazendo tempestade em copo d'água. — Ele dá de ombros. — Desde o Len, ando meio... — Ele balança a cabeça. — Sei lá, sempre que visito meus pais e um deles se esquece de onde colocou o controle remoto, uma parte de mim fica se perguntando se é um esquecimento normal ou algo mais grave.

Ele balança a cabeça de novo como se quisesse afastar o pensamento.

— Você era muito próximo dele — digo. — Do Len.

Não é uma pergunta. É óbvio que Hayden acabou ficando amigo do cara. Ele passou anos com Len Stirling, com sua família e seus amigos. É claro que os dois criaram um vínculo. Mas, por algum motivo, eu não tinha pensado no quanto deve ter sido doloroso.

Formar um laço com alguém que está prestes a ir embora. O livro não falava muito dos acontecimentos após a morte de Len. Hayden estava naquelas páginas, mas só em pequenos vislumbres. Ele tem talento para escrever como se fosse uma janela para os acontecimentos, não um narrador.

Mas então entendo que era Hayden mesmo que estava lá. Que conhecia o homem sobre quem estava escrevendo. Que talvez até o amasse.

— Não sei o que está acontecendo — diz ele de repente, com um tom distraído. — É mais provável que ela ainda não confie na gente.

Ele passa os dedos sobre a boca, pensativo. Esse movimento me distrai. Na verdade, me hipnotiza. Não tinha chegado a perceber o quanto ele é bonito. Não sei bem o que o faz tão lindo. Seus traços não são nem um pouco simétricos. Os olhos são pequenos, a boca é larga e o nariz parece ter sido quebrado pelo menos uma vez e nunca colocado no lugar.

Quer dizer, é óbvio que o corpo dele é incrível, então, quando me pego secando o Hayden sem querer, até que *faz* sentido. Mas sou pega de surpresa pela forma como observar aqueles dedos grandes deslizando por aquela boca me afeta.

Imagino que haja *alguma* questão biológica por trás disso. Meu corpo gosta dos feromônios dele, ou minhas pernas gostam da sensação de estar entre as dele.

Nossa, talvez eu devesse mesmo ter convidado Theo para uma visita. Essa era a última coisa com a qual eu devia estar desperdiçando meus preciosos neurônios agora.

Ele volta a apoiar a mão sobre a mesa e nossos olhos se encontram, a sensação de um fio desencapado esbarrando em metal surgindo no centro do meu peito.

— Não sei — diz ele.

— Quê? — Perdi completamente o fio da meada da nossa conversa.

— Não sei por que ela chamaria a gente pra vir aqui, pagaria pelo nosso trabalho e aí criaria buracos na própria história.

Ele se ajeita no banco, nossas coxas roçando de novo.

A garçonete volta para entregar meu cachorro-quente e encher novamente o copo d'água de Hayden.

— Tem certeza de que não quer mais nada? — pergunta ela para Hayden.

— Tenho, obrigado — responde ele.

Ela vai embora para atender as outras mesas, e Hayden me pega olhando para ele. *Pensando* sobre ele, na verdade.

— Que foi? — pergunta, erguendo uma sobrancelha.

— Você só come salada?

Ele abre a boca, o espaço entre suas sobrancelhas se afundando. Então a fecha de novo.

— Tento me controlar quando viajo a trabalho. Se eu perder o ritmo, é difícil recuperar a rotina quando volto pra casa.

— Então isso é um sim? — insisto.

Uma repuxada vagarosa no canto da boca se transforma em um sorriso, um sorriso de verdade, reconhecível.

— Não, Alice, eu não como só salada. Inclusive, naquele outro dia, comi um croissant incrível.

— Ai, nossa, eles são *muito* bons, né? — digo, pouco antes de dar uma mordida no meu cachorro-quente vegano.

— Muito bons — concorda ele, erguendo o garfo para brincar com a salada. — Dava pra sentir minhas artérias entupindo, mas nem liguei.

Solto uma risada irônica.

— Acho que o figurão de Nova York que só toma chá verde, corre de manhã e adora uma salada pode comer um croissantzinho sem sofrer o risco de um ataque cardíaco. Nem a minha irmã come que nem você, e ela já fez umas catorze cirurgias no coração.

Ele franze a testa e o sorriso desaparece.

— A irmã do Corpo da Paz?

— Só tenho essa — informo.

Ele volta a baixar o garfo, a mandíbula tensa.

— Ela está bem?

— Está! — exclamo, rápido demais. — Desculpa! Ficou estranho do jeito que eu falei. Ela está ótima. Com uma saúde de ferro. Ou melhor, com a saúde de uma pessoa normal com um coração saudável. Isso aconteceu quando a gente era pequena.

— Que merda. — Ele volta a franzir a testa. — O que houve?

— Ela nasceu com um problema no coração — digo. — Então vivia no hospital quando a gente era mais nova. Mas desde, sei lá, o ensino médio ela melhorou. Só que era isso que eu queria dizer. Você come feito um passarinho em comparação a ela.

— Ela é mais velha ou mais nova? — pergunta ele.

— Mais velha — respondo. — Três anos. E o seu irmão, o que é médico e perfeito?

Ele retorce a boca de um jeito irônico, mas eu não chamaria essa expressão de sorriso.

— Só tenho esse — diz ele, repetindo minhas palavras. — Dois anos mais velho. Mencionei que ele era capitão do time de futebol americano da escola?

— Nem precisava — brinco. — Já dava pra imaginar.

Ele solta uma risada pelo nariz. O som parece algo que sairia de um touro raivoso, mas tenho quase certeza de que é uma risada.

— Em qual posição você jogava?

Nesse momento ele, de fato, bufa, e acrescenta um revirar de olhos enquanto volta a se inclinar para a frente, novamente apoiando os antebraços na mesa.

— Em nenhuma.

— Basquete? — pergunto.

— Apesar de todos os esforços do meu pai — responde ele —, não.

— Hayden — digo. — Você tem quase dois metros e é puro músculo. Podia já estar milionário a essa altura.

— Acho que não é bem assim que funciona a carreira esportiva — diz ele. — Parece que é necessário ter "talento" ou "coordenação motora" também. — Ele gesticula as aspas dos requisitos para o basquete com as mãos apoiadas na mesa. — Aliás, eu tenho um metro e noventa e dois.

— Hum. — Concordo com a cabeça. — Isso é tipo um metro e setenta no mundo do basquete.

— Agora fiquei aqui me perguntando — diz ele em um tom vagaroso — por que *você* não é matemática.

— Bom, se você quiser, posso te passar o número da minha mãe, aí vocês podem conversar sobre todos os empregos impressionantes que eu *poderia* ter tido, enquanto eu ligo pro seu pai pra contar que também acho que você deveria ter jogado basquete na escola.

— Não, não precisa dar esse gostinho pra ele — responde Hayden.

— Eu já sei que vocês dois têm razão. Se eu pudesse voltar no tempo, talvez até tentasse, só pra ver no que daria. Mas, na época, a *única* coisa que eu queria fazer era o oposto do que a minha mãe mandava.

— Então vocês não se davam bem? — pergunto.

Ele ergue os ombros imensos e depois os relaxa.

— Não, quer dizer, a gente se dá bem hoje em dia. Eles são ótimos, na verdade. Mas eu tinha um pouco de dificuldade com as expectativas que as pessoas colocavam em cima da minha família. Melhorou agora que moro longe. Não é como se tudo que eu fizesse continuasse refletindo neles.

— Sei como é — digo.

— Sabe? — questiona ele, o restante da pergunta pairando no ar, implícita: *Como?*

Não costumo falar muito disso, mas também tenho a impressão de que esse não é o tipo de conversa que Hayden tem com frequência, o que faz com que eu me sinta bem, quase como se ele confiasse em mim.

— Meus pais eram meio... — Procuro uma palavra que englobe tudo o que quero dizer. É claro que ela não existe. Porque pessoas são assim mesmo. Elas sempre são mais de uma coisa, e, muitas vezes, são até uma coleção de características contraditórias. — Eles são excêntricos — digo. — Megaidealistas e fervorosos e... inteligentes, eu diria. Antes de minha irmã e eu nascermos, viveram em uma fazenda comunitária, então sabiam como fazer *tudo*. E, graças a eles, também sei fazer um monte de coisas.

— Tipo? — pergunta ele.

Dou de ombros.

— Costurar meias. Apertar roupas. Cozinhar. Fazer conserva de frutas e legumes. Jardinagem. Esse tipo de coisa.

— Nossa — diz ele. — Isso é bem impressionante.

— Hoje em dia, sim — concordo. — Só que, quando eu era mais nova, morria de vergonha. A gente morava em uma cidade muito pequena, onde todo mundo era igual, mas meus pais eram jornalistas hippies que literalmente se acorrentavam a árvores nos anos 1970. Minha irmã e eu sofríamos muito bullying porque todo mundo achava que nossos pais eram esquisitos. E o fato de a gente ter estudado em casa até o ensino médio por causa dos problemas de saúde da minha irmã não ajudou. Nem o fato de só usarmos roupas feitas em casa. Ou o fato de eu ser uns vinte centímetros mais alta do que todas as outras meninas da minha turma. Pensando bem, a gente dava muito pano pra manga mesmo.

Outro vislumbre de um sorriso.

— Mas a questão é que ninguém da escola sabia o que acontecia na nossa casa. Dos problemas da Audrey. Do mesmo jeito que eu não sabia o que acontecia na casa dos *outros*. A maioria das pessoas não é maldosa sem motivo, sabe? Também estão enfrentando os próprios problemas.

— Alice — diz ele em um tom levemente repreensivo. — Algumas pessoas só *são* babacas.

— Eu sei — respondo. — Algumas. Mas não a maioria.

Dessa vez, o divertimento dele assume a forma de uma bufada silenciosa.

— O quê? — pergunto.

— É só que... — Dá para notar as engrenagens girando enquanto ele pensa nas próximas palavras. — Talvez você seja a pessoa menos cínica do mundo. Acho que nunca conheci alguém como você.

Estreito os olhos.

— Tá querendo dizer que sou ingênua?

— Não, Alice — responde ele. — Se eu quisesse dizer isso, teria dito.

10

— Posso te dar uma carona de volta para o hotel, se você quiser — oferece Hayden enquanto o ar-condicionado e a iluminação romântica do Rum Room vão ficando para trás e descemos a rampa, cercados pela noite úmida da Geórgia. — E te dar uma carona de volta pra cá para buscar o carro amanhã, se você quiser.

Tiro o casaco fino que estou usando e o penduro em um braço.

— Na verdade, não estou mais no hotel. Encontrei uma casa mobiliada pra passar o mês.

— Ah — diz ele. — Bom, posso te deixar na sua casa, então.

— Não precisa — respondo. — Na verdade, vim andando. É pertinho. Vou por ali, tá vendo?

Aponto para o caminho que sai do canto do estacionamento, serpenteando por um trecho com alguns carvalhos, pinheiros e palmeiras até fazer uma curva atrás da rua onde fica minha casa temporária.

Hayden para no limiar das luzes do pátio na frente do restaurante, sobre a terra batida misturada com pedaços de pinha, e analisa o caminho escuro, o rosto sendo tomado por um ar de preocupação.

— É bem perto — prometo.

— Eu acompanho você — diz ele.

— Não precisa — digo. — Eu sou alta *e* boa de briga. Tá tudo certo.

— A gente não está em Nova York ou em Los Angeles — rebate ele.

— O que quer dizer que o índice de criminalidade aqui deve ser bem mais baixo — respondo.

— O que quer dizer que não tem ninguém na rua — rebate ele. — Se alguma coisa acontecer...

Levanto as mãos, suplicante.

— Não vou tentar te impedir. Só quero deixar claro que não precisa se sentir na obrigação de me acompanhar.

— Vou repetir — diz ele. — Não costumo fazer as coisas por me sentir obrigado.

— Deve ser bom ser você — brinco, esbarrando de lado nele enquanto sigo para a entrada da trilha entre as árvores.

— Por eu ser indiferente e frio? — pergunta ele, andando ao meu lado.

Isso me lembra do que Cillian disse sobre Hayden — um *tipo deveras desagradável* —, e tenho uma vontade repentina de defendê-lo, junto com uma sensação leve e carinhosa de solidariedade.

— Na verdade, eu estava mais querendo dizer — explico — que é porque você sempre deve conseguir alcançar a prateleira mais alta.

— Faz sentido — responde ele, sério. — Nunca parei pra pensar no quanto de sorte tive na vida.

— Falando nisso...

— Na minha sorte?

— Na sua altura — esclareço. — Posso te fazer uma pergunta?

Ele para e me lança um olhar confuso.

— Sobre a minha altura?

Concordo com a cabeça.

— Pode — responde ele.

— Quantas garotas com menos de um metro e sessenta você já namorou?

Ele me encara por um instante. Por mais do que um instante. Acho que dei tela azul no cérebro dele. Finalmente, uma risada baixa.

— Como assim? Que tipo de pergunta é essa?

Volto a andar. Ele me acompanha.

— É só que — explico — homens muito altos parecem sempre namorar mulheres *minúsculas*.

— De *onde* você tirou isso? — pergunta ele, parecendo perplexo.

— Das minhas observações pessoais — digo.

Ele balança a cabeça de novo.

— Nem sei o que te responder.

— Só fiquei curiosa — digo. — Sabe, porque antes eu achava que isso era, tipo, fisicamente inconveniente. Só que agora, toda vez que a gente divide uma mesa, ficamos apertados, então comecei a achar que talvez seja uma questão evolutiva.

Ele me lança um olhar semicerrado, os olhos em formato de meia-lua brilhando encimados pela testa séria.

— *Como* isso seria uma questão evolutiva, exatamente?

— Juntando homens altos e mulheres baixinhas — explico. — Tipo, se você é uma pessoa muito alta, talvez a biologia te incentive a encontrar alguém que ocupe menos espaço, sabe?

— E qual seria o *propósito* disso? — questiona ele.

Dou de ombros.

— Sei lá! Talvez porque tivessem que caçar mais se precisassem alimentar dois gigantes, ou porque cavernas são pequenas, então precisamos economizar o máximo de espaço possível?

Ele me olha de soslaio.

— Vamos acrescentar "cientista" naquela lista de profissões melhores que você poderia ter.

— Nossa, juro pra você que essa já entrou na lista da minha mãe — digo. — As conversas que ando tendo com ela quando ligo lá pra casa quase sempre terminam com um clima de *Por que você está escrevendo sobre atores mirins quando podia estar solucionando a crise climática, Alice?*

Mais uma vez, ele para. Estou acostumada a andar e falar, mas parece que Hayden precisa ficar parado sempre que quer muito dizer ou perguntar alguma coisa.

— E o seu pai? — questiona ele. — Ele é mais compreensivo com o seu trabalho?

— Hum, sim — digo, ainda andando, meus olhos acompanhando o caminho que minhas sandálias fazem, minhas unhas do pé pintadas de cor-de-rosa, quase brilhando no escuro. — Ele era, na verdade. Ou não sei se ele *entendia*, mas sempre me deu muito apoio. Dos dois, era ele quem tinha mais pé no chão. Adorava livros e filmes e essas coisas, enquanto minha mãe só gosta de coisas que sirvam para um propósito o tempo todo.

Os passos baixos de Hayden retornam ao meu lado, abafados.

— O seu pai... faleceu?

— Faz uns anos — confirmo. — Meus pais já eram mais velhos quando tiveram a gente, então não foi completamente inesperado, mas foi difícil mesmo assim. Ainda é.

— Sinto muito — diz ele.

Eu me forço a abrir um pequeno sorriso e o encaro.

— Obrigada.

— Sempre me sinto um idiota quando falo isso — murmura ele.

— Sei como é — concordo —, mas não tem muito o que dizer além disso. E, pra ser sincera, acho que uns setenta por cento dos meus amigos têm um relacionamento terrível com o pai, então, mesmo que eu tenha passado menos tempo do que gostaria com o meu, ainda sinto que tive sorte.

— Você não precisa se sentir assim — diz ele, baixinho. — Pode se sentir injustiçada, Alice.

Sinto uma comichão surpreendente no fundo do nariz e uma leve dor no coração. Não só por estar pensando no meu pai, mas porque o comentário de Cillian retorna à minha mente: *um tipo deveras desagradável.*

Eu jamais culparia Cillian por ter tido essa impressão, mas me incomoda saber que existem pessoas que conhecem Hayden Anderson e têm essa visão parcial dele.

Às vezes, ele pode ser meio desagradável. Mas também pode ser gentil e até engraçado.

Às vezes, pode ser indiferente com pessoas que estão bem do lado dele, mas também pode notar que alguém está incomodando você do outro lado do estacionamento e vir ajudar.

— Sei que eu posso — finalmente admito. — Mas prefiro pensar assim. Que só dói tanto porque ele era maravilhoso.

E tantas coisas me lembram do meu pai que, de certa forma, é como se ele ainda estivesse aqui comigo. Ainda mais aqui, no verão da Geórgia, entrevistando uma mulher que fascinava a nós dois.

Hayden concorda com a cabeça, mas continuamos quietos por um instante. Seguimos a trilha em um silêncio amigável, nossos braços se esbarrando de vez em quando, nossa pele levemente grudenta de suor.

Como se lesse minha mente, ele diz:

— Não vou me acostumar com essa umidade nunca.

— Eu meio que adoro — confesso.

Ele me encara por cima do ombro, os olhos refletindo a luz da lua.

— Claro que adora.

— Aposto que você está louco para voltar pra Nova York — digo.

— Mais ou menos — concorda ele.

Paramos de andar de novo, apesar de eu não me lembrar de ter feito isso. Estamos nos encarando, próximos um do outro, o canto rouco das cigarras preenchendo a noite ao redor. Com a visão periférica, vejo os fundos da minha casa, pouco atrás do vão entre as árvores.

Encontro os olhos dele de novo.

— Chegamos.

Minha voz sai fina e fraca. Consigo *escutar* minha insatisfação. O desejo de que a caminhada tivesse durado mais tempo.

Hayden assente para mostrar que me ouviu, mas não diz nada. A umidade parece grossa feito gelatina, como se impedisse meus movimentos.

Engulo em seco e abro outro sorriso forçado.

— Bom, obrigada por me acompanhar.

— Imagina — diz ele.

Eu me viro para o vão entre as árvores, mas ele chama meu nome em uma entonação de pergunta e, quando olho para trás, ele dá um passo na minha direção.

— Uma — diz ele.

Balanço a cabeça.

— Uma o quê?

Ele ergue bem rápido os cantos da boca e logo os abaixa.

— Tive só uma namorada com menos de um metro e sessenta — responde ele, sério.

— Ah.

Não sei por que minhas orelhas ficam quentes de repente, mas é isso que acontece.

— E era como você disse — continua ele.

— Mais espaço na caverna? — digo, baixinho.

Outro leve movimento de lábios vindo dele.

— Não, fisicamente inconveniente.

O calor se espalha por meu pescoço. Depois dá a volta por minhas costelas, como se estivesse tentando alcançar Hayden, como se quisesse nos unir.

— Ela não devia conseguir pegar nada na prateleira mais alta — digo.

— E era uma péssima jogadora de basquete — continua ele, secamente.

Meu nervoso se manifesta em uma risada. O sorriso dele se alarga. É como se houvesse algo borbulhando em minhas veias. *Ai, merda, estou ferrada.*

O pensamento ainda nem terminou de se formar na minha cabeça quando pergunto:

— Tá a fim de entrar?

Ele já está vindo na minha direção quando responde:

— É melhor eu ir pra casa.

Nossos abdomens quase se tocam. Ergo o queixo para encontrar os olhos dele.

— Por quê?

As pupilas dele se dilatam.

— Você sabe o porquê.

Engulo em seco, mas isso não ajuda a diminuir o calor que sinto na garganta e no peito.

— Porque você tem namorada?

— Não — responde ele.

— Não, não é por causa disso — questiono —, ou não, você não tem namorada?

— Você fala *demais* — murmura ele.

— Se tiver algo a dizer — respondo —, pode me interromper.

E ele me interrompe, mas não com palavras. Em vez disso, pressiona de leve uma das mãos contra meus lábios, provocante.

Meu corpo inteiro esquenta com o contato repentino. Com a sensação dos dedos ásperos dele e com o cheiro de seu sabonete, além da lembrança que me atinge de que, uma hora atrás, essa mesma mão estava esfregando a boca *dele*. Estou *mais* do que hipnotizada neste momento.

Estou em *transe* com a sensação delicada, com o jeito como os olhos dele acompanham o movimento quando percorre meu lábio inferior com os dedos, arrancando um suspiro irregular de mim.

Meus lábios se abrem quase que por vontade própria, a ponta da minha língua tocando um dos dedos dele, e ele volta os olhos para os meus, mais escuros do que antes.

Por um instante, sinto como se estivesse flutuando. Pairando na ausência da gravidade daquele momento, esperando para ver se vou cair ou se ele vai me segurar.

Eu me inclino para a frente. Quando meu abdômen encontra o dele, Hayden já levou as mãos à minha mandíbula, os lábios afobados dele convidando os meus.

11

Hayden segura minha nuca, inclinando minha cabeça para trás, e, quando um som baixo escapa de mim, a língua dele domina a minha, uma onda de calor me atravessando. Minhas palmas sobem por seu peito. Ele desce a outra mão até minha cintura, puxando meu corpo para perto, e então, quando seguro firme a nuca dele, a mão passa para minha bunda, me erguendo contra o próprio corpo.

Eu me arqueio, querendo mais dele. O calor, a fricção do peito dele contra o meu, a rigidez da ereção me pressionando.

Interrompo o beijo bem rápido só para sussurrar:

— Entra.

Ele se afasta de mim tão de repente que cambaleio antes de recuperar o equilíbrio.

— Porra — diz ele para si mesmo, esfregando as mãos pelo rosto e cabelo como se estivesse tentando se recompor.

— Que foi? — pergunto, ainda surpresa e desnorteada.

Fico olhando enquanto a névoa de desejo desaparece dos olhos dele, sendo substituída por algo frio e sério. Ele balança a cabeça.

— Desculpa. Eu não devia ter passado a impressão errada.

Dou meio passo para trás, uma risada aguda escapando de mim.

— E que impressão seria essa?

— De que estou interessado em algo assim — responde ele, impassível. — Com você.

O calor toma conta do meu rosto, mas não sei se por vergonha ou raiva. Para piorar só um pouquinho a situação, ele resolve acrescentar:

— Porque não estou.

— É. Eu entendi essa parte.

Eu me viro, procurando por meu casaco e minha bolsa, que deixei cair com o entusiasmo. Pego os dois com raiva.

— *Alice* — diz ele, quase que em uma bronca, como se fosse *eu* quem estivesse sendo ridícula.

Tento me lembrar de que ele tem as próprias questões, que provavelmente não está *intencionalmente* sendo um babaca, mas, quando olho para cima, encontro os olhos duros dele me contemplando e aquela boca perfeitamente reta.

— Não é nada pessoal — diz ele.

Ter acrescentado o *com você* sobre como ele não estava interessado em algo assim parece sugerir o contrário, mas quem sou eu para julgar?

Meu Deus, não é possível que tenha interpretado as coisas de um jeito *tão* errado. Ou será que interpretei?

— Eu entendo — minto, me esforçando ao máximo para sorrir. — Me desculpa também.

Ele me analisa por um instante, o cenho franzido, os dois claramente sem saber o que dizer. Não costumo perder a fala, mas não consigo pensar em nada que tornaria esta situação menos humilhante.

— Não vou transar com uma pessoa — diz ele — de quem estou prestes a roubar o trabalho dos sonhos.

Minha risada é descontrolada, alta, talvez até um pouco raivosa.

Quanta *arrogância*.

— Acha mesmo que essa tá no papo, né? — rebato. — Como se eu fosse tão insignificante que nem tivesse chance.

Ele trinca a mandíbula.

— Nunca disse que você é insignificante.

O restante da frase, por outro lado, não o incomoda nem um pouco.

— Boa noite, Hayden — digo, bufando, e me viro para marchar por entre as árvores até o quintal dos fundos do meu bangalô, rezando a cada passo para nunca mais ver Hayden Anderson na vida.

NA SEGUNDA DE manhã, finjo não ver Hayden no Little Croissant, pegando um chá verde após — a julgar pelo suor pingando dele — uma corrida produtiva.

Na terça, para evitar outro encontro, volto a comprar meu café na área turística da ilha, a caminho de encontrar Margaret.

O café está horrível — apesar de os donuts não serem tão ruins assim.

Quando chego à casa de Margaret, Jodi está arrancando ervas daninhas dos canteiros da frente.

— Margaret está lá nos fundos, no ateliê — diz ela. — Pode passar pelo quintal.

— Obrigada, Jodi! — cantarolo.

A única resposta dela é um grunhido.

Dou a volta ao redor da casa, passando pela pequena piscina até a casinha de tábuas de madeira branca logo depois, as portas duplas de vidro abertas, e vejo Margaret se movendo lá dentro.

O ar está mais abafado e quente aqui do que na área da praia, e o sol inclemente no alto do céu faz um riacho de suor escorrer por minha nuca e entre minhas escápulas enquanto caminho até a pequena construção.

De longe, parece que o chão no interior foi pintado de azul, mas, ao me aproximar, entendo que me enganei. Ele não está pintado.

É um mosaico imenso, feito de tons reluzentes de azul, branco, verde e âmbar. Um mural gigante de vidro do mar arrumado em um padrão espiralado.

— É um caminho.

Levanto o olhar na direção da voz, protegendo os olhos da luz do sol, e encontro Margaret nos fundos do ateliê. Ela está vestindo um macacão lilás com as mangas enroladas, e o cabelo branco está preso em um coque no topo da cabeça. Quando entro, ela empurra os óculos protetores para cima da testa.

— Tipo um labirinto? — pergunto, olhando o espaço ao redor.

Uma série de mesas compridas e arranhadas foi arrumada ao redor da sala, a superfície delas coberta de ferramentas e arames, vidro, conchas e galhos. Acima de todas as janelas, há um sino dos ventos elaborado, girando lentamente, esperando um vento de verdade que o faça dançar.

— Nem tanto — diz ela. — Ele é unicursal. Só tem um jeito de entrar e sair. Labirintos são diferentes. Não dá para se perder nesse aqui. É só seguir reto, e talvez não seja o jeito mais rápido de chegar aonde quer ir, mas vai acabar te levando ao centro em algum momento. A ideia é fazer você pensar enquanto caminha.

— Sobre? — pergunto.

— O que você quiser — responde ela.

— Sobre o que *você* costuma pensar? — pergunto.

— No geral, sobre o que vou almoçar.

Nem o brilho que vejo no olhar dela consegue disfarçar a óbvia evasão. Margaret Ives tem uma resposta bem engatilhada para essa pergunta — mas não vai me contar. Não por enquanto.

Saio vagando pelo ateliê, analisando as coisas que ela já fez e as que ainda está fazendo em cima das mesas. É mais fresco aqui, graças à sombra do telhado e aos ventiladores de teto, mas não muito. A umidade impede o verão de escapar pelas paredes do ateliê, e as janelas abertas só trazem o cheiro de água salgada.

Com cuidado, passo os dedos por um dos sinos de vento, escutando seu tilintar e retinir leve. Há ainda mais mosaicos nas paredes, iguais ao do chão, apesar de menores e contidos em resina e molduras de madeira.

A maioria é abstrata ou organizada em padrões geométricos. Como se alguém tivesse pegado uma pintura de Hilma af Klint, espatifado e juntado os cacos de extremidades ásperas e irregulares.

— Esses aqui não fazem muito sucesso com os turistas — diz Margaret, parando atrás de mim. — Eles gostam mais de tartarugas e palmeiras.

— Mas são ótimas ferramentas pra ajudar jornalistas desesperadas a te encontrar — lembro.

Ela solta uma risada, voltando para as mesas cheias de ferramentas.

— Você se importa se eu trabalhar enquanto conversamos?

— Imagine... podemos gravar hoje?

Sigo atrás dela, deixando minha bolsa em um canto da mesa e me acomodando em um banco alto, sentindo como se tivesse voltado às aulas de arte que fiz no começo da faculdade.

Ela gesticula como se dissesse *Fique à vontade* e volta a colocar os óculos. Percebo que não são só pedacinhos lisos de vidro do mar que ela reuniu a sua frente, mas também garrafas inteiras, latas de alumínio e, no chão, baldes de lixo coberto com crostas de areia e espuma seca, coisas que deve ter encontrado na praia ou até boiando no pântano.

Há uma pia no canto dos fundos, com uma bancada ao lado, onde mais garrafas e latas estão arrumadas em um escorredor, como se tivessem sido lavadas recentemente.

— Aqui.

Margaret oferece um par de óculos para mim e os coloco, posicionando o celular e o gravador entre nós. Ela calça luvas roxas, enrola uma garrafa verde de cerveja em uma toalha e a espatifa com um martelo.

Tento não dar um pulo com o som, mas, mesmo abafado pela toalha, ele é agressivo.

— Onde foi que paramos? — pergunta Margaret.

— Bem...

Dou uma olhada nas minhas anotações.

Outro som alto de martelo espatifando vidro. Já cheguei a conduzir uma entrevista inteira em que o entrevistado estava fazendo uma aula de spinning, então vou conseguir ignorar os sons do trabalho de Margaret e me concentrar.

Ela abre a toalha para rearrumar os pedaços e, em seguida, a fecha de novo e continua batendo.

Penso em tocar no assunto do Ebner Hotel assim logo de cara. Mas, se *houver* algo que mereça ser explorado nessa questão, não quero que ela se feche antes que eu descubra o que pode ser. O objetivo deste mês é estabelecer confiança.

— O Lawrence tinha acabado de comprar o primeiro jornal. Ele se mudou pra San Francisco e chamou a irmã pra ir morar com ele, mas ela não quis ir.

— Isso, isso — diz ela.

— Mas a gente não precisa voltar pra essa parte — digo. — Queria muito saber mais sobre *você*, quando estiver pronta.

— Essa parte também é sobre mim, Alice — responde ela, incisiva. — Já expliquei isso.

— Então tudo bem.

Gesticulo para que ela continue.

Mais três marteladas primeiro. *Paf. Paf. Paf.*

— A irmã do Lawrence implorou para que ele voltasse pra casa e pedisse desculpas, parasse com aquela ânsia de sempre querer *mais*. Em vez disso, ele resolveu que estava na hora de começar uma nova família que fosse só dele. Tinha uns quarenta anos quando conheceu Amelia Lowe. Os Lowe eram de San Francisco.

Ao dizer isso, ela revira um pouco os olhos, como se soubesse que é pretensioso descrever alguém dessa maneira, mas não houvesse outra opção.

Seguro a risada.

— Era uma família do ramo das estradas de ferro — explica ela. — Ou seja, rica. Enfim, o pai da Amelia *odiava* o Lawrence. Odiava. — Ela percebe a expressão que estou fazendo. — Ficou surpresa?

— Um pouco — admito. — Tudo que eu já li dava a entender que foi meio que... não um casamento arranjado, mas, sabe, uma decisão de *negócios*. Do jeito que as coisas costumavam ser naquela época.

Ela ergue o olhar e sustenta o meu, um sorrisinho à espreita em seus lábios.

— Isso foi proposital. Veja bem, o Lawrence queria se casar com a Amelia, e a Amelia queria se livrar do pai controlador. Ela viu no Lawrence uma oportunidade de conseguir o que queria, mas o pai dela proibiu o namoro dos dois. Então eles resolveram se casar escondido. — Margaret pontua as palavras com uma martelada forte. — O sr. Lowe ficou furioso, é claro, mas, àquela altura, o Lawrence já tinha comprado outros quatro jornais. E, olha só que coisa, poucos dias depois do casamento, todos os cinco jornais dele publicaram uma história sobre a união dessas duas famílias poderosas. Era puxação de saco pura, só elogiava os Lowe, e espalhou fofocas sobre decisões de negócios que *ainda não tinham sido tomadas*. O sr. Lowe ficou encurralado. — Ela abre a toalha, ajeita o vidro, fecha a toalha, martela. — A Amelia foi perdoada pela família, e, pra completar, o sr. Lowe e o Lawrence começaram a fazer negócios juntos. Todo mundo saiu ganhando.

— E foi aí que o seu avô Gerald nasceu, certo? — pergunto. — Alguns anos depois de a Amelia e o Lawrence se casarem?

— Isso mesmo. — Ela volta a cobrir o vidro com a toalha. Martela. — Em 1875, Gerald Rupert Ives chegou ao mundo aos berros. — Ela lança um olhar na minha direção. — Foi ele que criou a Casa Ives do jeito que todo mundo conhece. Mas sempre pensei nele como o começo do fim. O degrau que determinou o resto do caminho. O primeiro dominó a cair. Aquele que, de um jeito ou de outro, determinou a direção de tudo o mais que aconteceria na minha vida.

A história

VERSÃO DA MÍDIA: Gerald Ives foi o criador do jornalismo moderno. Também foi um político fracassado, um boêmio extravagante e um mulherengo que abandonou a família sem nem pensar duas vezes.

VERSÃO DE MARGARET: Gerald Ives nunca criticou o próprio pai, mas também nunca ouviu o pai fazer qualquer elogio a *ele*.
    Gerald foi criado para ser um homem de negócios, e mal tinha completado oito anos quando entendeu que tinha nascido *no vermelho*. Com dívidas. No prejuízo.
    Chegou ao mundo com o rosto do pai e expectativas que jamais conseguiria concretizar, não importava com quantos professores particulares seus pais o trancafiassem. Ele estava destinado a realizar grandes feitos. Esse era o contrato que Lawrence acreditava ter fechado com o universo, e por isso Gerald se mostrava um fracasso a cada segundo que *não* o realizava.
    Uma decepção.
    Insuficiente.
    As coisas eram diferentes para sua irmã caçula.

Oito anos após Gerald nascer, Georgiana "Gigi" Ives chegou, nitidamente *no lucro*. Linda como a mãe, calma como o pai, sagaz como os dois. E era da personalidade dela ser despreocupada, o que só servia para torná-la ainda mais adorada.

Gigi ia aonde queria. Fazia o que queria. Estudava arte, dança, piano, brincava na grama com a babá em dias de sol.

E Gerald era obrigado a observar isso tudo pela janela enquanto o professor ladrava "De novo, de novo" até cada problema de matemática ser solucionado, cada verbo em italiano ser corretamente conjugado, cada fato importante relacionado à mineração ser decorado e recitado.

A casa da família em San Francisco era grande e opulenta, mas parecia uma prisão para ele, que ficava andando de um lado para o outro, procurando uma forma de escapar.

Ele tentou — assim como tentou tantas coisas na vida — entender por que o pai o detestava. Ou o que exatamente em Gigi e na mãe fazia um sorriso discreto, carinhoso, surgir nos lábios do pai.

Por que as duas pairavam, leves como raios de sol, pela casa, e ele as observava com ar de aprovação, enquanto apenas a fúria de Gerald era capaz de chamar a atenção do pai.

Uma vez, depois de uma briga entre os dois, Gerald foi para um anexo no terreno da família e socou a parede, deixando um buraco. A mãe o encontrou lá, ainda tremendo de energia acumulada, o sangue pingando pelas costas da mão até o chão frio de terra.

Com carinho, tocou os ombros dele.

— Ele tem medo, sabia? — disse ela. — É por isso que cobra tanto de você.

Gerald concordou com a cabeça, apesar de, mais tarde, desejar não ter feito isso. Ele *não* entendia. Nunca tinha visto nenhuma prova de que Lawrence Ives sentia medo de qualquer coisa e, mesmo em seu leito de morte, Gerald se perguntaria por que a mãe teria dito aquilo.

Mas, em vez de perguntar, ele reprimiu a raiva, controlando-a — ela não lhe servia de nada — e passou a fazer só o que o pai pedia com a mais absoluta precisão até completar vinte e cinco anos, quando Lawrence finalmente o considerou responsável o suficiente para entrar para os negócios da família.

Mais ou menos.

Ele lhe deu um jornal. Um.

— Um teste — tinha dito Lawrence, sem olhar nos olhos do filho, limitando-se a rabiscar a assinatura para oficializar a mudança.

Olha pra mim, Gerald se lembrava de ter pensado. *Olha pra mim, só uma vez.*

Ele não tinha olhado.

Uma semana depois de assumir o comando do *San Francisco Daily Dispatch*, Gerald mudou o lema do jornal para "Onde a verdade reina".

Uma semana depois disso, fez uma limpa.

Ele e o pai não chegaram a brigar sobre esse assunto. Não chegaram nem a *conversar* sobre o assunto. Mas, pela primeira vez, Gerald sabia que Lawrence estava de olho.

Gerald não entendia nada de mineração. Não tinha talento para prospectar territórios de minas. Nunca tinha sentido a prata clamando por ele do fundo da terra.

Mas ele tinha algo que o pai não tinha: ousadia. Se tudo desmoronasse, pensava Gerald, que diferença faria? Aquela era a chance dele, e nunca receberia outra.

Precisava manter a atenção do pai, e isso significava correr grandes riscos.

Apostou tudo o que tinha em talento. Roubou os melhores escritores, os melhores cartunistas, os melhores editores dos jornais da família Pulitzer e das prensas dos Hearsts também. Quase dobrou o salário da equipe e, com o dinheiro que sobrou, comprou os mais novos e melhores equipamentos.

Gerald Ives nunca fez críticas sobre o pai.

Mas administrou o jornal dele com sangue nos olhos.

Lawrence o educara para ser um homem de negócios, mas a mãe o educara para ser populista, e ele pegou os ideais dos dois e os entregou ao povo cobrando um preço.

Ele atacava a corrupção. Apontava hipocrisias.

A verdade reina, repetia ele para a equipe o tempo todo, e para os leitores de seu jornal também, que começaram a entender que talvez os outros veículos não estivessem contando *toda* a verdade.

Alguns competidores desistiram. Outros, ele conquistou.

Fez dois jornais do pai irem à falência e os comprou dele, e, ainda assim, os dois continuaram jantando em silêncio, um de frente para o outro, Lawrence levantando os olhos discretamente da sopa para analisar o único filho.

Pela primeira vez na vida, Gerald tinha assumido o controle. Ele decidia quando, como e por quem seria visto. E para além disso, moldava a visão de seus leitores, mostrava do que deviam sentir raiva, o que deviam temer.

Os jornalistas dele podiam chegar atrasados, bêbados ou nem aparecer, contanto que entregassem o trabalho do jeito que ele gostava. O que significava que aqueles que ele não chegou a roubar na primeira leva vieram correndo logo depois.

O talento era a prata dele. Era o que o atraía e o que precisava ter.

Um de seus jornalistas em específico levava jeito para bolar manchetes. As colunas dele eram uma bosta, mas Gerald percebeu que isso não fazia diferença. A manchete bastava.

Era a manchete que contava a história, então as pessoas só percorriam a página cheia de tinta com os olhos e liam tudo por cima.

De quem você sente raiva?

Do que sente medo?

O que você mais ama no mundo, e como poderia perder isso?

Essas eram as questões que ele inspirava em sua equipe. A verdade reinava, mas a emoção era a conselheira mais valiosa da verdade.

Não demorou muito para San Francisco deixar de ser suficiente. Depois, a Califórnia deixou de ser suficiente. O verdadeiro trono do poder, entendeu ele, ficava em Nova York.

Só depois de ter os dois estados, as duas cidades, com a imprensa unificada, ele descansaria.

Na virada do século, atravessou o país e começou a segunda onda de dominação.

O primeiro jornal que comprou em Nova York foi um fracasso. O segundo também. As pessoas na Costa Leste desconfiavam dele.

Porém, mais uma vez, o faro que tinha para talentos acertou em cheio quando ele conheceu Rosalind Goodlett. Ela tinha uma aparência comum e era pequena, parecia quase uma criança e só tinha olhos para os trabalhos de caridade que desenvolvia e por meio dos quais ajudava os pobres e doentes.

Também era filha de um senador.

Sim, Gerald se apresentava como fornecedor da verdade, mas, por algum motivo, isso não fazia com que se tornasse *confiável*. Afinal de contas, os próprios jornais dele dedicavam boa parte de seu tempo e espaço para chamar a atenção do público para os muitos fracassos morais dos ricos e poderosos e, a certa altura, acabou ficando inegável que o próprio Gerald fazia parte desse grupo.

As pessoas confiavam em Rosalind. Talvez por ela não ser bonita, talvez pela inocência que viam em seus olhos, ou quem sabe tudo não passasse de um jogo cujas regras ela entendia, mas, fosse o que fosse, Gerald bateu os olhos nela e soube — *soube* — que ela tinha um talento raro.

Por outro lado, na opinião de Gerald, o pai dela era um homem que tinha dado sorte na vida e caído de paraquedas em uma posição de autoridade.

O que fazia dele um homem que podia ser comprado.

Gerald não pediu Rosalind em casamento. Encheu o senador Goodlett de presentes e, em seguida, sugeriu uma aliança. Quando o senador aceitou que Gerald se casasse com Rosalind, praticamente lhe entregou as chaves para Nova York.

Três meses depois do casamento, já havia comprado dois jornais poderosos na cidade, colocado o pessoal *dele* lá dentro, deixado tudo do jeito que *ele* queria. E então levou a jovem esposa de volta para a Califórnia. Não era um homem cruel: não quis se apossar do dinheiro dela.

Ela havia possibilitado a ele o que mais queria; por que não deixar que realizasse seu único desejo?

E tudo que ela queria, assim como ele, era fazer o próprio trabalho.

E, sim, o trabalho dela consistia basicamente em *gastar* dinheiro, mas cada centavo gasto em filantropia era revertido para ele na forma de uma boa reputação. Um investimento de outro tipo, embora não fosse um tipo que seu pai entendesse ou aprovasse. Bom, ainda não.

Rosalind não amava Gerald. Ele sabia disso. Mas o respeitava, e ele retribuía esse respeito mais do que tinha sido capaz de prever no começo. Os dois se tornaram algo para além de marido e mulher. Viraram parceiros.

Nos primeiros três anos, não consumou o casamento com a esposa. Esperou até que ela o procurasse. Depois, os dois ficaram na cama e conversaram por horas, sonhando com tudo que poderiam ter um dia.

Ele passou a mão pelo cabelo louro sem graça dela e a analisou com atenção pela primeira vez, percebendo que podia ser linda. Que bastava ter dado uma boa olhada nela, de perto, e sentiu vergonha por nunca ter feito isso.

Em 1904, os dois tiveram um filho, Frederick Ives, e logo depois uma filha, Francine, e ele estava determinado a ser um bom pai para eles, para *os dois*.

Era tudo — assim como seu casamento, assim como roubar os funcionários dos Pulitzers, como comprar as prensas mais modernas, como a filantropia de Rosalind — um investimento.

Duas vezes por semana, Gerald levava a esposa e os filhos para jantar com seus pais na elegante mansão vitoriana deles. Gigi tinha se casado com um britânico e se mudado para a Europa, mas, mesmo na ausência da irmã, Gerald não conseguia a atenção do pai.

Ia tudo para o Freddy.

Para o pequeno Freddy, que Gerald deixava fazer o que queria. Que ia mal nos estudos. Que tinha puxado muitas características da mãe carinhosa, de bom coração, e pouquíssimo dos Ives, tirando a aparência.

Gerald não entendia... como seus pais podiam adorar mimar o filho bobo, brincalhão e nada ambicioso dele quando o próprio Gerald ainda não tinha conseguido conquistar nem uma migalha de aprovação do pai?

Talvez tenha sido por isso que resolveu se candidatar ao senado pelo estado da Califórnia. Se dinheiro e talento para negócios não bastavam para deixá-lo no lucro, então poder político talvez fosse o segredo.

Na época, senadores eram eleitos por legisladores estaduais, não por voto popular, e com todos os contatos que tinha acumulado, Gerald recebeu o título mais ou menos de bandeja. Em 1909, assumiu um cargo no senado e, junto com Rosalind, começou a planejar uma carreira até a Casa Branca.

Mas, mesmo com toda a força da imprensa por trás, quando as eleições presidenciais chegaram, outro candidato foi escolhido pelo partido.

Quatro anos depois, tentou de novo. Mais uma vez, preferiram outra pessoa.

E, enquanto Gerald ainda se recuperava do fracasso, Lawrence ficou subitamente doente.

Gerald apressou-se para ficar ao lado do pai, mas, mesmo em seu leito de morte, Lawrence não tinha nada a dizer para o filho. Em vez disso, passou vários dias tendo surtos de raiva e choro, pedindo desculpas para pessoas que não estavam ali. Implorava a um fantasma sem rosto que voltasse para casa, e então, por fim, pareceu escutar a resposta que queria. Em 1919, com oitenta e nove anos, Lawrence encontrou a paz pela primeira vez.

Então fechou os olhos, abriu um pequeno sorriso e deu seu último suspiro.

Era como se toda a obstinação que vivia enclausurada dentro de seu corpo tivesse escapado com aquele último fôlego e, logo em seguida, entrado em Gerald através dos pulmões, onde se remexia e o atacava como uma víbora.

Para Gerald, aquele poço infinito de uma ânsia sem nome se apresentava menos como obstinação e mais como raiva. Uma raiva tão violenta que achava que poderia — que *iria* — destruir tudo em que tocasse.

Pela primeira vez desde a adolescência, entrou em seu quarto de infância e socou a parede. Depois de novo, e continuou até o sangue das juntas de seus dedos estar espalhado pelo papel de parede.

Quando Rosalind foi consolá-lo, ele empurrou a esposa para fora do quarto e trancou a porta, deixando que a raiva o consumisse. Destruiu a cômoda de cerejeira. Arrancou as cortinas da janela. Socou a cabeceira até perder as forças que tinha para lutar, para *pensar*, o que o inundou de alívio.

Uma semana depois, foi embora de San Francisco. Não suportava mais ficar ali. Não aguentava ser observado pela esposa e pelos filhos, nem ver a mãe lamentar a morte de um pai que nunca o amara.

Abandonou a família, cada um deles, e seguiu para um lugar novo, desconhecido, sem fantasmas. Estava convencido de que, em Hollywood, suaria a raiva que sentia como se fosse febre.

Mas não foi isso o que aconteceu.

Em sua primeira noite na cidade, aos quarenta e quatro anos, Gerald Ives se apaixonou.

Estava em um bar, bebendo um martíni, quando olhou para o palco e a viu, a aura como a de um anjo. O cabelo ruivo-dourado indomável. Os olhos verdes e incomuns. A voz de papel em brasa.

Ela não chegava a ser mais bonita que Rosalind, mas era *imponente*. A presença dela não era só convidativa, mas exigia atenção, e era um alívio tão grande poder lhe oferecer isso, sentir uma coisa diferente, e não aquele poço infinito de raiva. O desejo era um oceano no qual ele sentia que queria se afogar. Não a ausência de algo, mas o excesso. Quando ela terminou a performance que fazia, desceu do palco e foi direto para a mesa dele para cumprimentá-lo.

Nina Gill vinha tentando ser atriz com o mesmo sucesso que Gerald tivera com a política nacional. Na época, o cinema ainda era mudo, e metade do poder de Nina residia no som de sua voz.

Ao contrário de Gerald, e até da esposa dele, Nina não tinha fome de poder, dinheiro ou mudança. Seu objetivo não era se tornar uma estrela.

Só queria beleza e prazer. E, para a sorte de Gerald, ele *era* um homem extremamente belo — mais bonito na meia-idade do que tinha sido na juventude.

Quanto à parte do prazer, ele mergulhou de cabeça nessa busca com ela. Bebendo, dançando, ouvindo música, fazendo sexo.

O dia inteiro, a cada minuto que não estavam juntos, ele sentia falta dela. Mas, quando ela dormia à noite — antes dele, sempre —, os pensamentos de Gerald se voltavam a Rosalind, obrigando-o a se lembrar de San Francisco e da antiga vida, trazendo de volta a raiva, disforme e inútil, mas ardente.

Passou meses desse jeito. Talvez tivesse passado mais tempo se Rosalind não houvesse mandado a notícia de que a mãe dele falecera.

Assim que leu o telegrama, soube que era o fim. Que nunca mais voltaria para San Francisco. Foi tomado pela raiva mais uma vez, só que, desta vez, não havia para onde correr. Então se jogou de cabeça no trabalho de novo.

Àquela altura, fazia dois anos que a Primeira Guerra Mundial tinha acabado, e havia talentos a serem encontrados, dinheiro a ser ganho. Ele precisava ser mais do que só um bêbado apaixonado. Precisava ocupar a cabeça, gastar energia.

Comprou um estúdio de cinema em ascensão, o Royal Pictures, e contratou Nina. Na estreia do primeiro filme dela, uma comédia, encheu os jornais de críticas maravilhosas sobre o desempenho da atriz, mas ainda foram necessários dois anos para que ela, enfim, ganhasse fama.

Assim que recuperou seu investimento — como sempre acontecia —, decidiu fazer algo novo e diferente do que sempre fizera, do que *qualquer Ives* fizera até então.

Decidiu gastar. Não investir, não apostar. Mas gastar. Sem o menor controle.

Não podia ter a Casa Branca? Tudo bem! Então construiu para si mesmo uma fortaleza na costa da Califórnia, abarrotando-a de coisas lindas, prazerosas.

Encheu o terreno de jardins e limoeiros, passou a dar festas luxuosas, a maioria delas nos sábados à noite.

No aniversário de Nina, contratou elefantes e tigres. Convidava os amigos dela de Hollywood para passar semanas na casa, e todos nadavam bêbados e pelados na piscina coberta, sob um teto drapeado de tecido translúcido.

E os dois brigavam. E como brigavam.

Rosalind não havia nunca sequer levantado a voz para ele.

Mas Nina levantava. Sempre que descobria uma das muitas infidelidades dele (que eram numerosas), gritava; sempre que ele suspeitava de uma traição dela (que provavelmente nunca existiu), berrava de volta.

Os dois brigavam na frente dos amigos, arremessando coisas contra as paredes, atravessando o gramado e batendo os pés, cuspindo um no outro. Mas nada disso estampava os jornais de fofoca porque, àquela altura, ele já comprara todos eles.

Contanto que a família não visse nenhuma notícia no jornal sobre ele, sobre aquela raiva infinita, seria como se ele não existisse mais.

Toda a sua fúria se esgotaria sem jamais afetar sua imagem.

Mas é claro que não foi isso o que aconteceu. Porque Nina ficou doente.

12

— A DOENÇA MISTERIOSA — digo. — Eu me lembro de ter lido sobre isso. Os dois anos em que Nina Gill não trabalhou. Bem na época em que os filmes de cinema *falado* começaram a sair.

— E o nome dela começou a pipocar na imprensa mais do que nunca — concordou Margaret. — Acho que já até imagino o que o seu amigo *Dove Franklin* deve ter dito sobre isso naquele livreco dele.

— Desde quando virei responsável pelas coisas que ele disse? — entro na brincadeira. — Não fui nem eu quem comprou o livro! A culpa é dos meus pais. Mas, sim, ele tinha teorias sobre o tempo que ela passou afastada.

Vejo uma sombra de sorriso no olhar que ela me lança por cima dos movimentos incessantes de suas mãos entre os cacos de vidro.

— Já até imagino: ela não conseguiu lidar com as mudanças em Hollywood. Ninguém queria contratá-la para fazer filmes falados, e sua fama começou a decair mais rápido do que tinha surgido, levando-a a ter um colapso nervoso que durou dois anos e do qual nunca se recuperou por completo.

Aceno com a cabeça em concordância.

— Uma atriz no auge da fama fazendo uma pausa de dois anos e passando a maior parte desse tempo entrando e saindo de hospitais ao redor do mundo... para mim, um colapso nervoso faria mais sentido do que a maioria das outras teorias dele.

As mãos dela param de se mexer pelas ferramentas e vi algo passar por seu rosto.

— Existem vários motivos para uma mulher querer desaparecer. Sempre existiram.

— Tipo quais? — pergunto, em um tom gentil.

Margaret tira as luvas das mãos pequenas, mas calejadas.

— Vamos voltar lá para dentro. A Jodi até poderia trazer nosso almoço aqui, mas ficaria irritada. Não gosta de bancar a garçonete.

— Ela é paga pra isso? — pergunto, já que ainda não recebi nenhuma informação sobre o relacionamento das duas.

Margaret inclina a cabeça para o lado de um jeito gracioso.

— Não, não é bem *isso* que eu diria — comenta por fim, uma resposta tão enigmática quanto eu poderia esperar.

Guardo minhas coisas e saímos do ateliê, deixando as portas escancaradas e destrancadas, os ventiladores de teto ainda girando.

Seguimos pelo caminho, mas na direção oposta da que Jodi e eu viemos, dando a volta pelo outro lado dos canteiros que ficam nos fundos da casa. Quando comento sobre isso, Margaret concorda com a cabeça.

— É tudo uma coisa só. Se continuar andando, vai chegar aonde quer em algum momento.

— Como no caminho — digo, apertando o gravador em uma das mãos, ainda ligado, e o celular na outra.

— Mais ou menos — diz ela. — Já pensei em transformar tudo isso aqui em um mosaico, conectá-lo com o caminho. Mas acho que não vou viver tanto assim. Daria *muito* trabalho.

— Então foi de propósito? — pergunto. — O caminho *unicursal*.

— Gosto de me livrar da obrigação de tomar decisões sempre que possível.

— Por quê? — questiono.

— Porque me deixa mais tranquila — diz ela. — Ficar me lembrando das minhas decisões não faz muita diferença, no fim das contas.

Fico tão chocada que até tropeço.

— Acha isso mesmo?

Outro sorriso astucioso, quase sedutor, e, aos oitenta e sete anos, ela ainda tem charme.

— Acho. Aliás, *espero*. Um meio-termo entre as duas coisas.

O caminho se curva para passar pelo pântano e vejo um aerobarco ancorado entre os juncos.

— Você usa muito ele? — pergunto.

— Não tanto assim — responde ela. — Mas uso mais do que o carro.

— Isso não me diz muita coisa — explico.

— Agora está começando a entender — brinca ela.

Mas, para ser sincera, não estou. Quando a deixo falar, ela fala. Mas, quando quero uma resposta direta, ela fica evasiva.

O que me leva mais uma vez à pergunta: o que estou fazendo aqui?

— Tem uma coisa que estou curiosa para saber — digo.

— Eu diria que você é curiosa por *tudo* — rebate Margaret.

— Ossos do ofício — respondo e, em seguida, admito: — pra falar a verdade, eu nasci assim.

— Parece que você também está trilhando seu próprio caminho unicursal — conclui ela.

Não me incentiva a fazer minha pergunta, mas resolvo fazê-la mesmo assim:

— Por que agora?

— Como assim? — pergunta ela, inocente. Lanço um olhar na direção dela, que ri. — De vez em quando, você faz uma tentativa de ir mais fundo, Alice Scott. Gosto disso.

— Obrigada. E eu gosto quando você *responde* às perguntas que faço.
Outra risada.

— Sei que pareço ótima, mas a verdade é que estou velha. Se não agora, quando?

— É mesmo — concordo. — Mas "nunca" era uma opção. Alguma coisa deve ter te convencido a falar comigo. E por mais que *eu mesma* também esteja ótima, não engoli aquela história de ter sido porque falei pelos cotovelos em uma mensagem que deixei na sua caixa postal.

Paramos junto às portas dos fundos da casa de Margaret.

— Fiz uma promessa a uma pessoa — responde ela. — E essa pessoa morreu antes de eu poder retirar o que disse.

— Não vai me contar quem foi essa pessoa, vai? — pergunto.

Ela sorri e abre a porta.

— Hoje, não.

Quando entramos, ouço um resmungo de Jodi vindo de algum lugar lá dentro:

— Vocês voltaram.

— Nada nessa casa te passa batido, né? — Margaret me guia por uma porta até uma cozinha clara, azul-bebê, onde Jodi corta sanduíches em pequenos triângulos.

— Pasta de atum? — pergunta Margaret, inclinando o corpo sobre o ombro de Jodi para dar uma olhada na tábua.

— Pepino — responde Jodi —, e, agora que você voltou, pode terminar o serviço.

Margaret solta um suspiro pesado, mas assume a tarefa quando Jodi se afasta para lavar as mãos na pia dupla que fica de frente para uma janela com vista para o quintal.

— Quanto tempo as pessoas geralmente levam pra se acostumar com essa casa? — pergunto. — Não entendo onde as portas vão dar. Achava que estávamos na parte da frente.

— Não existe "geralmente" — responde Margaret.

Franzo a testa, o que a faz rir.

— Não é uma expressão que eu tenha visto você fazer com frequência — diz ela.

Enquanto sai da cozinha, Jodi responde:

— Ninguém se acostuma com a casa porque ninguém além de nós duas vem aqui.

— Nunca? — pergunto.

Margaret dá de ombros, tranquila.

— Mais ou menos.

— Como você vende seu trabalho para as lojas e galerias? — pergunto.

Ela acena com uma mão.

— Ah, a Jodi resolve essas coisas. Não que haja muito pra resolver. É como eu disse... a maioria dos turistas procura coisas diferentes das que eu faço.

Isso com certeza explica a reação do comerciante que finalmente tinha me passado o contato de Margaret. Ele havia dito algo parecido com *Se você insiste, mas, se Irene Mayberry for mesmo Margaret Ives, então eu sou o Elvis.*

— E compras de mercado? — pergunto.

— Jodi — diz ela. — A Jodi que mexe com isso tudo.

— Mas e você, fica em casa o dia inteiro?

— No geral, fico no quintal — responde Margaret. — Ou no barco. Ou dentro de casa mesmo.

— Deve ser solitário — digo.

— Menos do que você imaginaria — rebate ela. — Você acaba se acostumando com o isolamento. A parte engraçada é que eu já estava acostumada na época que "desapareci".

— Como assim?

— Chega de conversa por enquanto — diz ela. — Já está quase na hora de comer, e ninguém precisa ver o que tem dentro da minha boca enquanto mastigo.

• • •

Na sexta-feira, a manhã do dia seguinte à melhor sessão que tive com Margaret até o momento, estou revendo minhas anotações — *e* escrevendo uma matéria para o *The Scratch* extremamente chata (mas felizmente curta) sobre as novas tendências de skincare — quando Theo me manda uma mensagem.

Vou fotografar em Atlanta hj, diz ele.

Ah, maneiro, respondo. Quem/o quê?

Aquele designer novo, Mogi, responde ele. Acho que vai ser divertido.

Ele não está se esforçando muito para manter a conversa, mas, sentada no pátio do Little Croissant, suando no meu vestido de alcinha, prefiro fazer qualquer coisa que não seja trabalhar, então respondo mesmo assim: Ah, é, Atlanta é bem legal! Me avisa se precisar de dicas.

É longe de onde você tá?, pergunta ele.

Faço uma pesquisa rápida para verificar. É um pouco longe. Umas três horas e meia de carro.

Porra, diz ele.

Um segundo depois chega outra mensagem. O que vai fazer no fim de semana?

Ah, nada, só tentar fazer mais entrevistas esquisitas nas quais a entrevistada se esquiva e evita me contar todas as fofocas de uma história que tenho *certeza* ser quase que inteiramente composta de fofocas.

Hoje nada, amanhã eu trabalho de dia e depois nada no domingo nem na segunda.

Legal, responde ele, e acrescenta: Talvez eu termine as coisas aqui no sábado à noite tb.

Fico olhando para a mensagem até que minha ficha cai. Ele está fazendo o que sempre faz: não me diz com todas as letras que quer que *eu o* convide para sair. É irritante, esse jeito indireto dele, mas pelo menos sinto um certo conforto porque o conheço e sei o que está rolando. Ao contrário do pesadelo que aconteceu entre mim e Hayden na outra noite.

Tiro um print da conversa e mando para meus amigos.

Priya é a primeira a responder: Mulher tá no mapa da fome mesmo, né, Alice.

Bianca vem logo depois. Me manda a matéria sobre skincare. Aliás, NOJO.

Cillian é o próximo: MEU INIMIGO.

Dou uma joinha na mensagem de Bianca primeiro, depois escrevo minha resposta: Vou perguntar se ele quer vir pra cá, mas esse é o meu limite. NÃO VOU perguntar se posso pegar um voo até ELE.

Diz pra ele ir até onde vc tá e manda esse endereço aqui, diz Cillian. Clico no link que ele manda junto com a mensagem.

Um mapa da Antártica aparece, com o alfinete marcando um lugar chamado estação de pesquisa Polo de Inacessibilidade.

Pode deixar!, digo, depois mando para Theo: Pode aparecer aqui, se quiser. Não tem muita coisa pra fazer, mas descobri pelo menos um bar/restaurante legal e uma cafeteria boa, além de ser lindo.

Sério?, pergunta Theo.

Aham.

Beleza, vou, sim. Posso pegar o carro depois que terminar amanhã de tarde. A gente se vê umas sete?

Combinado, digo, depois viro o celular para baixo e volto para as anotações de ontem.

Falamos sobre bastante coisa.

A doença misteriosa de Nina Gill. As variações de peso. A perda de cabelo. Os meses que ela havia passado nos Alpes suíços para se recuperar.

Durante o tempo que passaram separados, Nina tinha se apaixonado por seu médico e, depois que havia terminado com Gerald, ele finalmente se reconectara com a irmã, Gigi, cujo marido britânico havia falecido logo depois de ela descobrir que estava grávida.

Gerald tinha insistido para que Gigi e a bebê, Ruth, morassem com ele, já que Nina tinha se *mudado* e seguido *em frente* com o médico.

— Assim, do nada? — perguntei a Margaret, e ela me lançou um de seus sorrisos secos, misteriosos.

— Quando o assunto é a minha família, nada acontece do nada — respondeu ela. — Nunca.

Dava para *sentir* que ela estava escondendo alguma coisa com essas palavras, mas, quando a pressionei, ela me enrolou. Só continuou contando a história.

Por um tempo, Gerald tinha continuado a empresariar a carreira de Nina, mesmo depois do casamento dela, mas a verdade era que, mesmo com a influência dele sobre a mídia, o tempo havia mudado demais a situação dela. As críticas a seus filmes mais recentes se preocupavam mais com os efeitos da doença em sua aparência física — ela havia envelhecido visivelmente e tinha ganhado um peso considerável, e uma publicação fora do controle de Gerald a havia apelidado de *a boa e velha menina*. Com ênfase no *velha*.

O público também tinha se cansado dela. Para as massas, ela tinha ficado na era do cinema mudo, e, sempre que falava, sua voz surpreendente convencia a todos de que o tempo dela já havia passado.

Nina abandonou por completo o cinema em 1931 e, no mesmo ano, Gerald levou a esposa, Rosalind, e os filhos já adultos para a Casa Ives, como se os doze anos anteriores nunca tivessem acontecido.

Àquela altura, Freddy e Francine tinham vinte e sete e vinte e seis anos, respectivamente, eram solteiros e não se empolgaram nem um pouco em ter que se ambientar a uma nova localização. Mas era Gerald quem controlava o dinheiro, então se ele os mandasse pular de uma ponte, eles *pulavam*. E foi assim que ele, a esposa, os filhos adultos, sua irmã Gigi e sua sobrinha Ruth acabaram todos vivendo na mesma casa. Se é que dava para chamar a propriedade dos Ives de casa, e, para ser sincera, acho que não dá. Mas enfim.

— O Gerald e a Rosalind nunca mais dormiram no mesmo quarto, é claro — contou Margaret. — Eles eram frios um com o outro, mas educados. E, por mais que fosse tarde demais para ele recuperar o relacionamento com os filhos, tinha uma sobrinha ainda bebê, então toda a fartura que Gerald havia oferecido para a amante agora era disponibilizada para a pequena Ruth. Ela era sua menina dos olhos. Acho que nunca existiu uma criança tão mimada no mundo... quer dizer, até Laura e eu nascermos. Mas ela era uma pessoa boa de verdade. Quando era pequena, seu apelido era Princesinha, e, mesmo quando a Laura e eu éramos pequenas e a Ruth já tinha crescido, todo mundo a continuava chamando de "pê".

Não havia sido uma entrevista *ruim*. Na verdade, tinha sido até boa! Mas dava para *sentir* que havia algo por trás de todas aquelas palavras, e que ela ainda não confiava em mim tanto assim para me contar o que era.

Sugeri várias vezes desligar o gravador, mas ela recusou.

— Pode confiar em mim — prometi.

Ela rebateu com:

— Pode confiar em *mim* também.

E a discussão terminou aí. Se eu quisesse que ela se abrisse mais comigo, precisava respeitar o fato de que tinha os próprios motivos para escolher o que iria compartilhar e quando.

Margaret não se permitia ser apressada, e eu sabia que forçar a barra só diminuiria nosso ritmo a longo prazo. Se fosse contratada, teria bastante tempo para me aprofundar nas histórias. Meu único objetivo real, nas três semanas e meia seguintes, era ganhar a confiança dela.

E eu só precisava torcer para estar dando mais sorte do que Hayden.

• • •

Na manhã de sábado, estou dirigindo em meio à névoa, quase chegando à casa de Margaret, quando ela me liga para cancelar.

— Aconteceu um imprevisto — diz, sua voz se propagando pelo som do meu carro alugado quando atendo a ligação.

Ligo a seta e entro no estacionamento do Little Croissant/loja de lembranças/centrinho.

— Imagina, tranquilo — garanto. — Se você for precisar só de algumas horas, podemos marcar mais tarde?

— Hoje, não — diz ela, firme.

— Então amanhã? — sugiro.

— Amanhã, também não — diz ela.

E segunda-feira é o dia dela com Hayden. Ignoro o aperto que sinto no peito e tento me agarrar a um fiapo de esperança de que aquilo não signifique que ela esteja me demitindo antes mesmo de eu ser contratada.

Pigarreio.

— Então a gente volta a se falar na sessão de terça? — pergunto, cruzando todos os meus dedos no volante enquanto estaciono em uma vaga na sombra.

— Se eu puder, sim — responde ela, sem esclarecer mais nada.

— Beleza, então, enfim, me avisa se seus planos mudarem ou se precisar de qualquer outra coisa.

— Você é um amorzinho — diz ela, e juro que ouço um tom de arrependimento em sua voz.

Ela está prestes a me demitir, não é?

Engulo um nó de emoção entalado na garganta e aproximo a mão do botão para desligar a ligação.

— Bom, então tá, se cuida, Margaret.

— Você também, Alice — diz ela, e desligamos.

Fico sentada encarando o volante, testando todas as minhas melhores frases motivacionais em mim mesma e, pela primeira vez na vida, sem conseguir me animar. Com um gemido, desabo para a frente.

Algo bate perto da minha orelha esquerda e me empertigo com um grito, virando para a janela.

Um homem com um vão entre os dentes e usando um chapéu bucket sorri do outro lado do vidro. O capitão Cecil acena com animação e dá um passo para trás, abrindo espaço para a porta enquanto a abro e saio para o calor.

— Aí está ela! — diz ele, como se fosse exatamente quem estivesse esperando ver.

Eu, uma desconhecida com quem ele bateu papo duas vezes.

No mesmo instante, meu humor melhora. Meu coração praticamente *palpita*. Em Cecil, encontrei um semelhante, e isso me faz perceber o quanto venho me sentindo sozinha desde aquela situação chata com Hayden na semana passada. Já devia estar acostumada com o isolamento do trabalho, mas acho que isso nunca vai acontecer.

— Fiquei me perguntando quando a gente se encontraria de novo — comento com ele.

— Eu também — responde ele. — Quero te fazer um convite.

— Ah, é? — digo, curiosa.

— Vamos dar uma festinha lá no Fish Bowl hoje à noite — diz ele.

— Adoro festinhas — digo. — É pra comemorar alguma coisa específica?

— Na verdade, é sim — responde ele. — É um evento anual. Em honra do meu aniversário.

— Ah, nossa! Feliz aniversário! — exclamo.

Ele dá uma risada.

— Obrigado, querida, mas meu aniversário é só em dezembro. A festa é só *em honra* do meu aniversário, mesmo, que é no Natal. Sempre achei que isso era a maior furada, então comecei a fazer uma festa pra mim mesmo em pleno verão uns dez anos atrás e nunca mais parei.

— Genial — digo, e o sorriso dele aumenta.

— Também acho — concorda ele. — Enfim, a comida fica por minha conta, presentes são desnecessários e as bebidas ficam no preço do happy hour. Dá um pulinho lá se der vontade.

— Vou, sim — prometo. — Tem problema se eu levar um amigo?

— Ah, já fez até um amigo! — exclama ele. — Além de mim, é claro.

Dou risada.

— Bom, não. Ele não é daqui. Está vindo de Atlanta hoje.

— Claro, chama, sim. É uma festa do tipo "quanto mais, melhor".

— Meu tipo favorito — digo.

— Então a gente se vê em algum momento entre às sete e a meia-noite, srta. Scott.

Ele inclina o chapéu para mim e vai embora.

O cheiro de grãos de café triturados está me seduzindo, o canto da sereia soando do Little Croissant. Pego meu laptop no banco de trás e sigo para a plataforma elevada azul-cerúleo da cafeteria.

Já que saí de casa, vou aproveitar, mas, se não vou entrevistar Margaret, preciso ao menos me dedicar à pesquisa.

Vou até a janela para pedir um café com leite gelado com açúcar mascavo e o levo para o pátio com chão de pedra.

Uma parte profunda do meu subconsciente sente a presença dele e faz minha nuca formigar um segundo antes de meu olhar encontrar a figura curvada e imensa de Hayden Anderson.

Ele está sentado a uma mesinha de mosaico, o computador à frente, mas os olhos em mim.

Não há como fingir que não nos vemos.

Pela primeira vez na vida sinto um desejo de ser menos cronicamente educada e ignorar a presença desse homem que está a um metro de distância de mim do mesmo jeito que ele ignora a minha.

— Olá — digo com frieza.

— Oi.

A resposta dele é tensa, desconfortável. Tudo nele é tenso e desconfortável, o que faz eu me sentir um *pouquinho* melhor com o nosso último encontro humilhante.

Outro segundo.

— Enfim, né.

Eu me viro para a mesa mais distante dele. Deve ficar a uns quatro metros, mas acho que consigo aguentar cinco minutos antes de arrumar uma desculpa para ir embora.

— Você não devia estar entrevistando a Margaret hoje? — pergunta ele.

Ergo os ombros, na defensiva. Eu devia mesmo era dar um fora nele, inventar uma desculpa ou só não responder. É o que ele faria.

Mas, infelizmente, continuo sendo — bem lá no fundo — eu mesma.

Já estou marchando de volta para a mesa dele, a verdade transbordando de mim.

— Ela cancelou.

O rosto dele não transparece nada. Não transparece nada de um jeito que me dá a plena *certeza* de que ele sabe de alguma coisa. E é o que digo enquanto desabo na cadeira à frente dele.

— Eu não sei de nada — responde ele.

Há alguma coisa que deixa *óbvia* a tecnicalidade que ele tem na voz. Está falando a verdade, mas suspeita de algo.

— Então você não sabe por que ela cancelou — digo —, mas tem um palpite.

Ele solta um suspiro.

— Não vou ficar especulando, Alice.

— Não, eu sei — respondo. — Você jamais me contaria qualquer informação útil, apesar de eu ser a menor e mais insignificante ameaça que você já viu no que diz respeito a esse trabalho.

Ele aperta a mandíbula.

— Está colocando palavras na minha boca.

— Estou lendo nas entrelinhas — argumento.

Ele se inclina sobre a mesa, nossos joelhos batendo lá embaixo.

— Só porque você decidiu que sabe como eu me sinto — resmunga ele —, não quer dizer que seja verdade.

— Ah, tá, então vai me dizer que você *não* tem certeza de que a Margaret vai preferir contratar você a mim? — pergunto.

— Tenho quase certeza — responde ele, com cuidado. — Acharia melhor que eu tivesse escondido isso de você?

— Ué, não me parece que você se importa tanto assim em esconder todo o resto de mim — rebato.

Ele franze ainda mais a testa. Abre a boca como se estivesse pensando em falar mais alguma coisa. Mas aí um suspiro escapa antes de ele ceder:

— Não posso abrir mão disso.

Eu me ajeito na cadeira, minha raiva diminuindo e me deixando vulnerável de um jeito desagradável. Porque consigo entendê-lo quanto a isso. Não o culpo. *Esperava* mesmo que ele fosse lutar por essa oportunidade, do mesmo jeito que eu também estou fazendo.

— Eu sei — admito. — Porque eu também não.

Ele me olha nos olhos por um longo momento.

— Gostaria que fôssemos amigos.

Quando solto uma risada surpresa, ele une as sobrancelhas escuras.

— Qual é a graça? — quer saber.

— Não me leva a mal — alerto —, mas você parece um robô aprendendo a amar.

Ele franze o rosto inteiro, perplexo.

— Não faço *ideia* do que você quis dizer com isso.

— Sei lá, só que você me afastou, me beijou, me ofendeu — digo. — E agora está fazendo um pedido formal pra ser meu amigo.

— Eu não descreveria nosso relacionamento até agora desse jeito — diz ele, nítida e audivelmente desanimado.

Inclino a cabeça para o lado.

— E *como* você descreveria?

Ele leva os olhos até o chá verde. Empurra o copo para perto da borda da mesa.

— Então quer dizer que você *não* quer ser minha amiga.

— *Está colocando palavras na minha boca* — rebato.

Ele sorri de leve.

— Vai fazer o que hoje à noite?

— Hoje à noite? — pergunto. — Tenho um encontro. No Fish Bowl.

— Ah, que pena — diz ele.

— Você ia me chamar pra fazer alguma coisa? — pergunto.

— Se você achar que consegue passar uma noite inteira sem falar da Margaret Ives — diz ele —, sim.

— Putz — respondo. — Que pena.

— Talvez no mês que vem, então — comenta ele.

— Talvez — concordo, já me levantando. — Se você achar que consegue me perdoar por ter roubado seu trabalho.

13

A ÚLTIMA MENSAGEM QUE recebi de Theo chegou às três da tarde: Quase no fim aqui.

Uma qualidade de Theo Bouras é que ele, assim como eu, é uma criatura naturalmente sociável. Não só adorou a ideia de ir à festa de desaniversário de Cecil como se ofereceu para me encontrar lá, para eu não ter que ficar esperando por ele em casa.

Trabalho até às seis, depois tomo um banho rápido, passo um rímel e saio. O centro da cidade está *lotado*, e só encontro uma vaga a quatro quarteirões de distância. Quando já estou estacionando, meu celular vibra com uma mensagem da minha mãe.

Eu chamei de "mensagem", mas, na verdade, é só um link para uma matéria sobre como a Califórnia está fadada a pegar fogo, se separar do restante do país e afundar no oceano.

Desde que me mudei para Los Angeles, recebo uma mensagem dessas algumas vezes por ano, e a regularidade é tão precisa que às vezes me pergunto se ela programou um aviso no calendário para me alfinetar com a futura destruição do meu novo lar.

Tento aceitar que é uma forma de amor, mesmo que eu entenda a insinuação, nas entrelinhas, de que todas as minhas decisões de vida foram erradas.

Nossa, que coisa horrível, respondo e, antes de enviar, faço uma pausa bem na frente do Fish Bowl, a culpa surgindo de fininho.

Eu deveria me esforçar para falar com ela com mais frequência, só para garantir que está tudo bem. Meu pai ficaria decepcionado se soubesse que, depois da morte dele, minha mãe e eu quase não nos vemos mais.

Estou na Geórgia pra escrever uma matéria, acrescento. Pensei em dar um pulinho aí pra te ver no fim de semana que vem, pode ser?

Pode sim, diz ela. Não é a resposta mais entusiasmada do mundo, mas tira um peso do meu peito do mesmo jeito.

Guardo o celular na bolsa e entro no restaurante.

Se o Fish Bowl beirava ao escalafobético na minha *última* visita, desta vez ele só pode ser descrito como uma *cacofonia visual*. Do teto, coberto por redes de pesca, pendem várias lanternas de papel coloridas. Buquês imensos de flores tropicais ocupam cada mesa, e a maioria dos convidados usa estampas florais para combinar.

O tema, se é que existe algum, parece ser: chamativo.

O lugar está lotado, mas quase nenhuma mesa está ocupada, todo mundo preferindo ficar de pé e conversar. Consigo me espremer por entre as pessoas até o barman e peço por um drinque tropical e sem álcool. Ele volta com uma mistura cor de tangerina em um cálice com uma orquídea no topo.

— Quer abrir uma conta ou ir pagando conforme pede? — pergunta ele, quando entrego o cartão de crédito.

— Pode abrir uma conta.

Ele faz uma concha com a mão ao redor da orelha e se inclina para me escutar em meio à barulheira da multidão e da música.

— PODE. ABRIR. UMA. CONTA.

Ele passa o cartão para abrir a conta e o desliza de volta para mim por cima da bancada enquanto procuro por alguém conhecido. Cecil não está em canto algum e a única outra pessoa com quem já falei aqui é Sheri, a garçonete que carrega uma bandeja com o que parecem ser canapés de queijo. Vou para a mesa do canto para esperar por Theo.

Quando mandei o endereço, ele só respondeu com um emoji de joinha, sem qualquer outro comentário. Faço as contas na minha cabeça, tentando calcular quanto tempo ele vai demorar para chegar.

Mando outra mensagem: **Falta mt pra vc chegar?**

Em vez de fingir que estou distraída com o celular, decido deixá-lo de lado e tentar fazer uma cara amigável. O que consiste em basicamente lançar um olhar esperançoso ao redor do salão para qualquer um que já não esteja conversando com alguém.

Eu teria tido mais cuidado com essa estratégia se tivesse ao menos cogitado a possibilidade de Hayden estar ali. De novo.

Ele é o ser mais imóvel no salão, o que faz com que se destaque. A altura dele, mesmo sentado, e o lookinho preto e branco que está vestindo também não ajudam.

Ele está à mesa que fica na outra extremidade do restaurante, e de repente percebo que peguei o lugar preferido *dele*, perto dos banheiros.

Ele ergue o copo d'água para me cumprimentar. Respondo erguendo meu drinque ridículo sem álcool. Então ele se levanta da cadeira e vem até mim.

— Duas vezes no mesmo dia — comento.

— A ilha é pequena — responde ele.

— Mesmo assim — digo. — Que coincidência mais incrível.

— Posso me sentar? — pergunta ele.

Dou uma olhada para a porta.

— Ah, você tem um encontro — diz ele. — É mesmo.

— Ele está atrasado — respondo, só um pouquinho na defensiva.

— Posso te fazer companhia — oferece ele. — Se quiser.

A voz dele é baixa, estável e calorosa — uma mistura surpreendentemente *convidativa*. Dou outra olhada para meu relógio, terminando os cálculos que a presença de Hayden interrompeu.

— Fica um pouco — digo. — Ele já deve estar chegando.

Hayden baixa o queixo uma vez e desliza pelo banco à minha frente.

— Mas e aí, é mesmo coincidência você ter vindo até aqui ou também conheceu o Cecil?

Abro um sorriso.

— O Cecil me convidou. E eu estava me sentindo *megaespecial* até uns dez segundos atrás.

— Ah, pois continue se sentindo especial — garante Hayden. — Ele só me convidou porque resolveu, baseado em nada, inclusive, que estou escrevendo uma matéria sobre a cidade.

Dou uma risada.

— Não, é basicamente por isso que estou aqui também.

— Talvez — concorda Hayden —, mas ele estava sorrindo quando te convidou?

— Aquele homem *sempre* está sorrindo — digo.

— E é nesse ponto, Scott, que nossas experiências com o Cecil são diferentes.

Eu me ajeito na cadeira, fazendo o possível para não rir. Mesmo quando quero ser fria com esse cara, não consigo. Talvez seja melhor desistir. Aceitar que, como quase sempre acontece, estou gostando e respeitando alguém que não retribui nenhuma das duas coisas.

— Então por que veio? — pergunto.

Ele me encara por um instante.

— Fiquei me sentindo mal.

— Olha, pra ser sincera, duvido que o Cecil fosse sentir falta de qualquer um de nós dois — respondo. — Ainda mais porque ele parece que *nem está* aqui.

Ele balança a cabeça com firmeza.

— Não tô falando disso. Tô falando da outra noite.

Ai, meu Deus. Sinto uma queimação na ponta das orelhas que se espalha pelo meu rosto inteiro.

No topo da lista de coisas que desejo neste momento: fingir que aquele beijo nunca aconteceu.

Meu celular começa a tocar na mesa entre nós, o nome de Theo surge na tela. É o universo vindo em meu socorro mais uma vez. Abro meu sorriso mais alegre para Hayden.

— É ele. — Inclino a cabeça para o celular e atendo a ligação, virando de lado no banco. — Theo?

— Oi, Alice.

Seja lá o que ele diz em seguida se perde no barulho.

— Espera um minuto — falo para ele. — Vou lá pra fora. Não estou te ouvindo. — Gesticulo *um minuto* para Hayden e sigo para a rua. — Você ainda tá aí?

— Desculpa, Alice — diz ele.

— Por quê? — Ao mesmo tempo que falo, sinto um aperto no peito.

— A sessão de fotos demorou demais — diz ele.

— Tranquilo — respondo. — Você ainda está muito longe?

Ele suspira.

— Ainda nem saí daqui.

— Ah. — Eu me viro para olhar para a janela, encontrando sem querer o olhar de Hayden atrás dela. A vergonha e a decepção transbordam na forma de lágrimas ardentes. Volto a encarar a rua, obrigando minha voz a permanecer estável. — Mas e aí, qual é o plano?

— É, acho que não vai dar tempo de fazer tudo — diz ele. — Teria sido legal te encontrar, mas meu voo é amanhã à noite, então acho que a essa altura é melhor eu só ficar por aqui. Não valeria a pena dirigir até aí, acho.

Eu me controlo, por pouco, para não sugerir que ele mude o voo para sair daqui. Essa possibilidade com certeza passou pela cabeça dele. Ele viaja tanto quanto eu. Sabe como as coisas funcionam.

Não vale a pena para ele. E fim de papo. E não que isso me surpreenda, mas, depois de alguns dias de altos e baixos emocionais, me atinge mais do que deveria.

— Entendi — digo para ele. — A gente se vê depois, então.

— Sabia que você não ia ficar chateada — responde ele. — Você é incrível, Alice.

Sorrio, mas não consigo ter forças para agradecer o elogio. Pigarreio.

— Boa viagem.

— Aproveita aí — diz ele. — A gente se vê em Los Angeles.

— Pode deixar! — digo.

Ele diz tchau e desliga. Por um segundo, só consigo ficar ali parada, com o celular ainda pressionado contra a orelha, pensando no que fazer.

Acho que não vou conseguir voltar lá para dentro e encarar Hayden. Já foi péssimo ser rejeitada por ele no meio de um amasso. Ainda fiquei contando vantagem por um encontro que não vai mais acontecer.

Só que minha bolsa está lá dentro, na mesa dele.

Pegue sua bolsa, vá para casa e volte a trabalhar, penso comigo mesma. Vai dar tudo certo. Acho que uma noite tranquila é exatamente do que preciso. Posso mandar mensagens para meus amigos, fazer umas pesquisas ou me mimar com um pedaço de torta de limão e um reality show.

Para isso, só preciso entrar por aquela porta e pegar minha bolsa.

Eu consigo. Reúno coragem, baixo o celular e marcho lá para dentro a passos firmes.

As sobrancelhas de Hayden se erguem diante de algo na minha expressão quando me aproximo.

— Tudo bem? — pergunta ele.

— Tá, sim — respondo, pegando a alça da bolsa. — Só aconteceu um imprevisto e vou precisar ir embora.

— Tipo uma emergência?

— Mais ou menos. — Evito contato visual e enfio o celular na bolsa.

— Aproveita aí.

Escuto quando ele chama meu nome lá atrás, mas, com a festa à toda, acho plausível fingir que não ouvi nada. Não me viro.

Só fujo pela rua escura.

Já percorri dois quarteirões rumo ao meu carro quando o escuto me chamar de novo.

Merda.

— Eu preciso ir — grito de volta, sem diminuir o passo.

Não faz diferença. Ele é alto demais; está na vantagem. Ele me alcança quando começo a virar a esquina da rua lateral estreita e vazia onde estacionei meu carro entre duas palmeiras.

— O que rolou? — pergunta ele. — Está tudo bem?

Algo explode dentro de mim. Eu me viro e o encaro.

— Está *fazendo questão* de me fazer passar vergonha, Hayden?

O choque estampa o rosto dele.

— O quê?

Vou na direção dele a passos duros.

— Não bastou você me beijar e, vamos deixar claro, foi *você* que *me* beijou, depois me afastar e ofender minha competência. Ainda por cima tinha que aparecer aqui hoje, e pra quê? Pra estragar meu encontro? Ou não acreditou que eu *fosse ter*, de fato, um encontro? Olha, quer saber? Você venceu! Eu não tenho! Ele não vem mais! Ele, igualzinho a você, mudou de ideia em cima da hora. Acho que tenho esse efeito em certos tipos de homem. Então, agora que você já me perseguiu pela rua e contemplou minha humilhação, eu adoraria poder voltar pra casa e fingir que hoje à noite, aliás, que essa semana inteirinha, nunca aconteceu.

Eu me viro na direção do carro.

Ele segura meu braço.

Meu olhar vai do toque leve dele em minha pele para seu rosto, que se agiganta sobre mim e se contorce em frustração.

Espero ele dizer alguma coisa ou me soltar. Um segundo. Dois. Três. Parece que estamos paralisados naquela posição.

— Achei que você tivesse me convidado — diz ele, por fim.

— O quê?

Ele bufa, baixando os olhos para nossos pés antes de voltá-los para meu rosto.

— Achei que estivesse brincando sobre o encontro.

Fico olhando para a cara dele, completamente perplexa.

— *Não* porque acho que você seria incapaz de ter um encontro — continua ele, emburrado. — Mas porque só chegamos a essa ilha há uma semana e meia e praticamente todo mundo que mora aqui é aposentado.

Continuo o encarando, piscando para ele, boquiaberta igual a um peixe dourado que pulou para fora do aquário sem querer.

— Então, quando você falou... — Ele faz uma careta. — *Você* não tem motivo nenhum pra sentir vergonha, Alice. Sei que fui eu que te beijei. Sei que fui eu que me afastei.

Ainda não recuperei o controle da minha voz. Nem do meu corpo. A mão dele fica mais leve em meu cotovelo e preciso reunir todas as forças que tenho para não me inclinar na direção daquele toque, para não buscar consolo nele.

— Preciso te contar uma coisa — diz ele, balançando a cabeça.

Finalmente consigo responder baixinho:

— Tá.

Ele analisa mais uma vez a distância entre nossos pés.

— Foi ela quem me chamou.

Então ele sustenta meu olhar.

— Como assim?

— Eu não procurei a Margaret Ives — diz ele. — Foi só você quem conseguiu encontrá-la.

Meu corpo oscila de leve.

— E foi *ela* quem *me* encontrou — continua ele. — Ela entrou em contato com o meu agente. Acho que leu *Nosso amigo Len* e quis saber se eu teria interesse em marcar alguns encontros pra ver se poderíamos escrever uma biografia.

Minhas pernas ficam bambas. Sinto Hayden aumentar a pressão de leve em meu braço quando me inclino para trás, deixando minha queda mais lenta conforme desabo sobre a lateral do carro. Ele chega mais perto, mantendo meu equilíbrio por um instante antes de me soltar com hesitação.

— Então ela já te escolheu — falo, em um quase sussurro.

— Não — responde ele, baixinho, mas olha para baixo quando encaro seu rosto. — Sei lá, talvez.

Nesse momento, sou eu quem analisa nossos pés, os meus posicionados entre os dele.

— Você podia ter me contado antes.

Ele solta um suspiro.

— Fiquei me sentindo mal. Você teve todo o trabalho de encontrá-la e aí eu só apareci aqui.

— Por que ela me pediu pra vir, então? — pergunto, balançando a cabeça. Lágrimas se acumulam em meus olhos. Solto uma risada pelo nariz quando percebo. — Caramba, que dia longo — digo, secando as lágrimas sob meus olhos.

Franzindo a testa, Hayden toca a lateral do meu rosto, deslizando a palma lentamente, o dedão percorrendo o topo da minha bochecha, enxugando as lágrimas.

— Você já não estaria mais aqui se ela não estivesse cogitando te contratar.

— É... — digo, meio desanimada. Mas ele tem razão. Deve ter. Precisa existir um motivo para eu ainda estar aqui. — Ou talvez isso tudo seja só uma grande brincadeira pra ela. Talvez ela esteja só me usando pra te incentivar a dar o seu melhor e tal.

— Sei lá — admite ele. — Mas comecei com uma vantagem. Não parecia certo te beijar quando você não sabia a história toda.

Ergo os olhos para os dele.

— Foi por isso?

Ele curva a mão ao redor da minha orelha.

— Foi por isso.

Um calor delicado se espalha pela minha barriga.

— Então você não tem namorada? — pergunto.

— Não tenho namorada — responde ele. — E o seu encontro?

— Era de verdade — confirmo. — Mas não era namorado.

Eu me afasto do carro, pressionando meu corpo contra o dele com o movimento.

— Isso aqui ainda assim não daria certo, Alice. — Sinto a voz dele reverberar em minha barriga e minha cintura, onde ele acomodou a mão livre.

— O que não daria certo? — pergunto.

Os olhos dele acompanham a subida e descida da minha respiração.

— Ainda estamos competindo pelo mesmo trabalho.

— Então agora eu voltei a ser competição? — brinco.

Ele aperta a mão em minha cintura e me aproximo mais de seu corpo, sentindo cada contorno firme dele.

— Você sempre foi competição.

— Vou te beijar, Hayden — solto, quase em um aviso.

Mas não tenho a chance. Ele já está com a boca na minha, uma das mãos se entrelaçando em meu cabelo e a outra deslizando por minhas costas enquanto me arqueio contra seu corpo, ávida. Ele me aperta contra o carro e arfo em sua boca em resposta, uma coxa já erguida sobre o quadril dele naquela rua vazia. Os dedos dele apertando minha pele. A mão dele sobe mais, empurrando minha saia coxa acima, chegando mais e mais perto de onde quero que chegue. Seus dedos roçam a renda molhada da minha calcinha e ele solta um palavrão contra a lateral do meu pescoço.

— Você nunca está de calça — murmura ele, me provocando com o dedão. — Desse jeito fica difícil pensar.

— Você *sempre* usa calça — consigo arfar. — Fico com medo de que acabe tendo uma insolação.

A risada dele é rouca em meu ouvido, o som me fazendo estremecer tanto quanto os toques cuidadosos. Eu me mexo contra ele, que desliza a mão por inteiro por minha calcinha. Um burburinho de vozes e passos se aproxima de nós pela esquina e ele se afasta bem rápido, alisando a saia sobre minhas coxas.

— Você pode ir lá pra casa, se quiser — digo, a voz carregada.

— Para de me convidar — diz ele.

— Por quê? — pergunto.

— Porque uma hora vou acabar aceitando — responde ele.

— A ideia é essa mesmo — digo.

— É óbvio que me sinto atraído por você — diz ele.

— Óbvio — concordo.

— Não tem como isso dar certo, Alice — diz ele.

— Qual parte? — pergunto, nada convencida.

Eu conseguiria citar pelo menos uma coisa que tenho quase *certeza* de que daria certo.

— Nós dois queremos demais esse trabalho — diz ele. — Aliás, é mais do que só querer...

— Acha que vou ficar emocionada — adivinho.

— Estou preocupado com o trabalho — explica ele. — Nenhum de nós pode se dar ao luxo de fazer as coisas de qualquer jeito. Se a gente não fizer o melhor possível, vamos nos arrepender. E aí vamos ficar magoados um com o outro. E não sei se vou aguentar ser a única pessoa no planeta de quem Alice Scott não gosta.

— Ah, você com certeza aguentaria — respondo.

O sorriso dele — tão aberto que revela os dentes — me deixa deslumbrada por um instante. Quero me aconchegar nele.

O grupo que virou a esquina passa cambaleando por nós. Depois que as pessoas se afastam, ele volta a se aproximar, nossas cinturas se conectando, a pressão quase inexistente me preenchendo de desejo.

— Talvez outra hora — diz ele, o restante da frase pairando no ar, não dita. — Depois disso tudo.

— Talvez — concordo.

— Você conseguiria me perdoar? — pergunta ele, os olhos apertados.

É claro que não o culparia por conseguir o trabalho, mas será que seria capaz de lidar com o jeito como a presença dele me lembraria do meu fracasso?

— *Você* conseguiria? — devolvo a pergunta, em vez de responder.

Ele franze a testa e vejo ali, estampado em seu rosto. Mesmo com todas as nossas diferenças, nós dois somos orgulhosos. Esse fogo entre nós pode até ser divertido e surpreendente agora. Mas, daqui a três semanas, talvez se transforme em amargor.

— Então tá.

O jeito como concordo com a cabeça parece estranhamente conclusivo, tipo um acordo fechado com um aperto de mão: *Que vença o melhor escritor, e que seja um bom prêmio de consolação para compensar os orgasmos de que estamos abrindo mão.*

Ele dá um passo para trás e endireito as costas, tirando as chaves do bolso externo da bolsa.

Ele concorda com a cabeça de um jeito parecido.

— Toma cuidado na volta pra casa.

A formalidade faz meu peito apertar.

— Você também.

Eu me viro e dou a volta no carro, destrancando a porta.

— Alice? — chama ele do outro lado.

— Hum?

— Ela também mente pra mim — diz ele. — Se serve de consolo, Margaret Ives não está me contando a verdade.

14

NA SEGUNDA-FEIRA, ENQUANTO janto e trabalho ao mesmo tempo no Rum Room, encontro algo esquisito.

Estou me preparando para a entrevista de amanhã com Margaret, para continuar a história do avô dela depois do término do caso com a atriz Nina Gill, e me deparo com uma matéria da *Vanity Fair* cobrindo o casamento luxuoso da sobrinha de Gerald, Ruth Allen, em 1949. A *princesinha* que ele havia criado com mais amor do que os próprios filhos.

Ruth tinha vinte e um anos quando se casou com James Oller, ator que virou piloto condecorado da Segunda Guerra Mundial e depois empresário de celebridades, e a festa foi o evento daquele verão.

Astros de cinema, políticos e artistas famosos de todas as esferas foram à Casa Ives para comemorar a união. Margaret e a irmã, Laura, com onze e oito anos na época, foram daminhas de honra da prima de segundo grau e usaram coroas de girassóis amarelos vibrantes que combinavam com o buquê de Ruth.

Até Nina Gill, acompanhada do marido, compareceu ao evento, sentada sobre o mesmo gramado imenso em que estava Gerald pela primeira vez desde que haviam terminado seu caso, vinte e dois anos antes.

A comemoração do casamento durou três dias e foi completamente desprovida de fotos, fazendo com que todos os jornalistas que escreviam sobre a alta sociedade se dedicassem ainda mais a fazer o leitor sentir como se estivesse *lá*.

E deu certo. Já li quatro matérias seguidas, minha comida esfriando sobre a mesa do Rum Room, quando encontro o detalhe que me faz voltar ao presente.

À *minha* realidade.

É uma frase que contém o nome do meio de Ruth. Não o nome do meio *oficial* — uma pesquisa rápida me informa que ela não tinha nome do meio em cartório. Mas, pelo visto, entre parentes próximos, o nome completo dela era Ruth Nicollet Ives Allen.

Um calafrio de reconhecimento percorre minhas costas. *De onde eu conheço esse nome?*

Só demora um instante para a ficha cair. Rolo a tela com minhas anotações, só para ter certeza.

O primeiríssimo hotel que Lawrence Richard Ives havia comprado para lucrar com a visita de outros exploradores após encontrar minério de prata. Margaret o chamou de Ebner. Quando Lawrence o comprara, ele se chamava Arledge. E aí, por um bom tempo entre esses dois nomes, lá estava, do jeito que eu tinha me lembrado: Nicollet. Escrito da mesma forma e tudo.

Coincidência? Ou será que Nicollet é um nome de família?

Mas, se for, faz ainda *menos* sentido que Margaret fosse se referir ao hotel pelo nome atual. Nicollet estaria gravado em seu cérebro.

Faço uma pesquisa rápida em um mecanismo de busca relacionando "Nicollet" a "Lawrence Ives" e obtenho poucos resultados. A única coisa que chama a atenção é o site do Ebner atual, cuja página "História" declara, cheia de orgulho, que ele foi propriedade da famosa família e lista os nomes anteriores.

Balanço a cabeça. É bem provável que Margaret tenha lido algo anos atrás sobre a mudança de nome do Nicollet e decidido chamá-lo pelo mais recente porque foi o primeiro que lhe ocorreu. E talvez Nicollet *seja mesmo* um nome de família, mas que ela desconheça.

Essa explicação é bem mais plausível do que a que fica circundando minha mente: Margaret Ives não quer que eu investigue esse hotel mais a fundo, mesmo enquanto finge expor a história e a alma da família Ives.

Não consigo tirar o comentário de Hayden da cabeça.

Margaret Ives não está me contando a verdade.

Enfio uma garfada do macarrão com lagosta, já frio, na boca e procuro o e-mail do Ebner Hotel.

NA TERÇA-FEIRA, ESTAMOS sentadas em cadeiras de madeira lá nos fundos, servidas de mais daquela limonada com hortelã incrível da Jodi, quando decido ir com tudo.

— Qual é a importância do nome Nicollet? — pergunto.

O copo de Margaret tilinta contra os dentes. Em vez de terminar o gole que está tomando, devolve o copo para o braço da cadeira.

— Como assim? — pergunta ela.

O tom que usa é tão inocente que, se não fosse pelo lampejo de surpresa que vejo em seu rosto, eu teria certeza de que estou fazendo tempestade em copo d'água.

— O Ebner Hotel — esclareço. — Ele se chamou Nicollet por um bom tempo enquanto era da sua família. E o nome do meio não oficial da Ruth Ives Allen era Nicollet.

Ela inclina a cabeça, como se estivesse tentando adivinhar aonde quero chegar.

— Só estou curiosa sobre por que você chamaria o hotel pelo nome novo — explico. — Esteve lá recentemente?

Ignoro o fato de ela já ter dito que não. Se quiser corrigir alguma informação que já tenha dado com algo novo, não quero chamá-la de mentirosa pela omissão anterior.

Ela reflete por um instante, ainda sustentando meu olhar. Então suspira.

— Acho que a essa altura você vai acabar descobrindo, de um jeito ou de outro.

— É provável — concordo. — Mas não se esqueça de que eu assinei um acordo de confidencialidade. Não vou te obrigar a revelar publicamente qualquer coisa contra sua vontade. Seja lá o que me contar, não precisa sair daqui.

Ela aperta os olhos. Então, devagar, inclina o corpo para a frente e desliga meus dois gravadores.

— Isso inclui o garoto.

— Que garoto? — pergunto.

— Nós assinamos *dois* acordos de confidencialidade — diz ela. — Então, seja lá o que eu te contar, não pode contar pra ele. Você sabe disso, né?

A palavra *garoto* está tão errada neste contexto, que levo uns trinta segundos para conseguir acompanhar a linha de raciocínio dela.

— Espera, está falando do Hayden?

Ela concorda com a cabeça.

— Você passou meses sabendo que eu estava aqui e mais ninguém veio atrás de mim, o que me faz pensar que posso confiar em você. Mas não tenho tanta certeza assim em relação a ele. Ainda estou vendo como vai ser.

Fico surpresa com a necessidade que sinto de defendê-lo.

— Você também pode confiar nele. Ele não vai contar seus segredos pra ninguém.

Ela arqueia uma das sobrancelhas grisalhas. A expressão repuxa seus lábios, fazendo-os se abrir em um sorriso astuto.

— Ah, é? Então agora está fazendo campanha pra que *ele* seja contratado?

— De jeito nenhum — respondo, bem rápido. — Quero escrever esse livro. E vou fazer um ótimo trabalho, tenho certeza. Mas... você pode confiar no Hayden, só isso.

— Vou pensar no caso dele — cede ela. — Mas isso não muda o que eu disse. Você está prestes a ser a primeira pessoa de fora da minha família a ficar sabendo do que vamos conversar, e não quero que a informação saia daqui por enquanto.

Baixo a caneta.

— Prometo.

Ela leva um instante para se recompor.

— Foi meu avô Gerald quem mudou o nome do hotel. Em 1919.

— Esse foi o ano em que seu bisavô Lawrence morreu — comento.

Já tinha notado a correlação enquanto lia a página do site que mencionava a questão do Arledge/Nicollet/Ebner.

Margaret concorda com a cabeça.

— Eu te contei que, nos últimos dias de vida do Lawrence, ele brigava com o ex-sócio e pedia desculpas pro irmão caçula. Mas havia outra coisa que ele repetia sem parar. — Um ar determinado toma conta de sua expressão, os olhos relaxando como se a decisão de compartilhar a próxima informação gerasse certo alívio nela. — *Nicollet*.

Já li o nome dezenas de vezes nos últimos dias, mas, ainda assim, o jeito como ela o pronuncia, com um tom quase reverente, faz meus braços se arrepiarem.

— Quem é essa?

— A pessoa por quem ele fez tudo. — Ela curva os cantos da boca em um sorrisinho breve. — Era isso que o Lawrence dizia pra ela: *Nicollet, tudo que fiz foi por você. Se me disser pra voltar pra casa, abandono tudo.* O Gerald nunca tinha escutado o pai dizendo aquele nome. E ele só descobriu quem era Nicollet depois que o Lawrence morreu, quando leu os diários do pai.

Uma amante, é a primeira coisa que me vem à cabeça, mas de repente percebo.

— A irmã dele.

Ela concorda com a cabeça, confirmando.

— Na minha família, foi isso que o nome passou a representar: a pessoa por quem você faria qualquer coisa. A única que te convenceria a abrir mão de tudo. Foi por isso que deram esse nome do meio pra Ruth.

Sinto o coração apertado.

— Nossa, que coisa mais linda — digo, sincera. Mas não deixo de perceber que não responde à minha pergunta. — Por que você não só... sabe, por que simplesmente não me contou isso?

Ela me analisa, outro sorrisinho se abrindo em seus lábios.

— E eu achando que você já tivesse entendido tudo.

Eu não tinha, obviamente, mas não há nada como um desafio para fazer o cérebro funcionar e, assim que ela diz isso, minha mente se transforma em um quadro como o de uma série policial, cheio de pistas sobre a identidade de um serial killer, conectando detalhes e suspeitos com barbantes vermelhos. A mãe de Ruth, Gigi Ives Allen, não estava presente quando o pai falecera. Não estava sequer no país, voltando só muito depois da morte dele. Apenas Gerald estava lá, ao lado do pai, para escutar os devaneios dele sobre Dicky, Thomas e Nicollet. Apenas Gerald tinha lido os diários do pai.

Então fugira do restante da família pouco após a morte de Lawrence. Conhecera Nina em Los Angeles e os dois tinham passado quase uma década juntos antes de a doença misteriosa levá-la para o exterior, onde se casara com outra pessoa.

Bem na época em que Ruth Ives Allen tinha nascido.

— Ela não era filha da Gigi — digo, antes mesmo de ter certeza.

Margaret não parece escandalizada, nem mesmo surpresa, com a teoria. Na verdade, parece um pouco satisfeita, um pouco... *sorridente*.

— Eu sabia que você chegaria lá — diz ela, em tom de aprovação.

— A doença misteriosa da Nina — começo. — O tempo que ela passou nos Alpes... ela estava grávida?

— Nove meses teria sido um tempo muito óbvio — explica Margaret. — Precisaram enrolar um pouco. E falar do assunto nos jornais quando podiam. Visitas falsas a hospitais, com fotos nos primeiros meses de gravidez e logo depois do nascimento, que aconteceu fora do país. Quando o marido da Gigi morreu, o Gerald e a Nina viram uma oportunidade de levar a filha pra casa sem escândalo.

— Mas o caso deles era um segredo muito mal escondido — argumento. — Quer dizer, até o Dove Franklin sabia.

— Sim, mas, naquela época, ter um caso era uma coisa. Talvez nem *todo mundo* fizesse isso, mas muita gente nos círculos do Gerald e da Nina faziam. Sem mencionar todos os namoros de fachada entre famosos da época. Mas o Gerald cresceu católico e jamais faria a Rosalind passar por um divórcio. E, mesmo que ele estivesse *disposto* a fazer isso, a linha do tempo não faria sentido, e seria a Ruth quem acabaria sofrendo. Nina não queria que a filha passasse por isso, nem Gerald. Então os dois terminaram. Ela se casou com outro homem. Ele criou a filha como se fosse sua sobrinha, e Nina e Gerald só foram se reencontrar de novo na semana do casamento da Ruth. Ele abriu mão da mulher que amava pra ser o pai que devia ter sido na primeira vez, e a Nina... — a voz de Margaret ganha um tom inexpressivo, prático. — Bom, ela abriu mão de tudo.

As palavras parecem ecoar ao nosso redor. Levo quase um minuto para formular uma pergunta.

— A... a Ruth sabia?

Margaret baixa o olhar.

— Não. Você se lembra do que aconteceu, no fim, com a Ruth Allen e o marido dela?

Sinto um aperto no coração. Consigo visualizar as manchetes e as fotos em preto e branco com muita clareza, o pequeno avião deles destroçado sobre o quebra-mar ao sul de San Francisco.

— Foi uma tragédia.

Margaret engole em seco.

— Pra mim, a pior parte foi que ela era tão mais do que aquilo. Era inteligente e hilária, uma pessoa tão boa que seria capaz de parar pra ajudar uma lagarta a subir em um galho antes do jardineiro cortar a grama de casa. Ela viveu pouco, mas aproveitou a vida mais do que qualquer um que já conheci, e ainda assim as pessoas só comentam sobre as coisas que ela *não* conseguiu fazer.

— Talvez quem não a conhecesse — digo. — Mas não as pessoas que eram próximas a ela. E, um dia, todo mundo que ler sua história terá a chance de conhecer a Ruth real. A verdadeira.

Um sorriso triste surge nos lábios de Margaret.

— Talvez. — Ela toma um gole demorado da limonada, depois a devolve para o porta-copos e olha para mim, protegendo o rosto do sol. — Alguns anos depois do casamento de Ruth, Nina Gill procurou Gerald e implorou para que ele finalmente contasse a verdade para a filha deles. Nina estava doente. Doente *de verdade*. Câncer de pulmão. Nos anos 1950, o prognóstico não era dos melhores. De algum jeito, ela conseguiu convencer o Gerald. Mas os dois nunca contaram a verdade. No fim de semana do meu aniversário de dezesseis anos, a pê… a *Ruth* — corrige ela — e o James pegaram o voo pra Casa Ives e o avião deles teve um problema na decolagem. — Margaret interrompe a história e pigarreia. — É difícil não pensar que ela morreu por causa da verdade. Que o universo tinha acreditado na mentira do Gerald, mas não poderia permitir que a felicidade dela continuasse depois de descobrir que Ruth Allen, na verdade, era Ruth Ives.

Engulo em seco, a emoção apertando minha garganta.

— Você acredita nisso? Que sua família é amaldiçoada?

— Não, querida. — O lampejo de sorriso não alcança os olhos azuis antes brilhantes. — Minha família *é* a maldição.

Um alarme dispara no celular dela na mesma hora, acabando com o momento.

— Olha só — diz, checando a tela. — Hora da minha massagem.

Pigarreio, saindo da nuvem escura da história que ela estava me contando e voltando para a realidade: um dia ensolarado, o cheiro de água salgada, grama e pinheiros, um mundo em que massagens e limonadas com hortelã estão ao seu alcance, em vez de perdas e tristezas.

— Achei que não saísse de casa — digo.

— Não saio, mesmo — confirma ela.

— Então a Jodi sabe fazer shiatsu? — adivinho.

Ela solta uma gargalhada.

— Olha, isso não me surpreenderia, mas não. Nós temos tudo agendado. Uma moça vem aqui. Já estou deitada de barriga pra baixo quando ela chega.

— E dá certo? Ela nunca viu seu rosto? — pergunto, cada vez mais cética.

Ela ergue os ombros estreitos.

— Talvez tenha visto uma ou duas vezes ao longo dos anos, mas é novinha. Duvido que saiba quem sou. Aliás, duvido que qualquer pessoa fosse me reconhecer. O mundo seguiu em frente.

— Isso não é verdade — respondo.

Até onde Margaret sabe, a massagista pode muito bem ser a "Linda" que me mandou o e-mail com a pista sobre a vida de Margaret aqui. Uma pista cujas origens Margaret insistiu nem imaginar quais são, quando falei com ela pela primeira vez. Estou prestes a sugerir isso quando Margaret se levanta.

— É, *sim* — diz ela, determinada. — O mundo seguiu em frente. Como eu queria que acontecesse.

• • •

Na manhã de quarta-feira, saio para a névoa espessa e imediatamente chuto algo na calçada.

Um copo de café gelado — neste momento virado de lado e vazando sobre o chão de pedra — ao lado de um saco de papel. Eu me agacho para pegá-los, meu coração batendo acelerado quando vejo o croissant de chocolate dentro do saco *e* a palavra escrita do lado de fora do copo.

Amigos?

Levo meus presentes comigo para o carro e sigo para o centro.

A galeria que vende os sinos de vento e os mosaicos de Margaret fica entre uma lanchonete de frutos do mar e uma sorveteria, a um quarteirão da praia, e, por se tratar de um mundo de aposentados e turistas, o fato de estarmos no fim da manhã de um dia de semana não faz diferença.

A loja está lotada de mulheres usando chapéus de praia, homens de chinelo e adolescentes grudados no celular ou trocando olhares discretos.

Eu me esforço para não sorrir quando passo por duas senhoras vermelhas de sol elogiando, em tom empolgado, um "mosaico fofo de tartaruguinha" — que não é da Margaret, é claro.

Mas encontro um grande e retangular emoldurado bem no meio da parede dos fundos, uma espiral em tons de azul-claro, as cores tão parecidas que fica difícil de enxergar o desenho sem apertar os olhos. Quando faço isso, é como uma daquelas ilusões de ótica antigas, com um caminho claro entrando em foco.

Unicursal, com uma entrada e uma saída.

Acho estranho que alguém como Margaret, que vem de uma família tão entranhada na história e na cultura, sinta-se atraída pela ideia de que, não importa o que você faça, acabará no mesmo lugar.

Para mim, seria bem mais fácil imaginar que a infância estranhamente específica a moldaria no tipo de pessoa que acredita estar no comando do próprio destino.

Por outro lado, talvez as perdas que sofreu levem uma pessoa a *precisar* abrir mão de um pouco de controle. A parar de se perguntar *O que eu podia ter feito diferente?* e só aceitar que esse é o caminho que ela está seguindo.

Um caminho que começou com um homem que tentou usar dinheiro para controlar o mundo, depois outro que tentou usar a palavra escrita com o mesmo propósito e que, eventualmente, chegou a ela e a Cosmo Sinclair em uma perseguição de carros fadada à tragédia.

Talvez seja meio que um consolo para ela acreditar que nunca teve o volante em mãos.

Mesmo naquele dia. Mesmo quando perdeu o amor da sua vida em um acidente idiota que podia ter sido evitado.

— Esse aí é subestimado.

Dou um pulo ao ouvir a voz atrás do meu ombro e me viro para encontrar a vendedora sorrindo para mim, o cabelo cacheado afastado do rosto sardento por uma faixa verde-fluorescente que revela grandes argolas de madeira em suas orelhas.

— Está à venda? — pergunto.

— Em teoria, sim — diz ela. — Mas não tenho coragem de baixar ainda mais o preço. Gosto demais dele. Então é bem capaz que passe o resto da vida morando aqui.

— Quanto é? — pergunto.

— Dois mil e trezentos — responde ela.

Tento não me retrair, arrancando um sorriso dela.

— Pois é, essa costuma ser a reação das pessoas — diz a vendedora. — Não é muito o tipo de coisa que se compra como lembrança de férias. Mas achei que alguém poderia querer para decorar a casa de veraneio por aqui. — Ela se inclina para a frente com um ar conspirador. — Está interessada?

— Por enquanto, não tenho nem uma parede assim tão grande pra ele — respondo —, que dirá dinheiro pra comprar. Quem é o artista?

— O nome dela é Irene Mayberry — diz ela. — Uma moradora da cidade. Vive meio enclausurada, não fala muito, mas é uma artista de verdade.

— Sem querer parecer ignorante — digo —, mas como você identifica uma artista de verdade?

Ela retorce a boca enquanto pensa.

— Acho que é porque... porque só de olhar você sabe que ela teve um motivo pra fazer o que fez. Quer dizer, para além de ganhar dinheiro, sabe? Considero várias pessoas com quem trabalho artesãs. São ótimas no que fazem e amam o trabalho que executam, e sei que meus clientes vão amá-los também. E isso é muito valioso. Só que existe outra forma de fazer as coisas. As obras da Irene... sempre que olho pra elas, é impossível não pensar que ela estava tentando *encontrar* alguma coisa. Ou talvez chegar a algum lugar. Como se estivesse abrindo uma trilha por uma mata muito fechada, porque algo que ela simplesmente *precisa* saber está do outro lado.

Ela abre um sorriso inteligente.

— Ou, quem sabe, talvez seja uma picareta, e eu aqui, sendo ingênua. Mas não importa, porque gosto dele.

— Eu também — digo, falando a verdade. — Você tem um menor? Ou... pra ser mais específica, um mais *barato*?

Ela solta uma risadinha e inclina a cabeça para a parede oposta.

— Acho que tenho exatamente o que você procura.

Eu a sigo até um mosaico bem menor, de uns doze por doze centímetros, os caquinhos de vidro tão pequenos que devem ter sido arrumados com pinças e uma lupa, composto — ao contrário de todas as outras obras que vi de Margaret — de tons de âmbar, vermelho e dourado translúcido, formando uma espiral apertada minúscula que quase parece uma galáxia.

— Duzentos e cinquenta — anuncia a vendedora.

Então vejo o título pequenininho, anotado no canto direito inferior, quase encostado na moldura. Ao lado das supostas iniciais de Margaret, as dela invertidas, na sua própria caligrafia: *Nicollet*.

— Vou levar — digo.

15

Normalmente não tenho dificuldade para dormir, mas minha quinta-feira começa muito antes de o sol nascer, e não importa quantas vezes eu me remexa debaixo das cobertas, a cama parece quente demais e não consigo recuperar o sono.

Por volta das quatro e meia da manhã, finalmente acendo a luminária, o brilho amarelado refletido no pequeno mosaico emoldurado logo abaixo dela.

Nicollet. A pessoa por quem você desistiria de tudo.

Mas o que isso significa para Margaret? Vinte anos atrás, ela abandonou a própria vida e se transformou em outra pessoa. *Por quê?*

Penso no comentário da vendedora-barra-curadora: *Ela estava tentando encontrar alguma coisa. Ou talvez chegar a algum lugar.*

Com a voz rouca de sono, sussurro:

— O que você está tentando encontrar?

Deslizo para fora da cama e me arrumo.

O hotel fica na direção oposta ao Little Croissant, mas tenho muito tempo para matar antes da hora combinada para me encontrar com

Margaret, então dirijo madrugada cinza adentro com as janelas abertas, a brisa do mar circulando pelo carro.

Hoje é um dia bom, penso.

Estava na dúvida se Hayden também teria saído do hotel, mas, quando paro no estacionamento tranquilo, vejo o carro dele na mesma hora.

Após estacionar, me estico até o banco de trás e reviro a mochila até encontrar uma caneta pilot, então tiro o chá verde do porta-copo, pronta para escrever na lateral úmida do copo.

Penso por um instante no que colocar ali e resolvo anotar meu número. Parece uma boa resposta para a pergunta que ele deixou no meu copo: *Amigos?*

Corro até a porta dele e volto para o carro antes das seis da manhã. Duas horas antes do combinado com Margaret.

— E agora? — pergunto para mim mesma.

O som das ondas quebrando na praia atrás do hotel é minha resposta.

Estive tão distraída com as questões de Margaret que nem pisei na praia desde que cheguei aqui — e, mesmo assim, só tinha feito isso no *auge* da tarde, quando havia quase mais turistas do que areia.

Então deixo minhas coisas no carro, fecho as janelas e sigo pelo caminho de madeira que leva do Grande Lucia até o resort vizinho, passando por dunas e seguindo até o mar. Uma placa avisa sobre cobras venenosas na grama das dunas, e acabo encarando o caminho como uma corda bamba, andando bem no meio dele, só para garantir.

Os aglomerados de grama alta e fina vão diminuindo conforme avanço, até sumirem por completo, a plataforma conduzindo para a praia aberta.

No fim do caminho, tiro as sandálias e piso na areia, que está surpreendentemente fria entre meus dedos, embora o ar já esteja pesado com a umidade. O primeiro brilho do sol nascente espia por cima das ondas verde-acinzentadas, as gaivotas formando silhuetas escuras enquanto emitem seus gritos pelo céu.

Uma mulher de cabelo branco usando um macacão corta-vento é minha única companhia, perambulando pela beira da água com um detector de metais. Eu me acomodo em um pedaço comprido e grosso de madeira branca, aproveitando a tranquilidade e o silêncio, tentando, sem sucesso, usar o celular para tirar fotos que consigam chegar perto de capturar a sensação de energia e possibilidades que emana de tudo ao redor: a praia, o mar, o céu.

Na câmera do celular, tudo não passa de um borrão de pixels azuis e pretos.

As coisas mais bonitas nunca têm o mesmo impacto na tela.

E foi por isso que me tornei escritora, e não fotógrafa, penso comigo mesma. Tive uma fase, quando éramos pequenas e Audrey ainda estava doente. Nos primeiros anos em que entendi, entendi de verdade, com o que ela estava lidando — e a possibilidade muito real de perdê-la —, eu me lembro de ter passado o tempo todo preocupada. Até que, em um Natal, meus pais me deram uma câmera.

Em vez de perder tempo me preocupando, passei a catalogar minha irmã. Para acumular todas as memórias felizes para depois. Como se fosse conseguir reconstruí-la se tivesse fotos suficientes dela e da nossa família toda. Ou talvez como se eu fosse conseguir capturar a alma dela para mantê-la com a gente.

Só que eu era péssima. Terrível. Então, para suplementar meus registros visuais, comecei a escrever um diário. Parei de me preocupar tanto, canalizei todas as minhas frustrações e impotência em *documentar*. E, sempre que sentia medo, voltava para meus dias favoritos e relia o que tinha escrito, me sentindo como se estivesse lá.

Todas as emoções e sensações do momento vinham à tona em um eco, um tipo de viagem no tempo. Quando você escreve, sempre pode acrescentar mais. Mais, mais, mais, até chegar ao âmago de algo e, depois disso, você limpa os excessos.

A fotografia cobra que você acerte de primeira. Mas eu não tinha paciência. Nem acreditava tanto assim em mim mesma, para ser sincera. Gostava da segurança de poder revisar.

Ela estava tentando encontrar *alguma coisa. Ou talvez chegar a algum lugar*, penso de novo.

Não é muito diferente do motivo pelo qual comecei a escrever, nem por que continuo escrevendo. Não se trata apenas da busca por uma verdade clínica, mas da necessidade de entender uma pessoa, de dar sentido a quem ela é lá no fundo, no coração.

De apresentar essa conclusão, de forma clara, verdadeira, e preservá-la.

Do outro lado do mar, o sol emerge. O dourado reluzente tremula até mim, subindo e descendo sobre a superfície agitada das ondas.

Depois vermelho, laranja, branco, cor-de-rosa. Se os tons frios e melancólicos da manhã representam potencial e possibilidades, então esses mostram esperança, um sonho sendo realizado.

E de repente percebo que são as mesmas cores do pequeno mosaico que está em cima da mesa de cabeceira do meu quarto alugado.

— Acho que devemos voltar um pouco na história — berra Margaret por cima do ombro.

Ela *precisa* gritar para ser ouvida por cima do rugido do aerobarco enquanto o pilota entre os juncos escuros atrás de sua casa. Ela permitiu que eu gravasse hoje, mas transcrever a gravação depois vai ser um pesadelo, com todo o som ambiente, e suspeito de que termos tomado um banho de repelente antes de embarcarmos também tenha sido inútil, porque os mosquitos parecem estar encarando nossas precauções como um desafio, não como uma barreira. Matei uns quatro só nos primeiros dez minutos.

— Talvez seja melhor pararmos um pouco — grito de volta.

— *O quê?* — berra Margaret, mostrando que estou certa.

— Talvez seja melhor... — Ela desliga o motor e os sons do pântano se intensificam para substituí-lo. Baixo a voz para um volume razoável e digo: — Podemos ficar paradas um pouco enquanto conversamos?

— Vão nos comer vivas — diz ela.

— Só um pouquinho — peço.

Ela arruma o chapéu e borrifa mais repelente nos braços.

— Você sai muito de barco? — pergunto.

— Bastante — responde ela. — Encontro os melhores lixos por aqui. — Ergue uma rede na base do barco. — Garrafas, pratos, canecas, o que você imaginar. É meu lugar favorito pra procurar coisas.

— E a praia? — pergunto. — Você costuma ir?

— Aqui não existe muito isso de baixa temporada — explica. — Então às vezes acabo indo, mas, no geral, peço à Jodi para trazer o que encontra por lá.

— *Ela* costuma ir? — pergunto, mais por curiosidade pessoal do que qualquer coisa.

— Muito — responde ela.

Penso no meu novo mosaico, *Nicollet*, e em como o nascer do sol sobre o mar me fez pensar nele. Acho que ver o sol nascer na praia é só mais uma na lista de coisas de que Margaret abriu mão. A questão é por quê.

— Então, agora que já falamos sobre o seu bisavô e o seu avô, acho que podemos falar sobre o seu pai — digo. — Frederick Ives nasceu em...

Dou uma olhada nas minhas anotações.

— Em 1904 — confirma ela, um segundo antes de eu achar o mesmo número na minha caligrafia quase ilegível. — E a irmã dele, Francine, nasceu no ano seguinte. Como eu te contei, meu avô queria dar aos filhos a liberdade e a tranquilidade que nunca teve na infância rígida. Os dois faziam mais ou menos o que queriam na infância, e aí Gerald os trocou por Hollywood quando eram adolescentes.

— Entendi. — Vai ser difícil explicar isso tudo. O livro vai precisar de uma árvore genealógica no começo, com datas, para consulta. — Então o Frederick é de 1904, a Francine é de 1905 e a Ruth Allen nasceu em segredo em... — Verifico minhas anotações. — Em 1928 ou 1929?

— Também não sei — responde Margaret. — O que tenho certeza é de que alteraram a data de nascimento dela em alguns meses, só pra tornar a mentira mais convincente.

— Tá, mas aí todo mundo acabou indo morar junto. Gerald; a esposa dele, Rosalind; a irmã, Gigi. A filha adotada da Gigi, Ruth, que na verdade é filha biológica do Gerald e da Nina; e também os filhos mais velhos do Gerald, Francine e Frederick, seu pai, que na época... tinham vinte e seis e vinte e sete anos?

— Acho que sim — concorda ela.

— Então, antes da família toda se reunir, o que a Francine e o Frederick faziam em San Francisco? — pergunto.

— O que dava na telha, como sempre. A mãe deles passava a maior parte do tempo se dedicando a obras de caridade, porque, afinal, isso tudo aconteceu na época da Grande Depressão. Mas os filhos dela não se interessavam muito por qualquer tipo de trabalho, então ficaram conhecidos como excêntricos, torrando o dinheiro do pai como se estivessem em uma competição para ver quem gastava mais. A Francine era obcecada por cachorros e cavalos de competição. Ela chegou a ter mais de vinte cachorros e cinquenta cavalos.

— Meu Deus — digo. — Se eu conseguisse, assobiaria agora.

Margaret dá uma risadinha.

— Ela tinha mais de uma dúzia de treinadores na folha de pagamento, mas os demitia e substituía o tempo todo. Se formos acreditar no que meu pai dizia, e não sei se deveríamos, ela os tratava como um grande estábulo de amantes. Ela vivia "se apaixonando", contratando seus amados e logo depois se desapaixonando e demitindo-os ou forçando a barra pra que pedissem demissão.

— Credo — digo. — Parece...

— Que ela estava pedindo por um processo?

Margaret solta uma risada e abre a tampa da garrafa de água aos seus pés, tomando um gole demorado. O sol está alto, e fiquei ensopada de suor sem nem perceber.

Também abro minha garrafa e bebo, e, em seguida, seco o suor antes que pingue em meus olhos.

— E o seu pai, ele...?

— Gostava de apostar, basicamente — responde ela. — As... *peculiaridades* dele estavam mais nos tipos de aposta que fazia.

Já li sobre isso.

— Trabalho físico em vez de dinheiro, certo?

Ela inclina o queixo, a boca apertada de desgosto.

— Pra ele, ganhar ou perder dinheiro era tão insignificante que não trazia emoção nenhuma. Ele preferia negociar *humilhações*. Uma vez, fez o terceiro homem mais rico de San Francisco passar uma semana limpando os estábulos imundos da sua irmã Francine. E também volta e meia acabava no outro extremo de várias dessas situações.

— Como seu pai convencia as pessoas a concordar com esses termos? — pergunto.

— Ah, querida, você não conviveu com muitas pessoas absurdamente ricas, né? — responde ela.

— Já entrevistei muitos atores e cantores — discordo.

— É diferente — responde ela. — Isso aí é *dinheiro novo*. Dinheiro *conquistado*. As pessoas que já nascem ricas são diferentes.

— Você nasceu com ele — argumento.

— É por isso que sei do que estou falando! — exclama ela. — Não se esqueça de que fui casada com o Cosmo Sinclair, uma pessoa bem parecida com as que você entrevista. A família do Cosmo não tinha nada. Ele nunca se acostumou a ter dinheiro nem fama. Tinha medo de perder o primeiro e de se perder com a segunda. De certa forma, um pouco como o Lawrence. — Ela abre outro de seus sorrisos tristes, do tipo que ainda faz seus olhos parecerem cruéis. — O Cosmo sentia saudade da vida para a qual não podia mais voltar. O tempo todo. Mas eu não tinha como sentir saudade de uma coisa dessas porque mal conseguia imaginar como seria.

Ouvi-la falar sobre ele me dá a sensação de sentir um anzol em meu coração, e estou ansiosa para ser içada, para ouvir mais sobre o amor e a vida que tiveram juntos.

— Fui notícia desde que nasci — continua ela. — Desde antes de inspirar o ar pela primeira vez, existiam duas Margaret Ives diferentes. *Eu* e a outra, a que pertencia ao público. Sobre quem escreviam matérias. Que as pessoas amavam em certos momentos e odiavam em outros, e não importava o que o público sentisse sobre mim, eu sabia que não tinha nada a ver com quem eu era *de verdade*.

"Era apenas uma personagem inventada pela imprensa. O Cosmo sentia que tinha sido partido ao meio. A fama dele surgiu muito rápido e foi muito intensa, e, depois que ele se envolveu comigo, as coisas só pioraram.

"Ele se importava com cada uma das bobagens que completos desconhecidos falavam sobre ele. Porque não estava acostumado a deixar pra lá. Estava *acostumado* a ser alvo de opiniões que tinham sido formadas sobre… bem, sobre *ele*. Sobre seus atos e suas intenções, sobre interações pessoais.

"Muito antes do acidente, ele já estava padecendo disso."

Ela olha para o pântano, perdendo-se em meio à névoa da memória.

Quero me esticar e tocar a mão dela, consolá-la, servir de amiga. Mas não sou, não ainda. E não posso ser só mais uma pessoa projetando tudo o que sei sobre a icônica Princesinha dos Tabloides, na crença de que somos íntimas.

Então, em vez disso, deixo que ela fique sentada ali, que vá com calma, torcendo para que saiba que *a verdade dela pertence só a ela*. Que não a considero *minha* só por causa de quem ela é.

Ela pisca e volta a me encarar.

— Enfim, não era difícil para o meu pai convencer homens com uma riqueza absurda a fazer apostas absurdas. Ele gostava da vida ridícula que levava em San Francisco, e a irmã dele, Francine, também, até o momento em que Gerald ordenou a mudança. Nenhum dos dois tinha qualquer interesse em morar com o pai em Los Angeles, mas nem um centavo que gastavam era deles de verdade, então, no fim das contas, não tiveram escolha.

"No começo, meu pai e tia Francine tentaram manter o estilo de vida que tinham, mas Gerald já tinha voltado a trabalhar, na época. Resolveu que estava na hora de seus filhos também começarem a levar a vida a sério ou correrem o risco de serem deserdados. Queria que a Francine se casasse e que meu pai entrasse para os negócios da família.

"A ironia disso tudo é que a tia Francine tinha resolvido que *nunca* se casaria. Estava tão determinada que chegou à conclusão de que a melhor chance que tinha para evitar o casamento seria conquistar um lugar nos negócios da família. Enquanto a única coisa que me pai realmente queria era trabalhar o mínimo possível.

"Meu pai achou que conseguiria enrolar meu avô se começasse trabalhando no estúdio de cinema, então Gerald o colocou lá, e Francine assumiu o comando de uma revista feminina quase falida. Jornalistas mulheres já trabalhavam na redação havia anos, mas ela foi a primeira mulher a ser coeditora-chefe, e veio a ser, depois, a primeira editora-chefe quando o coeditor pediu demissão. Anos depois, contou para mim que sabia que o pai só tinha dado a revista a ela na esperança de assustá-la e convencê-la a se casar. Em vez disso, ela se esforçou para aprender como o mercado funcionava e deu a volta por cima. Ela tinha algo que faltava no meu pai."

— O quê? — pergunto.

— Desespero — afirma ela. — Meu pai só encontraria o dele muito tempo depois.

A história

VERSÃO DA MÍDIA: Frederick Ives era um homem invejoso.

VERSÃO DE MARGARET: Frederick Ives era um homem invejoso.

Quando criança, ele sentia inveja dos colegas de escola. Das notas dos outros, do sucesso dos outros nos esportes. Do carinho que as professoras tinham pelos outros e, às vezes, até da raiva que os outros despertavam.

Em casa, sentia inveja sempre que a irmã, Francine, se sentava à cabeceira da mesa de jantar e, quando ele começou a aparecer mais cedo para pegar o lugar, sentia inveja da maneira como ela chegava despreocupadamente atrasada, ainda coberta da lama dos estábulos, de como parecia indiferente aos olhares reprovadores da mãe.

Quando ele tinha vinte anos, uma garota que passara semanas tentando conquistá-lo noivou com outro homem, e, apesar de ele não ter qualquer intenção de se casar com ela, também ficou com inveja.

Aos vinte e sete anos, quando o pai ausente o obrigou a se mudar para o castelo que havia construído na praia, Freddy sentiu inveja da prima Ruth, órfã de pai.

Da alegria que ela parecia despertar em seu tio Gerald e da estrutura cuidadosa da vida dela, que nenhum dos pais de Freddy se dera ao trabalho de oferecer a *ele* durante a infância.

Ele havia nascido com tanto dinheiro que conseguiria comprar quase tudo, então tudo o que queria eram as coisas que não podiam ser compradas.

Também sentiu inveja quando Francine encontrou algo novo pelo qual ansiar, na busca pelo sucesso da *Hearth & Home Journal*, e quando ela usou toda sua determinação para fazer a revista voltar a dar lucro, mostrando-se a verdadeira herdeira do pai.

Ele tentou *querer* a Royal Pictures. Querer o escritório grande e elegante, decorado com painéis de madeira, que recebera sem qualquer mérito — e onde, para falar a verdade, passava muitas tardes tirando uma soneca. Tentou querer a secretária, Shelley, que tinha sido contratada para ele e com quem imediatamente fora para a cama.

Cerca de duas vezes por semana, ela o informava de uma nova reunião marcada pelo pai, e ele logo entendeu que se tratavam de negociações de contratos que Gerald não fazia questão de conseguir.

Era comum que encaminhasse para o filho os atores, roteiristas e diretores que queria evitar. E, como planejado por Gerald, Freddy sempre fazia um péssimo trabalho com essas pessoas, devido à completa falta de conhecimento que tinha sobre o mercado.

Apesar de saber que aquele era o papel que deveria desempenhar, Freddy se sentia incompetente e não gostava de se sentir assim. Preguiçoso? Até podia ser. Incompetente? Não. Era uma questão de controle.

Em um dia qualquer de 1935, estava sonolento à mesa, o rosto grudado em uma pilha de roteiros não lidos (sobre os quais devia ter entregado anotações na semana anterior), quando Doris Bernhardt entrou em sua sala.

— Então é isso que eu mereço? — questionou ela, aproximando-se a passos duros. — O estúdio ganha uma grana comigo e ele me faz de boba me mandando falar com o filho inútil?

A secretária de Freddy entrou correndo, a velocidade diminuída pelos saltos baixos, e ele nunca tinha se deparado com tamanho contraste entre duas mulheres. Shelley era delicada, pequena, com cabelo castanho-avermelhado e lábios cheios que combinavam com seu quadril farto. Usava uma saia comprida que balançava a cada passo e tinha o hábito de brincar com o colar que usava ao redor da garganta frágil.

Doris Bernhardt era alta, angulosa, de lábios finos e quadril estreito. Usava sapatos baixos, calça larga e nem um pingo de maquiagem, até onde ele conseguia ver. Devia ter quase trinta anos, mas Freddy duvidava de que ela teria o potencial de ser a *mocinha* dos filmes, mesmo que fosse mais nova.

— Sr. Ives — disse Shelly, exalando pesar. — Tentei explicar para a srta. Bernhardt...

A srta. Bernhardt revirou os olhos.

— Ah, sim, ela me explicou como o senhor estava *muito ocupado* agora de manhã. Insistiu pra que eu voltasse na hora marcada para minha reunião na semana que vem, mas fiquei com a sensação de que o senhor conseguiria me encaixar entre alguns dos seus outros compromissos *importantes*.

Shelley o encarava boquiaberta, sem saber o que fazer. Do nada, ele percebeu que, se não assumisse o controle da situação, acabaria sendo obrigado a cedê-lo a Bernhardt.

— Obrigado, Shelley — falou. — Posso conversar com a srta. Bernhardt. Segure minhas ligações.

Ele nunca recebia ligações, mas parecia ser o correto a dizer, como se isso o fizesse recuperar um pouco do poder que tinha, algo que de repente lhe parecia essencial.

Shelley hesitou.

— Pode ir, Shelley — disse com frieza, e ela finalmente bateu em retirada.

Ele esperou um segundo, limitando-se a encarar Bernhardt. Ela sustentou o olhar dele, trincando a mandíbula.

— Quer se sentar? — perguntou ele.

Ela soltou uma risada irônica e foi, devagar, até atrás da mesa, sentando-se na cadeira *dele*. Ele tentou segurar um sorriso. Em vez de se sentar do outro lado, à frente dela, em uma das cadeiras levemente mais baixas, também deu a volta e se apoiou na mesa, os braços cruzados.

— Então, o que a senhorita estava querendo discutir com o filho inútil?

— Nada — respondeu ela. — O que eu *estava querendo* mesmo era discutir meu novo contrato com Gerald Ives.

— E que parte dele, exatamente? — perguntou Freddy, porque era óbvio que não tinha *chegado a ler* ainda o novo contrato que tinham oferecido a ela e, na verdade, nem sabia quem era aquela mulher.

— Bom, para começo de conversa — respondeu ela —, quero saber por que estão me oferecendo *menos* dinheiro por um contrato *mais longo*, considerando que já estou parada há seis meses. Ele está *tentando* me fazer bater à porta da Universal?

Era óbvio que estava. Só que, por algum motivo, Freddy havia sido orientado a não admitir isso.

— Sabe — disse ele, em vez da verdade —, é comum que atrizes da sua idade comecem a receber menos oportunidades nesse mercado.

— *Atrizes da minha idade?* — vociferou ela, levantando-se.

— Não foi minha intenção ofender — disse ele. — Mas a senhorita precisa encarar a realidade.

Ela jogou a cabeça para trás em uma gargalhada rouca antes de lançar um olhar raivoso para ele.

— Eu preciso encarar a realidade? — repetiu ela. — Sou *eu* que preciso encarar a realidade? Ah, sim, claro, sou *eu* que preciso encarar a realidade! Sou uma das únicas duas mulheres diretoras com quem esse estúdio já trabalhou. Já aprendi muito bem que preciso encarar a realidade o tempo todo, enquanto alguém como o senhor, que cresceu em um castelo e recebeu um emprego no qual nem trabalha, em um mercado que desconhece por completo, nunca vai precisar se incomodar com algo tão banal quanto a *realidade*!

— A senhorita é *diretora*? — perguntou ele.

A pergunta despertou nela o instinto de soltar uma risada sarcástica.

— A senhorita é uma *mulher* — apontou ele.

— Sim, acho que cheguei a mencionar esse fato — respondeu ela.

— Será que já assisti a algum filme seu? — perguntou ele.

O rosto dela ficou vermelho de raiva.

— Espero que sim, levando em consideração seu cargo na Royal Pictures.

Ela disse o nome de três filmes que havia dirigido. De um deles, nunca tinha ouvido falar. Mas tinha assistido aos outros dois, e um deles era sucesso de bilheteria.

— Por que ele estaria tentando se livrar da senhorita? — perguntou, então.

Na maior parte das vezes, Freddy entendia as decisões do pai.

A srta. Bernhardt soltou outra risada debochada e gesticulou para o próprio corpo com um floreio.

— Por causa das suas terríveis escolhas de figurino? — perguntou Freddy, confuso, e teve o primeiro vislumbre de como era Doris Bernhardt sorrindo.

Ela parecia um gato com três canários escondidos na boca, as peninhas amarelas escapando. Não conseguia afastar o olhar, quase não suportava a ideia de piscar e perder um segundo daquela expressão.

— Minha opinião não tem muito peso aqui, srta. Bernhardt — afirmou ele.

— Bernie — interrompeu ela.

— Bernie — repetiu ele. — Como você bem disse, faço pouquíssimo e sei ainda menos sobre o mercado, e quanto ao meu pai... bom, ele pode até ter construído o castelo, mas posso garantir que não fui criado *nele*, nem sequer perto do meu *pai*. Mas você tem razão em estar ofendida por terem diminuído seu salário. Eu também ficaria. *Talvez* o objetivo seja esse mesmo. Mas, se eu tivesse que dar um palpite, e é claro que tenho, diria que a oferta tem menos a ver com te ofender e mais com o fato de apostar que você *não* irá embora, porque não *pode*. Porque a Universal e a MGM não vão te querer. Foi *ele* quem te descobriu. *Ele* te deu uma chance e cultivou seu talento, então agora acha que pode te pagar menos do que você merece porque, no fim, acho que ele pode mesmo.

Bufando de raiva de novo, ela abriu os braços.

— Então o fato de eu ter provado meu valor várias vezes nessa indústria não faz a menor diferença?

Ele arqueou uma sobrancelha.

— Olha, a julgar pelo que já ouvi de muitas mulheres que conheci nesse mercado, é assim que funcionam os negócios. É… a *realidade*.

Ela desabou de volta na cadeira, sendo tomada por uma expressão exausta e, embora fosse alta e angulosa, pareceu delicada naquele momento. Ele queria consolá-la ao mesmo tempo que *sabia* que ela lhe daria um soco no queixo por tentar.

Freddy pigarreou.

— Mas vou conversar com ele. Vou te defender.

Ela estreitou os olhos, desconfiada.

— Por quê?

Sendo completamente sincero, ele respondeu:

— Porque quero seu próximo filme. Quero que ele seja nosso, da Royal Pictures.

Ela o encarou por um instante demorado e, em seguida, se levantou da cadeira.

— Obrigada por ceder seu tempo — disse ela, não com respeito, mas também não com sarcasmo. — Mas não vou renovar meu contrato com a Royal.

Então virou-se e saiu da sala, e Freddy sentiu aquela perda, aquele vazio, aquela *melancolia* com que às vezes acordava multiplicada por dez.

Ele passou a querer alguma coisa. Querer algo que não sabia o que era e, por isso, não podia alcançar.

Depois desse encontro, não conseguiu mais pensar em outra coisa.

16

— Minha mãe — diz Margaret — era uma mulher incrível.

— Tudo o que já li sobre ela confirma isso — digo baixinho, acompanhando o tom tranquilo de Margaret, tentando não a afastar da névoa da memória que domina seus olhos.

Quero que ela se demore. Chegamos às pessoas que mais a moldaram, e quero que ela continue ali.

— Meu pai a amava — diz ela. — Muito. É importante que você saiba disso.

Concordo com a cabeça, parando de mexer a caneta.

— Porque boa parte das notícias girava em torno do divórcio deles — explica ela. — E o que essas matérias escreveram sobre ele era verdade. Ele a amava, mas não a tratava como se a amasse. Na época, aquilo tudo não fazia sentido pra mim, mas, agora, entendo completamente.

— Então pode me explicar? — insisto.

— Ele não se amava — responde ela, honesta. — Sei que parece um clichê dizer isso. Até ouvir uma coisa dessas saindo da minha boca me faz pensar, *Margaret, tenha noção. Ele era um homem fraco, invejoso.* Mas aí eu me lembro de quando era mais nova e essa versão simplista e prática dele vai por água abaixo. Ele era louco por ela. Era louco por todas nós. Sabia que os dois se falaram por telefone todos os dias até ela morrer?

— Fiquei sabendo, sim — respondo. — Mas não sabia se era verdade.

— Eles eram melhores amigos — diz ela. — Foi como amigos que toda essa história começou e como amigos que eles acabaram voltando a ser próximos. Com o tempo.

— Bom, não foi como *começou* — argumento. — Porque você acabou de me contar que ela esculhambou seu pai quando os dois se conheceram.

Ela abre os lábios em um sorriso.

— Ela adorava contar essa história, era a favorita dela. E terminava com *Pensei que ele fosse um palhaço.*

— Então o que mudou? — pergunto.

— Bom, ela conseguiu o contrato com a MGM, pra começo de conversa. E, quando divulgaram a notícia, ele mandou um buquê imenso pra ela. Que ela detestou. Ela detestava ver flores cortadas, ficava triste. Sempre me lembro dela quando vejo buquês e isso faz com que *eu mesma*, no fim, tenha um relacionamento complicado com eles, acho. Fico triste, daí um pouco feliz, aí triste de novo.

— Entendo — digo.

Ela me lança um olhar esquisito.

— Entende?

— Acho que sim.

Ela espera para que eu continue, então é o que faço:

— Tinha um desenho a que minha irmã e eu sempre assistíamos quando éramos pequenas. *O mundo encantado de Richard Scarry*. Mas a gente praticamente só assistia quando ela estava se sentindo mal demais pra brincar. Então, sempre que vejo qualquer coisa que me lembre desse desenho, tenho essa sensação. E talvez seja diferente, porque ela está bem agora, mas as lembranças que associo a ele... sei lá. São complicadas.

— Tudo é complicado. Tudo, quando você começa a prestar atenção. Meu pai amava minha mãe, mas era um marido de merda. Foi um pai terrível por uns dois anos depois da separação, mas foi incrível pelo restante da vida depois disso. E, pra ser sincera, até dizer essas palavras, *merda, terrível, incrível...* Como é que elas podem chegar perto de transmitir tudo o que quero dizer?

— Você não precisa resumir a história desse jeito — digo. — Pode levar o tempo de que precisar, Margaret.

— Mas aí as pessoas param de ouvir — rebate ela. — Querem uma frase de impacto. Querem só a manchete. Esse é o legado da minha família e, agora, não conseguimos impedir que se volte contra nós.

— Você é um ser humano — digo. — O sistema pode tentar te diminuir a algo bidimensional, fácil de ser digerido, mas essa não é *você*. E não estamos aqui pra agradar ao sistema.

— Mas será que você não entende? — provoca ela. — Não faz diferença. Se escrevermos esse livro, vou voltar a ser fantoche dos outros. A imprensa vai enumerar as partes mais escandalosas da minha história em um... como é que vocês chamam? Em um clickbait! E o público vai querer fazer o papel de juiz e organizar o tribunal de todos os envolvidos, que, para eles, são apenas personagens, mas são pessoas reais pra mim. Vão querer levar o Cosmo para o tribunal, meus pais e...

Ela para de falar, emocionada.

Sinto um aperto no coração. Não consigo me conter: quando me dou conta, já estou passando para o outro lado do barco, segurando a mão dela enquanto me sento.

— Sinto muito — digo. — E não vou fingir que está errada. Esses clickbaits vão ser publicados. As manchetes vão ser escandalosas. Mas a sua história também vai ser contada. Por inteiro. Você só precisa decidir se uma coisa compensa as outras.

Ela ergue o olhar para mim.

— Tá vendo? — diz ela. — As coisas nunca são simples.

Aperto as mãos dela.

— A gente pode parar por hoje, se preferir.

— Não. — Ela tira as mãos das minhas. — Ainda não. Quero contar sobre eles. Meus pais.

Sinto que estou sorrindo, orgulhosa dela por se abrir e orgulhosa de mim por lentamente começar a conquistar sua confiança.

— Quero ouvir tudo. Mas... será que a gente não pode ir pra um lugar menos *pantanoso*?

Ela solta uma gargalhada.

— Isso, sim, é uma boa ideia.

Ela volta a ligar o motor do barco e nos leva de volta pelo mesmo caminho por onde viemos. Algo em sua postura parece mais leve, os ombros relaxados tornando seu pescoço comprido e majestoso.

Fico feliz em pensar que, mesmo que esteja tendo dificuldade em falar sobre as coisas e ainda tenha dúvidas sobre o que estamos fazendo, ela está ficando mais leve ao desabafar. Ao ser vista.

Ao ser conhecida de novo, após anos se escondendo.

Estou sentada de pernas cruzadas no tapete da sala, com uma xícara quente de café descafeinado apoiada no joelho, quando a primeira mensagem de um número desconhecido de Nova York faz meu celular vibrar.

Oi.

Só isso. Só *oi*. Sorrio. Se tivessem me oferecido um milhão de dólares para adivinhar qual seria a primeira mensagem que Hayden Anderson me mandaria, tenho quase certeza de que estaria milionária nesse momento.

Olá!, respondo.

Quem é, pergunta ele.

Solto uma risada sarcástica. **Nossa, beleza. Depois de seis semanas de uma paixão arrebatadora você já me esqueceu????**

Desculpa. Acho que errei o número, diz ele.

Tomo um gole do café, tiro uma almofada do sofá e me deito nela. Ué, você não é o Hayden?

Ele começa a digitar imediatamente, mas leva uma eternidade para a resposta dele chegar. Sinto muito, mas não faço a menor ideia de quem você seja.

Foi VOCÊ que ME mandou mensagem, lembro. Outra longa pausa para digitar. Tô zoando, sou eu.

Mando outra: Alice.

Depois mais outra.

Scott.

Ele responde: Do *The Scratch*?

Da ilha minúscula onde você está agora, digo.

Ah, ESSA Alice, responde ele, entrando na brincadeira. Então acrescenta: Você me assustou. Fiquei encarando o calendário e pensando quando foi que tive um período de seis semanas de "paixão arrebatadora".

Solto uma gargalhada, me viro de barriga para baixo e empurro meu laptop para longe. Eu estava digitando as anotações do restante da entrevista de hoje, só que, por mais que elas sejam interessantes, tenho o dia inteiro amanhã para fazer isso. Quanto tempo você precisou voltar?

Seis meses, mas parei aí porque foi só até onde meu calendário carregou. O que você está fazendo?

Bom, trabalhando é que não estou, né, digo. E você?

Também não estou trabalhando, responde ele.

Que noite boa pra não trabalhar, comento.

Quer fazer alguma coisa?, pergunta ele e manda a localização de outra lanchonete vinte e quatro horas em Savannah. Só se você achar que consegue passar algumas horas sem falar sobre a Margaret.

Algumas horas? Vai ser uma refeição de quantos pratos?, pergunto.

Não foi minha intenção parecer convencido, diz ele.

Eu tô zoando, Hayden, digo. Chego em meia hora.
Ótimo, responde ele.

ELE ESTÁ, é óbvio, sentado à mesa no canto dos fundos do Atomic Café, parecendo muito elegante e limpo para aquele ambiente desleixado e colorido.

Ele se levanta para me cumprimentar quando me aproximo, o que me parece um jeito muito antiquado de fazer as coisas, então vou com tudo para um abraço.

Imediatamente me arrependo, porque ele se *retrai* de forma perceptível, mas relaxa com a mesma rapidez, passando os braços pelas minhas costas.

— É bom te ver — diz ele, a voz vibrando como um trovão por meus ossos.

Ele exala um perfume de amêndoas, tipo um pão de ló umedecido com amaretto: doce, mas não enjoativo.

— Você está com cheiro de sobremesa — digo, quando nos afastamos.

Ele hesita visivelmente e franze a testa para si mesmo enquanto volta para o banco.

— É meu sabonete.

— Nossa — respondo. — Prático e delicioso ao mesmo tempo.

A expressão dele fica mais suave com uma risada. Só então percebo que, de algum jeito, ele achou que *você está com cheiro de sobremesa* fosse uma reclamação, e não, como começo a suspeitar, uma cantada inconsciente e involuntária.

— Pedi um café pra você — diz ele, empurrando a xícara na minha direção.

Nossos joelhos se esbarram. Rearrumamos as coisas de forma a ficarmos sentados diagonalmente um ao outro, não de frente. Não chegamos nem a nos encostar, mas, de algum jeito, ainda consigo senti-lo. Ele emana uma presença, um campo magnético que sempre carrega, mas que costuma se apresentar como um *campo de força*, uma barreira contra entradas, em vez de um convite.

— Obrigada. — Seguro a xícara com as duas mãos, o calor contrastando de forma agradável com a ventania exagerada do ar-condicionado. Gesticulo para o copo dele. — Estou preocupada com o seu chá verde, porque ele está marrom.

— Meu chá verde — diz ele — é chá preto gelado. Porque o Atomic Café não tem "chá dessa cor". Pelo menos foi o que a garçonete disse.

— Mas ela pronunciou essa frase inteira — pergunto — ou cortou?

— Pronunciou a frase inteira — responde ele. — O que fez esse lugar ganhar um ponto, mas o Ray's Diner continua vencendo.

Tomo um gole do café e devo fazer uma careta, porque ele diz:

— Então tá, deu pra perceber que eles acabaram de perder o ponto que ganharam.

Olho para as luzes rosa e turquesa fluorescentes que contornam as janelas do lado externo da lanchonete e para as mesas combinando no interior, os pequenos jukeboxes em cada mesa e o papel de parede retrô com as pontas levemente soltas.

— Mas o ambiente é legal — comento. — Aliás, por que a gente *não* está no Ray's?

— Tento experimentar o máximo possível de lanchonetes quando estou em uma cidade diferente — responde ele. — Pra fazer uma comparação e descobrir a melhor.

— Ah, é claro.

— É claro? — repete ele.

Dou de ombros.

— Uma coisa bem jornalista da sua parte.

— Uma coisa bem garoto do Meio-Oeste, na verdade — rebate ele.

— Sempre procurando o melhor negócio.

Levanto o cardápio grande e retangular.

— Seis e noventa e nove por um bife com ovos e torrada. Não dá pra achar lugar mais barato que esse.

— Assim, até dá, mas você provavelmente acabaria em um hospital — diz ele.

A garçonete se aproxima e anota nossos pedidos. Escolho o café da manhã com dois ovos, e Hayden, a omelete de claras.

— Na verdade, estou é bem surpresa que você coma em lugares assim — comento.

Ele franze as sobrancelhas.

— Por quê?

— Porque até as maçanetas daqui têm manteiga — respondo —, e você parece só comer coisas saudáveis.

— É um hábito ruim — diz ele.

— Um hábito *bom*, segundo meu médico — argumento.

— Só quis dizer que fui criado assim — responde ele. — De um jeito meio obsessivo. Minha mãe se preocupava muito com a saúde e pegava no meu pé e no do meu irmão quando éramos pequenos. Ela era... bem cuidadosa.

— Ah. — Nesse momento, sou eu quem franzo a testa. — Desculpa. Não foi minha intenção te criticar. Só percebi que...

— Não, eu sei — responde ele. — Não tem problema. Juro.

Depois de um instante, digo:

— Então acho melhor eu parar de comprar croissants imensos pra você.

Ele sorri na minha direção. É uma expressão meio enferrujada, mas meu coração palpita, vitorioso.

— Não precisa — garante ele. — Se você prometer não se ofender se eu der alguns pra Margaret.

Finjo estar surpresa.

— Epa, epa, Hayden. Vou ter que te cobrar uma multa por falar o nome proibido que começa com M.

Ele revira os olhos.

— Não estou falando de *trabalho* — diz ele. — Só mencionei a existência dela. Não quebrei as regras.

— Talvez não as *suas* regras — digo.

Um sorriso repuxa sua boca larga.

— Tá, beleza.

Ele mexe no bolso da calça jeans e coloca um punhado de moedas em cima da mesa.

— Nem vou perguntar por que você anda por aí com tanta moeda — digo, deslizando duas na minha direção. — Prefiro partir do princípio de que você e *seja lá pra quem você estiver trabalhando agora* passam muito tempo em fliperamas.

— Você que sabe — responde ele.

Coloco as moedas no jukebox da mesa e vou passando pelas músicas até encontrar uma boa. Ninguém na lanchonete parece ter escolhido música alguma antes da que selecionei, porque, assim que o rock dos anos 1950 termina nas caixas de som, "Diz que você vai (ser minha)", de Cosmo Sinclair, começa a tocar.

— Ah, fala sério — diz ele, abafando uma risada. — *Isso* não conta como quebrar as regras?

— Nossa, nada a ver — comento. — Essa música é um clássico.

— E você sabe pra quem ela foi escrita? — rebate ele.

Sorrio e deslizo os antebraços por cima da mesa até encontrar os dele.

— Não, pra quem?

Ele fica me olhando enquanto pensa no próximo movimento. Também não recuo, sustentando o olhar dele.

O desafio que vejo ganhando força entre nós começa a se transformar em outra coisa, um fogo nos olhos dele, algo me puxando no centro do peito.

— Pronto, gente.

A garçonete larga os pratos ao nosso lado. Larga *mesmo*. Ela os solta acho que a uns sete centímetros da mesa. Nós nos afastamos com um pulo e paramos por um instante para analisar nossos respectivos pratos antes de começarmos a comer.

— O que achou? — pergunto após algumas garfadas.

— Devia ter pedido o bife de seis e noventa e nove — responde ele.

Engasgo com uma risada, inclino o corpo para a frente e baixo a voz.

— É, acho que quem leva essa é o Ray's.

Ele pega o copo de chá gelado.

— Ao Ray's.

Eu me empertigo e bato minha xícara no copo dele.

— Ao Ray's — digo —, e a seja lá quem inspirou essa música, porque ela é excelente.

— A ela também — responde ele, concordando com a cabeça.

17

CAMINHAMOS PELAS RUAS peculiares de Savannah, passando por velhas construções de pedra e casas inspiradas em templos gregos com varandas e sacadas, carvalhos com galhos baixos e cobertos por musgo. É tarde, mas não estamos sozinhos. Grupos de pessoas saem de um bar de tijolos vermelhos na esquina, e uma mulher nos degraus de uma casa do outro lado da rua fuma um cigarro enquanto fala ao telefone, a umidade abafando todas as vozes, a natureza agindo como um isolante acústico natural.

— Parece Nova York — comenta Hayden. — Quer dizer, em partes.

— As partes ricas — respondo.

— É — reflete ele.

— Acha que vai morar lá pra sempre? — pergunto.

Ele solta o ar.

— Não sei. Gosto muito de lá, mas cresci tendo um quintal. Tinha uma floresta atrás de casa. Se eu tivesse filhos, ia querer isso pra eles, acho.

— Você quer ter filhos? — pergunto.

— Às vezes, sim — responde ele. — Quando estou otimista.

Esbarro na lateral do corpo dele de propósito, a pele dos nossos braços grudando de leve com o calor.

— E essas vezes são frequentes?

Ele olha para mim por cima do ombro com um sorrisinho.

— Não muito.

— Então, no restante do tempo — digo —, nos dias em que não está otimista, você pensa no quê?

— No restante do tempo... — Ele solta o ar lentamente mais uma vez, os olhos dele encarando o caminho a nossa frente enquanto voltamos a andar pelo quarteirão. — No restante do tempo, eu penso, tipo, e se as geleiras polares continuarem derretendo? E se os planos de saúde só ficarem mais caros, e a previdência social falir, e o preço das casas continuar aumentando enquanto o salário-mínimo permanece igual, e se eles me culparem por terem sido colocados no mundo tendo que enfrentar isso tudo?

"E se eles *me odiarem*? Não por causa dos problemas da vida, mas só porque me odeiam mesmo. Ou então, e se eles tiverem alguma doença? E se entrarem pra uma seita e eu não conseguir convencê-los a voltar pra casa? E se eles *fundarem* uma seita? E se fizerem alguma merda terrível e eu não for mais capaz de amá-los ou, pior, e se eu continuar os amando e não puder resolver essa merda terrível? E se houver outra guerra mundial? Ou e se... e se tudo der certo, mas, no fim da minha vida, eles tiverem que ficar no hospital comigo..."

A voz dele embarga de um jeito que nunca vi, falhando um pouco.

— E se eles tiverem coisas pra me dizer, ou quiserem ouvir coisas de mim, mas eu não me lembrar de quem sou, que dirá de quem eles são? E se eles tiverem que cuidar de mim por *anos* depois de eu ter parado de chamá-los por seus apelidos ou de dizer que os amo?

Paro de andar, um peso frio apertando meu peito, e ele faz o mesmo, mas não me encara.

— Eu não sabia se queria escrever outro livro — diz ele, por fim, a voz trêmula. — É difícil, sabe, passar anos com uma pessoa. Ainda mais quando essa pessoa está no fim da vida. A mesma coisa que adoro neste trabalho é a que mais detesto.

— O quê?

— Parece que você viveu a vida inteira junto com eles — responde Hayden. — E fico pensando que a gente não devia saber como tudo acaba, não tão cedo. É um fardo pesado demais.

Seguro a mão dele, os dedos rígidos no começo, mas depois relaxando aos poucos nos meus.

— Só isso? — pergunto, baixinho.

Ele baixa os olhos com um sorriso e depois volta a subi-los até os meus.

— Aham, só isso.

Aperto a mão dele tão forte que sinto sua circulação, ou talvez seja apenas a minha, amplificada pelo contato, pela pressão, pelo calor.

— Talvez — digo, devagar — seja um fardo, mas também um presente. A vida é bem complicada. E acho que faz parte da natureza humana tentar resolver essas complicações. A gente quer que as coisas façam sentido. E tudo bem. É um desejo válido. Mas, na época em que minha irmã estava doente, quando todos os dias pareciam incertos... — procuro as palavras.

Ele franze a testa, o tom tão esperançoso que quase parte meu coração.

— Você aprendeu o valor de cada um deles?

— Aprendi o que importa de verdade — explico. — Aprendi quais são as minhas prioridades. Aprendi de quais coisas não abro mão nessa vida. Muita gente só descobre essas coisas quando já é tarde demais. Ficam esperando pra falar o que querem e nunca encontram uma oportunidade. Então, reunir as histórias dos outros, aprender com os erros deles, também *é* um presente. Você é a pessoa que é hoje em parte pelo que fez pelo Len e pela família dele. Você não tem controle sobre suas outras preocupações, mas tem sobre o que *você* faz.

Ele me encara, a expressão vulnerável, os traços que costumam ser sérios parecendo se amenizar sob a luz dos postes.

— Nunca conheci ninguém igual a você — diz ele.

— Nunca conheci ninguém igual a você — respondo.

— Estou falando sério — insiste ele, a voz baixa.

— Eu também — respondo.

Ele levanta nossos dedos entrelaçados, analisando-os com as sobrancelhas franzidas. Após uma pausa demorada, ergue ainda mais minha mão e dá um beijo nas costas dela. É um gesto tão carinhoso, muito cuidadoso e leve, mas sinto o coração acelerar e a garganta apertar.

Quando ele ergue olhar até o meu, é como se o mundo saísse um pouco do prumo.

Como se esta fosse a primeira vez que estivesse percebendo como o olhar dele é impactante e mal consigo respirar, e quero dizer ou fazer alguma coisa, mas não sei bem o que *posso* dizer, o que *posso* fazer, qual é o limite tênue e invisível entre nós.

Então faço o que ele fez. Levo a mão dele aos lábios, fechando os olhos enquanto pressiono um beijo em sua pele, sentindo o cheiro do sabonete de amêndoa dele, sentindo o sal do seu suor na ponta da língua. Sinto a cabeça dele se curvar para apoiar a testa em meu ombro, a mão livre subindo para segurar de leve minha nuca enquanto ficamos parados assim na calçada, sob um feixe de luz.

Quando abro os olhos e solto a mão dele, Hayden abraça minha cintura, me pressionando contra o peito, minha bochecha contra sua clavícula, meus braços enroscados em sua cintura: um abraço que é mais do que um abraço, que se alonga infinitamente, nossas respirações ofegantes e nossos corpos quentes em todos os pontos em que se encostam.

Acho que nós dois chegamos à mesma conclusão — que mais nada pode acontecer entre nós — e acho que isso só serviu para que nos tornássemos menos dispostos a parar. Eu o sinto enrijecer, e um desejo surge entre minhas coxas, meus mamilos endurecendo contra seu peito. Ele solta um murmúrio suave contra minha orelha, uma das mãos subindo e descendo por minhas costas enquanto encosta a boca delicadamente em meu pescoço, não em um beijo, apenas em um toque casual de lábios abertos contra minha pele.

Só a respiração dele ali, naquele ponto sensível entre o pescoço e o ombro, já basta para despertar algo dentro de mim. Arqueio um pouco o corpo e ele me aperta ainda mais, me moldando ao dele.

Subo as mãos devagar até o cabelo dele e decido que é a minha vez de colocar o rosto no pescoço *dele* do jeito como ele fez no *meu*, aproveitando cada centímetro que ele permitir.

Hayden tocou em meu cabelo, então toco no dele; Hayden roçou a boca em meu pescoço, então roço a minha no dele.

Ele tenta me puxar para mais perto de novo, como se ainda restasse espaço entre nós. Não resta nada além da única barreira insuperável: o trabalho.

E não consigo mais me controlar. Vou um pouco além. Só um pouquinho. Um toque leve da minha língua contra a pele dele, que geme contra mim, meu corpo estremecendo com o som. O desejo aumenta. Digo para mim mesma para não pressionar o quadril contra o dele, mas acontece mesmo assim, e ele respira fundo em meu pescoço, as mãos ficando mais firmes.

— Preciso parar — murmura ele, rouco.

— A gente não tá fazendo nada — murmuro de volta.

Ele fricciona o corpo contra o meu. Não dura nem um segundo, mas já espalha centelhas pelo meu corpo inteiro, pontos coloridos aparecendo em minha visão, me fazendo puxar o ar com força.

Ele segura meu quadril, me afastando lentamente, quase como se estivéssemos grudados, como se houvesse uma resistência que tentasse nos manter próximos, a lembrança da fricção ainda paira ao meu redor, recusando-se a se dissipar.

Ainda que sóbrio, ele parece quase tão bêbado quanto me sinto, os olhos escuros feito um abismo, o rosto tomado por uma tensão frustrada.

— Posso te acompanhar até o seu carro? — pergunta ele, baixinho.

Concordo com a cabeça, ainda abalada demais para falar.

Não aconteceu nada, é o que vou ficar pensando mais tarde, quando estiver acordada na cama, os olhos grudados no teto de estuque. *Foi só um abraço.*

Mas meu corpo vai contar uma história bem diferente. *A sua, a minha e a verdade.*

PASSO A MANHÃ de sexta-feira na praia, assistindo ao nascer do sol e depois entrando na água, boiando de costas. Depois, mando fotos para o grupo que mantenho com minha mãe, Audrey e o número antigo do meu pai. Sei que um dia ele vai ser vendido para outra pessoa e provavelmente teremos que tirá-lo do grupo, mas, por enquanto, nenhuma de nós fez isso.

Audrey deve estar ocupada demais para pensar nesse tipo de coisa, mas os motivos da minha mãe são mais misteriosos. Por mais que ela e meu pai se amassem, imaginei que a postura prática dela não fosse permitir o sentimentalismo de manter o número do marido já falecido em um grupo de mensagens.

Por outro lado, é bem possível que ela não saiba como remover o número e não queira se dar ao trabalho de criar um grupo novo. Ela e Audrey são parecidas nesse sentido — não chegam a ser avessas à tecnologia, mas estão longe de serem muito entendidas do assunto.

Decido, então, mandar algumas fotos do nascer do sol de mais cedo e do mar naquele momento, com os turistas se espalhando pela areia e bebês usando chapéus com abas largas, além de pré-adolescentes barulhentos arrastando pranchas de bodyboard.

Vista do escritório hoje, digo.

Minha mãe responde rápido: **rs.** Ela pelo menos sabe usar abreviações que existem há décadas.

Depois envia outra mensagem: **Que legal.**

Não sei se está sendo irônica. Parece que está.

Audrey responde com uma selfie dela e de um fazendeiro local plantando árvores em uma horta comunitária. **Dá um mergulho por mim!**, escreve ela.

A gente devia vir pra cá da próxima vez que você vier pra casa, digo, e ela responde que seria ótimo. Então minha mãe pergunta como está a horta e o assunto muda, e, de certa forma, sinto um alívio por não precisar me preocupar com a possibilidade de que talvez a decepção da minha mãe comigo transborde e ela coloque em palavras o que nunca diz.

Audrey fala sobre o trabalho. Minha mãe fala sobre as galinhas. As duas estão ansiosas para o Natal, que é a próxima vez que Audrey virá passar algumas semanas na Geórgia, e fico sentada na minha toalha, a areia quente ali embaixo, sentindo saudade do meu pai e do mundo quando ele ainda estava aqui.

Saudade de quando esta conversa teria pelo menos mais uma pessoa que era, como minha mãe adorava chamá-lo, *extravagante*. Tenho quase certeza de que, vendo aquelas fotos, ele se lembraria de alguma referência a uma música sobre a beleza da natureza, talvez até alguma do próprio Cosmo Sinclair, ou mandaria uma foto do banheiro seco da nossa casa com uma observação sobre aquele ser o escritório *dele* na maioria dos dias. Brincadeiras escatológicas, piadas de pai, músicas antigas, gargalhadas. Esses são os vazios que ele deixou na nossa família.

As mensagens vão se espaçando e decido pegar o caderno na bolsa, colocando os fones de ouvido e escutando o restante das gravações de ontem. Vou transcrever *tudo* depois, mas, por enquanto, quero ser inundada pela história de Margaret, ver o que mais me chama a atenção e anotar o minuto exato em que acontece.

A última entrevista teve um clima diferente. Antes, ela estava recontando a história oral da família. Nesse momento, chegamos à parte em que — como ela própria descreveu — todos os personagens foram reais para ela. Pessoas que ela havia amado, pessoas com quem havia brigado, pessoas que havia perdido.

Ela começou com a amizade dos pais.

Freddy Ives tinha enviado um buquê para Doris "Bernie" Bernhardt para lhe parabenizar pelo novo contrato com a MGM, e os dois não se falaram mais até o lançamento do primeiro filme dela com o estúdio rival.

Ele apareceu na noite de estreia para assistir. Sentara-se sozinho, bem no meio da quarta fileira, no Grauman's Chinese Theatre. Na segunda-feira seguinte, ao chegar ao escritório, ela encontrou outro buquê e um cartão.

Dane-se o realismo. Você tem muito futuro.
Um beijo,
F. Ives

Ela havia ligado para Freddy para agradecer — apesar de ter fingido que achava que o nome dele fosse Fives e ele ter entrado na brincadeira. Os dois acabaram passando uma hora e meia ao telefone e conversaram principalmente sobre o filme, mas um pouco também sobre outras coisas. Ele a atualizara sobre as fofocas do Royal Pictures — quem estava indo para a cama com quem; quem tinha descoberto; que ator famoso tinha aparecido recentemente no set ainda bêbado da noite anterior e vomitado em cima de uma câmera enquanto filmavam.

Ela havia ficado surpresa com o senso de humor dele, e, quando dissera isso, ele ficou estranhamente sério.

— Pois não devia ter se surpreendido — respondera ele. — Nasci com uma vida que me permitiu nunca precisar levar nada a sério se eu não quisesse.

— Mas você não *quer*? — tinha perguntado ela, e então havia sido a vez *dele* de ficar surpreso ao perceber que queria.

Ele a levava a sério. Ele levava o trabalho dela a sério. Àquela altura, já havia assistido aos filmes dela várias vezes, principalmente por curiosidade: agora que *sabia* que eles tinham sido dirigidos por uma mulher, conseguiria *perceber* isso? Havia diferença?

Não tinha chegado a nenhuma conclusão concreta além da seguinte: toda vez que assistia a um dos filmes dela, percebia algo diferente.

E isso fez com que ele fosse melhorando no trabalho, ainda que só um pouco.

Na semana seguinte, telefonara para ela de novo. O mesmo ator famoso tinha derrubado uma parede inteira do estúdio enquanto gravava.

— A maior parte do pagamento dele vai pro seguro agora — dissera ele.

Os dois tinham rido juntos, mas sem muito humor. Bernie fora dispensada depois de entregar resultados melhores do que o esperado. Aquele homem derrubava paredes e continuava contratado. Ele era o rosto, o motivo pelo qual as pessoas iam ao cinema. Pela lógica da Royal Pictures, eles precisavam do ator, enquanto Bernie precisava *deles*.

Realismo.

Freddy sabia disso, sentiu isso na pausa após a risada desaparecer, e queria dizer algo sobre o assunto, mas não conseguia achar as palavras certas. Então acabara perguntando se qualquer dia ela não aceitaria fazer uma caminhada, e ela respondera que sim, e isso se tornara uma tradição.

Uma caminhada semanal.

Ele saía com outras mulheres. Ela não saía com ninguém.

Os dois quase nunca tinham sequer se encostado, mas então, finalmente, após onze meses de caminhadas semanais e três telefonemas por semana, ele havia parado de repente com uma ideia, uma lâmpada se acendendo em cima de sua cabeça, olhado no fundo dos olhos dela e dito:

— Bernie, acho que a gente devia se casar.

E ela havia rido, porque aquilo era ridículo, mas após um tempo tinha entendido que ele falava sério.

— Por quê? — perguntara ela.

— Porque você é minha pessoa favorita no mundo — respondera ele. — E a gente conversa três vezes por semana e ainda não é o bastante. Pelo menos, não pra mim. Então será que pode pensar no assunto?

E ela havia perguntado:

— Não quer me beijar primeiro?

— Claro que quero, mas achei que seria melhor ver se você gostava da ideia antes, ou então eu levaria um tapa.

Ela respondera que ele levaria mesmo. E então tinha dado um passo para a frente, segurado o rosto dele e o beijado.

Não foi nada parecido com fogos de artifício, de acordo com os dois. Era mais como entrar em um banho quente de banheira. Passaram alguns meses noivos, sem pressa de subir ao altar, até a menstruação de Bernie atrasar e ficar óbvio que estava na hora de acelerar os planos.

A cerimônia foi íntima, só para alguns amigos e parentes, todos chocados por ver a união se concretizar. O playboy irresponsável e a diretora de cinema inteligente.

O par não fazia sentido algum para ninguém além deles mesmos, e mais tarde — após Bernie conhecê-la um pouco melhor — para a irmã de Freddy, Francine. Mas funcionava. Bernie havia se mudado para a ala de Freddie na Casa Ives. Frequentava os leilões de caridade da sogra e participava dos jantares desconfortáveis da família, que aconteciam três vezes por semana. Brincava no grande laranjal do terreno com a prima de sete anos do marido, Ruth, e até a chamava de Pê, a Princesinha, um apelido reservado à família.

Em 1938, a filha deles nasceu, tendo chegado ao mundo berrando feito uma demônia — como era a tradição dos Ives — em um hospital cujo último andar inteiro fora fechado para a família.

Eles a chamaram de Margaret Grace Ives, em homenagem à falecida mãe de Bernie, e, na saída do hospital, a *Photoplay* já havia publicado o nome dela. Normalmente, a revista de fofoca só falava sobre *atores*, mas Freddy era bonito e carismático, e Bernie, uma figura diferente, então os dois tinham alcançado certo nível de fama que a filha havia herdado, assim como tudo mais que acompanhava ser uma Ives.

Pelos primeiros dois meses da vida de Margaret, o pai dela raramente saía do lado da mãe, mas, após um tempo, ele havia precisado voltar ao trabalho.

Bernie sentia falta de dirigir filmes, sentia falta de estar no estúdio todo dia. Mas também sentia falta da filha sempre que ela dormia. Perguntava-se como aguentaria viver com a alma dividida daquela maneira. E tinha certeza absoluta de que jamais se sentiria completamente satisfeita de novo. Metade dela sempre estaria em outro lugar.

Três anos depois, Laura Rose Ives nasceu, e ela era o completo oposto de Margaret.

Recém-nascida, Margaret chorava e esperneava sempre que queria algo, então ela e Bernie logo desenvolveram uma linguagem sem palavras. Com quatro meses, antes de Margaret aprender a engatinhar, já tentava descobrir um jeito de se levantar.

Laura era um pacotinho silencioso. Atenta, curiosa, mas nada exigente. Margaret tinha o cabelo louro-escuro da mãe e a pele com tendência a se bronzear do pai, enquanto Laura tinha os cachos pretos espessos do pai e a pele branca da mãe.

Conforme as meninas foram crescendo, Laura se mostrava hesitante, cuidadosa, uma pequena sombra que percorria os longos corredores de mármore atrás da irmã mais velha impulsiva.

Bernie se preocupava com ela. Ela se preocupava com as duas, mas por motivos diferentes.

Havia esperado até Margaret completar cinco anos e Laura, dois, antes de tocar no assunto de voltar ao trabalho, tarde da noite, quando ela e Freddy já estavam aconchegados sob o dossel azul-escuro e dourado da cama, as luminárias ainda acesas. Ele perguntara se ela tinha certeza.

— Não vai ficar com saudade das duas?

— Claro que vou — respondera ela. — Você não fica?

E então ficou resolvido. Ele sabia que não podia mantê-la ali, presa, alimentando metade de sua alma enquanto a outra murchava.

Vários meses se passaram até que ela conseguisse um novo contrato. Freddy, é claro, queria que ela voltasse para a Royal, mas Bernie acabara na Universal. No começo, os dois faziam caminhadas duas vezes por semana, mas ela estava compensando o tempo perdido, o que significava trabalhar mais, esforçar-se mais.

Fora então que as brigas entre os pais de Margaret começaram. E também onde tínhamos encerrado a conversa.

A gravação termina, e tiro os fones de ouvido, deixando o celular e o caderno de lado, enquanto assisto a uma jovem família construir um castelo de areia um pouco fora do alcance do mar, cavando um fosso ao redor da construção para evitar que a água derrube tudo quando inevitavelmente chegar ali.

Quer dizer, provavelmente vai acabar destruindo tudo, mas pelo menos eles tentaram.

Uma vez, anos antes, quando estava na faculdade fazendo um curso de redação para iniciantes, "entrevistei" meu pai como parte de uma tarefa.

Ele me contou sobre como tinha sido crescer em Oklahoma, sobre ver o mar pela primeira vez quando havia se mudado para a Califórnia, onde ele e minha mãe tinham se conhecido logo após terminarem a faculdade.

Eu me arrependo de não ter gravado a conversa toda. Não gravei. Mas fiz anotações, escrevi o trabalho e algumas coisas ficaram na minha memória, inesquecíveis.

Quando ele viu o mar pela primeira vez, ficou apavorado. Ficou tonto e quase enjoado, sentindo um medo verdadeiro, *profundo*, por existir algo no mundo que pudesse ser tão grande. Tão poderoso. Tão natural e incontrolável, algo pelo qual a sociedade não poderia levar o crédito e nunca conseguiria domar por completo. Ele me disse que só tinha se sentido assim em outros dois momentos da vida.

— Quando sua irmã nasceu — disse ele —, e, depois, quando você nasceu.

— Nossa, valeu, pai. Que ótimo saber disso — respondi, e ele sorriu.

Ele vivia sorrindo, como eu.

— Você está aprendendo a escrever não ficção, né? Então preciso te contar a verdade. Essas foram as três vezes que a vida me fascinou de verdade. Era muita coisa pra absorver, meu corpo parecia prestes a explodir em mil caquinhos. É sério. Momentos que, depois, também me deixaram alegre. Acho que não mencionei essa parte.

— Não mencionou mesmo — respondi.

— Eu ia chegar a esse ponto — brincou ele. — Mas não foi o primeiro sentimento. O primeiro foi *Puta merda, isso aqui é uma pessoa inteirinha. Como é possível?*

Ele não tinha o costume de falar palavrão, porque minha mãe não gostava, mas, às vezes, quando estávamos só nós dois, ele mandava um *puta merda* ou um *cacete* para dar ênfase.

Por que não gravei nossa conversa?, penso de novo, sentindo a tristeza pulsar dentro de mim.

E, com a mesma rapidez, sinto uma brisa bater em minhas costas, e é difícil acreditar — ou talvez simplesmente ter esperança — que talvez eu não precisasse gravar nada.

Que talvez ele esteja aqui, os átomos redistribuídos, as cinzas que jogamos no rio perto de casa agora misturadas à areia ao meu redor, o amor que ele sentia tão permanente e inabalável como sempre.

O amor não é algo que conseguimos segurar, e isso me faz querer acreditar que significa que é algo que nunca pode ser perdido.

Pego meu celular de novo e abro a conversa com um número sem mensagens novas há dois anos. O número do meu pai.

Minha intenção é falar a coisa perfeita nesta mensagem para ninguém, só que, mesmo com todo o tempo do mundo, não consigo pensar no que dizer. O mais perto de que chego é uma palavra.

Obrigada.

Logo depois que a envio, meu celular vibra, e quase engasgo com a própria saliva.

Mas, quando olho — talvez obviamente —, não é meu pai respondendo.

É outra mensagem de *uma* palavra e, por algum motivo, essa parece a perfeita, de fato.

Oi, escreve Hayden.

Oi, escrevo de volta.

Tem planos pra hoje à noite?

18

A OLD MO'S SUGAR House vai bem desde o começo.
Para início de conversa, a fachada inteira é pintada de três tons diferentes de *rosa-claro*. A construção é um pouco encardida por ser antiga, mas continua sendo meu sonho de infância. Eles servem o mesmo tipo de comida do Ray's e do Atomic Café, além de terem o mesmo tipo de atendimento prático.

Se você fosse sem noção a ponto de pedir um café cheio de frescura aqui, tenho *certeza* de que receberia um merecido *fica com Deus* das atendentes.

Quando a garçonete que está nos atendendo larga os pratos perigosamente quentes em cima da mesa, vejo o olhar de Hayden passar direto pelo próprio mingau de aveia e mirar meus bolinhos e minha pequena pilha de panquecas.

— Você está fazendo uma cara de quem parece que o marido acabou de ir pra guerra — brinco. — Como se estivesse olhando pela janela, esperando o amor da sua vida voltar.

— O quê?

Ele ergue o olhar de repente, piscando para se libertar dos devaneios sobre bolinhos com os quais foi acometido.

— Quer provar? — ofereço.

— Não — diz ele. — Não precisa.

— Tem certeza? — pergunto. — Não me importo.

Empurro a cumbuca com os bolinhos na direção dele.

— Talvez só uma mordida — diz ele, e pega os talheres, cortando educadamente um pedaço minúsculo de um dos bolinhos, passando-o para o próprio prato e levando-o até a boca.

Os olhos dele de repente ficam vítreos. Solta um gemido do fundo da garganta. Eu me inclino para a frente e coloco o restante do bolinho no prato dele.

— Nossa — diz ele, por fim.

— Gostou? — pergunto.

— Muito — diz ele.

— Sabe como ficaria melhor ainda? — pergunto.

— Como?

— Com corante cor-de-rosa — digo, cortando minhas panquecas.

Ele solta uma risadinha pelo nariz.

— Acho que corante não tem gosto.

— Talvez não, mas causaria *impacto*. Eu *sentiria* o rosa.

Ele abre um sorriso torto, e meu coração dá um pulo.

— Você sentiria? Como é a *sensação* do rosa?

Fico pensando por um instante.

— Acho que é, tipo, a parte alegre do nascer do sol.

— A parte alegre do nascer do sol — repete ele.

— É, sabe, aquele jeito que o nascer do sol faz a gente se sentir... fascinado ou emocionado? Uma coisa meio profunda?

— Não — responde ele.

— Bom, eu me sinto assim — continuo. — Mas tem uma hora que tudo fica cor-de-rosa. Da cor de uma pink lemonade. E parece quase bobo. Como se o céu estivesse brincando. É uma cor que fico surpresa por encontrar na natureza. Mas, como ela está lá, não vejo por que também não poderia estar em bolinhos.

Ele solta uma risada, balança a cabeça e enfia mais um pedaço de bolinho na boca.

— O quê? — pergunto.

— Nunca na minha vida pensei que o céu parecia estar brincando.

Dou de ombros e tomo um gole de café.

— Você acha que estou sendo ridícula — digo, meio afirmando, meio perguntando.

— Acho que você vive em um mundo mais interessante do que o da maioria das pessoas — responde ele, e meu coração meio que começa a ficar apertado de decepção, de solidão, até que ele complementa —, queria poder morar nele também.

Abro um sorriso radiante.

— Posso te levar lá um dia.

— Eu ia amar — responde ele.

DEPOIS DO CAFÉ da manhã no jantar, fica claro que nenhum de nós quer ir para casa, mas também que nenhum de nós vai dar a ideia de irmos para a minha casa. Podemos continuar mantendo uma postura amigável ou meramente profissional, contanto que estejamos em um lugar público.

Caminhamos por um tempo pelas redondezas da Old Mo's, mas não há nada bonitinho nem pitoresco por aqui — estamos em um complexo industrial bem mais novo que a lanchonete. Quando chegamos aos nossos carros, solto:

— Sei o que a gente pode fazer agora.

E a expressão dele é tão desconfiada que só consigo imaginar que esteja se preparando para eu sugerir que a gente tome um tonel de corante cor-de-rosa e transe no carro dele.

Dou um passo para longe dele, na direção do meu carro alugado a duas vagas de distância.

— Me segue — grito, destravando as portas.

Ele não faz perguntas, só concorda com a cabeça.

Eu me lembro do dia em que ele hesitou antes de apertar minha mão na casa de Margaret, e o contraste entre aquele dia e hoje aquece tanto meu peito que preciso colocar o ar-condicionado no máximo.

HAYDEN ME SEGUE pela escuridão, andando pela plataforma de madeira no meio das dunas gramadas até a praia.

— Você já se cansou da praia? — pergunto, levando em consideração que o Grande Lucia fica a meio quarteirão de distância.

— Acho que nem cheguei a vir aqui — responde ele. — Não sou muito de praia.

Lanço um olhar para ele.

— É difícil mesmo ser *muito de praia* se você não é *muito de usar short*.

— Faz senti... *merda! Caralho!*

Ele se vira de lado na plataforma, me agarrando e me jogando contra o corrimão.

— O quê! O quê! — berro, meus olhos percorrendo o caminho à nossa frente.

Um rabo desliza pelo canto da plataforma, desaparecendo nas dunas.

— É só uma cobrinha — digo, tentando parecer tranquila.

— *Odeio* cobras — responde ele.

— Achei que você brincasse na floresta quando era pequeno — digo.

— Eu brincava — diz ele —, e, sempre que a gente encontrava uma cobra, eu precisava me distrair e fingir que não tinha nada acontecendo, para os outros meninos não perceberem.

Tento voltar a andar, mas ele abraça minha cintura, me puxando de volta.

— Está tudo bem — digo, me desvencilhando dele. — Ela já foi.

— Talvez esteja à espreita pra dar o bote ali no canto — responde ele.

— Não está.

— Como é que você sabe? — pergunta ele.

— Eu sei — insisto. — Não dá pra só se distrair e fingir que nada aconteceu?

Ele balança a cabeça.

— Não vai dar. Porque não tenho medo de me humilhar na sua frente.

Finjo ficar ofendida.

— Só quis dizer que você não me parece o tipo de pessoa que ficaria me sacaneando por causa disso.

Abro um sorriso.

— Bom, posso tentar te sacanear, se for ajudar.

— Mas não vai ser genuíno — diz ele. — Então não vai funcionar.

— Bom, a gente já está quase no mar — argumento. — Então podemos só sair correndo.

— Você está de saia — responde ele.

Tenho certeza de que meu sorriso está igual ao do Gato de Cheshire.

— Está preocupado com a minha honra?

— Estou preocupado com os seus tornozelos — esclarece ele. — Não quero que seja picada.

— Não vou ser picada — prometo e volto a andar.

— Não, não, não.

Ele vem correndo atrás de mim, inclinando-se, e me levanta nos braços para me carregar no colo.

Meu grito de surpresa vira uma risada ofegante enquanto ele basicamente passa em disparada pelo ponto onde a cobra desapareceu, tão perto do corrimão oposto quanto possível, e depois volta para o meio exato da passarela. Tento dizer que ele já pode me colocar no chão, que não precisa me carregar, mas estou rindo demais.

Quando chegamos à praia, ele diminui o ritmo, a grama e quaisquer répteis escondidos já longe.

— Não acredito que arriscou seus tornozelos por mim — brinco, a lua brilhando atrás da cabeça de Hayden.

— Estou de calça — lembra ele.

— Eu não *te* culparia se eu fosse picada — digo.

— *Eu* me culparia.

Ele vai parando de andar e se inclina um pouco para me colocar de pé. Roça o antebraço em minhas coxas de um jeito que parece carregado de eletricidade, passando por baixo da minha saia no processo, de um jeito que me deixa tremendo e com as pernas bambas quando meus pés encontram a areia.

— Desculpa — diz ele com a voz grossa, esticando o braço para ajeitar minha saia, e o leve puxão que ele dá no tecido não tem o efeito tranquilizador que acho que ele queria transmitir.

Em vez disso, acabamos parados de peitos colados, a escuridão pulsando ao nosso redor como se estivéssemos vibrando na mesma frequência.

Começo a entrar em pânico, porque quanto mais isso acontece — quanto mais acabamos nos comportando como se fôssemos outra coisa além de amigos —, menos chances teremos de continuar *sendo* amigos, e, apesar de fazer poucas semanas, eu sentiria falta dele.

— Vamos até o mar? — pergunto, falando meio alto demais, e me viro para começar a andar na direção oposta sem nem checar se ele vai me seguir.

É claro que ele me segue, e, com os passos largos, não demora muito para me alcançar.

Paramos pouco antes de chegarmos ao limite do mar e nos sentamos, nossas pernas esticadas sobre a areia, os olhos no horizonte.

— Como é a sua rotina? — pergunto. — Em Nova York.

Ele olha para mim.

— Como assim?

— Eu só te conheço aqui nessa bolha — digo. — É meio esquisito.
Ele fica pensando por um instante.

— Bom, eu trabalho muito. — Volta os olhos para os meus. — Como imagino que também seja o seu caso.

Concordo com a cabeça.

— Estou sempre ocupado — diz ele.

— E você gosta disso? — pergunto.

Ele inclina a cabeça para o lado, abrindo os lábios.

— Gosto de me ocupar com trabalho — responde ele. — Mas o ritmo às vezes me incomoda. Ou talvez eu não chegue a perceber que está me incomodando, mas, aí, quando venho pra um lugar como este...

Ele estica uma das mãos para o mar.

— É gostoso, né? — pergunto.

— Antes eu achava que morreria de tédio se morasse em qualquer outro lugar que não fosse Nova York — diz ele. — O que é esquisito, porque adorei crescer no meio do nada. Tirando aquela história de a família do prefeito viver sendo analisada.

— Eu também — digo. — Quer dizer, cidades pequenas têm seus defeitos. Ainda mais quando o assunto é fofoca. Mas adoro o ritmo daqui.

— E Los Angeles?

— Também gosto de lá — respondo. — Tipo, a comida é ótima, os dias são sempre ensolarados e tenho um grupo legal de amigos.

— Você sempre quis morar lá? — pergunta ele.

— Aham — admito. — Comecei a escrever como um jeito de lidar com as coisas que aconteciam com a Audrey e também, nada a ver com isso, sempre fui obcecada por Hollywood. Eu *adorava* ler revistas, mas meus pais nunca queriam gastar dinheiro com elas, então eu literalmente me sentava no corredor do mercado e ficava lendo sobre roupas e tendências de moda e celebridades. Minha mãe sempre ficava megairritada quando me encontrava. Ficava esperando um tempão por mim no caixa, e aí eu ainda precisava guardar todas as revistas.

— Bom, pelo menos você era educada e colocava tudo de volta no lugar certo — comenta ele, diplomático.

— Ah, nossa, devolver para o lugar certo é *obrigação* — concordo. — E você? Nova York era seu sonho?

— Eu não tinha muito um sonho — responde ele. — Se muito, achava que seria mecânico, porque era isso que o pai do meu melhor amigo era, e a gente vivia consertando a van de merda que ele tinha. Mas meus pais insistiram demais pra eu fazer faculdade, e aí entrei na Purdue, o que foi um choque, porque só fui bem nos últimos dois anos do ensino médio. E aí comecei a escrever no primeiro ano de faculdade e não parei mais. Consegui um estágio em Chicago depois de me formar, aí fui efetivado.

"Eu não pretendia sair de lá, mas um emprego melhor apareceu em Nova York, e eu tinha acabado de terminar um namoro, então achei que seria bom passar um tempo longe. Meu melhor amigo da faculdade também mora lá, então tem sido legal. Ver ele se casando e tendo um filho."

Abro um sorriso radiante para ele.

— Você é o tio Hayden?

— Claro que não — responde ele, sério. — Sou o tio Nayda.

Apoio minha cabeça no ombro dele enquanto a gargalhada vibra pelo meu corpo.

— Ah, desculpa aí — digo. — Eu devia ter imaginado.

Ele inclina o queixo para baixo e sorri, a boca perto demais da minha, os olhos transmitindo carinho. Depois de um segundo longo demais, ele diz:

— Você costuma ir pra Nova York?

— Algumas vezes por ano — digo. — E você? Vai pra Los Angeles?

— Quase nunca — responde ele.

Concordo com a cabeça. Continuamos sustentando o olhar um do outro até eu sentir que não *consigo* mais fazer isso, não sem roçar minha boca no lábio inferior carnudo dele, sentindo seu gosto, o calor de sua língua.

Eu me afasto e me deito, encarando o céu e tirando um momento para recuperar o fôlego.

— O que aconteceu com a sua ex? — pergunto, e *essa* é uma forma bem mais eficiente de amenizar a tensão entre nós.

Ele franze a testa enquanto olha para mim por cima do ombro.

— A de Chicago — digo. — Antes de você ir pra Nova York.

— Ah. — Ele se vira de volta para o mar. — A Piper.

— Piper — repito sem querer, e espero que ele não tenha percebido o misto de curiosidade desesperada e ciúme (tomara que sutil) em minha voz. — O que aconteceu com ela?

Ele pigarreia e demora um instante antes de responder.

— A gente trabalhava junto. Quer dizer, já namorávamos antes de ela começar a trabalhar lá. Desde a faculdade. Fazia dois anos que trabalhávamos juntos quando nos candidatamos para o mesmo cargo.

— Ai, que merda — digo. — Vocês *sabiam* que iam competir?

Ele olha para trás com um sorriso nada convincente nos lábios. A expressão, apesar de discreta, o faz parecer um pouco selvagem.

— A ideia foi minha. Eu ia me candidatar, mas achei que seria bom ela se candidatar também. Mas aí quem ficou com a vaga fui eu e as coisas desandaram bem rápido entre nós. Então arrumei outro emprego, pedi demissão de lá, achando que poderiam dar a promoção pra ela, e nós... sei lá, voltaríamos a ser como sempre fomos. Mas acabaram promovendo outra pessoa que tinha começado lá quatro meses antes dela e tudo só piorou.

— Sinto muito — digo. — Deve ter sido *horrível*.

— Isso já faz anos — responde ele. — Mas, pra falar a verdade, foi o último namoro sério que eu tive.

— Jura? — pergunto.

Ele olha para mim.

— Não acho que isso seja assim tão surpreendente.

— Bom, é ainda mais difícil imaginar você *pegando* mulheres aleatórias — digo.

— Não faço muito isso — responde ele. — Dá trabalho demais.

— Você não se sente sozinho? — pergunto, com a maior inocência do mundo, mas, assim que as palavras saem da minha boca, começo a *formigar* de vergonha.

Mas ele me analisa com um olhar sério, como se fosse supernormal perguntar algo assim para uma pessoa com quem você nitidamente quer transar.

— Às vezes, eu...

Ele hesita.

— Me conta — digo, quase sussurrando.

Os músculos da mandíbula dele pulsam.

— Às vezes eu sinto falta *disso aqui*. De ser próximo de outra pessoa. De ser tocado. Sabe, não só de sexo.

O formigamento da minha pele passa para dentro e minhas *veias* começam a vibrar de ansiedade. Bato na areia ao meu lado em um convite. Ele não se mexe por tanto tempo que já aceitei que serei ignorada, mas aí finalmente ele se deita, o corpo comprido dele parecendo rígido e nervoso. Devagar, prestando atenção no rosto dele em busca de qualquer reação, de qualquer sinal de que esteja ultrapassando limites, aproximo o meu corpo do dele, apoiando a cabeça na depressão de seu ombro. Levo uma das mãos ao peito dele, que sobe com um suspiro, os músculos da sua costela parecendo relaxar entre nós.

Ele coloca uma de suas mãos sobre a minha, a cobrindo, e, apesar de já estarmos encostados em tantos lugares, esse contato proposital me causa um arrepio gostoso. Ele fecha os olhos, os cílios escuros beijando o topo de suas bochechas.

— Adoro isso — diz ele após um segundo, com a voz rouca e falando rapidamente, como se o pensamento tivesse saído diretamente do cérebro para os lábios, e, a julgar pelo jeito como ele se contrai inteiro logo depois de falar, acho que foi isso mesmo que aconteceu.

— Eu também — sussurro de volta, e isso faz com que ele relaxe.

Eu me aconchego mais perto e ele passa o outro braço por baixo de mim para me abraçar. Ajeito o corpo, um pouco inquieta, e ele aperta minha mão sob a sua enquanto também se mexe, virando de lado, nossos membros se rearrumando até eu também me virar, ficando de conchinha.

Sinto o coração dele batendo contra minha escápula e, agora, a mão dele está por cima da minha barriga, cobrindo de leve a minha. Respiro fundo só para ter uma desculpa para sentir ainda mais a muralha que ele é atrás de mim.

— Adoro *isso* — admito, me aconchegando nele.

— Eu também — sussurra Hayden em meu ouvido.

Ele está duro contra minhas costas, e me forço a não me mexer muito, mas é difícil. Fico inquieta, agitada. A respiração quente dele faz eu me curvar, e sua mão se dobra sobre a minha, não me tocando diretamente, mas me tocando mesmo assim.

Ele sobe minha mão, levando-a até meu peito, soltando um gemido em meu ouvido. Eu me pressiono contra o corpo dele, que sobe um pouco mais a mão, alcançando a gola da minha blusa e me deixando puxá-la para baixo, seu hálito quente descendo suave e dançando por minha pele exposta. Ele aperta ainda mais minha mão, me agarrando sem me agarrar. Eu pressiono meu corpo ainda mais no dele, tentando encontrar a fricção entre nós, e ele aproveita a oportunidade para descer minha mão, afastando a gola até meu seio esquerdo estar exposto à luz da lua.

— *Caralho*, Alice — sibila ele. — Nós seríamos tão bons juntos.

Solto um gemido curto quando ele posiciona minha mão onde quer, prendendo meu mamilo entre meus próprios dedos.

— Eu quero — sussurro.

— Agora, não — diz ele. — Se ainda quiser, depois disso tudo...

Ele para de falar enquanto roça os lábios na lateral do meu pescoço sem me beijar, só provocando.

Desce minha mão devagar por todo o meu corpo até a saia. Eu me remexo ao sentir a pressão entre as coxas, mas ele continua descendo até alcançar a barra da saia e guia minha mão por baixo do pano, acomodando minha palma contra mim. Eu volto a me esfregar nele, e ele me cobre por cima da minha mão.

Hayden solta um palavrão e dá um impulso para a frente com o corpo atrás de mim, e essa sensação percorre minha corrente sanguínea feito fogos de artifício.

— A gente ia só se tocar — murmura ele.

— Então me toca, Hayden — digo.

A mão dele solta a minha e sobe pelo meu peito, me pressionando, me massageando. Engulo um gemido quando ele volta a empurrar o tecido para baixo, e me arqueio para trás, desesperada para que ele toque minha pele exposta com a boca. Em vez disso, ele a enterra em meu cabelo e faz o que pedi.

Ele me toca. Arrasta o dedão com força pelo meu mamilo e o segura entre o indicador e o dedo médio com um gemido. Eu me viro na direção dele, enlouquecida de desejo, e deslizo a mão na direção de seu cinto. Ele segura meu pulso, me interrompendo.

— Sou eu que estou te tocando, lembra? — diz ele, retirando minha mão gentilmente da fivela.

Ele a posiciona na lateral do pescoço dele e desliza *a própria* mão por entre minhas coxas.

Puxo o ar quando o toque suave dos dedos dele me percorre, abrindo as pernas. Ele me observa com olhos inebriados e, enquanto me esfrego contra seu corpo, engole em seco e diz, rouco:

— Você está tão molhada.

— Eu sei — sussurro de volta.

Ele volta a enterrar o rosto em meu pescoço, um gemido frustrado vibrando por seu peito enquanto desliza a mão até a parte interna da minha coxa, como se estivesse fazendo um grande sacrifício.

— O que vai fazer amanhã à noite? — pergunta ele, por fim.

A surpresa arranca de mim uma risada fraca, ofegante.

— Por quê?

— Porque acho que a gente devia sair — diz ele. — Pra algum lugar que tenha muita gente e que seja bem iluminado.

Pessoalmente, eu preferiria um lugar aconchegante, escuro, quentinho e íntimo.

— Não posso.

Ele fica imóvel por um segundo, depois concorda com a cabeça, a expressão parecendo se fechar com um zíper, indo de aberta e íntima para fria e quase profissional, apesar da situação *nada* profissional em que nos encontramos.

— Entendi — responde ele, como se estivesse esperando por isso, como se fosse *ele* quem tivesse ultrapassado o limite, sendo que, na verdade, fui eu.

— Não é isso, Hayden! — Agarro a mão dele e a puxo entre nós. — Estou falando sério, não vou poder *mesmo*. Vou viajar pra visitar minha mãe amanhã.

— Ah. — Ele ergue as sobrancelhas em uma expressão de surpresa e depois as franze devagar. — É estressante visitar sua mãe?

— Não muito — respondo.

O que é só meio mentira. *Meio* no sentido de que é *totalmente* estressante, mas também que temos momentos legais e divertidos e tudo o mais.

— Vai ser meio solitário ficar aqui sem você — diz ele em um tom despreocupado, e tento não me derreter toda na areia, onde seria impossível recuperar a poça que meu corpo se tornaria.

— Vem comigo — digo. E pelo jeito como ele se sobressalta, acrescento rápido: — Não vou, tipo, *te apresentar pra minha mãe*. Só, sei lá, ela adora receber visitas. E a casa dela não é muito *iluminada*, mas não vamos ficar sozinhos, porque *ela* vai estar lá, além de um monte de galinhas, e... enfim, foi mal, esquece. Era só uma ideia.

— Não seria esquisito? — pergunta ele, estreitando o olhar. — Quer dizer, como a gente explicaria...?

Ele deixa a frase no ar, aparentemente sem querer dizer em voz alta o vergonhoso *o que somos um para o outro* ou o também terrível *o que está acontecendo entre a gente*.

Mas eu estava falando sério:

— Minha mãe é uma ótima anfitriã, na verdade. É uma das coisas que ela mais gosta de fazer. Já levei um monte de amigos lá ao longo dos anos. Ela ia adorar se você fosse.

Ele pensa um pouco.

— Sem pressão. — Eu me sento, abrindo uma distância respeitável entre nós. — Era só para o caso de você estar querendo dar uma escapada da cidade.

Ele se senta também, ainda em silêncio, o rosto sério e os olhos focados nas ondas.

Minhas bochechas começam a esquentar.

— Não quero que me convide só por educação — diz ele, de repente.

Levo os olhos de imediato para seu rosto.

— Ah, mas eu não estou te convidando só por educação — juro. — E sou *eu* que não quero que você aceite só por educação.

— Está se esquecendo — diz ele — de que eu nunca faço nada por educação.

Diante da minha risada, ele estica o braço e toca de leve meus lábios em um gesto rápido e delicado.

— Eu adoraria ir.

Abro um sorriso para ele.

— Então tá.

E de repente, quase como se não tivesse a intenção de fazer aquilo, Hayden se inclina para a frente e beija minha bochecha.

— Vou te acompanhar até seu carro — diz ele, começando a se levantar.

— Você quis dizer que vai me *carregar* — brinco. — Fiquei sabendo que tem cobras por aqui.

19

É Margaret quem atende a porta na manhã de sábado, e fico tão surpresa que passo uns três segundos a encarando depois de ela me cumprimentar.

— Cadê a Jodi? — pergunto finalmente quando entro e tiro os sapatos.

— De folga — responde Margaret, sem acrescentar mais nada, e me guia pelo corredor. — Está quente demais hoje para ficarmos lá fora. Você se incomoda se ficarmos na sala?

— Por mim, tudo bem — digo.

Paramos na cozinha primeiro, e ela sacode uma embalagem de macarrons congelados coloridos sobre um prato.

— Café? Chá?

— Café — digo —, mas pode deixar que eu pego. — Ela acena na direção do bule, e me sirvo de uma xícara antes de encontrar o pote de açúcar embaixo do armário. — Quer também? — pergunto.

— O meu já está me esperando lá dentro — diz ela, e a sigo de volta para a sala onde nos conhecemos.

O dia está tão quente que o ar-condicionado não está dando conta. O ar parece abafado e úmido. Até para mim, está difícil.

Mas não o suficiente para me impedir de tomar café.

Devo fazer uma careta ao sentir o gosto, porque Margaret ri.

— Desculpa, não sou eu que costumo fazer o café.

— Não está tão ruim assim — respondo.

Tento dar outro gole. Minha reação arranca outra gargalhada dela e é contagioso. Quando controlo a risada, deixo a xícara de lado e pego o gravador.

— Então hoje é o dia.

— Que dia?

Ela ergue as sobrancelhas brancas, mas algo em sua expressão me diz que é tudo fingimento. Que ela está tão empolgada para a entrevista de hoje quanto eu.

— O dia em que a história passa a ser *sua* — digo, apertando o botão para começar a gravar e colocando o aparelho na mesa entre nós.

Ela balança uma das mãos acima do ombro, em um gesto nada convincente de *que besteira.*

— Já falei: é tudo minha história. Quando você vem de uma família como a minha, faz parte de um todo, como se fosse o retalho de uma colcha. Sempre que tenta puxá-lo para um lado, todas as outras centenas de quadrados resistem. Tentam te puxar de volta.

— Essa parte eu entendo — respondo. — Mas, pelo menos por hoje, tente ignorar os outros retalhos. Quero saber como era ser você.

Ela abre um sorriso largo.

— Por um tempo — diz ela —, foi completamente mágico.

A história

VERSÃO DA MÍDIA: Deve ser incrível crescer em um castelo!

VERSÃO DE MARGARET: Será que era incrível crescer em um castelo?

Será que era incrível ter tudo que quisesses sem nem precisar pedir?

Será que era incrível ter todas as refeições preparadas por um chef de cozinha antes mesmo de aprender a andar?

Será que era incrível ter uma apresentação de circo completa em seu aniversário de cinco anos?

Ter neve artificial na colina atrás da sua casa no Natal, passar o verão inteiro perambulando por seu laranjal particular e brincando de esconde-esconde no labirinto de cercas vivas, ou na capela, ou nos entornos do templo grego? Crescer com cavalos e cachorros, cisnes, zebras e pavões passando por sua janela, tão acostumados com sua presença que comem da sua mão?

Será que era incrível quebrar o braço ao escorregar do corrimão de uma escada imponente e ir para o hospital no helicóptero da família? Viver dentro de muros de pedra de três metros de altura, tão distantes da porta da sua casa que qualquer coisa além deles poderia muito bem pertencer a outro mundo?

Será que era incrível ter um pai que amava loucamente a própria mãe? Que enchia a sala de café da manhã — porque existia uma sala só para o café da manhã — de margaridas — em vasos, não cortadas — no aniversário dela, fazendo-a rolar os olhos, mas também rir, porque não tinha um pingo da extravagância do marido, mas entendia as centenas de maneiras que ele tentava, o tempo todo, dizer algo parecido com *te amo*?

Quando elas eram pequenas — Margaret e sua irmã, Laura —, a vida vibrava em tons de dourado. É do carinho que ela se lembra. Das risadas. Da mãe soprando sua barriga. Do pai tentando, sem sucesso, fazer coroas de margaridas para suas meninas usarem. Da prima Ruth trançando seu cabelo, da tia Francine levando-a para andar a cavalo. De passear com a tia-avó Gigi pelo setor de perfumes das lojas de departamento bonitas na 7th Street. Da vovó Rosalind lendo para ela na biblioteca, com Margaret sentada em seu colo e brincando com o colar de pérolas sobre o suéter de caxemira de Rosalind, enquanto o vovô Gerald fumava um charuto olhando pela janela.

Ela se lembra de dar beijos de boa-noite nos pais antes de eles saírem para pré-estreias de filmes, festas e bailes, de adorar o cheiro do sabonete da mãe, da aparição tão rara de um tom discreto de malva em seus lábios. Ela se lembra de sair de fininho da cama para se encontrar com Laura na tenda armada no quarto de brinquedos delas — porque havia um quarto só para brincarem — e de passar a noite toda acordada, rindo e sussurrando, usando lanternas para iluminar seus livros ilustrados.

Há um dia específico gravado em sua memória. Um domingo no fim de um verão, antes de o calor começar a amenizar, quando ela passou o dia inteiro com os pais e a irmã na piscina externa com azulejos elaborados — que não deve ser confundida com a piscina coberta. Ela se lembra de treinar mergulhos com a mãe. Lembra-se do pai a jogar bem, bem, bem alto e, em seguida, a pegar pouco antes de ela cair na água.

E de segurar a mão da irmã caçula, de correr para dentro da água o mais rápido possível, partindo da beira da piscina, convencida de que, se corressem bem rápido, se tentassem com intenção, conseguiriam atravessar toda a superfície da água sem afundar.

Ela ainda pensa muito nesse dia, como se fosse uma imagem do *antes*. O último dia dourado.

Depois disso, o mundo ficou azul-escuro. Como se, depois de ela ter mergulhado na água, os tons do fundo da piscina tivessem grudado em seus olhos e nunca mais saído.

Depois disso, as lembranças de Margaret são diferentes. Brigas — algumas com gritos, outras sussurradas. Portas sendo batidas com força. Trechos de frases azul-escuras escapando sorrateiramente pelas frestas de portas e janelas.

… Você não faz nem questão de ser mãe? Você por acaso ama as duas…
… passa a noite toda fora fazendo o que bem entende e eu tenho que ficar aqui…
… não é a mesma pessoa com quem eu me casei, nem de longe…
… se odeia tanto assim a sua vida, então por que continua…

Ela se lembra da vovó Rosalind apresentando a nova babá para ela e Laura, de ter certeza de que aquilo tudo era um castigo, mas ficava tentando entender por que, o que ela havia feito de errado. Tinha arrumado muita encrenca na vida em forma de joelhos ralados, pegadas de lama por tapetes e vasos quebrados até aquele momento. Podia ter sido qualquer coisa.

Ela se lembra das refeições silenciosas à mesa de jantar — uma das mesas era usada exclusivamente para jantar — com a família inteira, até que, um dia, de repente, uma mesinha foi levada ao quarto de brinquedos, e ela e a irmã passaram a fazer todas as refeições ali, longe dos outros.

Às vezes ela passava dias sem ver os pais, e as noites em que eles vinham separados, um de cada vez, para dar boa-noite, parecendo cansados ou irritados ou tristes, conseguiam ser ainda piores, de certo modo, do que as de ausência.

Será que era incrível ter todas as roupas feitas sob medida para o próprio corpo, as solas dos sapatos trocadas sem pedir, ter o cabeleireiro esperando por você na varanda uma vez por mês? Será que era incrível chorar quando seu cisne favorito morria, e quando seu avô olhava no fundo dos seus olhos e dizia "Seu pai devia ter tido um filho. Quem é que vai cuidar disso tudo depois que eu morrer"?

Será que era incrível andar de patins no salão de baile com a irmã ou ler um livro sobre um pônei e, no dia seguinte, encontrar um no hall de mármore, usando um laço de veludo vermelho, e amá-lo tanto, tanto, que até o batizou em homenagem ao cisne que perdeu, dizendo a si mesma que talvez, de algum jeito, ele *seja* o mesmo cisne, que voltou dos mortos para cuidar de você, porque, apesar de todo mundo *tomar conta* de você, às vezes parece que ninguém anda *cuidando* de você?

Será que era incrível, quando você caía e ralava o joelho, ser cercada por um turbilhão de pessoas buscando gaze e álcool, mas então, quando chorava por um pássaro ter quebrado o pescoço delicado, receber um pirulito?

Querer algo pelo que você nem sabe como pedir e nem tem certeza se existe?

O que você faz quando tem o mundo inteiro aos seus pés, mas esse mundo faz com que se sinta presa, como se fosse uma frase em um livro de histórias, um tijolo em uma parede? Quando você é um fio tecido na trama de uma tapeçaria, mas essa tapeçaria foi feita para manter todas as outras pessoas afastadas?

Será que era incrível se sentir sozinha no mundo?

20

— Eles fizeram o melhor que podiam — diz Margaret. — A verdade é que acho que tudo que minha mãe sempre quis foi produzir a própria arte. E tudo que meu pai sempre quis foi ser o marido da minha mãe. Quando um dos dois sentia que estava perdendo esse objetivo de vista... bom, eles nunca aprenderam a ceder. Até resolverem se separar.

— Li algumas matérias antigas — digo. — Sobre o divórcio.

Ela se retrai e entendo o porquê. Todos os tabloides — bem como Dove Franklin — falavam de Bernie Ives como uma chata irritadinha que nunca tinha merecido o rico, charmoso e belo Freddy Ives.

— Eu me lembro da minha avó Rosalind tentando convencer os dois a não se divorciarem — diz ela. — Ela adorava minha mãe e sabia que o mundo não a trataria bem. Ou... a trataria pior do que já tratava. Mas meus pais nunca se importaram muito em ter o controle da narrativa do jeito que meus avós se importavam. E, além do mais, desde que eu me entendo por gente, havia uma regra rígida sobre a entrada de tabloides ser proibida lá em casa. Eu e Laura éramos pequenas e vivíamos tão isoladas que não ficávamos sabendo das piores partes, mas eu *ouvia* a Rosalind conversando sobre isso com minha tia Francine e minha tia-avó Gigi.

Ela convenceu meus pais a viajarem com a gente para as montanhas, para o... — Ela para por um instante, como se o nome tivesse fugido da sua memória. — Para o Nicollet. Um último feriado, pra eles se lembrarem do que estariam abrindo mão.

— Como foi?

— Um sonho — diz ela. — Aí voltamos pra casa e, na manhã seguinte, eles se sentaram com a gente no quarto da Laura e explicaram que minha mãe iria se mudar. Anos depois, ela me disse que preferiu ir embora enquanto ainda o amava. Por nós. Mas acho que ela ficou magoada por ter sido ela a fazer isso. Não acho que teve um dia em que ela chegou a superar o divórcio. Mesmo depois de já ter se casado de novo.

Fico em silêncio, quase esperando ela voltar a se fechar, mas isso não acontece.

— Sabe, minha mãe era muito à frente do seu tempo. O tipo de mulher que queria ter tudo na vida — continua ela. — E ela sabia que merecia tudo. Só que o problema é que, depois que você passa a amar alguém, não *dá* mais para ter tudo. O amor exige sacrifícios. É assim que funciona. Lawrence deixou a irmã em Dillon Springs achando que poderia ajudá-la, mas, em vez disso, nunca mais a viu. Gerald amava Nina, mas precisou abrir mão dela pra criar Ruth. Rosalind amava Gerald, mas precisou guardar o segredo dele como se fosse dela própria, precisou acreditar na história até que se tornasse verdade.

— Está falando da Ruth? — pergunto. — Acha que a sua avó sabia a verdade? Que a Ruth era filha do marido dela, e não da Gigi?

Margaret concorda com a cabeça.

— Ela nunca disse nada, mas tenho certeza. Ela amava demais a família pra causar um escândalo tocando nesse assunto e, além do mais, acho que passou a amar a Ruth de verdade. Todo mundo que a conhecia a amava. Ela tinha um *brilho*. Enfim, o divórcio dos meus pais foi notícia em todos os jornais, e o fato de a reação do meu pai depois de perder o amor da sua vida ter sido cair na farra e voltar a ser um mulherengo não ajudou muito.

O playboy e a megera se separam, me lembro de ter lido em uma matéria.

— No primeiro ano depois do divórcio, quase não vimos minha mãe, mas vimos meu pai menos ainda. Foi uma época muito solitária.

— Quando as coisas melhoraram entre eles? — pergunto. — Aliás, *como*, depois disso tudo?

— Minha mãe ia lançar um filme — responde Margaret. — E meu pai não perdia um desde que os dois se conheceram. Então ele foi, sozinho, do mesmo jeito que havia feitos anos antes. Não tinha conseguido continuar sendo o marido dela, mas não conseguia *parar* de ser fã.

Sinto que estou sorrindo, apesar de meu peito doer por ela.

Margaret balança a cabeça como se estivesse tentando afastar uma nuvem de poeira.

— Enfim, ele mandou um vaso de margaridas pra ela no dia seguinte. Ela ligou pra ele. Os dois tiveram uma conversa rápida, educada, mas, umas semanas depois, uma coisa engraçada aconteceu... não me lembro do que foi, mas tenho certeza de que ela me contou em algum momento... e ela quis contar pra ele. Então telefonou. Não demorou muito para os dois voltarem a conversar todos os dias, fazendo caminhadas de vez em quando. Ela começou a ir jantar conosco às vezes. Voltou a passar o Natal com a gente. Com o tempo, acabamos voltando a ser felizes, apesar de tudo ter mudado.

— Você tinha quinze anos quando ela se casou com o Roy? — pergunto, verificando minhas anotações.

— Isso — responde ela. — E meu pai se casou com a Linda no ano seguinte, mas eles se separaram quando eu tinha vinte e um.

— Aí, depois disso... — digo, tentando parecer tão despreocupada e livre de julgamentos quanto possível.

— Teve a Carol, por uns... seis anos? — diz ela. — Acho que foi isso?

— Foi — afirmo. — Você chegou a ser próxima de alguma delas?

— Não muito — responde. — A casa era grande, e os namorados da minha tia-avó Gigi também viviam por lá. Todo mundo se via na hora do jantar, mas acho que as esposas do meu pai que vieram depois da minha mãe eram como... como primas distantes. Nós nos conhecíamos, mas não passávamos muito tempo juntas.

— E o Roy? — pergunto.

— Ah, a gente adorava o Roy — diz ela. — A Laura e eu. Ele era um homem bom. E fazia com que a gente funcionasse como uma família. Fez o que meu pai não conseguiu.

— E o que o pai de vocês não conseguiu? — pergunto.

Os ombros estreitos dela se erguem.

— Dividir a atenção da nossa mãe.

Então faz uma pausa por um longo momento, e fico observando enquanto ela pensa nas próximas palavras, refletindo se confia em mim a ponto de dizê-las.

Não me desdobro para tentar reconfortá-la ou bajulá-la. As próximas duas semanas provavelmente serão bem mais difíceis para ela dos que as duas primeiras e, por mais que eu queira mostrar que mereço o trabalho, não posso forçá-la a se sentir à vontade.

— O Roy e minha mãe passaram trinta anos casados, sabia? — pergunta ela.

— Sabia — confirmo. — Até ele morrer.

— Depois... — Ela faz outra pausa, ainda insegura.

Eu me estico para a frente e desligo o gravador, desligando também a gravação no celular.

— Ela o amava — diz Margaret, como se estivesse abrindo um parêntese no assunto, ou talvez fazendo um desvio no caminho que vai nos levar ao mesmo lugar. — Ela o amava, e ele amava a gente, e acho que ela o amou durante todos os dias que passaram juntos. Meu pai se foi primeiro, de insuficiência hepática, e, uns anos depois disso, o Roy morreu por um problema no coração. Minha mãe o enterrou no cemitério da família, porque o Roy fazia parte da família. — Os lábios dela tremem. — Depois do enterro dele, depois de todo mundo ir embora e só minha mãe e eu continuarmos lá, ela foi até o túmulo do meu pai e começou a chorar. Sabe, ela havia se mantido firme aquele tempo todo. Sempre foi forte, a minha mãe. Mas desmoronou, se jogou no chão e abraçou o túmulo dele. E disse algo que nunca vou esquecer. Algo que ainda escuto, na voz dela, se me esforço, como se estivesse assistindo a um filme. *Por que não podia ter sido você? Por que você não pôde ser quem deveria ter sido?*

Fico arrepiada, meu peito parecendo pequeno demais para as batidas do meu coração.

— O que você acha que ela quis dizer com isso?

— Eu não acho nada — murmura ela. — Porque sei exatamente o que ela quis dizer. — Margaret baixa a xícara. — Ele era o amor da vida dela, mas permitiu que o mundo o tornasse pequeno demais para ela. Freddy Ives tinha o mundo inteiro aos seus pés. Mas esse mundo não tinha espaço pra ela.

Engulo um nó na garganta.

— O que acha que ele deveria ter feito?

Toda a força daqueles olhos azuis brilhantes se volta para mim.

— Pela pessoa que você ama? Tudo. Você desconstrói o próprio mundo e constrói um novo. Você faz de *tudo* pra dar o que ela precisa.

— Você está quieta demais — diz Hayden.

— Quê?

Tiro o olhar da estrada, quase dando um pulo ao encontrá-lo curvado no banco do carona do meu carro alugado, que é meio pequeno demais.

— Se arrependeu de ter me convidado? — pergunta ele. — Ainda dá tempo de dar meia-volta.

— Não — digo. — *Não*. Não é por isso que estou quieta.

Quando olho de novo, vejo que ele não acredita em mim.

— É por causa... do *trabalho* — explico, sendo tão vaga e inofensiva quanto possível.

O rosto de Hayden fica tenso e ele volta a olhar para a frente.

— Ah.

— Foi mal — digo. — Sei que não podemos falar disso.

Há um longo silêncio antes de ele dizer:

— A gente não pode falar sobre *ela*. Mas podemos falar sobre você. Se tiver um jeito de fazer isso, sem...

Ele para de falar, mas entendo o que quis dizer.

O problema é que não sei se existe um jeito de separar as duas coisas: o que Margaret está me contando e como me sinto. É como se tudo fosse um grande emaranhado.

A questão que não sai da minha cabeça agora, a parte da minha última conversa com Margaret da qual não consigo me esquecer, não é apenas a tristeza, a melancolia, o ar de solidão que demonstrou ou até mesmo a maneira como a octogenária elegante e confiante ficou quase infantil na minha frente, mas o fato de que, pela primeira vez, tive certeza de que ela estava me falando a verdade.

A verdade *inteira*, não uma versão modificada com pequenos detalhes alterados ou deixados de fora.

É interessante que essa parte da história da família dela — a parte em que o ponto de vista dela está mais presente — também seja a mais sincera.

É quase o oposto do que aquela citação famosa sugere. Pode até ser que existam três versões de qualquer história, mas então quer dizer que a *dela* é menos verdadeira?

Talvez a verdade não seja um meio-termo entre pontos de vista conflitantes, mas a integração deles. Essa ideia me desanima. Sempre quis que meus entrevistados sentissem que os estou escutando e os compreendendo, mas também é reconfortante acreditar que não passo de um canal, um funil, pelo qual a verdade é direcionada antes de entrar em uma peneira que joga fora as partes desnecessárias.

Essa coisa de pensar que talvez *tudo* seja necessário muda nossa percepção das coisas. Talvez a verdade não resida necessariamente em uma pilha de pesquisas e mais pesquisas, mas seja construída a partir de tudo o que aconteceu sem que nada seja deixado para trás, sem que nenhum detalhe seja descartado.

E, se isso for verdade, como é que eu vou fazer bem o meu trabalho — seja este ou qualquer outro?

No banco do carona, Hayden suspira e esfrega o rosto com uma das mãos.

— Eu queria poder te ajudar.

— Estou bem, de verdade — prometo. — Acho que só... você já duvidou do próprio trabalho?

Ele ergue uma sobrancelha escura.

— Se já duvidei do meu trabalho? Em que sentido?

Balanço a cabeça.

— Sei lá. Esquece.

Há uma longa pausa, todos os sons além do asfalto zunindo sob os pneus desaparecendo enquanto o sol incide sobre a grama e as videiras de kudzu passam por nós dos dois lados da estrada.

— Nunca te vi assim — diz ele, a testa levemente franzida.

— Como? Meio borocoxô? — pergunto. — Não acontece muito, mesmo.

— É porque você está indo visitar sua mãe? — insiste ele.

Meu estômago se embrulha e relaxa.

— Sei lá — admito. — Talvez.

Eu não tinha pensado nisso, mas faz sentido.

Quando estou com minha mãe e minha irmã, não importa quantas vezes prometa para mim mesma que vou lidar com as coisas de um jeito diferente, sempre acabo entrando na defensiva quando se trata do meu trabalho. Tento me validar aos olhos delas.

— Não é como se ela falasse mal do meu trabalho — explico. — Porque ela não fala. É mais o que... ela não diz.

— Que tem orgulho de você? — adivinha ele.

Minhas bochechas pegam fogo.

— Eu tenho trinta e três anos. Por que precisaria ouvir uma coisa dessas?

— Todo mundo precisa ouvir uma coisa dessas — responde ele.

Eu o encaro.

— Tá — diz ele. — A maioria das pessoas precisa ouvir uma coisa dessas.

— Você acha que uma hora isso para de fazer diferença? — pergunto.

— Sei lá, com quarenta anos? Depois que eles já morreram? — Lanço um olhar brincalhão para ele. — Quando você ganha um Pulitzer?

Ele solta um riso abafado bem baixinho.

— Não, ganhar um Pulitzer não muda nada. Porque aí, de repente, eles ficam *absurdamente* orgulhosos, mas o orgulho vem da conquista, e não do trabalho. E você começa a achar que precisa continuar *conquistando* em vez de *criando*. O que só reforça a ideia de que o valor daquilo que você faz está na reação das pessoas, e não na produção do que quer que seja. Já escrevi histórias que adoro e que quase ninguém leu. Já escrevi histórias que adoro e que *ninguém mais adora*. Isso não significa que elas não merecessem ter sido escritas.

Nesse momento, estou sorrindo de verdade, meu humor melhorando quase que de imediato.

— É um jeito legal de ver as coisas.

Ele ergue os ombros largos.

— Porque é verdade. Quantas das suas séries favoritas já foram canceladas? Quantos dos melhores álbuns quase nem venderam quando foram lançados? Tipo, *A felicidade não se compra* foi um fracasso de bilheteria. Se todo mundo que tivesse trabalhado naquele filme soubesse, conseguisse prever o que aconteceria em curto prazo, será que teriam feito o filme mesmo assim? E aí o mundo teria perdido algo lindo. Só porque uma coisa não dá dinheiro nem vence prêmios não quer dizer que não tenha valor. Ou que não mereça existir. O trabalho é uma alquimia. Você pega uma pedra e tenta lapidá-la até que vire ouro, e chegar ao ouro nem é o objetivo de verdade.

— Certo, porque o objetivo é a imortalidade — brinco.

— É a permanência — rebate ele. — Tipo, não ter seu nome estampado em uma porcaria de avião ou arranha-céu, ou qualquer merda dessas. Mas trazer algo intangível pro mundo que vá continuar com ou sem você. Algo maior do que a pessoa que o criou. E, mesmo assim, o objetivo é menos importante que o processo. O processo é pra gente. Ele nos muda de um jeito imensurável. Pelo menos é isso que sempre achei.

Meu sorriso só aumenta.

— Que foi? — pergunta ele, em um tom que diz *ah, lá vamos nós*.

— Nada — respondo. — Eu só… não esperava que você fosse tão…

— Estranho? — pergunta ele, reticente.

— Otimista — corrijo.

Ele franze as sobrancelhas, a expressão um pouco emburrada, mas não caio mais nessa. Por trás de toda aquela dureza e por baixo daquele peito *igualmente* duro, há um coração mole, esperançoso, palpitante.

Ele pigarreia.

— Tem certeza de que a sua mãe não vai se incomodar de eu ir?

— Ela está empolgada — digo a ele.

E aqui está um exemplo clássico da natureza escorregadia da verdade: minha mãe *chegou a dizer* que estava empolgada quando contei que levaria um amigo?

Não, longe disso.

O que ela disse, e vou citar com cada uma das palavras, foi *Tudo bem*.

Mas ela está empolgada?

Tudo indica que sim. Há dois lugares em que minha mãe se sente mais viva, mais ela mesma. O primeiro é no quintal da casa dela, com lama até as canelas, usando o chapéu de abas largas horrível do meu pai, com a tira que o prende no queixo apertada e as bochechas vermelhas de tanto cavar.

O outro lugar é mais um *estado de espírito*. Quando é prestativa com visitas, quando consegue ser uma boa cuidadora do próprio pequeno pedaço de terra, ela fica feliz.

— Empolgada — repete Hayden. — Não sei se vou dar conta disso.

— É só você comer tudo que ela botar na sua frente e ela vai ficar feliz — digo. — E se oferecer pra lavar a louça.

Ele balança a perna para cima e para baixo, a mandíbula tensa enquanto olha pela janela.

— Você está... nervoso? — pergunto.

— Sei lá — responde ele. — Não. Deveria estar?

— Com certeza, não — digo. — Ela é de boa.

Outro exemplo da natureza amorfa da verdade: ela *é* de boa mesmo. Mas, ao mesmo tempo, sinto o estômago embrulhar.

Hayden concorda com a cabeça, mas depois fica quieto.

Ligo o rádio e "Midnight Train to Georgia", de Gladys Knight & the Pips, preenche o carro.

O SOL JÁ está se pondo quando embico na entrada da garagem comprida que vai dar na casa de um andar onde cresci.

Tento, como sempre, olhar para ela com os olhos de um desconhecido, e fracasso, como sempre.

Sinto este lugar como meu lar da mesma maneira que a luxuosa Casa Ives era para Margaret.

Há um galinheiro feito de tábuas de madeira reaproveitada e de pelo menos um armário de cozinha que meu pai encontrou anos atrás na frente da casa de um vizinho após uma reforma, e um cercadinho para as galinhas passearem. Há um barracão que parece igualmente improvisado, apesar de eu saber que é bem firme.

Nos limites do terreno à nossa direita, uma cerca de madeira, consertada aos poucos sempre que necessário, passa pela grama comprida, enquanto à esquerda há canteiros de horta que se espalham em diferentes estágios de crescimento, seguidos por um pomar de pessegueiros atrás do barracão, o galinheiro, as composteiras imensas e o banheiro externo que eu e Audrey ajudamos nosso pai a construir ao redor do objeto mais amado de nossos pais (e o maior problema de nossas adolescências): o vaso sanitário com composteira.

A casa em si parece um pouco pequena, mas só por causa da disposição estranha do terreno. A tinta das janelas está descascando em lascas grandes, mas o telhado é relativamente novo, coberto por painéis solares.

— Nossa — diz Hayden.

Acho que foi um *nossa* impressionado, não horrorizado.

É impossível não pensar que ele acabou de passar em um teste, mesmo que eu não soubesse que havia armado um.

Conforme vamos nos aproximando, vejo minha mãe se levantar do lugar onde estava agachada no quintal. Como previ, o chapéu verde do meu pai está firme sobre sua cabeça, a tira no queixo bem apertada, as pernas do macacão com muitas marcas de uso e largo demais estão enfiadas nas galochas, e os braços expostos, desaparecendo nas luvas verdes grossas que vão até os cotovelos.

Ela acena com um braço acima da cabeça enquanto estaciono, apertando os olhos contra a luz.

— Ah — diz Hayden ao meu lado. — Ela é...

Eu o salvo de precisar terminar a frase.

— Linda, aham. — Lanço um olhar para ele enquanto coloco o carro em ponto morto. — Não precisa fazer essa cara de surpresa, senão vou começar a levar as coisas pro lado pessoal.

— Não foi isso que eu quis dizer — explica ele.

— Eu sei — prometo, mas a verdade, quer dizer, a *outra* versão da verdade, é que estou me sentindo um pouco exposta e vulnerável.

Minha mãe criou Audrey e eu para não nos importarmos com aparências. Ela e meu pai nunca falavam sobre isso. E sei por que os dois agiam assim — e, para minha irmã, acho que até deu certo —, mas a verdade é que, sem maquiagem, cabelo pintado e roupas bonitas, minha mãe sempre foi deslumbrantemente bonita. E minha irmã é igual a ela: olhos grandes e verdes, cabelo dourado, queixo um pouco pontudo, pequena e curvilínea.

Eu puxei ao meu pai. Alta, magra e com cabelos castanhos com um leve subtom avermelhado.

Talvez seja mais fácil dizer que as aparências não importam quando você é a versão de Hollywood da mulher trabalhadora que adora passar tempo ao ar livre e tem um coração de ouro.

Minha mãe tira as luvas enquanto vem na nossa direção, e destranco as portas para sairmos.

— Como foi a viagem? — pergunta ela, me dando um abraço firme e um tapinha rápido nas costas antes de se afastar e limpar o suor da testa com as costas do pulso.

— Ótima! — Abro a porta de trás para pegar minha mala enquanto Hayden faz o mesmo do outro lado do carro. — Esse é o meu amigo, Hayden.

Minha mãe abre aquele sorriso naturalmente perfeito, mesmo que um pouco amarelado, por cima do carro.

— Prazer te conhecer — diz ela, e então acrescenta apenas: — Angela.

— Prazer te conhecer também.

Hayden tira a mala de pano do banco de trás e dá a volta para apertar a mão dela.

— Ah, aqui a gente gosta de abraços — diz ela, ignorando a mão e indo para cima dele com o mesmo contato apertado e tapa firme nas costas que acaba pouco depois de começar.

— Obrigado por me receber — diz ele quando os dois se separam.

— Ah, que bobagem. — Ela sacode a luva que está segurando. — Ainda não me acostumei a cozinhar só pra uma pessoa, pra ser sincera, então fico até mais feliz. Entre, a Alice vai te mostrar tudo enquanto eu tomo um banho.

— O que você estava fazendo? — pergunto enquanto a seguimos para a porta da frente.

— Estava dando uma olhada nos morangos e nos pêssegos, é claro — diz ela.

— E o feijão e as ervilhas? — pergunto. — Já estão bons?

Ela concorda com a cabeça.

— Aham, e os pepinos estão incríveis esse ano. Quer dizer, nem dá pra acreditar! Bom, você *vai* acreditar. Pensei em comermos na salada hoje.

Ela usa o pé para abrir a porta de tela barulhenta — a porta de trás *nunca* fica fechada — e se afasta para nos deixar entrar.

Lá dentro, eu e minha mãe tiramos os sapatos, e Hayden nos imita. Por sorte, ele é tão avesso a *chinelos* quanto a bermudas, então está usando meias, algo que não me lembrei de avisar que é uma necessidade em nossa casa.

Apesar da regra de não usarmos sapatos dentro de casa, quando se passa tanto tempo no quintal quanto Angela Scott, sempre há terra nas junções dos pisos velhos de madeira. Eu o observo analisando o hall: as fileiras arrumadas de botas, tamancos e chinelos cobertos por quantidades variadas de lama, as ecobags penduradas em ganchos na parede logo acima, as marcas de lápis que meu pai fazia para documentar minha altura e a de Audrey no batente da porta à esquerda, que leva à sala de jantar que há muito é usada como uma *despensa maior*.

— Que tal mostrar pro Hayden o quarto dele? — pergunta minha mãe, pendurando as luvas sobre um balde no canto.

— Tudo bem — digo. — A gente se encontra na cozinha depois de você tomar banho?

— Combinado. — Ela se inclina e me dá um beijo firme na testa. — Estou feliz por você ter vindo, filha — diz ela.

— Eu também — respondo.

A verdade, mas nem tão verdade assim.

Então dá um tapinha no meu ombro e segue pelo corredor até o próprio quarto. Quando volto a encarar Hayden, ele está se inclinando para olhar uma foto Polaroid na parede ao lado da porta da frente. Meus pais nos anos 1970, parados na frente de uma versão mais nova e menos caótica da casa, abraçados, os dois radiantes no dia em que se mudaram para cá.

Hayden sente meu olhar e se vira para mim.

— Você morou aqui a vida inteira.

— Morei, sim — respondo.

— Você deve sentir saudade — diz ele.

— Às vezes — admito. — Vem, vou te mostrar o quarto em que você vai ficar.

21

Uma pessoa desavisada poderia até achar que aquilo ali era um quarto de hóspedes. Ou que talvez *tivesse sido*, um dia, o quarto de Audrey, que há tempos fora esvaziado e transformado no pequeno escritório com cama articulada onde eu e Hayden nos encontramos neste momento.

Essa pessoa desavisada estaria errada.

O quarto de Audrey já era exatamente assim quando estávamos no ensino médio. Uma escrivaninha. Uma cômoda. Um gaveteiro. Uma cama que se dobra contra a parede para abrir espaço para que seja possível fazer qualquer coisa que não ficar sentada no colchão.

Hayden me pega sorrindo.

— Que foi?

— É que... — começo. — Você não se encaixa muito bem aqui.

Ele franze a testa.

— Eu cresci em uma cidade bem rural também, esqueceu?

— Não, digo, você literalmente não se encaixa — explico. — Faz esse quarto parecer tão pequeno que chega a ser cômico. Ou, sei lá, talvez o quarto faça você parecer tão grande que chega a ser caricato.

— Ah.

Ele abre um sorrisinho também, ergue o olhar para o teto (não muito alto) e passa os olhos pelo quarto antes de voltar a concentrá-los em mim. Em meu peito, a sensação quando nosso olhar se cruza é de uma chave encontrando a fechadura perfeita.

— Você está mais acostumada a receber hóspedes minúsculos? — pergunta.

— Esse aqui era o quarto da Audrey — respondo. — Ela sempre foi minimalista.

— E o seu?

— Ah, fica do outro lado do corredor. Quer conhecer?

— Claro — responde ele, e me segue para fora.

Meu quarto é tão pequeno quanto o de Audrey, mas não chega nem perto de ser tão vazio. Eu costumava amar este lugar, mas agora me dá um pouco de pânico ver as paredes forradas de fotos, recortes de revistas, bilhetinhos que minha irmã e eu trocávamos nos intervalos das aulas, partidas de *Beija, mata ou casa* que jogávamos em folhas de caderno, tentando prever nosso futuro, incluindo na brincadeira o crush da vez.

Assim como a cama de Audrey, a minha está coberta por uma colcha que nossa mãe fez usando tecido reaproveitado, mas, ao contrário dos tons leves e agradáveis que Audrey escolheu, a minha é uma combinação detestável de cores neon.

— Essa colcha, coitada — conto —, é uma vítima da moda de 2001, como muitos de nós.

— Nunca vi nada nem parecido com isso aí — concorda ele.

— Ah, mas eu tinha um bom motivo — comento, andando até uma parede e apontando para um dos recortes pendurados. É de um catálogo antigo de uma loja de departamento infantil, um anúncio da linha de decoração em que tudo é brilhante, inflável ou coberto de pelúcia rosa--choque e verde marca-texto. — *Essa aqui* era a referência. — Aponto para a colcha e caio na risada. — E essa foi a tentativa da minha mãe de atender o pedido.

— Tá me dando enxaqueca só de olhar — comenta ele, muito sério.

Solto uma risada abafada e dobro uma ponta da colcha para mostrar o outro lado: um roxo sensato com pequenas flores brancas: uma estratégia da minha mãe para garantir o máximo de vida útil, para além do tempo que levaria para eu enjoar da outra face.

— O que é isso? — pergunta Hayden ao pegar um livro com capa de couro do topo de uma das pilhas da minha antiga estante. Na capa, gravado em relevo, o título *Os Scotts: uma história.*

— Foi presente da minha irmã na época da faculdade — respondo, e me coloco ao lado dele quando abre o livro. — É de um lugar que faz encadernações de qualquer coisa que você quiser. Eu guardava um monte de fotos e diários de quando éramos pequenas, então…

Ele folheia as primeiras páginas, chega a uma foto de Audrey empoleirada em um vaso sanitário de um banheiro seco (totalmente vestida, não *usando* o vaso) no dia em que ajudamos nosso pai a construí-lo. Está com um chapéu de aba larga na cabeça, fazendo careta.

— Uau — exclama ele. — Um banheiro ecológico externo.

— Ah, sim. Uma das grandes heranças da nossa família.

— Tô vendo — concorda ele, virando a página.

E então lá estou *eu*, meio borrada, já que foi Audrey quem tirou essa (por isso é uma das poucas fotos de mim no livro), deitada de costas em um canteiro, esparramada feito uma estrela-do-mar, de macacão jeans igual ao que minha mãe estava usando mais cedo e com um minibuquê de flores do campo nas cores laranja e roxo enfiado atrás da orelha. Eu irradio alegria sob a luz do sol. Parece que consigo até *sentir* a umidade daquele dia na pele, o cheiro da grama quente, escutar o zumbido das abelhas ao nosso redor.

Atrás de mim, dá para ver as pernas do meu pai, abaixado e cavando no canteiro, de costas para nós. Relembrar aquela cena desencadeia algo em minha mente: o som do vibrato característico de Cosmo Sinclair saindo da antiga caixa de som que meu pai botava para tocar enquanto trabalhava, aquela voz macia como veludo cantando sobre uma mulher que desfilava com a luz do sol dentro do peito, fazendo tudo ficar melhor, mais caloroso, mais brilhante.

— Você parece tão feliz — comenta Hayden, e me traz de volta ao presente.

— Eu era. — Passo o livro para ele. — Ainda sou.

— Posso pegar emprestado mais tarde? — pergunta ele. Depois brinca: — Pode ser que eu esteja a fim de ler uma coisa mais leve.

— Ah, isso aí não é leve — retruco, enquanto ele guarda o livro na prateleira. — É a base de um tratado acadêmico. Vai ter vontade de fazer anotações e usar post-its coloridos para marcar as partes que vai querer reler. Na verdade, pensando bem, deve ter alguns marcadores de texto na escrivaninha da Aud...

De repente, ele me puxa para um abraço, como se não conseguisse resistir, e apoia o rosto no meu ombro. Meu estômago sobe até a garganta, vibrando como um beija-flor. Coloco os braços ao redor do pescoço dele e me inclino para ver a expressão que está fazendo quando levanta a cabeça.

— Estava tentando me obrigar a calar a boca de novo?

— Não — responde ele, balançando a cabeça uma única vez.

Não dá nenhuma outra explicação e, se existisse uma, tenho quase certeza de que ele me diria, o que significa que só quis me abraçar, mesmo. O que me deixa em êxtase, levinha e empolgada, tipo aquele primeiro segundo na descida de uma montanha-russa.

Não consigo me lembrar de quando foi a última vez que tive um crush tão forte como esse; não é uma mera paixãozinha que me deixa animada do jeito que eu me sentia com Theo nos primeiros meses, aquela sensação dolorida, mas viciante, de querer algo que está sendo tirado de você de propósito.

Isso aqui é outra coisa. Uma onda de dopamina que vem com *provas*, evidências, fatos que comprovam que a pessoa cuja mera presença empolga você também se empolga com a *sua* presença. Uma sensação de *acho que ele gosta de mim também*.

Mesmo assim, não consigo resistir ao impulso de conferir para ter certeza:

— Já se arrependeu de ter vindo?

Espero uma piadinha engraçada ou uma resposta sarcástica. Em vez disso, ele só repete um simples:

— Não.

Aperto ainda mais nosso abraço. As mãos dele sobem até envolverem de leve meus pulsos.

É bem estranho como estar aqui mudou os limites entre nós, fez tudo parecer mais livre. Não só de um jeito *natural*, mas de um jeito *inevitável*.

— Que tal um passeio lá fora? — pergunto.

— Boa ideia.

Deixamos nossas coisas no quarto e saímos para a luz do crepúsculo, serpenteando pelo caminho que leva à entrada de casa. Na esquina da rua de terra, a mão dele encontra a minha. Entrelaçamos nossos dedos e continuamos andando, levantando poeira, acumulando suor.

De longe, provavelmente parecemos pitorescos e calmos. Por dentro, meu coração parece estar escalando um vulcão em plena erupção.

É a primeira vez que percebo: estou me apaixonando por ele.

Talvez eu devesse estar com medo.

Mas não fico. Não quero que essa sensação acabe nunca mais.

NA PEQUENA E abarrotada cozinha, minha mãe despeja na bancada um punhado de cenouras ainda sujas de terra, para que eu corte, e vai encher uma panela de água. Enquanto a coloca para ferver, conecto o celular à caixa de som sem fio do meu pai e ponho uma playlist para tocar. "Diz que você vai (ser minha)", de Cosmo Sinclair, começa a ser entoada entre nós.

De soslaio, percebo a reação de espanto dela.

É então que me lembro de que era meu pai quem colocava a trilha sonora de cozinhar para eles, na maior parte das vezes, porque minha mãe entrava em um transe culinário que tornava quase impossível conversar com ela. Até onde sei, nesses últimos dois anos ela começou a cozinhar em silêncio.

Pensar nisso me deixa triste. Sem falar nada, ela pega um pacote de macarrão da dispensa e chacoalha um pouco em cima da água fervente.

— Quer ajuda? — A voz de Hayden me atropela quando ele entra na cozinha, recém-saído do banho, usando um moletom da Universidade Purdue e calça preta. Parece tão limpo e aconchegante que de repente tudo o que eu mais quero na vida é me aninhar nele, o equivalente humano a uma cama confortável depois de um dia longo.

Acho que meu rosto denuncia meus pensamentos, porque ele me olha com cara de *Que foi?*

— Pode ajudar a Alice a descascar as cenouras, se quiser — responde minha mãe, por cima do ombro.

Entrego o descascador para ele e pego uma faca do suporte, e então lavo as cenouras. Ele descasca e eu corto na diagonal, jogando os pedaços em uma travessa com um pouco de sal e azeite e, em seguida, despejando tudo em uma panela para refogar.

Se ele fica incomodado com a ausência de conversa, não demonstra, o que é bom, porque aprendi a cozinhar agarrada à saia da minha mãe, logo nunca desenvolvi o talento de conversar *ao mesmo tempo* que trabalho.

Enquanto as cenouras cozinham, direciono Hayden para a função de preparador de salada: lavar e fatiar as cebolas, os pepinos e os tomates frescos que minha mãe acabou de colher enquanto espalho com um pouco de azeite e sal defumado pela couve. Minha mãe sempre faz o molho Alfredo partindo do zero, então, quando o alarme toca, tiro as cenouras do fogo, mexo, rego com um pouco de mel e especiarias e volto com a panela para o fogão por mais alguns minutos.

Estou tão imersa no processo que levo um tempinho para perceber que minha mãe está cantarolando a música, outra letra de amor de Cosmo, "Peggy a todo momento".

O som me faz sentir uma pontada no peito. Meu pai cantava *Angie a todo momento*.

Quando fecho os olhos para dormir,
Sempre que a vida manda uma torrente,
Ou se o céu estiver azul e me fizer sorrir,
Tenho um pensamento recorrente.
É Angie a todo momento.
Só Angie no meu pensamento.

Lágrimas inesperadas brotam em meus olhos. Não só pela minha mãe, mas pela mulher para quem Cosmo Sinclair escreveu essa balada.

Por Margaret Ives, e a parte da história dela que partiu o coração de toda uma geração.

— Ei — chama Hayden, tão baixo que a voz dele é mais uma sensação do que um som ao fundo da música. — Está tudo bem?

Quando me ponho a sonhar,
Ou tudo parece desmoronar,
Se no fim dá tudo certo,
E a cada som pequeno e belo,
É Peggy, Peggy no meu pensamento.
Peggy a todo momento.

— Cebolas — respondo, a primeira mentira descarada que conto para ele, e Hayden sabe. Levanto a tábua de corte e deslizo os vegetais perfeitamente fatiados para dentro da travessa da salada com a couve.

— Tá na mesa, pessoal — anuncia minha mãe junto ao fogão. — Peguem garfos e pratos. Aqui todo mundo se serve por conta própria, Hayden. Espero que não se incomode.

— Nem um pouco — responde ele. — Por mim, está perfeito.

Nossos olhares se encontram e o momento de melancolia passa, o cerne de algo caloroso e agitado se inflamando ao escutar a palavra *perfeito*.

Não sei bem por quê. Não é como se ele tivesse dito que *eu* sou perfeita. Mas todos esses choques de empolgação devem estar derretendo um pouco meu cérebro.

Hayden no meu pensamento, reflito.

E mais uma vez fico me perguntando se a ideia deveria me apavorar. Mas não há espaço para pavor ali. Só uma luz quente e dourada, o cheiro de pimenta moída na hora e sabonete de amêndoas, o suave estouro de uma rolha que minha mãe tira de uma garrafa de cabernet e um par de olhos castanho-claros determinados, com uma expressão que nem consigo acreditar que já errei tão feio a ponto de interpretar como *irritação*.

Por mim, está perfeito.

— Tô falando sério! — exclama minha mãe. — Eu odiava ele.

— Você não chegava a *odiar* ele — argumento em meio à minha própria risada.

— Ah, chegava, sim! — insiste ela, e se vira na direção de Hayden, que está lutando contra um sorriso. — É sério. Não existe nada mais sem sentido do que a primeira impressão que a gente tem das pessoas. Eu odiava ele.

Ela joga as mãos para o ar, depois pega a própria taça e dá mais um gole.

— Só pra deixar claro — digo a Hayden —, já ouvi essa história umas noventa mil vezes...

Ela revira os olhos.

— Que exagero, filha.

— ... em noventa mil mesas de jantar diferentes — continuo —, e ela nunca, nenhuma vez, falou que *odiava* meu pai no começo. Sempre disse que nem reparava nele.

— Só porque eu não queria magoar seu pai — explica. — Agora que ele se foi, posso admitir que *ele não me impressionou nem um pouco*.

— Mãe! — exclamo, rindo com o choque daquela declaração. Era tão raro ela falar do meu pai, quem diria que chegaria a reconhecer o monstruoso buraco que ficou no mundo no lugar em que ele deveria estar.

— Eu tinha mau gosto e não enxergava a preciosidade que ele era. Só achava seu pai tão... — Ela vai fazendo uma careta conforme chega ao final da frase. — *Idiota*.

Solto uma risadinha dentro da taça, evitando, por pouco, inalar vinho direto para os pulmões.

— Tá, isso é verdade — admito.

Meu pai *conseguia* mesmo ser meio idiota às vezes. Minha mãe, embora tenha o próprio senso de humor, definitivamente *não* é.

— O que ele fazia que você achava idiota? — pergunta Hayden.

Ela revira os olhos em um gesto exagerado e empurra o prato para longe da beirada da mesa.

— Meu Deus, o que eu *não* achava idiota? Sei lá, a gente morava em uma comunidade rural. A maioria de nós levava tudo muito a sério, sabe? Mas o Alan era ridículo. Pra começar, estava *sempre* cantando e não conseguiria ser afinado nem sob pena de morte. E outra, ele tinha péssima memória para letras, então a maior parte do que ele cantava não fazia o menor sentido.

— E o que ele achava de você? — pergunta Hayden, inclinando-se para a frente, atento, naturalmente curioso, como todo bom entrevistador deveria ser.

Percebo que estou sorrindo, à espera da resposta que já conheço.

O entusiasmo dela se transforma em um sorriso calmo e ela descansa os dedos na base da haste da taça.

— Ah, ele fala que cantava daquele jeito e tudo mais pra chamar a minha atenção. Mas, como continuou fazendo até morrer, tenho certeza de que o que ele realmente queria dizer é que me achava bonita.

É nesse ponto que meu pai costumava intervir, então faço o mesmo:

— Bonita. Inteligente. Trabalhadora. Com bom gosto para livros.

— Ele tinha acabado de se formar em jornalismo — conta ela —, e eu tinha terminado o bacharelado e estava tirando um ano para pensar no que fazer da vida. Ele me viu lendo nas horas livres e foi assim que puxou conversa. Sinceramente, eu achava que ele era tão idiota que nunca tinha pensado no quanto a gente combinava.

Os cantos da boca da minha mãe ficam tensos, o sorriso murchando em uma careta, e ela fala uma coisa que nunca escutei antes, uma parte nova da história:

— Ele tinha uma alegria muito única, muito leve, e demorei um tempão pra perceber que isso não era sinônimo de idiotice. Na verdade, ele era muito mais inteligente do que eu.

Minha mãe nunca foi muito fã de toque físico, então eu também nunca fui muito de tocar nela, mas neste momento, por algum motivo — talvez pelo vinho ou pela música, ou pela presença reconfortante e firme como uma rocha de Hayden —, levanto a mão e toco no antebraço dela.

O sorriso dela fica ainda mais tenso, nada convincente, e ela dá tapinhas na minha mão antes de se desvencilhar de mim e se levantar.

— Quem quer sobremesa? — pergunta, mudando de assunto, e meu coração pesa no peito.

— Eu quero — respondo, mas as palavras saem fracas.

22

— Eu devia ter imaginado que você estaria aqui fora — digo, atravessando o jardim até o banco de concreto onde Hayden está sentado à luz das estrelas.

— Não conseguiu dormir? — pergunta ele.

Sento-me ao lado dele.

— Minha rotina não tem mais nada a ver com isso aqui. Dormir cedo, acordar cedo... não é bem a minha praia.

— Eu só *acordo cedo* — comenta ele.

Ao longe, uma coruja pia.

— Você sempre dormiu mal? — pergunto.

— Sempre.

— Por quê? Medo do escuro?

Pelo jeito que ele me olha, dá para ver que está tentando avaliar se estou brincando. Mas não estou.

— Não, não é isso. — Ele inclina o corpo para trás, correndo os olhos pelo céu. — Sabe o que eu acho que é, de verdade?

— O quê?

— Não gosto que fiquem me olhando — declara ele.

— Ah. — Desvio o olhar para a frente, para o outro lado do jardim escuro, no lugar em que uma lâmpada solitária está acesa ao lado da porta de casa.

— Não assim. — Ele empurra minha coxa com a dele, voltando os olhos para o meu rosto. — Não você.

— Ah. — Um calor agradável percorre meu corpo.

— Acho que... — Então recomeça: — Acho que, quando eu era pequeno, me sentia muito pressionado a agir de certa forma, pra ser visto como meu pai precisava que os filhos dele fossem vistos. E eu era péssimo nisso. Desengonçado. Grosseiro. O dia todo, acho que sentia como se estivesse, tipo, tensionando cada músculo do corpo. Então a noite vinha, minha família dormia... o mundo inteiro dormia e... — Ele inclina a cabeça para o lado, os olhos brilhando ao encontrar os meus. — E comecei a dar minhas escapadas quando tinha uns dez anos.

— E o que exatamente um menino de dez anos tinha pra fazer no meio da noite na área rural de Indiana? — pergunto, me inclinando até me apoiar nele e deitar a cabeça em seu ombro.

Ele dá uma risadinha, só uma, e depois deposita um beijo no topo da minha cabeça que faz eu me sentir como um vulcão, com lava correndo por todo o corpo.

— Nada — responde. — Absolutamente nada. Eu só ficava andando pelo bairro e escutava música em um walkman que minha mãe me deu enquanto *todo mundo* dormia ou pelo menos ficava quietinho dentro de casa com as luzes apagadas. E eu só me lembro de me sentir... leve. Sem ninguém me olhando. — Ele parece um pouco tímido ao dizer: — Sempre achei que sou mais eu mesmo quando estou sozinho.

Isso me lembra de uma coisa que Margaret dizia, que ela *chegou a dizer para mim*, de fato, e queria poder contar isso para ele. Mas não posso, não sem quebrar nossa regra mais importante.

— Quer que eu te deixe sozinho por mais um tempo? — pergunto, e me apresso a acrescentar: — Não vou levar pro pessoal, prometo.

— Não, assim é melhor — responde ele, ajeitando o braço no encosto do banco; chego mais perto, com a cabeça dele apoiada na minha. — Sua mãe sabe em que você está trabalhando?

— Eu não quebrei o acordo de confidencialidade — afirmo.

— Não... não é por isso que estou perguntando — explica ele. A mesma coruja pia ao longe. — É que ela não te perguntou nada. Sobre seu trabalho. Sobre o motivo de você estar aqui.

Eu me remexo, desconfortável.

— Já te falei. Ela não dá a mínima pra maioria das coisas que eu escrevo.

— Mas ela se importa com você — complementa ele. — Pra mim, isso é bem óbvio.

É? Chego a quase perguntar. Mas sei que ele tem razão. Minha mãe sempre demonstrou o amor que sentia por meio de ações, não de palavras. Costurar aquela colcha horrorosa, me ensinar a fazer torta de pêssego e minha caçarola de milho preferida usando panela de ferro e servir uma dessas duas receitas toda vez que apareço em casa.

— Eu acho... — Não sei bem como colocar o que sinto em palavras. Eu me sinto *culpada* por falar o que penso em voz alta, porque imagino que partiria o coração dela se ouvisse, mesmo que seja verdade. — Acho que ela me ama porque sou filha dela. Mas nunca tive certeza de que me amava por eu ser *quem sou.* Faz sentido?

Ele se afasta e abaixa a cabeça para olhar nos meus olhos, o rosto todo contraído.

— Tenho certeza de que isso não é verdade — diz ele em voz baixa.

— Talvez isso nem faça diferença. Talvez o fato de que ela *me ama* seja a única coisa que importa — respondo.

Ela formou minha personalidade de tantas maneiras... não só com as habilidades que passou adiante, mas com a *força*. Quando estávamos todos apavorados por causa da saúde de Audrey, minha mãe era constante como um metrônomo, dia após dia trabalhando na horta, cozinhando nossa comida, providenciando o que precisávamos, levando minha irmã para consultas médicas e ajudando meu pai a nos dar aula em casa. Ela me ensinou a olhar para a vida não como uma série de lâminas metafóricas de um carrasco pairando sobre nosso pescoço metafórico, mas sim em termos de como podemos usar o tempo antes de esse machado descer ou não. E muitas vezes a lâmina não chegava nem a descer.

Continuar trabalhando, continuar em movimento, continuar tendo esperança.

Ele me abraça com mais força, me puxa para perto e encaixa minha cabeça sob seu queixo. Inspiro profundamente o cheiro do sabonete de amêndoas dele e sinto meu peito derreter. Meus olhos começam a pesar, a respiração regular dele me acalmando.

Quando volto a abrir os olhos, o céu está roxo-escuro e as galinhas começaram a perambular e cacarejar lá no galinheiro. Eu me afasto, com dificuldade, de Hayden, e ele também acorda, abrindo os olhos com um sorriso sonolento.

— Oi — digo, rouca.

— Oi — responde ele, também rouco.

— Meu ronco atrapalhou seu sono?

Ele passa a mão no rosto, tentando tirar a sonolência dos olhos.

— Curiosamente, não.

Sorrimos um para o outro por um tempinho, um reconhecimento mútuo do quanto tudo isso é estranho, e, pelo menos pra mim, o quanto, ao mesmo tempo, é estranhamente normal.

— A gente vai ser comido vivo por esses mosquitos.

— Eu não — provoca ele. — Estou de *calça*.

— Bom, seus braços têm o dobro da área dos meus, então, no fim, acho que dá no mesmo. — Tento segurar um bocejo. — Quer um chá?

— Seria uma boa.

Ele resmunga um pouco ao se levantar e estende uma das mãos para me puxar para cima, direto para um abraço que eu queria poder vestir como se fosse um casaco com aroma de amêndoas durante todas as horas do dia: manhã, tarde e noite.

— Acho que travei o pescoço — murmura ele na minha orelha.

Levanto os braços e massageio os músculos tensos dele, e a forma como Hayden geme perpassa meu corpo todo e eriça cada pelo que tenho nos braços e pernas como se estivessem se esticando para tocá-lo.

Atrás de nós, a porta se abre com um rangido e nos afastamos depressa, mas minha mãe mal olha na nossa direção enquanto anda até o galinheiro com um cesto pendurado no braço.

— Alguém topa me ajudar a pegar os ovos? — pergunta ela, e o clima vai embora feito milhares de peixinhos atrás de um pedaço de pão ao som da voz dela.

Olho para Hayden.

— O chá fica pra depois — diz ele.

— A gente topa — grito de volta para minha mãe, e começamos a caminhar até o galinheiro.

DORMI COM O HAYDEN, mando no grupo e, quando uma tempestade de !!!!! e QUEEE e conta tudo começa a rolar na tela, vinda de Cillian, Bianca e Priya, respectivamente, envio uma atualização esclarecedora: Tipo, a gente pegou no sono em um banco de concreto no jardim da casa da minha mãe.

Priya responde com reticências nada impressionadas.

Cillian escreve: Ainda não tô acreditando que você levou ele pra casa da sua mãe. NEM EU fui à casa da sua mãe.

Eu fui, responde Bianca, sem conseguir não se gabar. Melhor caçarola de milho que já comi na vida. Sonho com ela até hoje.

CHEGA, exige Cillian.

Da próxima vez que vc estiver na Georgia, me avisa, escrevo para ele. Tá mais do que convidado. Juro.

Vamos voltar pra parte em que você dormiu em um banco de concreto com um cara (muito gato) como se vocês não fossem dois adultos bem crescidinhos, diz Priya.

Eles tão na casa DOS PAIS DELA, Pri, argumenta Bianca. Queria que eles fizessem O QUÊ?

Priya manda um emoji dando uma piscadela.

Como vocês estão?, pergunto. Tô com saudade.

Tudo ótimo, responde Cillian. Tirando o fato de que a minha editora tá enchendo o meu saco por causa desse perfil sobre a equipe que tá fazendo a nova minissérie do E.T.

Nunca enchi e nunca nem vou chegar perto do seu saco, rebate Bianca. Só que o texto ainda tá cru.

Será que vcs dois podem resolver isso no privado?, sugere Priya. Eu venho aqui pra ler fofoca, não sentir que tô no trabalho.

Eu tô vendo daqui, literalmente, a sua cabeça por cima da baia, diz Cillian.

Pera, você veio pro escritório hoje?!?, escreve Priya, e então o grupo fica em silêncio, provavelmente enquanto eles se reúnem na vida real, no bebedouro ou na Nespresso.

Volto para a cozinha para lavar o resto da louça do café da manhã, depois me junto a minha mãe no jardim. Achei que Hayden ainda estivesse correndo, mas já voltou, pingando de suor, e agora está trabalhando ao lado dela.

— Ei — chamo ao me aproximar. — Querem uma mãozinha?

— Na verdade, eu estava indo tomar um banho — diz Hayden, levantando-se e passando as luvas extras de jardinagem para mim.

— Vamos almoçar daqui a umas duas horas? — pergunta minha mãe, sem olhar para nenhum de nós.

Os olhos de Hayden encontram os meus. Ele assente de leve.

— Claro — respondo. — E depois a gente já vai indo.

Minha mãe concorda, ainda cavando com uma pá de mão, totalmente concentrada no canteiro.

— É um bom moço — diz ela, depois de um minuto.

Ignoro a revirada que meu estômago dá e assumo meu posto ao lado dela.

— Ele é ótimo. Excelente escritor também.

Ela arrisca um olhar para mim por um instante, depois volta a cavar.

Será que percebeu meu interesse nele ou é outra coisa? Já trouxe vários amigos para cá ao longo dos anos, mas nunca um namorado ou interesse amoroso de nenhum tipo.

Na verdade, imaginar Theo aqui, na casa onde cresci, me faz achar que estou a três segundos de ser acometida por urticárias no corpo todo.

Sempre tive medo demais da desaprovação dela. Se ela descobrisse minha dinâmica com Theo, *com certeza* não ia gostar. E isso me incomodaria de uma forma que uma possível desaprovação quanto a Hayden não incomoda.

Ainda estou tentando descobrir o porquê quando ela diz:

— Eu li o livro dele.

Sinto na mesma hora que estou prestes a explodir de orgulho. Mas estaria mentindo se dissesse que não há uma boa parcela de ciúme misturada aí.

— É incrível, né?

— Gostei bastante. — Isso é um baita elogio vindo dela. — Quer o chapéu pra você? — pergunta ela, já soltando a cordinha do queixo. — Vai acabar fritando nesse sol.

— Passei protetor solar — asseguro, mas ela me ignora e enfia o chapéu de aba larga na minha cabeça.

Depois de mais um ou dois minutos de silêncio, comenta:

— Ele me mostrou aquela reportagem que você escreveu. Sobre a estrela mirim. Bella alguma coisa?

Inclino o corpo para trás, me sentando nos calcanhares, e apoio o peito do pé todo no chão para absorver o choque.

— Ah.

Ainda cavando, ainda concentrada na terra, ela solta:

— Sua escrita evoluiu muito.

Eu sei (bem lá no fundo) que ela quis fazer um elogio. Mas ainda parece ter uma ofensa por trás.

— Obrigada.

— Você sempre foi talentosa — continua, a pressão que sentia no peito ficando mais leve só para piorar de novo quando ela acrescenta: — Podia estar fazendo qualquer outra coisa.

Não quero brigar com ela, é a última coisa que meu pai ia querer, mas de repente me sinto muito na defensiva para aceitar qualquer alfinetada sutil sobre meu trabalho sem surtar.

Isso não tem a ver só comigo, tento me convencer. Minha mãe está lidando com os próprios problemas também. Tiro o chapéu e o entrego a ela, determinada a manter um sorriso amigável.

— Vou ver se o chuveiro já está livre.

Ela assente uma única vez, sem me olhar nos olhos. Eu me levanto e sigo para dentro da casa.

DEPOIS DO ALMOÇO, colocamos tudo no bagageiro do carro e nos despedimos.

— Voltem sempre que quiserem — diz minha mãe para nós dois, e sei que é um convite sincero.

Em vez de abraços, ela nos dá uma pilha de potes com a comida que sobrou e nos acompanha até a metade do caminho para o carro. Fica parada onde o caminho de entrada termina e a terra começa.

— Dirijam com cuidado — grita de lá, como se não pudesse chegar mais perto, e acena com o braço acima da cabeça.

— Obrigada — respondemos em uníssono ao entrar no carro. — Amo você — acrescento através da janela aberta.

— Eu também — diz ela.

Então partimos. É estranho como nenhum outro lugar na terra me passa a sensação de lar como essa casa que está ficando para trás, mas ainda assim, toda vez que estou lá, não consigo deixar de sentir que a casa parece apertada demais ao meu redor, tipo um moletom que encolheu ou a casa de *Alice no País das Maravilhas*, que ela acaba usando como se fosse um vestido depois de comer o bolo mágico.

— Tudo bem aí? — pergunta Hayden do banco do carona quando chegamos à interseção da rua de terra com a rodovia.

Pela primeira vez, não estou com cabeça para conversar.

— Tô de boa — respondo, pegando a pista.

Ele assente, mas depois de alguns segundos pigarreia e insiste:

— Você pode se abrir comigo, Alice.

— Tô de boa — repito.

De soslaio, vejo ele balançar a cabeça.

— Não tá nada. Tá chateada.

— Com o quê? — pergunto.

Ele dá uma risadinha de frustração, mas não responde de imediato.

— Com o quê? — insisto.

— Com a sua mãe. Tá brava com ela.

Sinto meu rosto ficar quente.

— Por que agora está agindo como se estivesse bravo *comigo*?

— *Eu não estou...* só não entendo por que você não fala alguma coisa.

— Sobre *o quê?* — pergunto, minha própria irritação crescendo para se equiparar à dele.

— Sobre como ela acabou de fazer você se sentir. — Ele joga as mãos para cima como se fosse óbvio. — Sobre como ela não pergunta do seu trabalho ou da sua vida e, quando qualquer um desses tópicos vem à tona, ela não sossega até mudar de assunto. Sobre o quanto te magoa que ela não leia o que você escreve e como, quando você tenta encostar nela,

ela *se afasta*. E em vez de falar sobre o quanto está brava com ela, você só segura tudo aí dentro e finge que está bem. Até comigo. Até quando eu consigo ver que não está bem.

— Para — murmuro.

— É que não estou entendendo por que você não quer admitir que está...

— *Para* — rebato, mais alto do que pretendia, mas minha voz não sai firme. Sai trêmula, vacilante, carregada. — Desculpa se você acha que é uma falha de caráter tão grave assim eu escolher me concentrar nas coisas boas da vida, mas nem todo mundo vê as coisas do mesmo jeito que você. Nem todo mundo *quer* só... sabe, sair atropelando tudo como se fosse um trator.

— A gente não estava falando de mim — sussurra ele.

— Estava, sim. — Aperto o volante com mais força. Meus olhos queimam. — Sinto muito que você tenha tido que ser o filho feliz e exemplar do prefeito, que tenha tido que esconder todas as suas emoções...

— A gente *não* tava falando disso.

— Mas eu não sou desse jeito — continuo. — Estou de bem com a vida. De boa. Não sei por que você precisa que eu esteja brava com a minha mãe, mas...

— Porque você está *mentindo pra si mesma*. Está fingindo que o mundo é um morango, como se eu não estivesse vendo o que está bem debaixo do meu nariz. Você é *jornalista*. É mais esperta que isso.

Nesse momento a raiva ferve dentro de mim. Não raiva da minha mãe, raiva dele. E de mim mesma por tê-lo trazido junto, por ter me colocado nessa situação e permitido que ele me visse de uma forma que nunca quis ser vista, ainda mais por alguém que, por natureza, não me deixa em paz.

— Você tem razão! — grito. — Eu *sou* mais esperta que isso. Já devia saber que não podia trazer um homem que mal conheço pra dentro de casa. Mas acho que é como você disse: eu estava só mentindo pra mim mesma, fingindo que você era alguém que não é.

O carro fica silencioso.

Estou tremendo, ofegante e quente da cabeça aos pés. Tento convencer a raiva a voltar para uma caverna bem funda dentro de mim. Evito olhar para ele, imaginar a dor ou frustração que deve estampar seu rosto. *Eu estou de boa.* Está tudo de boa.

Só preciso voltar para Little Crescent.

Terminar o período de teste.

Conseguir o trabalho e escrever esse livro, e tudo vai ficar bem, como sempre fica.

Ligo o rádio. Está tocando "Meet in the Middle", da Diamond Rio, e a ironia de ouvirmos uma música sobre fazer as pazes é tão pesada quanto a tensão que paira no ar.

Não nos falamos mais pelo resto da viagem.

Quando enfim paramos no Grande Lucia, já começou a anoitecer e nenhum de nós parece nem um pouco disposto a quebrar o gelo. Quase espero que Hayden vá me convidar para entrar, mas um vislumbre da expressão fechada dele me informa que isso não vai acontecer.

Acho que é melhor assim. Até porque acho que, pela primeira vez na vida, nem tenho energia para socializar.

Preciso ficar sozinha, voltar a me concentrar no trabalho, pensar no que fazer com essas duas semanas de entrevistas.

Ele desvia o olhar ao abrir a porta do carona e sai. Puxa a mala do banco de trás e faz uma pausa de um mero instante.

— Tchau, Alice.

Bate a porta e caminha até a escada sem sequer arriscar uma olhada para trás.

É só depois que ele sai de vista que percebo: ele falou *tchau*, e não *boa noite*.

— Você não parece animada como de costume hoje — comenta Margaret.

Estamos sentadas de frente uma para a outra à mesa do ateliê dela, terça-feira de manhã, terminando nossos respectivos cafés com leite do Little Croissant enquanto ela organiza cacos de vidro do mar em um padrão.

— Vou ficar bem — afirmo, com um sorriso para enfatizar.

Ela arqueia as sobrancelhas, cética.

— Esse processo não está sendo o que você esperava?

— Não tem a ver com isso — respondo, depressa. — São só problemas de família.

Ela coloca os dois pedaços de vidro verde que estava segurando na mesa.

— A gente pode falar disso, se você quiser.

Dou uma risadinha.

— Não precisa. Vamos falar de você.

— Ele é igualzinho, sabia? — solta ela.

— O quê? Quem?

— O Hayden — responde ela. — Odeia falar dele mesmo.

Seguro uma risada.

— Tá tentando fazer ele falar dele mesmo?

Apesar de ainda estar chateada com ele e com nossa briga, acho muito engraçada a ideia de essa mulher determinada estar tentando convencer o cara carrancudo que a está entrevistando a fofocar sobre a própria vida.

Ela dá de ombros bem rápido.

— Achei que era o mínimo. Estou lavando toda a minha roupa suja com vocês... — Ao ver o olhar cético que lanço, ela se corrige: — Tá, que seja, *grande parte* da minha roupa suja. O mínimo que ele podia fazer era baixar um pouco a guarda. Mas até onde pude perceber, aquele jovem é praticamente uma armadura ambulante.

— Acho que ele só é meio reservado — digo, surpresa por estar na defensiva. — Achei que logo você fosse entender isso.

— Vocês dois têm passado muito tempo juntos? — pergunta ela.

Desvio os olhos na direção do gravador, ciente de que tudo o que disser vai ser registrado. Uma coisa é *eu* me abrir com ela, outra é envolver Hayden, mesmo que não estejamos na melhor das situações no momento. Escolho um meio-termo:

— Um pouco, sim.

— E o que você acha? — pergunta ela, direta.

— O que eu acho do quê? — pergunto de volta.

— Do Hayden — responde ela. — Ainda acha que posso confiar nele? Acha que tem um coração de verdade batendo debaixo de todo aquele gelo?

Isso desencadeia memórias inapropriadas em minha mente. Torço para não estar ficando vermelha. E, embora a mágoa e a irritação da nossa última conversa se sobressaiam a essas *outras* imagens, a verdade é que estou falando sério quando respondo:

— Sim, pode confiar nele. — Ela volta a arquear a sobrancelha, então acrescento: — Ele tem os próprios motivos para ser reservado, mas nunca deixa de ser sincero. Pode confiar nele.

Eu confio. Não tenho como me convencer do contrário. Só confio.

E é por isso que o que ele falou me afetou tanto. Porque, se é ele quem está dizendo, não tenho como negar que deva existir um fundo de verdade.

Margaret fica me olhando por um bom tempo até que, de repente, abaixa os olhos e as mãos e volta a mexer nos cacos de vidro, dizendo:

— Bom, onde foi que a gente parou da última vez?

A história

VERSÃO DA MÍDIA: Margaret Ives amava as câmeras.

VERSÃO DE MARGARET: As câmeras amavam Margaret Ives, e ela não ligava nem um pouco de ser amada. Laura era a verdadeira beldade entre as irmãs, mas, enquanto a caçula dos Ives era tímida e vivia com o nariz enfiado nos livros, Margaret era expressiva, curiosa e faladeira.
    Crescer na bolha Ives acabou deixando Laura cautelosa e com medo do mundo, enquanto Margaret era voraz por ele. Queria tentar de tudo, ir para todos os lugares, conhecer todas as pessoas. Mesmo quando criança, puxava conversa com gente que nunca tinha visto na vida e sorria e acenava para todo mundo que olhava em sua direção, enquanto Laura escondia o rosto nas pantalonas da mãe.
    Mas então os pais delas se separaram e Laura não podia mais se esconder atrás de Bernie. Foi *aí* que Margaret descobriu o superpoder que tinha.
    Chamar a atenção. Amava a forma como se sentia quando fazia alguém rir ou sorrir, como se o mundo todo se abrisse para ela. E mesmo atenção negativa era melhor do que nada, porque, enquanto as pessoas estivessem olhando para ela, deixariam sua irmã em paz.

Laura usava roupas neutras, então Margaret se cobria de vermelho-vivo.

Quando Laura precisou fazer um corte de cabelo horrendo depois de um incidente envolvendo um chiclete, Margaret comprou um chapéu ridículo e se recusou a tirá-lo por semanas.

Quando Laura tropeçou na frente de todo mundo em um baile no salão azul — que não deve ser confundido com o salão verde nem com o dourado —, Margaret derrubou uma torre de champanhe inteira, rindo e dando gritinhos ao escorregar no caos derramado e, enfim, fazendo uma reverência para os aplausos ao ficar de pé.

Quando Laura ganhou peso e as colunas sociais perceberam, debatendo sobre seu corpo como se fosse uma peça de teatro aberta a avaliações do público, Margaret começou um pequeno incêndio no banheiro da escola exclusiva para meninas que frequentava e foi expulsa.

Depois desse incidente, o avô estoico e intimidador dela passou duas semanas sem olhar em sua cara nos jantares de família, o que fez com que Margaret tenha sentido que precisava não só fugir da Casa Ives, mas também de quem era. Mesmo assim, valeu a pena.

Ela atraía olhares aonde quer que fosse, às vezes por acidente, mas normalmente por querer. As pessoas falariam da família dela de qualquer jeito, então por que não ser a causa das risadas?

A estratégia tinha funcionado para a prima preferida dela, Ruth, que acabara virando atriz em uma sitcom famosa e se casara com o amor da sua vida.

E vinha funcionando relativamente bem para Margaret também... até ela fazer dezesseis anos.

Em 1954, na véspera do aniversário de Margaret, Ruth e o marido, James, fizeram planos de ir, no pequeno jatinho que tinham, até a costa da Califórnia. Haveria uma festa na Casa Ives e Ruth jamais perderia a chance de mimar Margaret, a menininha que a seguia pelo pomar de laranjas feito um cachorrinho animado. A amizade delas sempre fora especial. Margaret sentia-se bem sendo quem era na presença de Ruth, em ter todo aquele brilho fantástico.

Só que, durante a decolagem, o motor do avião de James entrou em pane. Eles caíram.

James Oller era um veterano condecorado da Segunda Guerra, e Ruth era uma estrela em ascensão das comédias, irresistível em seu papel televisivo de vizinha ingênua, fabulosa e acidentalmente hilária.

O país todo pareceu se unir em luto por eles. Exceto o pai de Ruth, que chorou a morte dela da mesma forma que havia celebrado seu nascimento: de maneira privada.

Margaret ficou devastada. O acidente mudou todo o curso de sua vida. Mudou o do avô dela também. Antes, Gerald era uma presença dominante na Casa Ives. O tipo de homem de quem é possível não gostar e *mesmo assim* fazer qualquer coisa para agradar.

Depois da morte de Ruth, ele encolheu.

Foi como acender a luz do quarto e descobrir que a sombra assustadora no canto era só um casaco pendurado no cabideiro o tempo todo.

Sem a afeição da prima querida ou o olhar severo do avô, Margaret sentiu que as correntes que a mantinham ligada à Casa Ives se partiram.

A reação de Laura foi diferente. Quanto mais Margaret se afastava da família, mais a irmã se aproximava. Ela via uma ferida no avô que mais ninguém via, ou pelo menos não queriam admitir que viam.

Fazia sentido: Laura sempre se sentia mais confortável enfrentando a dor, mais familiarizada com os momentos cinzentos da vida. Enquanto isso, Margaret passava cada segundo de cada dia tentando voltar para aquela era de ouro que vivera na infância, quando o universo de possibilidades ainda era infinito.

Pouco depois da morte de Ruth, Gerald sofreu um ataque cardíaco que o deixou praticamente cego. Quando recebeu alta do hospital, passou meses sem sair do quarto na ala leste da casa. Então Laura começou a visitá-lo, a ler para ele. E, depois de um tempo, o avô saiu do quarto e começou a passar os dias na biblioteca.

Ela lhe levava charutos, os cortava e acendia, depois posicionava o cinzeiro de modo que o avô pudesse encontrá-lo com facilidade no peitoril da janela e se sentava na poltrona excessivamente acolchoada à frente dele, lendo por horas, parando só para acender um novo charuto quando ele pedia.

Ele até teve cuidadoras no começo, mas com o tempo Laura assumiu a responsabilidade por completo. Ganhou a confiança dele, guardou seus segredos, enquanto a irmã, Margaret, estava lá fora, na cidade, sendo fotografada em todas as butiques, os restaurantes e as baladas da época.

Margaret nunca quis voltar à vida de ser tratada como uma boneca de porcelana, guardada em uma redoma de vidro nas prateleiras da Casa Ives. Queria uma vida *grandiosa*.

Namorou estrelas de cinema e fez alguns trabalhos como modelo. Viajou para a França, Espanha, Mônaco. Dançou com Rock Hudson e chegou a tomar uma com Frank Sinatra e Marilyn Monroe ao lado das figuras exóticas do Ciro's. Uma vez, quebrou o salto saindo do Mocambo e os paparazzi clicaram fotos dela sendo carregada até o carro, rindo, a cabeça jogada para trás, por um porteiro que mais tarde vendeu o salto quebrado por uma boa grana.

Ela não era graciosa, elegante, modesta nem reservada. Era frívola, irreverente e desengonçada, e a imprensa a adorava por isso. A Princesinha dos Tabloides, era como a chamavam.

Aparecia nas estreias dos filmes da mãe, quase sempre acompanhada de um dos atores principais, e certa vez foi fotografada na garupa da moto de James Dean segurando um véu de noiva na cabeça e rindo enquanto aceleravam para longe.

Só foram vistos juntos mais uma vez depois disso, na noite seguinte à que ela foi flagrada jantando com outro pretendente.

Isso lhe rendeu outro apelido: Peggy Dois-Encontros.

A verdade, no entanto, é que ela não tivera sequer *um* encontro com James Dean. O véu era uma brincadeira, um presente bem-humorado que Bernie lhe dera quando tinham terminado de gravar *O Sopro do Vento Oeste*.

Margaret estava visitando a mãe quando encontrou Jimmy e mencionou que sempre quisera andar de moto. Ele se ofereceu para realizar o sonho dela, que enfiou o véu na cabeça, ergueu a saia e passou uma perna por cima da garupa dele.

Ela não se preocupou com o que a imprensa diria. A vida inteira que passara fora da Casa Ives havia sido cuidadosamente observada, mas pelo menos era *dela*.

Margaret era especialista em jogar conversa fora, em se divertir e, no processo, combater a solidão da vida dentro de casa sem correr nenhum risco real.

Quanto mais escreviam sobre suas audácias, menos peso essa cobertura parecia ter. Com Laura era diferente.

Quanto mais os paparazzi se fascinavam por Margaret, quanto mais recheada era a fofoca, menos Laura queria sair de casa. Ela se encolhia, vagava pelos cômodos, lia para o avô e registrava as histórias dele. Escutava o rádio e debatia com ele sobre o mérito do recém-popular rock'n'roll. Empurrava a cadeira de rodas em passeios pela propriedade e descrevia o pôr do sol para ele. Mesmo que insistisse em dizer à irmã que estava perfeitamente feliz com a vida que tinha, Margaret se preocupava.

Ficava apreensiva com o coração sensível da irmã. A saúde do avô estava piorando depressa, e mesmo sem saber se algum dia entenderia a amizade de Laura com ele, preocupava-se com o que seria dela quando ele partisse. Quando, em algum momento, os pais delas também partissem.

Margaret implorou a Laura para que saísse com ela, encontrasse pessoas da mesma idade. Frequentasse jantares, aparecesse em eventos beneficentes, visitasse museus de arte e dirigisse até a praia... ou se juntasse a ela em barcos com os homens bonitos e as futuras estrelas com quem fizera amizade!

Mas a atenção inevitável que atrairiam apavorava Laura.

— Eu *não quero* ser fotografada — dizia ela. — Não quero ser vista.

Às vezes, Margaret ia visitar a mãe no trabalho, ou passava pelo escritório de mármore do pai em casa, e pegava, aqui e ali, partes das conversas murmuradas dos dois.

Eles se revezavam entre dois papéis distintos de se preocupar e consolar. Prometiam um ao outro que a filha mais nova ficaria bem. Concordavam em não a pressionar.

Mas então Cosmo Sinclair chegou à cidade.

O Garoto-Prodígio do Rock'n'Roll.

Pelo menos esse era o apelido que ele tinha dois anos antes, até *outro* cantor usurpar seu trono como rei.

Então os tabloides, os mesmos que chamavam Margaret de Peggy Dois-Encontros, passaram a chamá-lo de Elvis dos Pobres.

Mas nenhum desses termos interessava a Margaret. A música dele também não a interessava, pelo que havia escutado até então.

A única coisa que a interessava em Cosmo Sinclair era a total adoração de sua irmã mais nova por ele, e o fato de que ele daria um show no Auditório Pan Pacific.

Teve uma ideia, que cresceu e se tornou uma obsessão. Depois virou uma bola de neve e se consolidou em um plano.

Uma noite.

Ela iria tirar a irmã de casa por uma única noite perfeita.

E isso bastou para mudar a vida delas para sempre.

23

— Cadê a Jodi? — pergunto para Margaret enquanto ela me conduz de volta pela casa até a porta da frente ao final da nossa sessão.

— Tirou um tempinho merecido pra descansar. — Ela me lança um olhar seco. — Pelo que parece, eu sou um limão bem azedo.

— Difícil de engolir, mas bom pra saúde?

Ela ri, abre a porta e pega meu braço com carinho.

— Enfim, você está preparada para a tempestade, certo?

— Tempestade? — Saio para o forno de mais um final de tarde na Georgia, mas percebo que, enquanto estávamos lá dentro, as nuvens esparsas e branquinhas que pairavam no horizonte foram substituídas por grandes massas escuras, e o vento estava varrendo o jardim da frente, fazendo tudo balançar.

— Os noticiários estão de olho — explica ela. — Deve chegar amanhã, e ainda não é bem um furacão, mas... sabe como são essas coisas.

— É, estamos na temporada mesmo — concordo, avaliando o céu mais uma vez.

— Acho que a gente se esquece de como chove por aqui morando lá em Hollywood — provoca ela.

Abro um sorriso.

— Pior que eu me esqueci, mesmo.

— Bom, fique à vontade para vir se proteger aqui, se quiser — oferece ela. — Tem um homem vindo cobrir as janelas e tudo amanhã. Melhor conferir se tem um plano de contingência no lugar que você alugou.

— Vou perguntar pra imobiliária — prometo, e ela se despede.

Não tive notícias de Hayden desde que voltamos para a cidade, e, enquanto estaciono no mercado e caminho até a entrada, considero mandar uma mensagem para ele.

O vento já ficou mais forte desde que fui embora da casa de Margaret, e a chuva finalmente começa a cair. O mercado está *lotado* e, pior, várias prateleiras já estão vazias. Pego um galão de água, algumas velas e pilhas e o tipo de lanche rápido que não precisa de geladeira nem de micro-ondas, só para garantir.

Quando volto para casa, um funcionário da imobiliária está lá, um homem de meia-idade, com uma barba marrom até o peito usando jaqueta corta vento. Está guardando uma caixa de ferramentas na caçamba da caminhonete.

— Tentei te ligar — grita, tentando ser ouvido apesar da chuva torrencial que cai, enquanto corro com as sacolas de compra na direção dele.

— Desculpa — grito de volta.

— Já ajeitei tudo pra você. — Ele aponta com a cabeça para as tábuas de compensado que pregou sobre as janelas do bangalô.

— Muito obrigada! — berro em resposta.

— Acho que desse jeito você vai ficar bem — atesta ele. — É só uma tempestade forte, não acham que vá virar furacão.

— Entendi. — Assinto, tremendo de frio, e a chuva golpeia minha pele, grudando as roupas no corpo.

— Vou indo pra você sair da chuva, então — diz o homem, e o agradeço mais uma vez enquanto ele entra na caminhonete, depois corro o resto do caminho até a porta.

A casa fica escura com as janelas cobertas, e, pela primeira vez desde que cheguei aqui, sinto *frio*. Tiro a blusa e enfio o primeiro moletom que encontro, depois percorro a casa acendendo as luzes, parando no banheiro para torcer o cabelo na pia.

Em seguida, coloco uma calça confortável e meias limpas e secas, e guardo as compras.

Encontro as lanternas de emergência no armário das roupas de cama, testo as pilhas e troco as que estão no fim. Só por desencargo, distribuo velas pelo banheiro, pela sala e cozinha, posicionando isqueiros ou fósforos ao lado de cada uma.

Faz anos desde que estive em uma tempestade assim, e estou tentando repassar mentalmente a lista de coisas que *sabia* de cabeça quando era pequena.

Confiro mais uma vez se o extintor de incêndio está debaixo da pia da cozinha e encontro um kit de primeiros socorros no banheiro, depois pego minha carteira de motorista e meu passaporte, e coloco os dois perto da porta — precauções que me pareciam exageradas quando era adolescente, considerando a quantidade de tempestades pelas quais passamos sem qualquer perigo ou dano real.

Mas isso era antes, quando eu tinha meus pais para cuidar de mim e uma casa que ficava a uma hora do litoral. Aqui a coisa é diferente.

Meu estômago ronca alto e decido fazer um hambúrguer vegetariano enquanto ainda tenho eletricidade. Depois de comer, considero tomar um banho, mas decido que os raios já estão caindo perto demais. Em vez disso, me contento em lavar o rosto em tempo recorde e passar um pouco de retinol e hidratante nas bochechas e na testa antes de voltar para a sala.

Desmorono no sofá e ligo a TV, então percebo que devo ter deixado o celular no outro cômodo quando estava me trocando. Volto para o quarto e pego o aparelho, jogado no pé da cama, só para descobrir que a tela está apagada e não liga.

Merda. Está explicado por que o funcionário da imobiliária não conseguiu falar comigo.

Arranco o carregador da parede, o levo para a sala e plugo o celular na tomada que fica bem do lado do sofá.

Na TV, está passando *The Real Housewives of Miami*, o volume quase no mínimo. A casa vibra quando uma onda de raios se aproxima, e o vento uiva contra o compensado que cobre as janelas.

Meu celular pega uma carga que permite que a tela se acenda, e mensagens começam a pipocar na tela, uma após a outra, seguidas por algumas notificações de caixa postal. Quando vejo uma mensagem de Margaret, a abro imediatamente.

E, neste exato segundo, um estalo agudo soa alto vindo da cozinha e a energia cai, mergulhando a casa na escuridão.

Só consigo ler Você ainda pode ficar aqui se for se sentir mais segura antes de o telefone desligar.

De súbito, acabo me lembrando do que tinha me esquecido na lista de preparativos pré-tempestade: *Carregue seus aparelhos eletrônicos enquanto ainda pode.*

Tateio pelo escuro atrás da lanterna mais próxima e a acendo. A sala é banhada por uma luz pálida, e caminho pelo espaço acendendo as velas. Sem o murmurinho baixo da TV, o rangido das janelas parece mais alto, mais intimidador.

Preciso ser sensata com a bateria do notebook, já que meu celular morreu, mas imagino que este seja um bom momento para conferir se a tempestade foi promovida a furacão. Caço o computador na bolsa perto da porta e me jogo no sofá, mas logo percebo meu erro. Meu *outro* erro.

Sem eletricidade, não tenho internet.

Você está se preocupando à toa, penso comigo mesma. É só uma tempestade. Já passei por tantas. Só preciso de uma alguma coisa para distrair a cabeça.

Trabalhar normalmente funciona. Posso ler minhas anotações à luz de velas, organizar um pouco as ideias.

Volto até a entrada para pegar meu caderno da bolsa e, assim que me aproximo da porta, alguma coisa a atinge do lado de fora, o que me faz dar um pulo e um grito de susto. Mais duas pancadas se seguem à primeira, depois mais duas.

Quase como se...

Alguém estivesse *batendo?*

Corro até lá e espio pelo olho mágico só para me deparar com uma figura alta e toda vestida de preto, encolhida para se proteger da chuva de vento, o punho esmurrando a porta.

Abro correndo e o vento e a água entram com força, projetando Hayden para a frente.

— O que você está fazendo? — grito sob o ataque das intempéries.

Os olhos dele estão arregalados, o cabelo ensopado, enfiado atrás da orelha e as roupas, pingando.

— Desculpa — diz ele e, levando em conta todo o contexto, estou tão confusa que tudo o que consigo fazer é gritar de volta:

— O quê?

— *Me desculpa!* — repete ele, aos gritos.

Balanço a cabeça e explico o que *realmente* quis perguntar o "o quê" que acabei de gritar:

— Que porra você tem na cabeça pra sair em um tempo assim?

Agarro a jaqueta dele ao voltar para dentro de casa, puxando-o junto. Unimos forças para conseguir fechar a porta e passar o trinco, então volto a atenção para ele.

— Você podia ter morrido! — vocifero.

— Você não estava atendendo o telefone! Margaret também não conseguiu falar com você. O que eu ia fazer?

Eu o encaro por um segundo, o rosto todo contorcido, pequenos rios escorrendo pelos ângulos acentuados do rosto dele e se unindo à piscina que se formou a nossos pés. Algumas semanas atrás, eu interpretaria erroneamente essa testa franzida como irritação e indiferença; neste momento, no entanto, a verdade não pode ser mais óbvia.

Ele estava com medo. Estava preocupado comigo. Do mesmo jeito que no carro, no domingo à noite, também estava preocupado comigo. Não só irritado, não me julgando pela forma como lido com minha mãe, mas *preocupado*.

E não sei o que responder a nada disso, então só me lanço em cima dele. Eu o abraço, na ponta dos pés, e dentro de um ou dois segundos os braços dele também me envolvem, e nós só nos seguramos um no outro, a água passando da roupa e da pele dele para a minha segunda troca de roupas do dia.

Não me importo. Ele está tremendo em meus braços, a mão esquerda envolvendo o pulso direito na parte de baixo das minhas costas.

— Desculpa — murmura de novo, contra minha têmpora.

— Me desculpa também. — Balanço a cabeça ao me desvencilhar dele. O brilho da vela mais próxima reflete em sua mandíbula, mas o restante do rosto está no escuro. — Você tinha razão.

— Não, você tinha — afirma ele. — Preciso te explicar algumas coisas.

— Deixa eu arrumar umas roupas secas pra você antes — digo, puxando-o mais para dentro da casa.

Ele espera na sala enquanto eu me apresso até o quarto com a lanterna. Encontro minha maior camiseta e uma calça de moletom, assim como um par de meias que *acho* que Theo deixou no meu apartamento séculos atrás, porque definitivamente não são tamanho quarenta feminino. Elas são, no entanto, as meias mais confortáveis que já usei na vida.

— Tem umas toalhas no banheiro — digo, quando volto para a sala. Encaixo a pilha de roupas no cotovelo dele e entrego a lanterna, mas ele não se mexe.

Em vez disso, fica me encarando, a metade inferior do rosto iluminada de maneira fantasmagórica pela lanterna, e consegue, de alguma forma, estar mais bonito do que nunca.

Então pega a minha nuca com a mão livre e me dá um beijo profundo, lento, faminto, e faz tempo que nossas bocas não se encontram, mas, mesmo quando aconteceu antes, não foi desse jeito.

Naquele outro dia, foi fervoroso e desesperado, como se nós dois estivéssemos tentando ir o mais longe possível antes de a realidade nos atingir e termos de parar.

Neste momento, é *minucioso*, uma carícia lenta da língua dele na minha boca, um deslizar determinado dela sobre a minha. Não é uma descarga acidental de desejo acumulado, mas uma exploração intencional da topografia um do outro, das boas sensações, do som que ele faz quando mordo seu lábio e da forma como minhas costas se curvam quando ele passa a ponta da língua pela minha.

Meus ossos parecem derreter e cada músculo do meu corpo relaxa nos braços de Hayden, seu cabelo molhado entre meus dedos e sua pele gelada despertando cada nervo do meu peito até as coxas.

Mas aí tudo termina com um último roçar adocicado de seus lábios contra os meus e um leve apertar de sua mão antes de ele me soltar e ir caminhando até o banheiro.

Fico parada, *vibrando*, mas ao mesmo tempo tentando — e não conseguindo — tirar o sorriso ridículo que se espalhou por meu rosto.

24

BEM QUANDO ACHO que vou conseguir fechar a boca e parar de sorrir, a porta do banheiro se abre de novo e Hayden sai usando minhas roupas. Dou uma risadinha, e o sorriso branco dele se destaca no escuro enquanto caminha na minha direção.

— Que bom que você está se divertindo com isso — diz.

A camiseta até que serviu, mas a calça está na altura do tornozelo e *apertada*. Ele está hilário, mas também incrivelmente sexy.

— Quem diria que você estava escondendo tudo isso debaixo daquelas suas calças compridas — provoco quando ele se aproxima balançando a lanterna na mão.

— Por acaso isso aqui é uma punição? — rebate ele. — É minha penitência por não ter te ligado antes?

— Não pense nisso como uma punição — respondo. — Pense mais como se fosse uma *recompensa*.

Outro sorriso, ou algo muito perto disso. Estico os braços na direção de Hayden, o que me permite puxá-lo para perto, envolver sua cintura e dar uma boa olhada em seu rosto.

Ele afasta minha franja molhada dos olhos e a coloca atrás da orelha.

— Por que não atendeu o telefone?

— Fiquei sem bateria — respondo. — Teria atendido. Juro.

Ele coloca a lanterna na mesinha de centro ao nosso lado, envolve meu rosto com as mãos e me beija de novo só uma vez.

— Desculpa, de verdade.

— Hayden, chega — digo, mas, antes que possa continuar, ele me puxa na direção do sofá.

— Quero te contar uma coisa.

— Tá...

Será que é agora que ele vai confessar algo terrível? Que ele *já tem* uma namorada? Ou que, de alguma forma, tudo isso tenha sido só para me sabotar?

Minha mente imaginativa demais não me deixa relaxar. Eu confio de verdade nele. Mesmo assim, não consigo afastar a preocupação que cresce no fundo do meu estômago com o silêncio que ele está fazendo.

Hayden passa a mão na boca enquanto escolhe as palavras.

— Ninguém sabe disso — começa a dizer.

— Você não precisa me contar nada que não queira — insisto, pegando a mão dele.

Hayden entrelaça os dedos longos nos meus.

— Eu te contei que, quando era criança, achava que tinha que ser perfeito. Só que tem mais coisa.

— Tipo o quê? — pergunto.

Ele exala e pisca com força algumas vezes, como se estivesse se preparando para algo difícil.

— Não era só eu. Minha mãe... ela tinha um quadro severo de depressão e ansiedade quando a gente era mais novo. Acho que meu pai sabia, mas só ele. E, quando eu estava no ensino médio... — Ele deixa as palavras morrerem no ar e dá uma tossida. — A coisa ficou bem feia, muito rápido. Ou, sei lá, talvez ela só tenha parado de esconder da gente. Quase teve uma overdose e precisou ficar internada por um tempo. Meu pai estava em plena campanha eleitoral e... ela pediu pra gente mentir. Fingir que ela tinha ido passar uns meses com os pais para ajudá-los.

— *O quê?* — Cubro a pequena distância entre nós no sofá e pego a outra mão dele, seus dedos ainda gelados da chuva. — Hayden, eu sinto muito.

— Entendo que ela não quisesse que estranhos ficassem sabendo disso. Se a notícia vazasse, seria mesmo um escândalo na minha cidade, e o assunto *não teria* sido tratado de maneira sensível. Mas o que mais me incomodava era que... até então, eu não fazia ideia do que ela tinha. Ela sempre fingiu estar... bem.

Levo as mãos dele aos meus lábios, soprando calor nelas.

— Não é culpa sua — digo. — Não tem como saber o que uma pessoa está sentindo só de olhar.

— Eu sei — responde ele. — Mas sempre achei que... se ela não ficasse tentando parecer tão perfeita o tempo todo, se não *precisasse* parecer tão feliz... talvez a gente tivesse percebido antes de a coisa ficar tão feia. Fingir que está tudo bem só funciona até a página dois. E, sei lá, me assusta um pouco que eu possa... que eu possa estar tendo a impressão errada de alguém que sabe fingir que está bem. Que eu talvez esteja deixando alguma coisa passar, se você não estiver bem. Era mesmo sobre mim, como você disse.

As palavras dele derretem alguma coisa em meu peito. Subo no colo dele e passo os braços em volta de seu pescoço.

— Desculpa — falo. — Tudo isso faz muito sentido.

Ele me abraça de volta, puxando meu corpo para mais perto do dele.

— Eu fui grosso — diz. — Me perdoa.

Eu toco o queixo dele e puxo seu rosto na direção do meu.

— Um de nós vai ter que parar, senão a gente vai ficar pedindo desculpas a noite inteira.

Ele me beija de novo, desta vez mais rápido, mais forte. E se afasta para apoiar a testa na minha.

— Desculpa — sussurra, provocando, e dou risada e beijo Hayden de novo, mais suave e carinhosa desta vez.

A mão dele sobe e envolve a parte de trás da minha cabeça. As minhas deslizam por seu maxilar. Apoio meu peso nos joelhos, um de cada lado de seu quadril, e me aproximo mais, permitindo que o beijo se aprofunde.

Ele segura a barra do meu moletom e eu me afasto para que ele consiga puxá-lo e passá-lo por cima da minha cabeça. Então ele o joga no chão, sussurrando alguma coisa quando percebe que eu não estava usando nada por baixo. Desliza as mãos grandes devagar da minha barriga nua ao peito e isso me faz prender a respiração, ansiosa pelo momento em que as palmas dele vão envolver meus seios, com medo de que não o façam.

Inclino minha cabeça para trás com um suspiro assim que as mãos dele chegam lá, arrepios subindo da minha cintura ao topo da cabeça. Ele se inclina devagar, beija minha clavícula de um lado e depois do outro.

— A sua também — sussurro, rouca, e os olhos dele encontram os meus no escuro.

Seguro a camiseta que o emprestei e ele endireita o corpo, permitindo que eu a tire, minhas mãos roçando o calor de seu corpo conforme as deslizo para cima. Minhas coxas ficam quentes e líquidas quando sinto a pele dele.

Ele levanta os braços e me deixa tirar a camiseta, expondo seu peito à luz das velas misturadas ao brilho mais consistente da lanterna.

— Queria conseguir enxergar você melhor — sussurro, e deixo minhas mãos vagarem pela extensão de seu corpo agora que o tecido saiu do caminho.

— Eu também. — A voz dele está baixa e rouca.

Com delicadeza, ele me puxa de volta para si e nossos corpos se derretem um no outro. O som baixo que ele solta faz meu coração disparar. A pressão entre as minhas coxas fica tão intensa que chega a doer. Movimento meu corpo contra o dele, que corresponde, uma onda de prazer quente me domina ao sentir o peito dele contra o meu. As mãos de Hayden descem até minha bunda e me colocam onde ele me quer. Deslizo o quadril contra ele de novo e o atrito me arranca um gemido suspirado. Ele me aperta enquanto beija a lateral do meu pescoço e desce ainda mais com a boca.

— E as suas regras? — pergunto, hipnotizada. — Não estamos quebrando?

— Flexibilizando, sim — responde ele, rouco. — Quebrando, não.

Então ele coloca meu mamilo na boca e quase começo a chorar. Deslizo a mão para dentro de sua calça ultra-apertada e, para meu incrível alívio, ele permite.

— Meu Deus, Alice — geme ele contra meu peito, os dentes roçando minha pele de novo. — Quero mais.

Eu me esfrego com mais força contra ele, mas percebo que ele tem razão: eu também quero mais. Quero sentir o gosto dele. Digo isso e me deito de costas no sofá, e ele desliza o corpo por sobre o meu até chegar lá embaixo e desce minha calça até o quadril, que eu levanto para ajudar, apoiando os pés no sofá. As mãos dele apertam minhas coxas nuas e me contorço contra ele quando pressiona os lábios meio abertos no interior de uma perna. Ele me lambe uma vez por cima da lingerie e se afasta para tirar minha calça até o fim, colocando-se entre minhas pernas. Por alguns segundos, estamos ensandecidos de desejo, minhas coxas envolvendo seus quadris, nossas bocas colidindo, as mãos dele apertando cada parte nua do meu corpo e as minhas arranhando as costas imensas dele.

— Essa calça vai rasgar já, já. — Ele ri, sem parar de me beijar.

— Então tira — sugiro.

Em vez disso, Hayden desce beijando todo meu corpo, deixando a boca avançar lenta e determinada até a beirada da minha calcinha antes de finalmente enfiar a língua por baixo do tecido. Empurro meu quadril na direção dele, que desce a calcinha pelas minhas pernas, voltando a boca para mim assim que consegue. Minhas mãos se contorcem em seu cabelo, meus pulmões tendo dificuldade em puxar cada inspiração, já que toda extensão da língua dele está pressionada contra mim e cores disparam atrás de minhas pálpebras com o movimento lento e firme da boca dele. Hayden aperta ainda mais minhas coxas, forte, mas gentil, cuidadoso, como se eu fosse não apenas delicada, mas também preciosa, e tenho a sensação de algo estar transbordando de dentro de mim.

Quero falar o nome dele, dizer o quanto isso é bom, o quanto *ele* é bom, o quanto senti falta deste homem nos últimos dias e o quão fácil seria amá-lo se ele me permitisse, mas não consigo nem respirar conforme o prazer vai aumentando e, com isso, tanto carinho por ele que mal cabe em meu corpo.

E então tudo chega ao auge, tudo se rompe, e gemo, trêmula. Ondas de sensações me atropelando e me envolvendo, arrastando-me como uma maré forte à qual eu cederia com facilidade.

Ele desliza para cima de mim quando os últimos choques estão se dissipando, beija meus lábios com força e nossas mãos se enrolam no cabelo um do outro, nossa pele grudenta de suor, o coração dele martelando a milhões de batimentos por minuto contra minhas costelas.

— Eu quero você — sussurro no ouvido dele, o envolvendo com minhas coxas enquanto ele treme sobre mim.

Ele se vira, se deitando de lado e me puxa para perto.

— Só se você ainda estiver se sentido assim em uma semana e meia — diz com a voz rouca, falhada com o autocontrole.

— Ah, eu vou estar — insisto, e toco o rosto encharcado de suor dele. Mal consigo ver suas feições no escuro, só um brilho no canto de um olho.

— Não tem como saber — argumenta, passando a ponta dos dedos contra a lateral da minha mandíbula.

— O que você acha que vai acontecer?

Baixinho, quase em um sussurro, ele diz:

— Acho que, se eu conseguir esse trabalho, você vai acabar partindo meu coração.

Meus olhos ardem, cheios de lágrimas, e prendo a respiração.

— Não — sussurro, tentando puxá-lo de volta para mim. Beijo sua bochecha esquerda, depois a direita, depois a testa. — Hayden, não.

— Não tem como saber — repete ele, suave, quase uma súplica. — É uma posição difícil essa em que estamos, Alice.

— Não sei se é — provoco baixinho. — Estava funcionando muito bem pra mim.

Ele continua sério.

— Sei que acha que vai ficar bem, não importa o que aconteça. Mas preciso que tenha certeza. Não quero que a gente se envolva e você me odeie daqui a duas semanas.

— Não vou — sussurro, beijando o canto da boca dele de novo.

Hayden solta o ar devagar, fecha os olhos e uma de suas mãos descansa em minha nuca, relaxando um pouco, mas não completamente.

Consigo perceber que ele não acredita em mim.

Ele pigarreia para soltar o nó na garganta.

— Talvez seja melhor eu desistir.

Eu me levanto na mesma hora e me apoio sobre o cotovelo.

— De jeito nenhum — disparo. — Eu nunca te perdoaria se fizesse isso.

Ele pisca para mim, confuso, e passa a mão no meu braço.

— Tá bom, tá bom — diz, em voz baixa. — Então o que a gente vai fazer? Porque falta menos de duas semanas pra um de nós ir pra casa, e saio perdendo nessa de qualquer jeito. Se ficar com o trabalho, você não vai querer mais nada comigo...

— Não é verdade — interrompo.

— E, se eu não conseguir, volto pra Nova York e você fica aqui, o que, no fim, não vai fazer a menor diferença. Então pra que continuar com isso?

— Sei lá — admito.

Ele ri, resmunga e cobre os olhos com uma das mãos. Eu a puxo, beijo o centro de sua palma e ele chega mais perto, aninhando-se.

— Não consigo entender o que está acontecendo.

— A gente descobre — respondo.

— Não, é que... — Ele solta o ar com força. — É que, sabe, a gente mal se conhece. E eu sinto que... que... sei lá.

— Me fala. — Pego o rosto dele entre as mãos. Ele se acomoda entre elas.

— A única coisa que eu quero é ficar perto de você — diz, rouco. — Não é só sexo. Quer dizer, eu quero transar com você.

Meus membros se aquecem com a mera menção a essa ideia, mas ele continua:

— Só que isso seria só uma parte. O que a gente tem aqui é diferente. É... — Hayden olha para mim, esperançoso ou talvez na expectativa, como se achasse que talvez eu soubesse as palavras que estão fugindo dele.

Mas eu não sei. Estou tão sobrecarregada pelas emoções que tudo que consigo dizer é um mero:

— Eu sei.

Ele acaricia meu cabelo para longe dos meus olhos de novo, beija minha têmpora com tanta gentileza que eu poderia chorar e é aí que o estômago dele ronca alto como um trovão, e caio na risada.

— Está com fome?

— Um pouco — admite ele. — Vim correndo pra chegar antes de a tempestade piorar.

— Vem. — Eu me sento pegando o moletom ao sentir a súbita rajada de ar frio que me atinge por todos os lados. — Vou preparar um lanchinho pra você.

25

HAYDEN E EU estamos sentados em um ninho de cobertores no chão da sala, comendo nossos sanduíches de pasta de amendoim com banana, e as velas brilham enfileiradas na prateleira sobre a lareira e no rack da TV.

— Não como isso desde que era criança — conta ele entre uma mordida e outra.

— Acho que eu nunca tinha comido — confesso.

Só calhei de pegar esses ingredientes na minha ida de última hora ao mercado.

— Acha que estamos traindo a Margaret comendo isso aqui? — pergunta ele, e tento esconder minha surpresa por ele tê-la mencionado.

— Por quê?

— Pasta de amendoim com banana — observa Hayden. — Isso era coisa do Elvis, né? Não do Cosmo.

— Verdade — concordo. — Mas acho que o Cosmo Sinclair não tinha um sanduíche preferido que ficou famoso. Além disso, duvido que eles tenham sido inimigos de verdade. Acho que a mídia só adorava especular sobre o assunto. — Volto os olhos para ele. — A não ser que ela tenha te dito alguma coisa diferente disso?

Ele me lança um olhar torto de leve desaprovação.

— Ah, fala sério — reclamo, dando um empurrãozinho no ombro dele. — Foi você que começou a falar dela.

Ele coloca o sanduíche no prato ao lado do joelho, sem tirar os olhos dali enquanto mastiga.

— Então, agora que estamos aqui há um tempo, tem alguma coisa nesse trabalho que te pareça... estranha?

— Como assim?

Ele bebe um gole de água antes de me olhar nos olhos.

— Não sei como explicar.

Eu me lembro do que Margaret falou mais cedo, que ele é praticamente *uma armadura ambulante*, e considero contar, mas acho que isso seria ir longe demais, algo bem diferente de conversar sobre os nossos encontros em termos gerais.

— Acho meio estranha essa coisa de ela estar fazendo a gente passar por um teste, mas ela não confia muito nas pessoas, e tem bons motivos pra não confiar.

— Acho que não tem muito a ver com isso — discorda ele, balançando a cabeça, abrindo um pouco os lábios como se as palavras estivessem logo ali e ele estivesse na esperança de que elas se derramassem sozinhas para fora. — Às vezes fico com a impressão de que ela está me testando. E não sei bem como ou por quê. E talvez seja mesmo só pra escolher com qual dos dois ela prefere trabalhar, mas sei lá.

— Bom, talvez a gente descubra daqui a uma semana e meia — concluo.

— Talvez — concorda ele, visivelmente desconfiado. — Eu estava falando sério. Não preciso desse trabalho. Posso encontrar outro livro pra escrever.

Coloco meu próprio prato de lado e deslizo para perto dele, que me abraça com força.

— Eu também estava falando sério — digo. — A gente está nessa situação por causa *dela*. Vamos deixar que *ela* escolha como termina.

— Se mudar de ideia... — começa ele.

Eu apoio a cabeça em seu ombro.

— Não vou mudar.

Ele me segura com um pouco mais de força e beija o topo da minha cabeça.

Acordo no susto, no sofá, com o som dos passarinhos, mas a sala está em uma penumbra quase completa. Levo um minuto para me lembrar do porquê.

A tempestade.

O compensado cobrindo as janelas.

Hayden.

Um tilintar suave vem da cozinha, e pisco para afastar o sono dos olhos ao ver Hayden colocando uma caneca na lava-louças. Na mesa ao lado do sofá, a luminária em algum momento se acendeu, sinal de que a energia voltou.

Hayden percebe que estou olhando.

— Oi — sussurra.

Parece que meu *coração* está abrindo um sorriso.

— Oi.

Apesar do tamanho dele, seus passos são silenciosos enquanto volta para perto de mim.

— Tá de saída? — murmuro.

— A tempestade passou, então minha entrevista ainda está de pé. — Ele se agacha à minha frente e cobre toda a lateral da minha cabeça com uma das mãos feito o jogador de basquete que nunca foi. — Dorme mais um pouco.

Então Hayden inclina o corpo para a frente e me beija nos lábios. Fecho os olhos, como se, caso eu não o *visse* indo embora, talvez aquilo não acontecesse.

Escuto quando ele vai até a porta, então cedo e abro um olho quando ele se vira para trás, a mão na maçaneta.

— Vejo você hoje à noite? — pergunta.

— Preciso conferir minha agenda — brinco. — Não quero esquecer o meio aniversário de ninguém.

— Não, jamais — concorda ele.

— Até à noite — respondo.

Hayden abre a porta e mais um belo dia de sol na Georgia se derrama ao redor dele.

Ele parece um anjo. Murmuro algo do tipo, fecho os olhos e deixo o sono me embalar.

Quando acordo de novo, com o pescoço latejando e suor cobrindo a pele, vejo luz entrando na sala. Eu me sento, as pálpebras pesadas, e quase grito quando alguém aparece na janela logo à frente.

Mas é só o cara barbudo da imobiliária tirando o compensado. Ele acena animado para mim e, quando retribuo o gesto, ele faz um joinha com o polegar.

Por algum motivo, retribuo o joinha também. Então ele volta a trabalhar, e seu assobio é parcialmente abafado pelo vidro entre nós.

Junto todas as cobertas do sofá e as levo de volta para o quarto, sentindo um friozinho na barriga com o cheiro de amêndoas que exala dos lençóis. Na noite passada, nós escorregamos juntos do sofá e acordamos duas vezes já nos emaranhando um no outro, então nos beijamos e nos tocamos até tremer de desejo, só para, depois de um tempo, contra todas as expectativas, cair no sono de novo.

Quer dizer, eu dormi, pelo menos. Espero que Hayden também tenha dormido, senão o longo dia de entrevista dele vai ser exaustivo.

Jogo as cobertas de volta na cama e pego uma muda de roupa antes de entrar no banheiro para tomar um banho.

Depois, com o cabelo penteado e protetor solar aplicado, faço uma xícara de café e a levo para fora. O cara da imobiliária já foi embora e, no caminho da entrada, há duas lixeiras grandes cheias de galhos caídos e destroços da tempestade, inclusive uma janela de madeira do bangalô, que parece ter sido arrancada e se partido ao meio em algum momento durante o caos.

Do contrário, nem daria para saber que houve uma tempestade.

Quando volto para dentro, me lembro de carregar o telefone, que está completamente morto. Assim que a tela se acende, sou bombardeada pelas ligações e mensagens que perdi ontem à noite.

Há as que eu sabia que encontraria, de Margaret e Hayden tentando falar comigo, ele de maneira cada vez mais apavorada.

Há as que eu imaginava que encontraria, do meu grupo de amigos, que virou palco de um debate sobre uma docussérie de true crime a respeito da qual Priya, Bianca e Cillian tinham opiniões gritantemente divergentes.

E então as mensagens que me surpreenderam.

Theo, em algum momento ontem, escreveu: Fiquei chateado de não ter dado certo de a gente se encontrar. Estou com saudade de passar um tempo com você. E como eu não respondi, ele logo enviou outra: Pode ser que eu volte pra Atlanta um dia desses. Você ainda está por aí? Deixo essa de lado. Independentemente do que aconteça ou não com Hayden, acho que cheguei ao meu limite de planejar as coisas para o Theo.

Por fim, veio a última — e mais preocupante — surpresa.

Quatro recados da minha mãe na caixa postal.

Três mensagens.

Me liga.
Por que você não está atendendo?
Alice, me liga, por favor.

O pânico me toma de imediato. O calor e depois o frio que correm por mim são intensos. De súbito, estou suando, com medo de passar mal e vomitar, apesar de minha garganta estar apertada demais.

A primeira coisa que me vem à cabeça, como tantas outras vezes antes disso, é um profundo e desesperado *Audrey!*

Ligo para minha mãe e ouço chamar até cair na caixa postal. Desligo e tento de novo, querendo sair andando de um lado para o outro, mas grudada no chão pela descarga elétrica e toda a energia que está presa dentro de mim.

A ligação é atendida no terceiro bipe.

— Nossa, graças a *Deus!* — exclama ela.

— O que aconteceu? — cuspo por entre os dentes cerrados. — Ela está bem?

— O quê? Quem? — pergunta minha mãe.

— A Audrey — solto.

— Por que sua irmã não estaria bem? — Minha mãe soa quase ofendida com a ideia.

Isso basta para interromper a ansiedade entrando em curto-circuito dentro de mim. Eu me sento no braço do sofá, relaxo os ombros e sinto o início de uma dor de cabeça, como se o súbito pico e a subsequente baixa de cortisol tivessem me colocado em uma crise de abstinência.

Por que sua irmã não estaria bem? Que pergunta mais estranha para se fazer depois de todos aqueles anos em que a mera existência dela não era algo certo, quem diria estar *bem*.

Fecho os olhos com força e massageio a ponte do nariz.

— O que você queria? — pergunto.

— Por que não atendeu o telefone? — pergunta minha mãe com aquela indiferença habitual, evitando totalmente a *minha* pergunta.

— Acabei me esquecendo de carregar — respondo. — Aí depois caiu a energia.

Silêncio do outro lado.

— Mãe? — chamo.

— Então ainda está na Georgia? — pergunta ela.

— Sim, por enquanto — respondo, evasiva. — O que você queria, mãe?

— Nada, nada. — Ela parece distraída, quase desinteressada. Minhas entranhas se contorcem.

— Você me mandou várias mensagens e deixou uns recados na caixa postal. Achei que fosse uma emergência.

— Bom, ainda bem que não era — diz ela, a voz leve. — Já que não consegui falar com você.

Faço uma careta, deslizo os dedos até o ponto exato entre as sobrancelhas e traço pequenos círculos ali, tentando aliviar a tensão.

— Desculpa. Mas estou aqui agora. O que foi?

— Nada. Só vi que tinha uma tempestade forte vindo e percebi que não sabia nem onde você estava.

Sinto uma pontada afiada na voz dela, quase como se estivesse brava comigo.

Mas não é como se eu estivesse escondendo minha localização. Eu falei que estava a algumas horas de distância da casa dela, viajando a trabalho, e ela não pediu mais detalhes.

— Estou em Little Crescent — falo, então.

Ela faz outra longa pausa antes de dizer:

— A coisa foi feia por aí?

— Não muito, não — respondo. — Caíram alguns galhos, mas a energia já voltou e a casa onde eu estou ficando não sofreu muitos danos.

— Ah, que bom, que bom — responde ela, distraída de novo.

— E você por aí? — retribuo. — Teve problemas?

— Ah, não, nada grave — diz ela. — Sabe como é. Estamos bem longe da costa, nunca chega forte aqui. Parece que alguns lugares alagaram, mas nós estamos bem.

Esse *nós* me atinge como uma flecha minúscula no coração.

Não tenho certeza se o *nós* em questão se refere a ela e meu pai ou se a ela e as galinhas, e não sei qual das duas opções me partiria menos o coração.

Pigarreio.

— Ah, que bom.

— E seu amigo, o Hayden? Ele está bem?

— Está, sim — tranquilizo ela. — Vi ele hoje de manhã. Tudo certo. É verdade, só não a verdade toda.

— Ah, que ótimo — diz ela, como se tivéssemos entrado em um acordo. — Então acho que agora vou desligar.

— Tá bom, obrigada por ter ligado — digo, sem entender exatamente o que acabou de acontecer.

Às vezes as coisas entre a gente são assim, como se falássemos línguas diferentes e tivéssemos que nos virar com traduções ruins para uma *terceira* língua na qual nenhuma das duas é fluente.

— É — diz ela, então acrescenta, um pouco mais de leve, mas ainda assim quase em tom de bronca: — Vê se carrega esse celular, viu, minha filha.

— Vou carregar — prometo.

Ela desliga sem se despedir.

NA NOSSA SESSÃO seguinte, embarcamos preparadas no barco. Para começar, estou de calça larga de linho e camisa leve de botões, então meus membros estão cobertos. Além disso, antes de descermos à doca, Margaret ensopou nossas mãos e pés com um preparado caseiro que Jodi jura que funciona.

— Ela ainda está de férias? — pergunto, enquanto subimos no barco, e Margaret pisca na minha direção antes de afastar o olhar e se ajeitar no assento ao lado do ventilador.

— Aham — responde. — Sabe como é, às vezes a gente só precisa de uma pausa.

Tento abrir um sorriso reconfortante, mas ela não está olhando para mim, já concentrada em dar a partida. Assumo minha posição no assento mais próximo dela e nos afastamos da doca, navegando vegetação adentro, o ar abafado atingindo minha pele e levantando meu cabelo feito milhares de minúsculos dedinhos.

Por causa do rugido do ventilador, não temos como conversar até chegar ao "Ponto Perfeito" que ela está ansiosa para me mostrar. Então, nesse meio-tempo, me pego pensando em Hayden.

Depois que ele terminou a entrevista com Margaret ontem, jantamos no Rum Room, sentados um de frente para o outro no lugar preferido dele, trabalhando um pouco enquanto comíamos nosso cachorro-quente vegetariano com batata frita, as pernas emaranhadas debaixo da mesa.

Todas as vezes que me levantei para usar o banheiro e tive que passar atrás dele da mesa, Hayden fechou o notebook, como se a tentação de ver a tela dele fosse grande demais para que eu resistisse.

Comecei a transformar isso em um jogo, me levantando e passando por ele em intervalos curtos. Enfim, depois de quatro idas ao banheiro em vinte minutos, ele deixou o notebook aberto e, para minha surpresa, meus olhos foram *mesmo* direto para a tela.

Em uma fonte ridiculamente grande, em uma página branca de Word, ele tinha escrito *Tá divertido?*

Quando soltei uma risada pelo nariz, ele se virou de lado no assento e me puxou para o colo dele, uma demonstração pública de afeto que me surpreendeu e deliciou.

Fez eu sentir que ele estava fazendo uma declaração pública de que eu era *dele*, como se ele também fosse abertamente *meu*.

Depois daquele longo jantar trabalhando, Hayden me levou para casa, me acompanhou até a porta e me beijou de forma lenta e demorada até estarmos os dois sem ar.

Ele não quis entrar, e entendi o motivo. Parecia tão cansado que uma brisa fraca seria capaz de derrubá-lo, e me ocorreu, tarde demais, que os vinte e poucos centímetros que ele tinha a mais do que eu provavelmente tinham tornado nossa noite apertados no sofá ainda mais brutal para ele. Além disso, também havia meu ronco.

Eu duvidava de que passar a noite na minha cama seria uma experiência mais restauradora.

Então nos demos boa-noite, só que ele me mandou uma mensagem do quarto do hotel, não consigo parar de pensar em você, então não tive como não ficar uma hora inteira acordada, arrependida por não o ter arrastado para dentro quando tive a chance.

O motor do barco silencia de repente e Margaret lança um olhar curioso na minha direção:

— No que você está pensando pra sorrir *assim*?

— Você me conhece — respondo. — Estou sempre sorrindo.

— Não desse jeito — argumenta ela, e pega uma rede do fundo do barco, passando-a para mim. — Esse aí é um sorriso *secreto*. — Ela gesticula em direção à costa. — Está vendo aquelas pedras lá?

Estamos paradas em uma curva do canal; um vão de areia entre a densa cortina de carvalhos que beiram a margem revela os vestígios queimados de uma fogueira e dois caixotes de madeira que imagino terem sido usados como bancos.

— Aham.

Margaret puxa outra rede do barco e a joga na água.

— É *ali* que os adolescentes vão para beber.

— E? — Eu devo estar fazendo *uma cara e tanto*, porque ela revira os olhos como se estivesse me repreendendo.

— E eles poluem — responde ela. — Pra caramba. Não dá para ver daqui, mas tem uma estrada ali pelas árvores e a Jodi diz que a polícia faz ronda por lá porque sabe que os jovens vêm até aqui pra se meter em encrenca. — Ela joga a rede na água em uma parábola lenta e graciosa; a puxa de volta e a água escorre pela trama, enquanto duas garrafas verdes de vidro ficam presas nela. — E ou essa geração odeia o planeta ou, quando eles veem a luz do giroflex da viatura, largam tudo aqui. Talvez as duas coisas, como é que eu vou saber?

— Que droga — respondo.

— Ah, pronto — responde Margaret. — A testa franzida voltou. Estou muito mais acostumada com essa expressão sua. Chega a ser até reconfortante. Uma hora a gente consegue fazer você ficar cínica.

— Boa sorte — digo, e arremesso a minha rede na água do outro lado do barco.

Enquanto a estou passando de um lado para o outro, Margaret abre um saco de lixo e joga a recompensa que coletou ali dentro. Sob a superfície, minha rede pega alguma coisa também. Um gritinho de empolgação me escapa.

— Puxa — ordena Margaret, e ergo a rede, a água escorrendo e revelando... um sapato verde-neon de borracha. Um Crocs, ou uma imitação sem marca daquele tipo de calçado.

— Espero que ninguém esteja sentindo falta disso — comento.

— Garanto que não estão — responde Margaret, e abre outro saco de lixo. — Aqui, toma. — Ela o passa para mim. — Pro lixo que a gente *não vai* usar.

Jogo o sapato dentro.

— Então, a gente pode começar?

Ela suspira como se a ideia lhe fosse exaustiva, e fico me perguntando pela milionésima vez por que ela concordou com isso e se ainda está considerando minha proposta original de verdade ou se já desistiu.

— Como está se sentindo? Com o processo das entrevistas?

— Eu estava com medo da de hoje.

— Sério? Por quê? — pergunto.

— Porque — responde ela, com um leve dar de ombros — estamos chegando à parte de todos os meus maiores erros.

Franzo a testa. É *assim* que ela define a própria história? A história de amor épica e megaconhecida e noticiada?

— Acho que não adianta ficar adiando, melhor começar logo — diz. — Mas vamos continuar trabalhando enquanto falamos. De grão em grão a gente enche o barco.

— Acho que o ditado não é assim, não.

— Mas deveria, não é?

A história

VERSÃO DA MÍDIA: Em 1958, enquanto Gerald Ives jazia em seu leito de morte, as netas dele caíam na gandaia até o sol nascer.

VERSÃO DE MARGARET: Uma única noite perfeita. Era isso que Margaret precisava proporcionar a Laura para libertá-la de seu isolamento, tirá-la da tumba dourada que era a Casa Ives e levá-la para o mundo dos vivos.

O plano começava com o jardineiro-chefe. Daniel morava na propriedade Ives, mas tinha uma caminhonete, e não era raro que fizesse entregas e coletas de plantas entre a costa reluzente, onde ficava a Casa Ives, e a cidade de Los Angeles.

Sair com o carro e o motorista usuais de Margaret estava fora de questão. Eles tinham se transformado em um ímã para a imprensa, e embora normalmente ela soubesse que as câmeras a encontrariam de qualquer jeito, de modo que era melhor ir direto ao ponto e posar para elas, também sabia que esse tipo de atenção faria Laura voltar correndo para dentro de casa, mais determinada do que nunca a se esconder da vida.

Então o motorista de Margaret, Darrin, estava fora de questão. Daniel, o jardineiro, por sua vez, era a solução.

— Ele vai tirar a gente da propriedade na caçamba da caminhonete — explicou ela para a irmã. — Vamos usar disfarces e tudo, como se fôssemos espiãs.

Laura hesitou, mas quando ela não hesitava naquela época?

— O Gerald não está muito bem — disse, porque as meninas haviam sido ensinadas a chamar o avô pelo primeiro nome em vez de um apelido mais carinhoso. — Não sei se quero deixá-lo aqui sozinho.

— Ele não vai estar sozinho — argumentou Margaret, o que era verdade, porque *sempre* havia alguém na casa, mesmo que a maioria fizesse parte do quadro de funcionários.

— Ele não gosta muito das outras pessoas — apontou Laura.

— E elas não gostam dele também — respondeu Margaret. — Olha que perfeito.

Com isso, Laura deu uma risada receosa, o que fez o coração de Margaret pular de esperança.

— A gente pede pra mamãe ficar um pouco com ele. Ele gosta dela.

— Um exagero, mas só de leve.

Gerald reprovara o casamento do filho, mas reprovara ainda mais o divórcio dele e, nos anos que haviam se passado desde então, tinha se recusado terminantemente a aprender os nomes das parceiras de Freddy *e* demonstrava nitidamente preferir Bernie ao filho durante os jantares em família.

— É só por uma noite — sussurrou Margaret, animada, apertando as mãos de Laura.

Ela percebeu o exato momento em que conseguiu convencer a irmã. Levava jeito para isso, ler as pessoas. Em sua mente, já estava celebrando antes mesmo de Laura dizer, empolgada e ansiosa:

— Como será que ele é pessoalmente?

Ele, é claro, era Cosmo Sinclair, no show de quem elas iriam.

Margaret conteve a forte vontade de revirar os olhos. Tivera vários amigos homens ao longo dos anos, até se divertira muito com eles, mas conhecia bem o tipinho de Cosmo Sinclair.

Vaidoso, orgulhoso e com aquele charme que escondia o fato de que a cabeça dele era praticamente oca. Mas isso não importava. Cosmo era um meio para um fim, e esse meio tinha acabado de servir para o seu propósito.

Ela pegou as perucas no estúdio da mãe e pediu à governanta que comprasse as roupas, um vestido para cada, direto das araras de uma loja de departamento. Rosa para Laura, porque destacaria o brilho de suas bochechas, e algo mais neutro para Margaret, já que qualquer coisa mais colorida ou glamourosa gritaria *Peggy Ives* em vez de *pessoa anônima indo a um show*.

Na noite do show, as duas se deitaram na caçamba da caminhonete de Daniel, escondidas sob um cobertor áspero de lã, e o carro acelerou para fora da propriedade, bem debaixo do nariz dos fotógrafos não muito pacientes que tinham começado a se aglomerar do lado de fora dos altos portões de ferro.

Um amigo do jardineiro, generosamente pago por sua discrição, encontrou-se com as garotas à beira de uma estrada e as levou para perto do Auditório Pan Pacific. Não *até lá*. *Para perto*. Margaret achava exagero agir como se fossem a princesa Ann, personagem de Audrey Hepburn em *A princesa e o plebeu*, mas o esquema era tanto um jogo quanto uma forma de fazer Laura se sentir mais confortável. Talvez, pensou, isso até se transformasse em tradição para elas.

O amigo de Daniel as deixou em uma hamburgueria, e Laura ficou grudada no ombro da irmã, intimidada em vez de aliviada com o excesso de jovens caóticos comendo e socializando no balcão.

— Está cheio demais aqui — choramingou Laura. — Alguém vai acabar reconhecendo a gente.

— Como? — questionou Margaret. — A gente nunca nem veio em um lugar assim na vida.

Comeram hambúrguer e tomaram milk-shake em uma mesa de canto. Laura ficou em silêncio e atenta de início, mas, quando Margaret cutucou seu pé e perguntou:

— O que acha que o Cosmo está fazendo agora?

Laura abriu um sorrisinho.

— Ah, é — continuou Margaret. — Deve estar passando gel no cabelo até o último segundo antes do show.

E isso conquistou uma risada sincera de Laura.

— Eu sei que você acha ele ridículo.

— Claro que acho — confirmou Margaret. — Mas a maioria dos homens é. Olha só pro nosso pai.

Laura lançou um olhar de reprovação à irmã, mas que escondia uma risada, e não a contrariou. Depois de um segundo, disse:

— O Roy não é ridículo.

— É, ele, não — concordou Margaret acerca do padrasto. — Mas também não é o tipo de gente que deixariam subir em um palco com um microfone.

Laura deu uma risadinha.

— Imagina essa cena!

— Pois é, estou imaginando, e é uma tragédia, Laura. — A ideia do marido da mãe delas, um homem comedido, de voz calma, gritando com uma guitarra e uma mecha de cabelo jogada sobre a testa no melhor estilo Cosmo fez as duas caírem na risada. — E pior, imagina a mamãe assistindo da plateia.

Era fácil demais visualizar Doris Bernhardt, a praticidade em pessoa, observando o espetáculo, horrorizada.

Quando Laura finalmente parou de rir e secou as lágrimas dos olhos, disse, pensativa:

— *Se bem que...* acho que o papai sempre foi meio teatral. E ela já chegou a amá-lo, né?

Margaret sentiu o coração apertar ao perceber que a irmã não tinha aquelas memórias preciosas dos primeiros anos que significavam tanto para ela. Laura não se lembrava do dia em que tinha cambaleado pela grama pela primeira vez enquanto Freddy, Bernie e Margaret encorajavam a menorzinha da família.

Tinham tomado sundaes em uma das cozinhas depois, para comemorar, as meninas sentadas na longa bancada de carvalho.

— Não é que ela não ame mais o papai — acrescentou Laura. — O que eu quis dizer foi que eles *se apaixonaram*, não foi?

— É, acho que sim — respondeu Margaret. — E, se não chegou a ser amor, pelos menos eles eram felizes.

A verdade é que Margaret não tinha certeza do que era amor, exatamente. Às vezes, ficava acordada até tarde da noite pensando na palavra, até ela se quebrar como em uma sopa de letrinhas, cada letra flutuando para direções diferentes e o sentido se perdendo em algum lugar ali no meio.

Ela sabia que tinha um instinto protetor quase feral pela irmã.

Sabia que admirava a mãe, achava-a possivelmente a mulher mais adorável do mundo, embora tivesse escutado e lido o suficiente para saber que o resto do mundo não concordava com isso.

E sabia que, mesmo que não se sentisse mais tão *próxima* do pai — ele não a conhecia de verdade, nem ela o conhecia —, sentia certa paz sempre que se sentava à frente dele na sala de estar, jogando xadrez enquanto o fogo estalava e crepitava na lareira.

Ela sabia se divertir bebendo e dançando com um homem, e sabia que de vez em quando podia receber muito prazer fazendo *outras coisas* com um homem. Mas amor...

Não sabia o que era, e não conseguia imaginar estar *apaixonada* do jeito que as pessoas descreviam.

E a vantagem de ter pais que não eram só ridiculamente ricos, mas também extremamente excêntricos, era que ninguém na família se importava muito com o fato de ela estar ou não namorando ou em vias de se casar. Era só pegar a tia Francine como exemplo, que tinha cinquenta e três anos e sempre fora solteira. E também havia a tia-avó Gigi, que aos setenta e cinco nunca se dera ao trabalho de se casar de novo depois que o primeiro marido morrera e, em vez disso, tinha passado a maioria dos fins de semana durante a infância de Margaret frequentando ballets ou entretendo um bailarino bonito aqui, outro ali, nos aposentos da casa.

E Bernie certamente nunca tinha empurrado nenhuma das filhas para o altar. Margaret achava que a mãe ainda reservava esperanças de que ela fosse se apaixonar pelo cinema do jeito que a própria Bernie se apaixonara, mas até mesmo *esse* romance lhe evadiu.

Ela e Laura terminaram seus hambúrgueres e milk-shakes em silêncio, pensativas, e depois desceram a rua para chamar um táxi. Tinham tido motoristas particulares desde que se entendiam por gente, e levantar o braço para chamar um táxi na beira da calçada desencadeou uma sensação maravilhosa no peito de Margaret.

Ela notou, pela primeira vez em muito tempo, que existia a distinta possibilidade de *estar fazendo as coisas da maneira errada*. De estar tentando algo novo em um mundo que não se desdobrava aos seus pés. No banco de trás do táxi, as irmãs sorriram uma para a outra, as mãos dadas com força, e Margaret soube, naquele momento, que Laura estava passando pelas mesmas emoções que ela própria.

Estava se sentindo *jovem* de novo. Não era uma socialite. Não era a Princesinha dos Tabloides. Era só uma de duas irmãs que riam e brincavam de faz de conta ou planejavam pregar uma pegadinha no pai bem-humorado, como a vez em que tinham enchido os sapatos dele de ovos e se escondido em um canto para ver a reação que teria ao enfiar o pé no calçado de couro.

Chegaram sem problemas ao Auditório Pan Pacific e se uniram à massa de pessoas que fluía para dentro das portas recém-abertas do prédio verde e branco. Laura ficou tensa de novo, mas a emoção só aumentava no peito de Margaret.

Será que já tinha esperado na fila *alguma vez*? Não que aquilo em que estavam fosse uma *fila*, exatamente. Estava mais para milhares de filas diferentes, colidindo e se bifurcando para todos os lados enquanto a multidão avançava.

Margaret percebeu que Laura estava nervosa, mas achou ter sentido empolgação da parte dela também.

Era possível que as irmãs Ives fossem as mais ricas naquele espaço com um público de milhares de pessoas, mas estavam longe de serem as mais famosas, já que os camarotes privativos transbordavam estrelas de cinema, jogadores de beisebol e outros músicos.

E parecia que ninguém estava interessado em esticar o pescoço para dar uma olhada em qualquer um que não fosse o único que tinham ido até ali para ver.

Até Margaret se deixou levar pela energia da multidão. A primeira metade do show foi dedicada a uma série de bandas de abertura e, por mais que a plateia não parecesse *interessada,* ela percebeu como os olhos de todos ficavam pulando do palco para os bastidores.

E pegou-se fazendo o mesmo, procurando Cosmo, perguntando-se como ele conseguiria estar à altura do mito e da lenda.

Como era possível que milhares de pessoas não fossem sair desapontadas dali naquela noite?

Não conseguia imaginar outro desfecho.

Toda vez que um vocalista de abertura perguntava alguma variação de "Quem aqui está ansioso para o sr. Cosmo Sinclair?", a resposta da plateia se equiparava ao ronco do motor de um jato. O chão chegava a tremer.

Quando a última banda terminou sua apresentação e saiu do palco, a iluminação diminuiu, como ocorrera no intervalo de cada performance, e o ambiente mergulhou na escuridão total.

O grito da plateia recomeçou. Dessa vez, não parecia tanto com empolgação, e sim desespero, como se a necessidade tivesse crescido demais para suportar. Uma alegria que beirava o *terror.*

O corpo inteiro dela ficou arrepiado.

Então uma forte luz branca se acendeu e um homem de postura tímida e sorrisinho torto se materializou, todo de preto, em frente ao microfone no centro do palco.

Margaret nunca tinha escutado nada parecido com o berro ensurdecedor das milhares de pessoas naquele lugar. Percebeu que Laura também estava gritando, os olhos arregalados, uma das mãos estendida sobre os lábios, mas sem sucesso algum em conter o som. Margaret se permitiu entrar na onda.

Riu, gritou e riu mais. Sentiu como se tivessem sido todos pegos na mesma correnteza. Como se as emoções dela não lhe pertencessem mais, porém não estava se importando. Era *divertido* sentir tantas coisas daquele jeito.

Atrás de Cosmo, a banda começou a tocar, e ela ficou maravilhada com o fato de não os ter percebido ali antes, já que eram *eles* que estavam vestidos de cetim vermelho enquanto *ele* quase não passava de uma sombra na roupa preta que vestia.

Ela e a irmã grudaram uma na outra.

Cosmo abriu a boca e a primeira nota saiu. Por meio segundo, foi como se a plateia tivesse sido desligada só com o pressionar de um botão, para que a voz grave e nítida dele soasse. Então os gritos recomeçaram, ainda mais altos.

Margaret não conseguiu escutar quase nenhuma palavra daquela música, nem da seguinte. Mas não importava. Estava tomada pela magia, pelo carisma do homem no centro de tudo.

Hipnotizada.

A balada com a qual ele abriu o show se dissolveu em uma melodia divertida, gritada, e a compostura cuidadosa dele deu lugar a um frenesi de movimentos. Em determinado momento, correu para a frente do palco, ainda cantando, parou, jogou o microfone para cima, pegou-o nas costas e o levou de volta aos lábios para retomar a música como se nada tivesse acontecido.

Margaret ficou esperando a energia baixar. Mas não baixou.

Toda vez que Laura olhava para ela, os olhos brilhando, a peruca levemente tombada e as bochechas coradas, uma delas ou as duas caíam na gargalhada. Dançaram com fervor, o suor brotando debaixo das fibras sintéticas dos vestidos baratos que estavam usando. Margaret tinha levado um cantil com bebida alcoólica e, para seu grande choque, Laura o pegou quando ela lhe ofereceu e sorveu alguns goles.

A certa altura, quando Cosmo deu uma rebolada particularmente obscena, Margaret se inclinou e gritou na orelha de Laura:

— ROY!

E isso foi o suficiente para levar as duas de volta às gargalhadas. Ela não conseguia escutar a risada da irmã com todo aquele barulho, mas a *sentia* no peito. Como um animal despertando da hibernação.

Quanto tempo fazia desde que tinha visto tanta felicidade descontraída no rosto da irmã? Aliás, será que *alguma vez* já a tinha visto assim?

Laura se jogou para a frente, envolveu o pescoço suado da irmã com os braços e beijou seu rosto.

— OBRIGADA — gritou, e, de súbito, Margaret achou que ia chorar. E não apenas aquelas lagriminhas que escapam junto com a risada.

Achou que ia desmoronar e soluçar, mas não conseguia se permitir isso, então se limitou a dançar de mãos dadas com a irmãzinha, gritando, rindo e passando o cantil de uma para a outra conforme a melhor noite de toda a vida dela se desenrolava.

Depois de oito músicas, Cosmo finalmente tocou a que todos estavam esperando. Seu maior sucesso até o momento. "Nenhuma Garota".

Margaret nunca tinha visto nada igual ao fervor que se espalhou pelo salão enquanto ele dançava e gritava a letra:

Não tem nenhuma garota
Me esperando lá em casa
Nenhum lugar neste mundo
Para chamar de meu
Mas querida
Talvez só por hoje
A gente não precise
Ficar sozinho

Então deslizou para a frente de joelhos até a beirada do palco e aquelas primeiras fileiras foram à loucura, projetando-se na direção dele feito uma erupção vulcânica, os braços esticados. De alguma forma, os gritos ficaram ainda mais altos. Laura e Margaret se equilibraram na ponta dos pés para tentar ver o que estava acontecendo.

Cosmo tinha pegado a mão de uma garota e a estava segurando enquanto cantava. Ele a ergueu e roçou na própria bochecha e, de repente, por toda a extensão do palco, as pessoas tentavam escalar para chegar até ele.

Em um instante, a energia mudou. A multidão pressionou por trás delas como um tufão em direção ao palco, corpos se apertando, pessoas clamando para chegar mais perto dele.

Laura foi empurrada e se desequilibrou, o grito que deu desaparecendo naquela torrente de sons. Margaret tentou ir para o lado para agarrar o braço da irmã, mas já havia gente avançando entre elas, tentando se acotovelar para chegar até o palco.

A preocupação se acumulou em um nó na garganta de Margaret enquanto tentava forçar passagem. Em vez disso, foi pega na debandada e praticamente carregada pela multidão. Gritou o nome da irmã enquanto a onda de corpos a empurrava cada vez mais para longe de onde estivera. Um cotovelo perdido acertou seu olho e a dor correu por sua cabeça, a visão embaçada atrás de lágrimas, toda a noção de equilíbrio perdida por conta do ambiente escuro.

Era uma luta apenas se manter em pé, empurrada para a frente e para trás pela multidão, e um pânico real a dominou quando percebeu o quão facilmente poderia cair e ser pisoteada.

Piscou para afastar as lágrimas do olho esquerdo. O direito já estava inchando. Colocou a mão na têmpora e os dedos voltaram ensanguentados.

Gritando por Laura sem parar, tentou usar os cotovelos para voltar para onde tinham visto o show até aquele momento, mas estava de costas, longe demais. A banda tinha parado de tocar, a polícia avançava pelas laterais do salão, mas o caos não diminuía.

Ela viu um borrão de tecido rosa entre os corpos espremidos e batalhou para se dirigir para aquele lado, ainda gritando o nome da irmã. Empurrou. Acotovelou. Algumas pessoas empurraram de volta. A peruca dela foi arrancada.

Mas ela não se importava. Nada mais importava.

A única coisa que importava era chegar àquele borrão rosa antes que qualquer coisa de ruim acontecesse.

Só não sabia que já tinha acontecido.

Mãos agarraram seus braços e ela se debateu inutilmente até perceber quem a estava levando para o canto do salão — um homem grande e forte o suficiente para abrir caminho em meio ao pandemônio.

E então... lá estava ela!

Laura, inclinada contra a parede, a mão na lateral do nariz, a peruca torta e sangue pingando no busto, as bochechas manchadas de lágrimas. O coração de Margaret deu uma guinada no peito. Ela se debateu para se libertar das mãos do homem e correu até a irmã.

— Você está bem? — perguntou, envolvendo as bochechas dela com as mãos.

— Estou, estou — respondeu Laura, rouca, mas era claramente mentira.

— Srta. Ives — gritou alguém atrás delas.

Margaret se virou e viu o homem que a levara até ali. Um segurança. E, ao lado dele, Darrin, o motorista da família.

— O que está fazendo aqui? — perguntou ela.

— Precisamos tirar vocês daqui, srta. Ives — disse ele, educado, porém direto, pegando seu braço. Ela se soltou e voltou a atenção para a irmã.

— Deixa eu ver — disse, puxando os pulsos dela para tirar suas mãos do rosto, e avaliou a massa inchada que era o nariz da irmã; depois, de maneira mais desconcertante, viu os olhos marejados e distantes. Será que ela tinha sofrido uma concussão? Por que estava com aquela cara?

— Srta. Ives — repetiu Darrin, com mais firmeza desta vez. — Temos que ir *imediatamente*.

Ela correu os olhos da irmã até ele, desesperada. Queria tanto dizer que *Não, nós vamos ficar aqui, nesta noite perfeita*. Mas a noite perfeita havia se despedaçado em um milissegundo, transformada em uma verdadeira guerra ao redor delas.

Assentiu para Darrin, que conduziu Laura para longe da parede, apoiada na lateral de seu corpo, com um olhar sombrio enquanto ele e o segurança corriam com elas até uma porta lateral discreta.

Mas, em uma noite como aquela, não tinha como existir discrição.

Assim que pisaram para fora do local onde o show ocorria, flashes pipocaram de todos os lados, vozes umas por cima das outras aos gritos tentando conseguir respostas sobre o que estava acontecendo, por que as pessoas estavam saindo e a polícia entrando.

O segurança, que certamente receberia uma generosa recompensa por sua ajuda, tentou barrar os repórteres enquanto Darrin levava as irmãs até o carro, mas Laura estava tão atordoada que levantou a cabeça e piscou, pesarosa, bem quando um flash disparou. Irada, Margaret correu em direção ao homem, exigiu o rolo do filme e até tentou pegar a câmera quando ele se recusou.

Em seguida, dezenas de outros flashes piscaram em sua cara, e os braços de Darrin a arrastaram de volta para o carro e a enfiaram lá dentro com a irmã. Sua bolsa tinha saído voando em algum momento, mas o motorista a jogou para dentro logo depois e bateu a porta. O cantil tinha sumido — ela torceu para ter derrubado lá dentro, e não no meio da briga com o fotógrafo.

Foi só quando estavam dirigindo para longe que ela caiu em si.

— Como você encontrou a gente? — perguntou a Darrin. Ele não respondeu, só manteve os olhos na estrada escura à frente. — O Daniel te contou?

Ao lado dela, Laura, que estivera com a cabeça baixa de vergonha, levantou o rosto, aquele olhar assustado e distante ainda presente.

— Lau? Que foi?

Os olhos dela se desviaram do retrovisor para Margaret, cheios de culpa. Ela engoliu em seco.

— Eu contei pro Gerald.

— Você... contou pro Gerald? — A ficha não caiu na hora. Quando caiu, ela não teve nem chance de ralhar com a irmã.

— Ele não teria mandado buscar a gente se não fosse importante — insistiu Laura. — Eu sei que não.

Ela olhou para o espelho de novo, como se estivesse pedindo ajuda. Darrin manteve o olhar fixo à frente. Uma nova emoção passou pelo rosto de Laura. Com o rosto abatido, ela abriu a boca.

— Darrin? — chamou com dificuldade, a voz fraca.

Ele não a olhou nos olhos. E, naquele momento, o pavor gelou o estômago de Margaret.

— *Darrin?* — chamou Laura, mais severa.

— Sim, srta. Ives?

— O que aconteceu? — perguntou Margaret. Ao seu lado, Laura começou a chorar mesmo antes de as palavras saírem da boca dele.

— Sinto muito, senhoritas — continuou ele. — O avô de vocês não tem mais muito tempo.

— Eu não devia ter vindo — grunhiu Laura, a voz falhando. — Sabia que não devia ter saído de casa.

Um soluço lhe escapou, e Margaret a puxou para perto, com cuidado para não encostar no rosto ensanguentado enquanto a irmã afundava a cara aos prantos em seu colo.

O mundo corria furioso pelas janelas, mas, mesmo assim, a viagem pareceu durar uma eternidade.

Estacionaram na frente da casa bem quando uma equipe de médicos estava saindo.

Por algum motivo tolo, Margaret interpretou isso como um bom sinal — problema resolvido, o patriarca Ives superara a dor com seu punho de ferro. Mas Laura já sabia.

Caiu no chão da entrada ao ver aqueles jalecos brancos descendo a escada.

Margaret se afundou no cascalho ao lado dela, abraçando a irmã enquanto ela tremia.

Vinte minutos. Ele já estava morto havia vinte minutos. A primeira coisa que se passou pela mente de Margaret foi um pensamento egoísta: *Ela nunca vai me perdoar.*

Mas estava enganada. Naquela mesma noite, a irmã mais nova dormiu ao seu lado na cama — ou melhor, não dormiu, mas chorou e soluçou, e chorou mais um pouco — enquanto Margaret acariciava seu cabelo e tentava pensar em palavras reconfortantes que não fossem mentiras descaradas.

Vai ficar tudo bem não parecia certo. Nem *ele está em um lugar melhor agora*, porque — a quem estava tentando enganar? — não fazia ideia se aquilo era verdade.

Em vez disso, murmurou "Estou aqui, estou aqui", sem parar, como um mantra, até a respiração de Laura finalmente pegar no ritmo do sono, pouco antes do nascer do sol.

As manchetes eram horríveis. Ela não devia ter ido atrás, e normalmente não teria ido, mas, como se tratava de Laura, achava que era seu dever.

Irmãs socialites vão à loucura no "Rock com Pancada" de Cosmo enquanto o avô morria, declarava um jornaleco de fofoca ao lado de uma foto da cena que se desenrolara do lado de fora do auditório entre ela e o fotógrafo que tirara a foto de Laura.

Mas tinha sido um golpe de sorte que, na tentativa de tomar a câmera do homem, *Margaret* se tornara o objeto ofuscante para o qual todos os outros tinham apontado as lentes, o rosto dela contorcido de raiva, o cabelo bem preso para encaixar debaixo da peruca e o olho direito quase fechado de tão inchado.

Outro golpe de sorte: ela e Laura eram apenas *mais uma* história em uma noite cheia delas. A maioria das notícias que Margaret vira enquanto tomava chá naquela manhã focava mais a confusão que ocorrera durante o show e a "depravação total" que a performance de Cosmo supostamente causara.

A voz grave e gutural. As danças frenéticas. E o momento em que ele levara a mão de uma fã à bochecha, o que cada jornal descrevia de uma forma maluca diferente, incluindo um deles chegando a declarar, com afinco, que o cantor teria *lambido* a palma da mulher.

Por um lado, havia certo conforto em ver a mídia criticando alguém que não fosse ela ou a irmã. Por outro, agora que o transe da noite anterior havia passado, o véu da ilusão acerca de Cosmo Sinclair caíra de seus olhos.

Estava furiosa com ele pelo papel que desempenhara na forma como tudo tinha se desenrolado. Um clérigo preocupado foi citado em um artigo se referindo a ele como *flautista de Hamelin que leva garotas à perdição* e, embora normalmente isso soasse ridículo para ela, agora achava que era possível haver um fundo de verdade por trás das falas daquele puritano irritado.

Ainda pensava nisso quando Briggs, o mordomo, entrou na sala do café da manhã para informar que havia uma visita esperando por ela.

— Não marquei nada com ninguém hoje — argumentou Margaret.

— Eu sei, senhorita — respondeu Briggs.

— Então por que deixaram alguém entrar?

O rosto de Briggs ficou vermelho.

— Não sei bem se sabiam o que fazer. O sr. Sinclair foi insistente.

— O sr. Sin... — Ela deixou as palavras morrerem e pensou melhor naquela frase enquanto se perguntava se era possível que ele estivesse falando *daquele* Sinclair. *Não, não era possível. Era?*

Com o leve assentir de Briggs, sim, sim, ele estava falando *daquele* sr. Sinclair.

Ela não se lembrava de ter se levantado, mas estava de pé mesmo assim.

— O que ele quer?

— Não sei direito, senhorita.

Ela hesitou por um momento, sem saber direito qual a melhor forma de agir. Então se lembrou de Laura dormindo em sua cama e teve uma ideia.

— Leve o sr. Sinclair pra biblioteca — pediu a Briggs. — A gente desce daqui a pouco.

Só que vários minutos depois, quando ela se sentou na beirada da cama, Laura, cujo nariz havia sido colocado no lugar por um médico na noite anterior e parecia ainda pior agora, puxou as pernas até o peito, envolveu-as com os braços e disse:

— Eu não vou descer.

— Ah, vai, sim, Lau — insistiu Margaret. — Você está com uma cara *ótima*. Muito melhor do que *a minha*. — Ela apontou para o olho roxo, mas Laura balançou a cabeça e voltou a se deitar.

— Não é isso. É que… não quero ver o Cosmo Sinclair. Não quero nem pensar nele. Não quero nunca mais ouvir ele cantar. Aquela música vai me dar náusea pro resto da vida. Pra mim, agora ele não passa de um lembrete da noite em que perdi meu amigo mais querido.

Ah, como aquilo causou um aperto no peito dela.

Existira uma época em que Margaret era a melhor amiga de Laura, mas isso não doía tanto quanto o resto, quanto o fato de que agora a irmã mais nova dela estava quase que completamente sozinha.

— Ah, maninha — sussurrou, acariciando o cabelo dela.

— Só inventa uma desculpa, pode ser? — pediu Laura em voz baixa.

— Claro, pode deixar.

E Margaret desceu as escadas na intenção de fazer exatamente isso.

26

HAYDEN ESTACIONA EM frente à minha casa de temporada depois do trabalho na noite de quinta e caminhamos pela trilha entre as árvores até o Rum Room, cada um carregando sua respectiva bolsa com o notebook pendurada no ombro.

— Isso te incomoda às vezes? — pergunto. — Não poder conversar sobre o trabalho?

Ele franze as sobrancelhas.

— Aham — admite. — Ainda mais nos últimos dias.

— Sério? Por quê? — questiono. — Ela finalmente chegou à parte boa?

Ele me lança um olhar desconfiado.

— Tô brincando, não é uma armadilha.

— Eu sei. — Ele desliza a mão pela minha, nossos dedos se entrelaçando. Depois de um minuto, diz: — Quase tudo que ela me conta, fico imaginando ela contando pra você também.

— Tão competitivo — provoco, dando uma ombrada nele.

— Fico querendo saber como você reagiria — responde ele. — O que falaria. Como escreveria. — Depois de um instante, acrescenta: — Fico pensando no perfil que você escreveu para a Bella Girardi e percebo que provavelmente está ouvindo coisas bem diferentes de mim. Fazendo outras perguntas.

— Não sei, não. — Dou de ombros. — Na verdade, não estou fazendo muitas perguntas. Na maior parte do tempo, só deixo ela falar.

Ele me dá uma olhada esquisita.

— Que foi? — pergunto.

Balança a cabeça, os vincos em sua testa se alisando.

— Nada, só acho que a gente está tendo experiências diferentes.

— Como assim? — insisto.

— Daqui a uma semana eu te conto — diz ele.

— Uma *semana*? — reclamo. — Isso vai ser dois dias *antes* de ela escolher um de nós. Não está com medo de eu roubar suas ideias?

— Tá — diz ele. — Uma semana e dois dias, então. A gente apresenta nossas propostas pra ela e aí eu te conto tudo o que for legalmente possível. — Ele para de andar, e solta meus dedos para selarmos o acordo com um aperto de mãos.

— Quer que eu prometa a mesma coisa? — pergunto.

— Você que sabe — responde ele.

— Eu falo *pra caramba* — lembro a ele. — Se eu for recapitular tudo o que aconteceu, você vai acabar enjoando de mim na metade da história.

Ele pega minha mão, me puxa em sua direção e me beija bem ali, no meio do caminho escuro.

— Ótima estratégia — sussurro, contente. Com o franzido que se forma em sua testa, explico: — Pra quando eu estiver falando demais.

— Não estou fazendo isso pra calar você, Alice — diz ele. — É só que, por algum motivo, tudo o que você fala me dá vontade de te beijar.

Dou uma risada, mas meu coração rodopia igual a um helicóptero tentando decolar. Entrelaço os dedos na nuca dele e sorrio feito a bobinha apaixonada que estou me tornando bem rápido. A expressão dele continua séria, e eu só *sei* que Hayden está pensando na semana que vem, na seguinte, na outra, em todo um futuro indefinido com a gente em lados opostos do país.

Apesar de aprender cedo os méritos de estar *presente*, de me concentrar só no momento em que me encontro em vez de temer os que talvez estejam por vir, minhas raízes também se desprendem da atual cena quase perfeita.

— Vem. — Recomeço a andar pelo caminho. — Vamos comer.

O Rum Room está cheio, mas a área externa está totalmente vazia, então o recepcionista nos deixa escolher a mesa que quisermos.

Escolhemos a mais distante, no fundo, onde estaremos mais ou menos escondidos, e colocamos os computadores em lados opostos da mesa. Sei que deveria estar trabalhando na minha proposta, mas estou tendo dificuldade para me concentrar.

Concentre-se no agora, Alice, repreendo a mim mesma. *Só se preocupe com o amanhã quando ele chegar.*

É mais fácil falar.

— Vamos fazer alguma coisa divertida nesse fim de semana. — Fecho a tela do notebook para ter uma visão melhor dele.

Ele ergue a sobrancelha esquerda.

— Tipo o quê?

— Sei lá — respondo. — Mas temos o domingo de folga. Vamos aproveitar.

Alguma palavra não dita paira sobre o lábio inferior dele.

— Que foi? — insisto.

— É que... — Ele faz uma pausa, cauteloso. — Fiquei aqui me perguntando se você não ia tentar ver sua mãe de novo.

Ah, é. Penso no assunto.

— No fim de semana que vem.

Desse jeito, ou vou ter boas notícias para compartilhar com ela, ou vou poder parar de segurar e contar logo que terminei tudo por aqui e estou voltando para a Califórnia.

Ele assente, os olhos voltando para a tela, mas, *de novo*, há alguma coisa que não está dizendo.

— *Hayden.*
— Não é da minha conta — responde ele.

Franzo a testa.

— Não fala isso. Eu quero que seja da sua conta. Estou te *convidando* para fazer parte da minha vida.

Ele abre um meio-sorriso que não dura nem perto do quanto eu queria. Ainda está receoso.

— Prometo — acrescento.

— Acho que só não entendi ainda por que você não quer contar pra ela como se sente. — Ele se apressa a completar: — Eu *quero* entender, mas não entendo.

Agora que estou menos na defensiva, essa linha de raciocínio me parece menos um ataque.

— Eu sou quem sou — explico. — Gosto das coisas de que gosto. Sou boa no que sou boa. E minha mãe... é *ela*. Falar que o fato de ela não se interessar pelo meu trabalho me magoa não vai mudar como ela se sente de verdade. Ela só vai agir diferente. E eu não preciso disso. Não *quero* que ela finja achar que o que eu faço tem algum valor. Acho que seria ainda pior pra mim.

Ele assente, apertando os lábios, mas percebo que é um assentir de *eu entendo*, e não de *eu concordo*.

— Enfim, é isso — digo.

— Entendi.

Debaixo da mesa, Hayden desliza a mão pelo meu joelho. Acho que a intenção dele era que fosse um gesto reconfortante, carinhoso. Mas me faz pegar fogo.

Duvido de que eu dê conta de mais uma semana sem tê-lo por completo. Algo me leva a soltar esse comentário, e a mão dele fica tensa na minha coxa, os olhos escurecendo. Avanço para a frente até a beirada do banco e a mão dele sobe mais pela minha pele, o calor pulsando pelo meu corpo no ritmo do canto dos grilos.

Da lateral do restaurante, a porta de tela se abre e os dedos de Hayden recuam de súbito, bem a tempo de uma jovem garçonete bonitinha de coque alto e tênis All Star aparecer.

— Oi, pessoal! — exclama ela, animada, e puxa o bloquinho do avental que vai até a cintura. — Meu nome é Tru. O que vão querer hoje?

Hayden pigarreia.

— Água gelada.

— Acho que preciso de alguma coisa mais potente — digo, sem a *menor intenção* de fazer um trocadilho, mas, quando de repente ele tosse, sei que foi assim que interpretou.

Lanço um sorriso ingênuo para Tru.

— Na verdade, acho que a gente ainda precisa de um tempinho pra decidir — digo, porque claramente nenhum de nós dois está apto a consumir qualquer coisa em público no momento.

— Claro — responde ela. — Volto em cinco minutos.

Cinco minutos, penso, deve ser o bastante para fazer meu corpo parar de pulsar.

Depois do jantar, nem conseguimos entrar em casa antes de estarmos nos beijando, enfiando mãos debaixo das blusas um do outro, sussurrando com os lábios na pele, na boca, no cabelo. Paramos só pelo tempo de destrancar a porta e cambalear lá para dentro.

— A gente não vai transar — diz ele, a língua no vão da minha clavícula.

— Como não? — pergunto, meio alarmada e em total descrença.

Ele balança a cabeça e me leva na direção da superfície mais próxima da porta, a bancada da cozinha.

— Hoje, não. — Ele arranca minha blusa pela cabeça e a joga de lado antes de me levantar e me colocar sentada sobre a bancada.

— Se mudar de ideia — digo, tirando a roupa dele —, me fala.

Passo a camisa dele pelos ombros e, enquanto avança por entre minhas coxas, estendo uma das mãos no meio de seu peitoral quente e o mantenho afastado.

— Deixa eu ver você primeiro.

Hayden fecha o rosto e meu coração se despedaça ao perceber que ele tem *vergonha* do próprio corpo.

— Você é lindo — afirmo, sincera.

Ele levanta os olhos e a tensão que vejo em seu rosto se transforma em alívio. Dessa vez, quando ele se aproxima, seguro sua cintura e o puxo para mais perto, nossas barrigas colidindo assim que ele me puxa até a beira da bancada. Ele percorre a lateral do meu pescoço com as mãos e depois as leva até meus peitos, envolvendo-os sobre o sutiã enquanto nossos lábios se fundem e se abrem, nossa respiração se misturando.

Deslizo a mão para dentro da calça dele, que geme quando meus dedos o envolvem. O som desce pela minha coluna como uma unha, e arqueio o corpo na direção dele. Uma de suas mãos tateia minhas costas e agarra o fecho do sutiã; a outra sobe por minha coxa e desliza para debaixo de mim, o final de sua palma pressionando o ponto entre minhas pernas.

Gemo e agarro a nuca dele com a mão livre, buscando algo firme para me ancorar enquanto me movimento contra Hayden.

Meu sutiã desaparece. A boca dele se cola a minha pele. Nossa respiração falha e a pulsação dispara na busca pelas sensações que crescem em cada lugar em que nos tocamos. Meu peito arde com a necessidade de mais pressão, por isso avanço para a frente, a boca dele se fundindo ainda mais à minha. Arfo seu nome.

Ele me afasta da mesma forma que fiz, levando a mão ao centro do meu peito, e seus dedos estendidos cobrem quase toda a extensão das minhas costelas.

Ele me encara faminto, os olhos tão escuros quanto o Atlântico em noites de lua nova.

— Já mudou de ideia ou ainda não? — pergunto entre respirações pesadas.

Em resposta, ele me carrega pela cintura para fora da bancada e me coloca de forma que fico com as costas pressionadas contra o aço frio da geladeira, então enfia o joelho entre minhas coxas e desce a boca pelo meu pescoço, subindo as mãos pelo meu corpo.

— Isso é um sim? — sussurro.

Ele cola as mãos na minha cintura enquanto se ajoelha no piso à minha frente. Uma de suas mãos levanta minha saia e a outra desce minha calcinha.

Hayden se inclina para a frente, com a respiração quente e olhando para cima a fim de ver minha reação quando pressiona a boca em mim.

Eu me esqueço da pergunta; me esqueço de tudo sobre *todas* as perguntas que têm me assombrado; me esqueço do meu nome; me esqueço de como controlar meu corpo ou das palavras que saem rasgando minha garganta.

Eu me esqueço de tudo o que não seja Hayden, que não seja este momento.

TOMAMOS CAFÉ DESCAFEINADO. Comemos a torta de limão que comprei outro dia na padaria. (Tá, na verdade, eu como e ele belisca.) Tentamos trabalhar em nossas propostas para o livro em sofás separados, e, quando isso falha, tentamos jogar palavras cruzadas, mas, quando isso também falha, acabamos dando uns amassos no sofá. Embora mentalmente eu esteja tentando, de verdade, parar com essa agarração o tempo todo, me pego me abaixando na sua frente, abrindo seu cinto, colocando-o na minha boca. A mão que pressiona atrás da minha cabeça é gentil, e os sons que emanam dele fazem meus dedos do pé se encolherem e minhas coxas arderem mais uma vez.

— Cacete, Alice — sussurra ele. — Amo isso.

Eu me afasto.

— Também amo.

Os olhos dele descem na minha direção, as pálpebras pesadas, embriagadas de prazer.

— Você não precisa falar isso.

— É sério — insisto.

Mesmo através do olhar hipnotizado que ele me lança, capto uma centelha de ceticismo.

Percebo que, em meio a meus esforços em ser positiva, otimista e compreensiva, talvez eu tenha me transformado em uma narradora não confiável de alguma forma, alguém em quem não é possível acreditar de cara sem saber se está ou não embelezando as coisas.

Uma sacada estranha para se ter naquele momento específico, mas acho que a sabedoria não escolhe quando vai se impor a alguém.

— Juro — sussurro, e a expressão dele se desmancha em algo mais cru, mais vulnerável do que antes, os dedos passeando leves como penas por meu cabelo. — Amo tocar você. Amo beijar você. Amo passar tempo com você. Amo isso aqui.

Hayden segura meu rosto, me puxa até eu estar em seu colo e me beija com carinho. Eu cedo, retribuindo o beijo até estarmos os dois nos contorcendo, até eu não suportar continuar sem fazê-lo gozar. Quando me agacho de novo, ele ergue os quadris, permitindo que eu o coloque dentro da boca novamente. Que eu o leve ao limite. Que eu o faça se entregar por inteiro para mim como me entrego para ele. O som que ele faz é algo que sei que vou ficar repetindo na cabeça mais tarde quando estiver deitada e sem conseguir dormir, desejando mais dele.

O corpo dele por inteiro.

O coração dele por inteiro, acrescenta uma vozinha. Que eu ignoro.

Concentre-se no presente.

Quando terminamos, quando ele já voltou a si e me puxou para me deitar sobre seu peito, murmuro:

— Me conta alguma coisa que ninguém sabe sobre você.

E ele fica tanto tempo em silêncio que começo a me perguntar se fui longe demais.

Então ele inclina o queixo até tocar o osso da própria clavícula para que consiga me olhar nos olhos e se limita a dizer:

— Eu te amo.

Sinto meus lábios se abrirem. Quando processo a informação, me apresso a responder, mas ele coloca os dedos bem de leve sobre minha boca.

— Não quero que diga nada agora — murmura.

— Nadica de nada? — sussurro.

Ele contorce os cantos da boca.

— Nada sobre esse assunto. Não até depois.

Assinto, concordando, mesmo que esteja parecendo que as palavras vão acabar pulando para fora da minha garganta.

— Depois.

Ele me beija mais uma vez.

— Vamos assistir a alguma coisa? — sugere.

Pisco para segurar as lágrimas que estão se formando e me estico para pegar o controle remoto na mesinha de centro. Está passando *Quase famosos*. Não escuto uma palavra do filme. Minha mente está presa em um looping eterno de *Eu também te amo*.

Depois de mais de três décadas vivendo neste planeta, bastaram só algumas semanas e a pessoa certa para mudar drasticamente a trajetória da minha vida.

27

Na sexta, faço uma trilha que passa pelo canal, em meio às árvores. De início penso nisso como uma corrida para esvaziar a cabeça, mas considerando que parei no Little Croissant antes e estou fora de forma, acaba virando mais um passeio.

Mas não deixa de ser um passeio produtivo.

Decido que minha proposta vai ser que o livro se estruture em forma de chamada e resposta: os boatos que saíram nos jornais de fofoca da época seguidos pela confirmação ou negativa de Margaret.

Quando termino a caminhada, dirijo até o centrinho e dou uma volta pelas lojas coloridas de suvenires. Escolho presentinhos para Bianca, Cillian e Priya — tartaruguinhas de madeira pintadas à mão —, assim como um cartão-postal para mandar para Audrey, já que qualquer coisa maior que isso seria só um trambolho que ela precisaria dar um jeito de guardar ou mandar de volta para casa.

Depois, atravesso o estacionamento para pegar um café gelado descafeinado e me preparo para assumir meu posto na área externa debaixo da plataforma elevada do Little Croissant. Tirando um casal com roupas de yoga e um grupinho de adolescentes fazendo estudos bíblicos, estou sozinha e com o notebook carregado.

Consigo me concentrar mais do que na semana toda. As horas passam voando e já são quase quatro da tarde quando um "Olha só quem decidiu aparecer!" me arrasta para fora do mundo do trabalho.

Pisco contra a luz do sol até um sorriso com vão entre os dentes entrar em foco bem na minha frente, assim como um nariz de batata e um chapéu bucket.

— Cecil! Oi! — Eu me levanto por instinto para abraçá-lo, mesmo nunca tendo abraçado esse homem antes na vida.

Ele leva na boa e retribui o abraço como se fôssemos os amigos mais antigos do mundo.

— Como você tá? Senti sua falta no meu meio aniversário.

— Ah, me desculpa. — Volto a me sentar e aceno para que ele se junte a mim.

Ele se senta.

— Não, não, imagina. Na verdade, ouvi dizer que bebi um pouco além da conta e dancei "Macarena" no balcão do bar, então acho que foi melhor mesmo que você não tenha ido.

— Agora estou *mesmo* me arrependendo de não ter ficado até o final.

Ele ergue as sobrancelhas falhadas.

— Então você foi?

— Aham, a gente ficou um tempinho, mas teve que ir embora.

— A gente?

Minhas bochechas esquentam.

— Ah, o meu amigo Hayden. Acho que vocês já se conheceram, né?

Ele estala os dedos.

— O outro escritor!

— Isso — respondo.

— Então ele também perdeu a parte que eu dancei no balcão? — pergunta, esperançoso.

Solto uma risada.

— Perdeu. Mas... acho que, se alguém lesse sobre isso, ficaria ainda *mais* interessado em conhecer Little Crescent.

— Ah, não. — Ele balança uma mão no ar. — Não o pessoal que frequenta aquele lugar às quatro da tarde. Eles não gostam desse tipo de coisa. Eu tenho sorte de ter sobrevivido à noite sem quebrar a bacia. Agora, me conte, Alice... o que *você* está achando da nossa ilhazinha?

— É ótima — respondo, sincera.

— Sobreviveu bem à tempestade?

— Aquela garoinha da outra noite?

Ele solta uma risada abafada, dando um tapa na mesa ao se levantar.

— Sabia que tinha gostado de você! Bom, se encontrar seu amigo Hayden, fala que eu achei a foto.

— Foto? — questiono.

— Uma fotografia antiga. Eu estava conversando com ele e contei que meu cabelo ia até a cintura nos anos 1970. Ele queria que eu provasse. — Cecil faz uma pausa e ri sozinho. — Tenho certeza de que ele só estava sendo educado com um senhor idoso, mas mesmo assim...

Fico em dúvida se tento conseguir mais informações ou se isso seria *trapacear* de alguma forma, nessa estranha competição em que Hayden e eu estamos.

Porque se eu sei alguma coisa sobre ele é que *não* estava só sendo educado com o Cecil. Ele não faz esse tipo de coisa. O que significa que deve haver um motivo real para ele pedir para ver essa foto. Ou talvez ele nem tenha chegado a pedir e Cecil só ofereceu, o que é outra possibilidade, embora eu duvide de que seja o caso, considerando o quanto Hayden é direto.

Contenho a curiosidade.

— Vou falar pra ele — prometo, e Cecil batuca os nós dos dedos na mesa antes de dar meia-volta e se afastar caminhando.

• • •

Hayden afasta o garfo da boca, o pedaço de batata hash brown do restaurante ainda pendurado ali.

— Uma foto? — pergunta.

— Foi o que ele disse.

Ele ergue só um lado da boca.

— E você só deixou passar, é?

Cruzo os braços sobre a mesa grudenta.

— Sabe que deixei? Pareceu trapaça insistir.

Ele se recosta e limpa a boca com um guardanapo.

— Não quero que mude sua forma de trabalhar por minha causa.

— Está tudo bem — respondo. — É uma pista que *você* descobriu e foi atrás.

— Nunca falei que era uma pista — argumenta ele.

— E não é? — Tento arquear a sobrancelha na direção dele.

Ele solta uma risada roncada.

— Você é péssima nisso.

— Bom, acho que não dá para ser perfeita em tudo — brinco.

Ele inclina o corpo para a frente de novo, apoiando as mãos nos meus joelhos debaixo da mesa.

— Você podia ter perguntado pra ele.

— E se eu preferir perguntar pra você?

Ele vira a cabeça de lado e inspira com força pelos lábios entreabertos.

— Deixa pra lá! — digo.

— Pede para ver a foto — sugere, sincero, e depois acrescenta: — Pode não significar nada pra você. Aliás, pode ser que não signifique nada mesmo. Mas eu vou te contar por que queria ver. Depois.

Sei que o que ele quis dizer não foi *depois que você vir*, mas sim *depois que soubermos o resultado do teste*.

Estendo a mão aberta sobre a mesa, mais um acordo firmado com um aperto de mãos em meio a tantos outros.

Ele fecha os dedos ao redor dos meus e eu o puxo para lhe dar um beijo, a única forma que consigo encontrar para não soltar um *eu te amo* sem querer. A expressão carinhosa que passa pelas feições acentuadas dele me faz achar que ouviu as palavras não ditas mesmo assim.

SÁBADO DE MANHÃ, a caminho do carro, volto correndo para dentro e vasculho a pilha de bagunças inúteis ao lado da porta até achar o cartão de visitas do capitão Cecil.

Mando uma mensagem rápida e saio para a casa de Margaret.

Desde que Hayden e eu chegamos, Margaret aparentemente deixou a rotina de exercícios de lado, então é dessa forma que me convence de que a entrevista de hoje precisa ser na piscina.

Eu me arrependo de não ter trazido um maiô sensato, já que, sendo quem sou, só enfiei na mala um biquíni vermelho-pimenta supervulgar. É provavelmente a roupa de banho menos profissional do planeta, mas vai ter que servir. Eu me sento na beirada da piscina ensolarada, as pernas na água, e ajeito os gravadores do meu lado.

Na outra ponta, ela tira o roupão e o joga em uma espreguiçadeira, revelando um tankini amarelo-canário, o que me deixa imediatamente menos envergonhada das minhas próprias escolhas de vestuário.

— Amei o seu maiô! — exclamo quando ela desce a escadinha se segurando no corrimão metálico.

— Também amei o seu biquíni! — responde ela. — Tenho a tendência de confiar em gente que gosta de cores fortes. Sinal de bom discernimento, não acha?

Não sei dizer se ela está tentando me elogiar, alfinetar Hayden, as duas coisas ou nenhuma delas. A parte mais estranha disso, no entanto, é que nem sei o que prefiro.

É *bom* que ela confie em mim. Eu *quero* ser contratada. Mas, se o objetivo dela com essa frase foi dar a entender que o Hayden, com aquele guarda-roupas monocromático nada chamativo dele, não é confiável, então não consigo evitar me sentir um pouco ofendida.

Merda. Vai ver ele esteve certo esse tempo todo. Vai ver a situação é mais complicada do que eu pensei.

Temos só mais uma semana. De qualquer forma, as coisas vão se resolver logo.

Pego uma caneta e apoio o caderno na coxa enquanto Margaret começa a caminhar de um lado para o outro na água, os braços flutuando ao lado do corpo.

— Então — começo, e pigarreio —, a gente tinha acabado de começar a falar do...

— Cosmo — interrompe ela, ainda andando para lá e para cá. — Finalmente chegamos ao Cosmo.

A história

VERSÃO DA MÍDIA: Para Cosmo Sinclair e Margaret Grace Ives, foi amor à primeira vista.

VERSÃO DE MARGARET: Margaret odiava Cosmo. Ela o culpava. Não dava a mínima se culpá-lo era justo ou não. Tinha descido à biblioteca com a intenção de lhe arrancar as tripas. Abriu as duas portas com um baque, para fins dramáticos, e entrou no cômodo como se fosse um míssil teleguiado.

Ele estava encarando uma das muitas prateleiras de livros não lidos de Gerald e, quando se virou na direção do barulho das portas sendo escancaradas, abriu um sorriso discreto que a desarmou.

Margaret vacilou, só por um segundo, antes de retomar aquela toada.

— Olá, senhorita — cumprimentou ele. — Sou o Cosmo.

A musicalidade sulista na voz dele a surpreendeu. Tinha escutado o sotaque quando ele havia falado no palco, é claro, mas a maior parte das falas haviam sido soterradas sob milhares de gritos e, pelo que ela *tinha conseguido*, de fato, ouvir, assumira que era encenado. Um exagero.

Mas não era.

— Eu sei quem você é — disse Margaret. E depois: — O que está fazendo aqui?

— Vim pedir desculpa — respondeu ele. Nesse ponto, ela percebeu o pequeno buquê que pendia de sua mão: um punhado de lírios-do-vale brancos, amarrados com um barbante.

— Pedir desculpa? — repetiu ela, pasma.

Ele andou na direção de Margaret, os sapatos reluzentes ressoando nas tábuas do piso, e lhe estendeu o buquê, quase envergonhado.

Tudo nele parecia querer dizer "vergonha". O que poderia ter parecido desinteresse frio a distância, ela percebia, naquele momento, que era só timidez.

— Li os jornais hoje de manhã — explicou ele, o buquê em riste entre os dois. — Me senti péssimo com o que aconteceu com você e a sua irmã, e com todo mundo. As coisas saíram do controle.

— Ah, entendo. — Ela relaxou os ombros tensos. — Você está aqui pra bajular a gente.

Ele franziu o cenho.

— Perdão, senhorita, não entendi.

— Pode ficar tranquilo. Os jornais da nossa família não vão querer se vingar de você — garantiu a ele, embora não pudesse prometer o mesmo a nível pessoal.

Não estava com tanta raiva assim a ponto de destruir a carreira dele, só o bastante para ser grossa.

Cosmo remexeu os pés e tornou a baixar a mão com que segurava o buquê. Ele parecia desconfortável no próprio corpo, como se tivesse crescido rápido demais em altura, em largura ou nas duas dimensões e não soubesse bem como se movimentar pelo mundo. Ele também parecia mais novo do que no palco, tão jovem que ela não conseguiu se conter e precisou perguntar naquele momento que pareceu bem aleatório:

— Quantos anos você tem?

Se ele ficou surpreso ou ofendido por ela — uma pessoa que era tão sua fã que ia a seu show — não saber essa informação, não demonstrou. Laura provavelmente sabia a data exata em que ele nascera, sua pedra do zodíaco, que tipo de carro ele dirigia e até o nome do cachorro dele. Não que Margaret se importasse mais com isso.

— Vinte e três, senhorita — respondeu ele.

Só três anos mais velho do que ela. Isso tornava a performance da noite anterior ainda mais chocante. Como ele podia parecer tão à vontade no palco, na frente de milhares de pessoas, rebolando e gritando do fundo da alma, mas de repente virar um garoto tão quieto e calmo naquele cômodo só com ela?

— Fui ensinado a nunca perguntar a idade de uma dama — disse, e o sorrisinho que se espalhou por aqueles lábios cheios a surpreendeu.

— Tenho vinte — disse ela, sem ser perguntada e sem razão aparente.

Ele se aproximou ainda mais dela.

— Gostou do show? — perguntou, naquele murmúrio hipnótico.

— Antes de toda a confusão, digo.

Os olhos escuros dele brilhavam com uma honestidade e ansiedade que a surpreenderam, como se a resposta dela importasse muito. Margaret teve vontade de mentir, mas não era mentirosa.

Decidiu-se por algo vago:

— Nunca vi nada igual.

Um sorriso passou vibrando por seus lábios, mas desapareceu depressa. Ele estendeu o braço na direção dela e Margaret ficou tensa por um mero segundo antes de perceber que ele só queria passar o dedo de leve em torno de seu olho roxo, um franzido profundo vincando sua testa. Os olhos de Cosmo voltaram a encontrar os dela.

— Quer ir de novo hoje? — perguntou em voz baixa.

O estômago dela deu uma cambalhota sem sentido assim que o contato visual a despertou de volta para a realidade.

— O quê?

— Para o último show. A polícia vai estar lá dessa vez. Não posso prometer que vá ser bom, mas pelo menos vai ser mais seguro.

— Ah. — Ela desviou os olhos, e os dedos calejados dele se afastaram de seu rosto. — Não sei.

— Sua irmã também, claro — sugeriu ele. — Podemos levar vocês duas pra trás do palco, onde ninguém vai ver. Vocês podem assistir dos bastidores.

O coração dela alçou voo, mas tornou a cair quando se lembrou do que Laura dissera no andar de cima... aquilo tinha acontecido só alguns minutos antes mesmo? Parecia ter acontecido há dias, semanas. De uma forma que ela não conseguia compreender e certamente não saberia explicar, Margaret sentiu que a história de sua vida tinha sido escrita em um pedaço de papel que até então, ela percebeu, estivera dobrado ao meio.

Agora que estava aberto, toda uma segunda página se desvelou de súbito, uma dobra bem marcada dividindo esse novo capítulo do que viera antes.

As palavras de Laura a atingiram como uma pedra de gelo — *pra mim, agora ele não passa de um lembrete da noite que perdi meu amigo mais querido* —, aterrissando bem no fundo de seu estômago.

— Laura não vai poder ir — disse.

— E você? — A forma como ele arqueou as sobrancelhas em grandes parábolas esperançosas fez as entranhas dela parecerem derreter.

— Pode ser — respondeu ela.

Um sorriso se abriu no rosto dele, radiante como o nascer do sol, e Cosmo estendeu o buquê que trazia nas mãos de novo.

Dessa vez, ela aceitou.

Foi naquela noite que Cosmo a conquistou. Só precisou de uma noite, simples assim. Ele desceu daquele palco pingando de suor, e ela, pega no meio de toda a emoção, quando o viu se aproximar a passos largos e determinados, jogou-se em seus braços com a intenção de apenas abraçá-

-lo, de elogiar sua performance. Mas, assim que os bíceps fortes dele a envolveram e o calor e o odor que emanavam de seu corpo a atingiram, foi como se tivesse saltado para outro universo. Para uma existência paralela onde o plano sempre fora beijá-lo, assim como o dele sempre fora beijá-la.

A banda assobiou e provocou os dois com gritinhos, mas o som da plateia ainda gritando no anfiteatro escuro engoliu a provocação deles, e, mesmo se não tivesse abafado o som, ela nem teria percebido. Não conseguia notar qualquer coisa que não fosse ele. Quando Cosmo se afastou, passando os dedos pelo rosto dela, segurou sua mão e a conduziu pelo estreito corredor dos bastidores até o camarim.

— Eu não faço esse tipo de coisa — disse ela quando, juntos, fecharam a porta atrás de si.

— Eu faço — respondeu ele.

— Tá — emendou ela. — Eu também.

Por conta disso, ela pensou que estava segura. Blindada. Que seria apenas mais uma noite maluca, uma história íntima que pertenceria a ela e a mais ninguém, em meio a uma vida que era praticamente transmitida ao vivo para o mundo todo.

Não tinha como ser mais do que isso, nem que fosse só para não submeter Laura à presença de Cosmo.

Então precisava ser só uma transa casual.

E na manhã seguinte, quando ele enviou dezenas de buquês a ela, cada um de um tipo de flor diferente, com um cartão que dizia *Eu não sabia de qual você gostava mais. — C.*, ela pensou que aquilo era só um adendo à casualidade da noite.

Laura continuou de luto. Gerald lhe deixara os diários antigos do pai dele e, na maioria dos dias, do amanhecer ao pôr do sol, ela ficava sentada na cadeira preferida dele, que fedia a charutos, e lia sobre o passado, fechada para o futuro.

Margaret seguiu a vida badalada quando os hematomas sararam e, embora alguns membros astutos da imprensa tenham notado que os olhos de Peggy Ives haviam perdido o brilho, a mudança sempre fora atribuída à perda recente do "amado patriarca da família Ives".

Margaret passava o máximo de tempo possível com a irmã, mas tudo o que Laura fazia além de ler era dormir, com a ajuda das pílulas que o médico da família gentilmente receitara.

Quando a cobertura da morte de Gerald se dissipou e o ciclo de reportagens se encerrou, as fotos do chamado Rock com Pancada ressurgiram nos jornais. Margaret soube disso porque ficara obcecada por acompanhar os tabloides desde aquela noite. Mas nunca os levava para casa. Pela primeira vez, sentiu-se grata por Laura estar fechada ali, protegida das coisas nada gentis que escreviam sobre ela.

Mesmo assim, certa noite, Margaret acabou entreouvindo outro dos telefonemas secretos do pai:

— A Laura não é igual a você, Bernie. Ela não é de aço. Não consegue lidar com esse tipo de crítica.

E a vergonha a dominou dos pés à cabeça.

Três meses haviam se passado desde a noite que tivera com Cosmo.

Às vezes ele lhe enviava cartas da casa em que vivia, em Nashville. Na verdade, chamar de cartas seria exagero. Estavam mais para bilhetes, relatos breves de coisas que o tinham feito pensar nela ou menções a planos vagos de voltar para Los Angeles, frases curtas desejando que ela e a irmã estivessem bem. Ele sempre incluía Laura, o que partia cada vez mais fundo o coração de Margaret.

Ela guardou todas as cartas.

Nunca respondeu a nenhuma delas.

Aos poucos, Laura foi emergindo daqueles primeiros estágios do luto. Terminara de ler os diários e passara a se aventurar em territórios novos. Livros sobre física, biologia, filosofia, religião. Às vezes, Margaret conseguia convencê-la a ler lá fora, em uma colcha ao seu lado, com um chá da tarde posto entre as duas.

Margaret ficava esperando o momento em que pararia de sentir saudade de um homem com quem passara uma noite. Mas, quando as cartas pararam de chegar, sentiu-se como um melão que tivera o interior todo arrancado. Doía. Ela se sentia... sozinha, como não se sentia desde que Ruth morrera e, antes disso, naqueles dias sombrios em que a raiva e desconfiança entre os pais era tão grande que não sobrava espaço para mais nada, mesmo em um castelo tão grande quanto o deles.

Mais três meses de silêncio se passaram. Margaret leu sobre o aniversário de vinte e quatro anos de Cosmo, sobre a festa grandiosa, cheia de famosos, no Chateau Marmont, e pensou que fosse ter um treco quando descobriu que ele estivera tão perto.

Era assustador. Como era possível que uma pessoa tivesse tanta influência na vida dela? Que provocasse tantos sentimentos nela? Que ela sentisse tanta saudade de uma pessoa que mal conhecia? Começou a se perguntar se haveria algo de errado acontecendo consigo.

A mais nova obsessão de Laura era por um psicólogo jovem e controverso cujos livros estava lendo. Contava, empolgada, algumas das ideias malucas dele para a irmã, e uma delas era a de que as pessoas sempre são a causa da própria dor.

Não havia motivos lógicos para Margaret se sentir tão perdida por não ter contato com um desconhecido total como Cosmo Sinclair, o que pela primeira — e, francamente, última — vez a fez considerar que talvez o dr. David Ryan Atwood não estivesse falando *só* um monte de baboseiras.

Mas o tempo foi passando e ela pensando cada vez menos em Cosmo, até que, enfim, parou de pensar nele.

Em 1962, quatro anos depois da morte do avô, um dos filmes de Bernie foi indicado ao Oscar. O padrasto de Margaret, Roy, jamais gostara de comparecer a cerimônias de premiação, então às vezes Freddy se dispunha a acompanhar a ex-esposa em tais ocasiões; naquele ano, no entanto, Bernie decidiu levar Margaret.

Ela usou um vestido prateado e amontoou o cabelo em um penteado glamouroso, enquanto Bernie, por sua vez, escolheu um pretinho básico, como *sempre* fazia quando se encontrava em uma situação na qual um vestido servia mais à ocasião do que as calças confortáveis de costume.

Margaret estava se sentindo mais confortável consigo mesma naquela noite do que não se sentia havia tempos. Era promissor. Ela e Laura se recuperariam dos quatro anos anteriores e tudo voltaria ao normal. A página que havia sido aberta seria dobrada de novo no mesmo vinco, e ela continuaria a desfrutar da vida luxuosa, extravagante e *divertida*.

Conversou, flertou, bebeu, riu. Ela e a mãe reviraram os olhos para as tolices dos apresentadores e capricharam nos aplausos para os filmes, atores e roteiristas que foram seus favoritos naquele ano. Ao menos foi isso o que Bernie fez, Margaret só copiou o que a adorável mãe fazia, contente em se banhar no brilho que ela emanava.

Sentiu-se revigorada ao fim da noite. Até decidiu passar no Board of Governors Ball, o jantar pós-cerimônia que havia sido instaurado alguns anos antes. O motorista a levou até a porta do salão e, depois de dar um beijo de boa noite na mãe — que tinha decidido ir para casa —, saiu, toda sorrisos, para o corredor de paparazzi. Parou para posar para vários que chamaram seu nome. Logo à frente estavam Paul Newman e Joanne Woodward, que usava um vestido de paetê e longas luvas brancas. Conversaram um pouco com Margaret antes de entrar.

Quando ela começou a segui-los, a barra de seu vestido se prendeu embaixo do pé de quem quer que tivesse chegado no carro logo após ao dela.

Margaret se virou, mas o pedido de desculpas instintivo, já na ponta da língua, voltou para a garganta antes mesmo de chegar aos lábios.

— Olá — disse Cosmo, os olhos escuros brilhando e a boca torta naquele sorriso divertido, quase envergonhado, e incrivelmente sexy dele.

O sorriso responsável por desencadear lágrimas em milhares de adolescentes e despertar gritos empolgados ao redor deles naquele exato momento, mesmo em uma plateia composta de jornalistas de fofoca já experientes.

Os flashes disparam de todos os lados, como estrelas distantes explodindo, implodindo... algo significativo, sim, mas não para ela, não ali.

Mal parecia notar a moça de braço dado com Cosmo, uma jovem que fora indicada ao prêmio de Melhor Atriz Coadjuvante mais cedo naquela noite e havia perdido para a incrível Rita Moreno em *Amor, sublime amor*.

Cosmo também parecia não notar sua acompanhante, os olhos vidrados em Margaret, o sorriso endereçado só a ela.

A atriz, por sua vez, não pareceu se importar muito com isso, acenando e posando para as câmeras em um Dior vermelho-rubi.

No dia seguinte, aquelas fotos estariam em todo lugar.

Peggy Dois-Encontros e Cosmo Duas-Amantes?, questionava uma manchete.

Estrelas colidem no Governors Ball, começava outra notícia.

Havia dezenas de outras, mas só uma lhe parecia certa. Para ela, apenas uma era verdade.

Cosmo Sinclair olha para Margaret Ives e o mundo para.

28

Quando saio do banho no sábado à noite, meu celular ainda está aceso na bancada da pia, indicando uma mensagem nova de Cecil.

Falei que estava curiosa para ver seus "dias de hippie" também e ele mandou uma foto tirada com o celular da fotografia original antiga e granulada.

Enrolo uma toalha no cabelo e outra no corpo e, em seguida, abro a mensagem para ver melhor, apoiada na beirada da banheira rosa-bebê.

Nada me chama a atenção na imagem. Ele está sentado em uma rocha na frente de alguns pinheiros, sorrindo e acenando. Era muito mais magro e tinha menos rugas, mas a grande diferença entre o Cecil daquela época e o de agora é aquela exata para a qual ele já tinha me preparado.

Um longo cabelo louro pende para além de seus ombros, reluzindo sob o sol, e um bigode grosso cobre de leve seu sorriso.

Será que há mesmo algo meio familiar nele ou será que estou só olhando tanto para essa mesma imagem há tanto tempo que comecei a provocar um déjà-vu em mi mesma?

Encaminho a foto para Hayden, mas não pergunto nada.

Vou descobrir sozinha por que a tal foto é relevante, ou esperar até o jogo acabar, mas *não vou* deixar que ele me passe informação alguma.

No quarto, visto meu pijama.

Hayden e eu decidimos não nos encontrar hoje, principalmente porque os dois precisam pôr o trabalho em dia, e fizemos planos para explorar mais a cidade de Savannah amanhã.

Só tenho uma semana para avançar o máximo que puder na história de Margaret *e* montar uma proposta e uma amostra de escrita, e vou precisar de cada segundo que tiver.

Mas antes jogo a foto de Cecil em um buscador reverso. Nada que seja muito gritante aparece e, quando acrescento o sobrenome que está no cartão de visitas dele, Cecil Wainwright, continuo sem resultados relevantes.

Só que não faço a menor ideia do que estou procurando. Fecho a janela, amarro o cabelo em um rabinho de cavalo baixo e volto a transcrever a história de Margaret do ponto onde parei mais cedo.

A história

VERSÃO DA MÍDIA: O relacionamento de Cosmo Sinclair e Margaret Ives causou uma cisão na família Ives que nunca seria superada por completo.

VERSÃO DE MARGARET: Ele foi visitá-la na manhã seguinte à cerimônia do Oscar. Quando Briggs anunciou sua chegada, Margaret ficou eufórica e apavorada. Estava esperançosa e ao mesmo tempo arrasada.

Trocou de roupa três vezes — a última era a que já estava vestindo antes de Cosmo Sinclair aparecer em sua porta — e desceu as escadas para encontrá-lo.

Mas a biblioteca estava vazia. Ela foi voltando de fininho pelo corredor e escutou vozes vindo da sala de café da manhã. Andou em direção a elas, sem saber pelo que esperar, e logo encontrou-se à porta, olhando para uma cena que quase fez seu coração parar.

— Ah, você chegou — disse Laura, sorrindo com uma xícara de chá na mão. — Eu só estava fazendo companhia pro Cosmo aqui.

O Cosmo aqui ficou de pé em um pulo, a cabeça inclinada levemente para baixo e a boca formando aquele sorrisinho tímido que arrancava o chão de Margaret.

Laura também se levantou.

— Foi muito bom conhecer você — disse a Cosmo. — Agora, se não se importa, estou no meio de um ótimo livro.

— O prazer foi todo meu, senhorita — respondeu ele, em uma entonação irresistível.

Laura tocou o cotovelo de Margaret na saída da sala e ela interpretou o gesto como o sinal que era: *está tudo bem.*

Ela sabia. De alguma forma, Laura sabia. Margaret não fazia ideia de como, mas naquele momento não teve muito espaço para sentir culpa ou vergonha de seu segredo. Cosmo deu um passo lento, hesitante, em sua direção, as mãos enfiadas nos bolsos de novo, o queixo ainda baixo para conseguir olhar para ela, ajustando-se à diferença de altura dos dois.

De súbito, a proximidade dele pareceu demais. Dominou-a. Arrancou-lhe o ar dos pulmões.

— Quer dar uma volta no jardim, sr. Sinclair? — perguntou ela, mais formal do que pretendia.

Ele abriu um sorriso.

— Eu adoraria, mas pode me chamar de Cosmo.

— Cosmo — repetiu ela, em um sussurro tão baixo que ficou surpresa por ele tê-la escutado. Mas sabia que tinha, porque ele abriu ainda mais o sorriso.

Caminharam pelo pomar de laranjeiras e, embora o espaço fosse grande, não bastou. Seguiram pelas outras fileiras de árvores frutíferas, depois deram a volta nas quadras de tênis. Vagaram para além da piscina externa com temática romana e desceram até um dos lagos. Perambularam pelo jardim de rosas, pelas estufas, pela capela e pelos muitos coretos.

Até que foram parar nos limites da propriedade, de onde podiam apreciar a beirada dos penhascos que davam para a água lá embaixo e observá-la reluzir, porque a essa altura o sol já estava *se pondo.*

— Quer jantar comigo? — perguntou ele, e ela queria. Queria jantar, comer uma sobremesa, dormir, tomar café da manhã, almoçar e jantar de novo com ele.

Mas precisava falar com Laura primeiro.

— Amanhã? — sugeriu.

— Amanhã — concordou ele.

Quando Cosmo foi embora, ela encontrou Laura no quarto. Pela primeira vez, estava escrevendo na escrivaninha, em vez de lendo. Sorriu quando a irmã entrou.

— Então os boatos são verdade. — Laura estava com um aspecto cansado e tinha perdido bastante peso desde que Gerald falecera, mas *aquele sorriso...* aquele sorriso fez Margaret acreditar que talvez, algum dia, as coisas voltariam aos eixos.

Decidindo entrar na brincadeira, Margaret revirou os olhos e se jogou de costas, de maneira dramática, sobre a fabulosa cama entalhada à mão da irmã.

— E que boatos seriam esses?

— Que você está *apaixonada* — cantarolou Laura, e depois, com uma risadinha, continuou: — por *Cosmo Sinclair.*

— Quem disse? — Margaret rolou de barriga para baixo e apoiou a cabeça nas mãos, os cotovelos na cama.

— O David — respondeu Laura.

— David? Que David? — Então Margaret se sentou de vez.

— Meu amigo David — afirmou a irmã. — O dr. David Ryan Atwood.

— O *dr. David?* — questionou Margaret. Mas o que pensou de verdade foi *aquele charlatão?* — Desde quando você é *amiga* dele?

— Desde que escrevi uma carta seis meses atrás e ele respondeu. — Ela colocou a caneta de lado. — A gente vem trocando correspondência. E nos falamos por telefone às vezes. — Acrescentou: — Tive que ficar sabendo *por ele* do que aconteceu no Governors Ball.

— Não aconteceu nada lá — disse Margaret.

— Eu falei com o David mais cedo. Ele me contou tudo.

Margaret sentiu uma pontada de culpa.

— Nunca mais vou me encontrar com ele.

— *Peggy*. — Laura foi se sentar ao lado dela na beirada da cama e pegou sua mão. — Você não tem como ficar me vigiando o tempo todo, todos os dias.

— Quem disse que estou fazendo isso? — Ela pretendia que a pergunta fosse retórica, mas, pela expressão estranha que tomou o rosto da irmã de repente, Margaret percebeu que existia uma resposta literal. Chutou um nome: — O dr. David?

Laura respondeu apertando suas mãos.

— Você precisa viver sua vida. Sair e se apaixonar. Ou viajar, ou fazer seja lá o que for que *não* esteja fazendo enquanto fica aqui, sentada comigo.

Margaret sentiu um nó apertar a garganta e sua voz falhou quando disse:

— Eu não sei viver sem você.

— E não vai — prometeu Laura. — Vou estar sempre com você. Só vamos estar um pouco mais… longe. Mas é uma coisa boa.

— O que você vai fazer? — perguntou Margaret.

— O que eu sempre faço — atestou Laura. — Ler, escrever e dar longas caminhadas maravilhosas.

O sorriso que a irmã abriu encantou Margaret. Fez ela sentir que a brasa que guardava no peito tinha se incinerado em um fogo voraz. Fez ela se sentir mais valente. Margaret abraçou a irmã e não soltou por um bom tempo.

Na noite seguinte, Cosmo foi buscá-la para jantar. Ele mesmo quis dirigir e passou pela mansão em um carro preto comum, em vez da Ferrari Spyder azul-marinho de costume, usando um quepe de chofer como disfarce improvisado. Margaret tinha se vestido para ir a um restaurante, um lugar onde seriam vistos e fotografados, mas, em vez disso, ele a levou para a casa que estava alugando e os dois caminharam até um trecho de praia particular com um cesto de piquenique, um cobertor e um fardo de cerveja que ele havia tirado do porta-malas.

Comeram, beberam, riram. Tiraram as roupas e correram para as ondas escuras, depois fizeram amor, lenta e pacientemente, sobre o cobertor.

— Que negócio é esse que você faz comigo? — perguntou ele, em voz baixa, reverente, afastando o cabelo molhado do rosto dela depois de tudo, quando estavam deitados juntos.

— Não sei — murmurou ela de volta. — Vai ver são os milhões que a minha família tem no banco?

— Eu me casaria com você, Peggy Ives, mesmo que só fosse herdar um saco de batatas e uma lata de milho.

— Está me pedindo em casamento, Cosmo? — provocou ela, de brincadeira, mas o rosto dele continuou sério.

— Ué, sim — confirmou ele. — Por que não?

Ela riu em descrença e deu um soquinho no peito dele.

— Não pode estar falando sério.

— Estou — rebateu ele. — Vamos nos casar.

— Não — respondeu ela.

— Por que não?

— Porque eu não te conheço.

— E o que você quer saber? — questionou ele. — Eu te conto tudo, aí a gente casa.

— Não é assim que funciona — disse ela.

— Gata, a gente é único no mundo — retrucou ele. — Isso aqui funciona do jeito que a gente disser que funciona.

— Pois *eu* acho que, pra se casarem, duas pessoas precisam no mínimo saber o nome do meio uma da outra — brincou ela.

— Andrew — respondeu ele. — E o seu?

Ela não conseguia resistir a ele, àquela expressão inocente, ansiosa, nem ao falar anasalado, ao cheiro que ele emanava, ao braço que envolvia a cintura dela ou à mecha de cabelo molhada que caía sobre sua testa.

— Grace.

— É lindo — comentou ele. — Pode ser o nome da nossa filha. Grace.

Quando ele disse isso, Margaret caiu na risada, mas o tiro saiu pela culatra. Passaram todos os dias juntos pelo resto da estada dele em Los Angeles — duas semanas e meia — e, ao final, quando ele a pediu em casamento de novo, não era bem uma pergunta. Porque os dois já sabiam a resposta.

A imprensa tinha começado a seguir Margaret e Cosmo desde a manhã seguinte àquele primeiro encontro, quando ele a levara cedo para casa e se deparara com câmeras esperando do lado de fora do portão. Depois disso, toda vez que iam para algum lugar, uma multidão de repórteres e fãs parecia sempre encontrá-los, então decidiram passar três dias separados, uma espécie de distração antes de se casarem no cartório. Uma separação falsa.

Ele contou só para o segurança e o agente — que tentou convencê-lo a dar para trás, é claro — e Margaret contou só para a irmã.

Ela e Laura fizeram uma minidespedida de solteira. Ficaram acordadas até tarde beliscando comidinhas e doces e escutando música (mas não as de Cosmo; Laura ainda não conseguia), depois dormiram juntas em uma cabaninha na sala de brinquedos, como tinham feito tantas vezes na infância.

Acordaram antes do resto da casa e saíram na surdina para encontrar o carro preto que esperava na entrada, com Cosmo Sinclair ao volante, novamente usando um quepe, um disfarce que não enganaria ninguém àquela altura.

Um punhado de paparazzi estava esperando no portão. Um enxame de fotógrafos os seguiu até o cartório feito um comboio nupcial.

Margaret ficou feliz por ter ido no banco de trás com Laura, onde podia apertar a mão da irmã com força, conforme sua ansiedade crescia, e sussurrar sem parar a gratidão que sentia por ela estar disposta a fazer aquilo. Tudo o que Laura conseguia fazer em resposta era abrir um sorriso tenso e assentir.

— Vai levar só um minutinho — prometeu Cosmo, desviando os olhos para o retrovisor com um sorriso leve e reconfortante.

Levou uns dez minutos, na verdade. Assim que avistaram o cartório, Margaret se esqueceu, ainda que só por um momento, de se preocupar com a irmã.

Tudo o que sentiu foi alegria, convicção e também um pouco de espanto, porque o universo estava dando a ela algo tão belo e precioso sem que Margaret tivesse feito nada para merecer.

Mas talvez o amor fosse sempre um presente, de fato. A única coisa que não podia ser comprada, negociada ou vendida.

Cosmo abriu a porta do carro para as garotas e, com um sorriso encantador, gesticulou para que os fotógrafos se afastassem para ajudar Laura a descer. Correu com ela escada acima e a deixou nas mãos do segurança mais próximo, voltando para buscar Margaret.

Quando ela pisou na calçada, foi como se estivesse flutuando.

Não ligava para a atenção. Não dava a mínima se ninguém, ou o mundo inteiro, estivesse assistindo ao que estava para acontecer. Mal notou a multidão aumentando ao redor, cercando-os mais e mais, empurrando, gritando, agarrando.

Cosmo pegou a mão dela com uma mão quente e encaixou o corpo dela na lateral do próprio corpo, bloqueando fisicamente a multidão para que não se aproximasse demais. Ela nunca se sentira tão segura na vida.

Entraram e saíram depressa. Uma das outras noivas que estava esperando ficou tão espantada com a presença de Cosmo que lhe entregou o próprio buquê, de queixo caído. Ele a agradeceu com sinceridade e passou as flores para a nova esposa, então os dois saíram pela porta dos fundos e entraram em um carro que Cosmo tinha alugado e deixado a postos, já com a bagagem no porta-malas. Ele mandaria alguém para buscar o outro carro depois. Naquele momento, estava ansioso para voltar a Nashville e terminar alguns afazeres para poder levar a esposa para a lua de mel.

Margaret tentou convencer Laura a viajar com eles por pelo menos um tempo, mas ela queria voltar para casa, para os próprios livros e para as correspondências com o dr. David. Então o motorista levou Cosmo e Margaret para o avião que os esperava, e ambos abraçaram Laura com força e se despediram, chorosos, na pista de asfalto.

— A gente se vê logo — prometeu Margaret. — Um mês, no máximo.

— Sem pressa — disse Laura, e beijou as duas bochechas da irmã, o vento da turbina soprando seu cabelo para o rosto.

Um mês exato se passou até os recém-casados voltarem para Los Angeles.

Ficaram duas semanas no Tennessee, durante as quais Cosmo cancelou, remarcou ou reduziu todos os compromissos, com exceção de um show que precisava fazer em sua cidade natal, a que Margaret assistiu dos bastidores, e ao fim do qual fez amor com ele no camarim como da primeira vez. Depois disso, foram para uma cidadezinha na Itália onde achavam que teriam certa privacidade. Só os integrantes da equipe de Cosmo mais próximos dele sabiam dos detalhes, mas mesmo assim o casal foi cercado pela imprensa internacional no instante em que tocou o solo.

O Elvis dos Pobres começou então a ser chamado de Elvis dos Ricos, uma brincadeira por causa da esposa milionária. Ela não se importava. Não ligou nem quando disseram que os dois eram "o mais próximo que os americanos têm de uma realeza".

Foram seguidos e *observados* sem dó. Tentaram voltar a se disfarçar. Tentaram fazer reserva em vários restaurantes ao mesmo tempo e ir para outro lugar. Tentaram usar nomes falsos. Tentaram demitir os suspeitos de vazar informações, mas outros sempre surgiam. Toda vez que os paparazzi conseguiam tirar fotos de Cosmo com cara de bravo ou preocupado, as manchetes perguntavam: *Problemas no paraíso?*

Quando ficaram dias sem sair, os tabloides criaram histórias sobre as *regras de Peggy* e as *rédeas curtas* nas quais ela mantinha o *famoso ex--Casanova*.

A oscilação da imagem pública deles incomodava Cosmo. Quando estavam em Roma, o agente dele falou sobre um artigo em um jornal americano que comparava Margaret às outras mulheres com as quais Cosmo já tinha saído (sem compromisso), dando notas para o rosto, corpo, talento e dinheiro de cada uma.

Foi a primeira vez que ela o viu realmente bravo. Ele jogou uma cafeteira na parede, tamanha a sua raiva, e ficou andando de um lado para o outro, feito um animal aprisionado e impotente.

— Está tudo bem — insistiu ela, indo até a beirada da cama e ficando de joelhos para segurar o rosto dele com as duas mãos. — Estou acostumada.

— Não quer dizer que seja certo.

— É, eu sei — concordou ela. — Mas a gente não tem como mudar o mundo inteiro só com o nosso amor, Cosmo.

Ele segurou os pulsos dela.

— Era pra eu ser capaz de proteger você, sua irmã e qualquer um com quem você se importe. Se não consigo fazer isso, de que adianta?

Cosmo tinha crescido sem dinheiro, então sabia o valor de um dólar. Embora ele gostasse de *gastar* — principalmente quando se tratava dela ou dos pais dele em Dennis, Tennessee —, Margaret também descobriu que as preocupações dele com dinheiro eram muito mais profundas do que o gosto que tinha pela coisa.

Não ter o suficiente sempre havia sido um sufoco, sem dúvidas, mas ele também não estava *confortável* agora que tinha.

— Não preciso que você me proteja — sussurrou ela, beijando-o lentamente. — Só preciso que me ame.

E ele amou. Por todos os minutos e por todos os dias daquele primeiro mês.

Ela tinha recebido duas cartas de Laura durante a viagem, mas ambas naquela primeira quinzena que tinham passado na casa de Cosmo em Nashville.

Estava ansiosa para ver a irmã, provar que aquilo não tinha sido um erro, que o universo lhe dera permissão para amar e ser amada profundamente pelos dois.

Que não estava sendo gananciosa e não seria punida por isso.

Mas Laura não estava em casa, como informou Briggs assim que Margaret e Cosmo pisaram no amplo saguão de entrada de mármore da Casa Ives.

— Como assim? — perguntou ela. — Ela está lá fora, no jardim?

Briggs pigarreou e levou os olhos dela para Cosmo a fim de indicar que se tratava de uma questão delicada. Ele podia até ser marido de Margaret, mas não era nem jamais seria um Ives.

— Briggs — disse ela. — Eu quero saber onde está a minha irmã.

O mordomo pigarreou de novo, e seu rosto ficou vermelho-cereja de vergonha.

— A srta. Laura está recebendo tratamento em Novo México no momento.

— *Tratamento?* — O coração dela disparou, uma bolinha de pingue-pongue ziguezagueando dentro de seu peito. — Ela está doente?

— Aconteceu alguma coisa? — perguntou Cosmo com uma das mãos acariciando as costas de Margaret.

— Pelo que entendi — respondeu Briggs, diplomático —, o dr. Atwood está auxiliando sua irmã com...

— Atwood? — interrompeu ela. — O psicólogo?

— Sim, sra. Ives. A srta. Laura ficará no "centro" dele pelos próximos meses.

Ela se virou na direção da biblioteca, onde ficava o telefone mais próximo.

— Ela deixou o número do lugar? — gritou, sem olhar por cima do ombro.

Já estava ao lado do aparelho quando Briggs finalmente conseguiu alcançá-la.

— Não há telefones na propriedade, senhora — informou ele. — Mas ela deixou um endereço, caso queira escrever.

— Podemos ir até lá — sugeriu Cosmo. — Agora mesmo, se quiser. Trazer a Laura pra casa.

Briggs inspirou e expirou fundo. Margaret olhou para ele, esperando pelo que diria a seguir.

— Acredito que ela tenha deixado uma carta no seu quarto. Disse que explicaria tudo.

Margaret e Cosmo cruzaram a casa correndo. O envelope cor de marfim estava no meio da cama de Margaret. Ela o abriu em um rasgo e puxou o papel lá de dentro.

Cara Margaret,
　Sinto por não ter avisado antes, mas fui para o Novo México trabalhar com o dr. David. Já tive, por meio de nossas correspondências, um tremendo progresso em meu bem-estar. Pela primeira vez em muito tempo, se não desde que me entendo por gente, sinto a mente mais lúcida. Este espaço, devo confessar, tem sido parte importante no meu crescimento. Fiquei presa por tempo demais na sombra do nome da nossa família, e isso me levou a esquecer quem sou de verdade.
　A favor de minha contínua melhora pessoal, peço, por favor, que respeite meus desejos e me permita o distanciamento de que preciso — de você e do restante da nossa família. Por ora, peço que não me contate. Quando eu terminar o protocolo do dr. David, voltarei para você como a melhor versão da sua irmã. Até lá, saiba que você, mamãe, papai e Roy têm todo o meu amor.
　Da sua,
　Laura

Ao contrário do que Briggs dissera, pensou Margaret, aquilo não explicava absolutamente nada.

29

HAYDEN E EU andamos pelos longos caminhos bem cuidados do antigo Cemitério Bonaventure, com chá gelado e café em mãos, e o sol aquecendo nosso cocuruto. Eu já vim até aqui outra vez, e é tão bonito quanto me lembro, com um belo jogo de luz e sombra criado pelas centenas de árvores antigas cobertas por barbas-de-velho.

— Eu sempre gostei de cemitérios — confessa Hayden.

— Sério? — pergunto. — Por quê?

— Acho que é a coisa da permanência — diz. Quando olho pra ele, acrescenta: — Não dos corpos. Sei que eles não duram. Até as lápides ficam gastas. Mas da ideia de existir um lugar onde dá para encontrar as pessoas que vieram antes da gente. E para onde podemos voltar para encontrá-las.

Ele para quando chegamos ao topo de uma colina e nos deparamos com um funeral, um grupo de pessoas cabisbaixas, de preto, ao redor de um túmulo.

A dor percorre o rosto dele.

— Está tudo bem? — pergunto.

Ele olha para baixo, as pupilas dilatadas ao me ver, e pega minha mão, entrelaçando nossos dedos.

— Desculpa. A última vez que estive em um desses, foi no do Len.

Eu me inclino para beijar seu ombro.

— Não tem por que se desculpar.

Quando recomeçamos a andar, ele me examina com o canto do olho.

— O seu último foi o do seu pai?

Assinto, os olhos fixos à frente.

— Foi meio estranho. Ele era jornalista aposentado, então apareceu um monte de colegas de trabalho e pessoas sobre quem ele tinha escrito.

— Ah, legal da parte deles — comenta Hayden.

— É, mas acho que eu teria preferido uma coisa mais privativa.

— Faz sentido.

Penso em Cosmo e Margaret subindo os degraus do cartório, com metade do mundo assistindo, e mesmo assim as fotografias parecem retratar uma cena íntima. Sou atingida por uma vontade louca, pela milionésima vez, de poder conversar sobre isso com meu pai. Sobre tudo que passei a noite transcrevendo e todas as informações que precisei checar. Até agora, não me deparei com mais nenhuma mentira ou meia-verdade, não desde que conversamos sobre Nicollet, mas não consigo deixar de sentir que Margaret ainda está escondendo grandes segredos, e me pergunto se Hayden está tendo a mesma experiência.

Ela e eu só temos mais três sessões e estamos chegando a algumas das piores coisas que já aconteceram com a família Ives.

A situação com o dr. David. As prisões. O julgamento. O acidente.

Não faço ideia de como Margaret conseguiu seguir com uma vida tão isolada carregando todo esse peso nos ombros, sendo que estou sabendo disso tudo há meras três semanas e já estou desesperada para compartilhar o que sei com Hayden.

Como se lesse minha mente, ele para de andar e me puxa para um abraço, encaixando-me em seu corpo aquecido pelo sol, o queixo apoiado em minha cabeça. E, mesmo que não estejamos falando nada, parece *mesmo* que parte do fardo se transfere para os ombros dele.

— Você viu a foto? — pergunta Hayden.

Eu me afasto para olhar para o rosto dele. Levo um instante para processar.

— Vi, mas não sei o que significa.

Ele assente de leve, os olhos estreitos e a boca tensa.

— Por quê? — pergunto.

— Porque você precisa saber — responde ele — antes de aceitar esse trabalho.

— Então agora sou eu que vou ficar com o trabalho?

— Você me cativou — murmura. — E preciso admitir que cativou a Margaret também.

— É, mas não estou *dormindo* com a Margaret — respondo.

— E não está dormindo comigo também — corrige ele.

— *Ainda* — observo. — E de quem é a culpa?

Ele solta uma risada, me beija e volta a andar, puxando meu braço por nossas mãos entrelaçadas.

— O cemitério foi uma boa ideia.

— Iluminado e cheio de gente — digo. — Ou, tipo, com um bom número de pessoas, pelo menos.

Mais tarde, quando voltamos para minha casa, fazemos o jantar. Torta de tomates verdes, quiabo frito, pãozinho amanteigado — ele nunca tinha comido mais da metade dessas coisas, e com certeza nunca deve ter feito em casa do zero também.

— Seus pais não te ensinaram a cozinhar? Nadinha? — pergunto enquanto fatiamos tomates lado a lado.

Ele balança a cabeça.

— Era minha mãe quem cozinhava, e ela tinha aflição de ter mais gente na cozinha enquanto trabalhava.

— E essa *aflição* toda era por causa da culpa de não se achar uma boa mãe? — pergunto.

— Talvez fosse um pouco, sim. Mas ela também já me disse que a cozinha era o "templo" dela, o que é meio confuso, já que ela e meu pai *também* arrastavam a gente pra Primeira Igreja Presbiteriana toda semana.

Solto uma risada e checo os pãezinhos. Podem ficar mais alguns minutos.

— Acho — continua ele — que ela queria dizer que a cozinha era a *madrugada* dela.

— Madrugada? — Volto para o lado dele, as mãos grandes de Hayden ainda fatiando os tomates gordos que compramos em uma feira em Savannah.

— Sabe, o equivalente a eu vagar por aí depois que todo mundo dormia. Quando penso nisso agora, fico com a sensação de que ela gostava da privacidade e do controle. — Ele faz uma pausa curta. — Sei que meus pais se amam, mas acho que ela não nasceu pra ser esposa de político. Por mais que a cidade fosse pequena.

— Acha que ela nasceu pra fazer o que, então? — pergunto, curiosa.

Ele dá de ombros.

— Sei lá. Quando ela era adolescente, queria ser cantora, mas tinha medo do palco. No fim, acabou em um palco do mesmo jeito.

Penso no caminho que existe na propriedade de Margaret, aquele que serpenteia por todo o ateliê dela. *Unicursal.* Um começo, um fim. Ou, dependendo de como se olha, sem começo e sem fim: só uma jornada.

— Você acredita que a gente tem esse negócio de livre-arbítrio? — pergunto.

Ele solta uma risada repentina que me aquece por dentro.

— Você — diz ele — me surpreende mais do que qualquer outra pessoa que já conheci.

— Então isso é um sim? — questiono. — Sobre o livre-arbítrio?

Ele deixa a faca de lado.

— Assim de bate-pronto, sem pesquisa?

— Que resposta mais jornalística! — Tento evitar abrir um sorriso.

— Vai, só pelo instinto, você diria que sim ou não?

— Eu acho... — Ele ergue os olhos para o teto, depois desce o olhar até o meu rosto. — Eu acho que muita coisa foge do nosso controle. Quase tudo na vida. Mas acho que acreditar que estamos todos em um trilho fixo, sem poder direcionar o trem com nossas próprias decisões... me parece o tipo de coisa que alguém com muitos arrependimentos ia querer que fosse verdade. Talvez eu precise de outra verdade.

— Tipo qual? — pergunto.

— Que não precisamos chegar lá no fim cheios de arrependimentos. Que se tem alguma coisa que importa de verdade pra gente, podemos escolher nos apegar a ela.

— Prefiro a sua visão de mundo — digo, sorrindo para ele. Ele abraça minha cintura e esbarra o nariz no meu, brincando.

— Ah, é?

Eu assinto, e o movimento faz nossos lábios roçarem de leve um no outro.

— Pode ficar com ela, então — concede ele.

Dou uma risada.

— Ah, é? Posso ficar com o mundo inteiro?

— O meu, sim — responde ele. — Com o meu mundo você pode ficar.

— Aquele primeiro ano de casamento foi o melhor e o pior que eu tinha vivido até então — conta Margaret.

Estamos uma ao lado da outra no jardim dela, o céu todo cinza, mas o calor mais abafado do que nunca. Meu corpo parece um pântano, a franja colada na testa enquanto arranco outro punhado de ervas daninhas do canteiro à minha frente, o gravador direcionado para cima na grama entre nós.

— No começo, tentei fazer o que a Laura pediu — continua ela, ainda cavando e arfando com o esforço. — Esperei um mês inteiro para mandar uma carta e depois mais outro na expectativa de receber uma resposta que nunca chegou, para só então escrever mais uma. Mas aí fiquei sem resposta de novo, é claro. Às vezes eu ficava furiosa, em outras, devastada. Na maior parte do tempo, ficava preocupada. Meus pais também tentaram entrar em contato com ela. Minha mãe até recebeu uma resposta, um pedido por mais espaço. Laura disse alguma coisa sobre como toda vez que passávamos do limite, a jornada de cura dela retrocedia e ela teria que ficar mais tempo longe.

— Você sabia o que ela queria dizer com "jornada de cura"? — pergunto.

— Não fazia ideia! Comecei a ler os livros do "dr. David" para tentar encontrar um sentido em tudo aquilo, mas sinceramente só me parecia um monte de besteiras. Ele usava palavras difíceis, frases tão longas que você chegava ao final sem se lembrar do começo e tudo era muito vago. A ideia central era que ele acreditava que o mundo estava morrendo. Achava que a humanidade tinha extrapolado um limite e que, se medidas drásticas não fossem tomadas, não teria volta. Mesmo dentro da bolha Ives, minha irmã precisava lidar com a própria ansiedade e acabou se identificando com todo aquele papo de previsões apocalípticas dos ensinamentos dele.

— Você acha que foi isso que a levou até o David Ryan Atwood? Uma crise existencial?

Ela volta a apoiar o calcanhar no chão e limpa uma gota de suor da testa.

— Acho que isso *e* solidão. Ela estava vivendo o luto pelo nosso avô, nossos pais estavam ocupados e eu... eu não estava tão presente quanto poderia.

— Mas foi ela que sugeriu que você saísse com o Cosmo — relembro.

— Eu sei, eu sei — responde Margaret. — E eu *jamais* me arrependeria disso. De jeito nenhum. Mas é que algumas pessoas não ficam bem sem um objetivo. Eu me contentava só de... sabe, *estar viva*, seja lá qual fosse a situação pela qual estivesse passando, antes de conhecer o Cosmo. Depois dele, para mim já compensava estar viva só para amá-lo e ser amada por ele. Mas a Laura era inteligente demais. Ela deveria ter seguido carreira acadêmica ou virado cirurgiã, talvez, sei lá. Trabalhado pra NASA! Mas recebendo tudo de mão beijada, tendo todas as portas abertas, acho que ficou difícil para ela encontrar um senso de propósito. Acho que ela se deixou levar por aquele homem porque ele *via o potencial dela*. E poucas pessoas viam.

"Li algumas das primeiras cartas dele pra ela, sabe? Bem depois. Ele falava que ela era incrível, o que era verdade. Disse que ela podia ajudar a curar o mundo, e isso importava para ela. E falou que ela estava sendo sufocada pela nossa família, pela própria vida, e isso também não estava errado. O problema é que falava esse monte de coisas por um motivo."

— Manipular a Laura? — pergunto.

Margaret assente, soturna, e arranca outra erva daninha com raízes longas e emaranhadas.

— Ela era incrível e compassiva, e se sentia sufocada — continua. — Mas também era de uma das famílias mais ricas e poderosas do mundo. Só depois ficamos sabendo que ela mandou dinheiro para ele durante semanas antes de ser convencida a se juntar ao seu "centro". Pra falar a verdade, acho que ela financiou aquilo tudo sozinha.

— Você continuou tentando escrever pra ela? Depois que sua mãe recebeu a carta? — pergunto.

— Fiquei com medo demais — responde Margaret. — Pelo jeito como ela falou, Laura fez parecer que existia um período já predeterminado que ela precisava ficar longe de mim e que eu só estava aumentando esse tempo toda vez que tentava entrar em contato. Então achei melhor ser paciente. Depois de uns cinco meses, meus pais, Cosmo e eu decidimos contratar um detetive particular. Ele ficou duas semanas no Novo México e voltou com umas fotos grandes em preto e branco. E lá estava ela. Minha irmã, o dr. David e uma outra mulher que parecia uns anos mais velha que ela.

— E como ela estava? — pergunto.

Uma expressão cruza o rosto de Margaret, sombria e rápida como um raio, parecida com vergonha.

— Ela tinha perdido ainda mais peso. Agora que sei como as coisas terminaram, entendo que devia ter prestado mais atenção nisso. Mas na época... a questão é que ela estava sorrindo.

Ela me olha bem fundo nos olhos, as íris azul-claras cheias de lágrimas, mesmo agora, sessenta anos depois do acontecido.

Ela pisca para afastá-las e volta a cavar.

— Rindo. Sorrindo. Ela parecia feliz. Às vezes segurava a mão dele. Eu me lembro de uma em que o cabelo dela estava esvoaçando para trás enquanto desciam a rua com um monte de sacolas de frutas e vegetais. Em cada uma daquelas fotos, ela parecia feliz. O que foi um alívio. E uma facada no meu coração.

"Depois disso, prometi pra mim mesma que não ia mais escrever para ela. Ou melhor, continuei *escrevendo*, mas não mandei as cartas. Toda vez que queria contar alguma coisa para ela, ou seja, o tempo todo, eu escrevia e enfiava a carta em uma gaveta. Não demorou para eu ter dezenas, talvez centenas, enfiadas em cada canto da casa da minha família e da casa do Cosmo, em Nashville, e na nossa casa em Beverly Hills também.

"Só de vê-la feliz daquele jeito... já fiquei bem melhor. Às vezes eu sentia uma felicidade tão grande que era quase insuportável, e essa felicidade perdurava por semanas. Aí acontecia alguma coisa e eu pensava na minha irmã, lembrava que ela não estava mais comigo, e mal conseguia sair da cama."

— Sinto muito — intervenho. — Deve ter sido horrível.

— O Cosmo teve que voltar para a vida de turnês e no começo eu o acompanhei, mas odiava. De verdade. Amava viajar com o meu marido, mas era difícil dividi-lo daquele jeito. Eu me sentia muito sozinha. Metade do tempo só ficava pensando, tipo, *será que a Laura já respondeu alguma carta*. Então, no fim, acabei indo pra casa.

— E depois? — pergunto.

— A imprensa percebeu — responde ela, com um sorriso sarcástico. — Todo dia era uma besteira nova. Artigos sugerindo que a gente estava se separando. Fotos dele e de todas as mulheres bonitas com quem só tinha trocado meia dúzia de palavras enquanto estávamos longe, além de várias sugestões de que ele estava fazendo muito mais do que só *falar*.

"A pior parte dessa história é que eu não tinha certeza. Não perguntava porque não queria descobrir nada que pudesse destruir nosso casamento, e obviamente não queria que ele mentisse. Sabia que ele me amava e tentei me concentrar nisso. Ele me ligava todo dia, duas vezes por dia até, e algumas vezes fui de avião fazer uma surpresa para ele nos shows. Cosmo sempre ficava radiante. Se *chegou a ter* alguma outra mulher esperando por ele no camarim, elas sempre foram embora antes de a gente voltar para lá.

"Às vezes a gente conversava sobre ter filhos, mas a primeira vez que levamos um susto de gravidez... eu nunca tinha sentido aquele pavor antes. Não sei nem dizer por quê. Cosmo foi ótimo na ocasião, ficou tentando me acalmar e tudo. Eu chorei de soluçar por umas seis horas seguidas até minha menstruação descer e, quando bateu o alívio, nós brigamos.

"A gente quase nunca brigava. Não era uma coisa que acontecia no nosso relacionamento, para o bem e para o mal. Nunca achei que a gente precisasse concordar em tudo, e ele nunca me forçou a fazer nada que eu não quisesse. Mas ficou chateado com a minha reação, por eu não ter certeza se queria ter filhos."

Ela me lança um olhar cheio de significados.

— Acho que era uma coisa mais importante de saber antes de se casar do que o nome do meio — completa.

— E o que você teria dito pra ele? — questiono. — Se ele tivesse perguntado isso naquela época?

Ela solta o ar com força.

— Teria respondido que *não sabia*. Porque era a verdade. E, depois daquela briga, tive mais dúvidas ainda. Em um momento de fraqueza, escrevi outra carta para minha irmã, e dessa vez mandei. Contei tudo que ela tinha perdido. Contei sobre o bebê que não existia, o quanto eu estava confusa sobre trazer um ser novo para esse mundo. Tentei até dar uma bajulada nela perguntando se o dr. David não teria algum conhecimento sobre o assunto. Ela não respondeu, é claro, mas depois dessa carta, senti que tinha feito as pazes com a situação. Nunca ficou mais fácil estar sem ela, mas acabei me acostumando com a sensação de carregar a dor, aprendi a guardá-la em um armário e a seguir com a vida.

"Demos festas e jantares extravagantes. Comparecemos a bailes, premiações e eventos beneficentes. Brigamos e nos reconciliamos, fodemos e fizemos amor. E ele me escreveu músicas tão adoráveis que só a primeira nota já era de derreter o coração."

Ela abre um sorriso triste, embora os olhos continuem soturnos, concentrados no canteiro.

— Aos domingos, quando estávamos em Los Angeles, jantávamos com meus pais e Roy na casa da família, e sempre que meu pai estava passando por uma de suas *fases de divórcio*, Cosmo e eu passávamos umas semanas com ele. Minha avó tinha morrido e minha tia-avó Gigi havia se mudado para Paris, então ele precisava de companhia.

"Vivemos uma vida inteira naqueles poucos anos juntos. A agenda de Cosmo começou a ficar mais livre depois que os Beatles pisaram nos Estados Unidos, em fevereiro de 1964, mas os paparazzi de repente ficaram mais ansiosos do que nunca para pegá-lo fazendo alguma coisa escandalosa ou me flagrar fazendo algo horrível. Fizemos o possível para nos blindar, mas eu conseguia ver como isso o afetava, a forma como o mundo tinha encolhido de modo tão cruel, tão rápido. Jornalistas que beijariam o chão por onde ele estava passando meros cinco anos antes, naquele momento, caçoavam dele. O 'Garoto-Prodígio do Rock'n'Roll' estava cada vez mais velho.

"Quanto mais o tempo passava, menos a gente tocava no assunto sobre a Laura. Era doloroso demais, e a raiva do meu pai só aumentava conforme ele ia chegando à velhice. Acho que era mais fácil assim. Sentir raiva pela forma como ela tinha dado as costas pra gente em vez de sofrer por ela estar longe."

— E a sua mãe? — pergunto.

— Em algum momento ela admitiu pra mim que continuou pagando aquele detetive particular — disse ela. — Meu pai não queria mais pagar. Estava revoltado e magoado demais. Então ela não recebia notícias com tanta frequência, mas a cada seis meses, mais ou menos, chegava um envelope com novas fotos. Até que, em uma noite de domingo, depois do jantar, meu pai apoiou os talheres na mesa, se levantou e disse: "Bernie, Margaret, preciso conversar com vocês na sala de estar. Reunião de família."

— O Roy e o Cosmo ficaram de fora — comento.

— Meu pai sempre foi bem receptivo com o Cosmo e, até certo ponto, considerava até o Roy da família — aponta ela. — Então eu sabia que o assunto era delicado. Fomos para biblioteca enquanto Roy e Cosmo comiam a sobremesa. Eu me lembro de que a lareira estava acesa, mesmo que estivéssemos em pleno verão na Califórnia. Mas meu pai era assim. Tinha as manias dele.

"Ele fez a gente se sentar e soltou tudo em cima da gente de uma vez, sem nenhum preâmbulo. Só disse: 'Estão querendo nos extorquir'.

"Minha mãe quase caiu da cadeira. 'Quem?' eu me lembro que ela perguntou. 'Por quê?'. Mas tinha alguma coisa no rosto do meu pai que já tinha me respondido tudo isso em alto e bom som. Eu não sei como, mas já sabia. Aí ele puxou a carta do paletó e mostrou pra gente.

"O engraçado é que... bom, não *engraçado*, mas, sabe, *curioso*... é que eu nem liguei para o que o meu pai tinha dito quando vi a caligrafia. A única coisa que importava pra mim era que Laura estava bem. Que ela finalmente tinha mandado uma carta para a gente."

A história

VERSÃO DA MÍDIA: Laura Ives era o braço direito da seita Momento Popular de Cura Metafísica. Laura Ives foi só mais uma vítima de David Ryan Atwood. Laura Ives não era flor que se cheirasse. Laura Ives era uma gênia do crime. Era a vilã; era uma tola.

VERSÃO DE MARGARET: Quando era criança, Laura amava zebras. A família teve algumas por um tempo. Adquiriram quando a amante do avô teve um chilique porque queria uma. Se livraram delas quando Laura tinha onze anos e seu coração não aguentava mais vê-las presas.

Freddy atendeu imediatamente ao pedido da filha mais nova. Não era apegado às zebras. Não era apegado a quase nada na mansão praiana do pai. Por algum motivo, só continuou fazendo as coisas do jeito que Gerald sempre fizera.

A raiva de Freddy também era igual à do pai, fervia sempre que o controle sobre a própria vida lhe escapava. Freddy até podia nunca ter saído andando bufando e pisando duro como o pai fazia, mas permitira que o ciúme e a vergonha destruíssem seu casamento da mesma forma.

Ele não entendia como aquilo tudo acontecia: por que não conseguia parar de se distanciar de quem mais amava no mundo, não entendia como sempre acabava naquela situação todas as vezes, sozinho naquele castelo grande e vazio.

Nunca chegou a verbalizar nada disso. Não saberia por onde começar, ou qual era o momento para conversar sobre isso. Mas Margaret não foi a única a escrever cartas que nunca foram enviadas.

Anos mais tarde, depois que ele morreu, ela leu todas. A maioria era endereçada para sua mãe, o que era de partir o coração. Mas muitas eram para Laura e para a própria Margaret.

Na noite em que ele contou a ela e a Bernie sobre a extorsão, sobre os quatro milhões que Laura estava exigindo para guardar os segredos do avô, estava estranhamente calmo. Como se toda aquela raiva que acobertava a dor e o arrependimento tivesse se calcificado em uma coisa estável, em vez de explosiva. Em aço. Em uma lâmina.

Debateram por um tempo sobre o que deveriam fazer. Bernie chorou, o que foi uma raridade surpreendente, e tão surpreendente quanto a forma como o ex-marido a tomou nos braços para acalentá-la. Fazia tanto tempo que Margaret não os via tocar um ao outro daquela forma. Naquele momento, viraram uma verdadeira família, o que só serviu para ressaltar ainda mais a ausência de Laura.

O problema em decidir o que fazer era que nenhum deles *sabia* quais eram os segredos de Gerald Ives, nem o quanto valiam. Só Laura sabia. Bernie sentia-se tentada a entregar o dinheiro, pensando que Laura talvez estivesse passando por necessidades e que isso fosse melhorar a situação dela com a família. Freddy, no entanto, estava mais inclinado a negar.

— Ela não vai conseguir provar nada do que decidir vazar — argumentou. — E, se nós pagarmos uma vez, vão continuar pedindo mais.

— Aí a gente dá mais — rebateu Margaret. — Quem se importa? Se isso for trazer a Laura de volta...

— Como dar dinheiro a traria de volta? — perguntou Freddy.

Era uma pergunta retórica, imaginou Margaret, mas para a qual tinha uma resposta na ponta da língua:

— A gente entrega para ela — disse. — Mas só *para ela*. Pessoalmente.
Bernie arrumou a postura ao ouvir isso.

— Não temos motivo para achar que ela vá concordar com isso — argumentou Freddy. — Não foram esses os termos dela.

— Então negociamos novos termos — insistiu Margaret. — Temos que tentar.

Foram necessários cinco dias para chegar a um acordo, tudo negociado por meio de rápidas ligações feitas por meio de telefones públicos, tendo como interlocutora uma mulher que *não era* Laura e não lhes disse nome algum. Todas as regras que se via filmes foram estabelecidas: nada de polícia, venham sozinhos, não falem para ninguém, não tentem nenhuma gracinha.

As ligações foram feitas direto para o telefone da casa Ives, que ficava vigiado por Freddy a todos os momentos do dia e da noite. Mas, depois que a data e o local foram definidos, os três concordaram que era Margaret quem deveria ir. Ela disse para Cosmo que precisava visitar a irmã, mas não ousou dar mais detalhes além de que Laura tinha concordado em vê-la.

Qualquer informação a mais desencadearia a segunda briga real entre os dois. Uma briga sem motivo algum, já que nada que Cosmo dissesse mudaria a decisão de Margaret.

Darrin a levou até a lanchonete em Palm Springs e recebeu instruções muito claras de só voltar depois de duas horas exatas. Quem quer que tenha falado ao telefone com Freddy foi inflexível: mais ninguém da família Ives, ou que a representasse, poderia estar presente. Do contrário, o acordo estaria desfeito e quaisquer informações que Laura tivesse seriam divulgadas. Não que isso importasse para Margaret, mas era fundamental que dr. David — e sabe-se lá quem mais estivesse envolvido naquilo — *acreditasse* que importava, ou ela duvidava que algum dia voltaria a ver a irmã.

A lanchonete era suja e estava praticamente vazia. O interior era abafado e denso com a fumaça de cigarro. Margaret se sentou em um canto que dava para a porta da frente, de onde era possível ver a entrada do estabelecimento. Um homem de roupa cinza discreta estava no canto diametralmente oposto, e ela não sabia dizer se ele a estava observando ou não, mas decidiu que era melhor considerar que sim, só para garantir.

O sininho da porta tocou três vezes, dois clientes chegando e um indo embora, antes de Laura enfim entrar e, de início, o olhar de Margaret passou por ela da mesma forma como havia feito com os desconhecidos.

Levou vários segundos, depois que Laura já a havia olhado nos olhos, para reconhecer que a mulher esquelética de vestido marrom largo ali na frente era sua irmã.

O cabelo dela estava comprido e escorrido, o rosto pálido e com o aspecto doente. Mas o pior de tudo foi que, quando olhou para Margaret, algo muito parecido com *medo* brilhou em seus olhos.

Medo.

Ela estava *com medo*. Da própria *irmã*.

Margaret sentiu o estômago embrulhar. Forçou-se a sorrir. Laura começou a andar em sua direção. Parecia quase flutuar. Sentou-se à mesa e, com uma voz fraca e rouca, falou:

— Era pro papai ter vindo.

O coração de Margaret se partiu ao meio. Ela tinha um plano. Pretendia obter respostas. Convencer a irmã a ser mais sensata, mas tudo isso foi por água abaixo quando olhou para ela. Margaret espiou o homem no canto de novo, definitivamente observando as duas. Provavelmente não teriam muito tempo.

Baixou os olhos para o café preto como piche que estivera enrolando para tomar desde que chegara. Sua voz falhou ao murmurar:

— Me fala do que você precisa pra fugir.

Quando arriscou erguer o rosto, aquele mesmo medo surgiu no rosto ossudo da irmã.

— Eu não vou embora — sussurrou ela.

— Mas quer ir? — perguntou Margaret.

E não obteve resposta. Os olhos de Laura estavam voltados para baixo, as mãos tremendo contra a beirada da mesa.

— Me fala do que você precisa — repetiu Margaret, mais devagar.

Laura espiou ao redor, parecendo paranoica. Mas será que era mesmo paranoia se, *de fato*, havia algo a temer? Então sussurrou:

— Ele nunca vai me libertar.

— Me fala — insistiu Margaret, em voz baixa, sutil.

— Ele não deixa — respondeu Laura. — Fala que pertenço a ele.

Uma ira sem precedentes tomou conta de Margaret.

— E você acha que ele te ama mais do que eu? — sibilou. — Acha que ele chegaria a consequências mais drásticas pra te machucar do que eu chegaria pra te proteger? — Ela se inclinou para a frente, ansiosa, tentando fingir uma expressão de calma, desejando que o homem no canto lhes desse só mais um minuto. — *Não pode* acreditar em uma coisa dessas. — A voz dela soava feroz. — Eu te conheço e você me conhece. Eu vou ganhar. Se for ele contra mim, eu ganho. Não vou deixar que ele roube você. Sou sua, e você é minha, e ele não pode roubar você.

Laura a encarou de volta, os olhos marejados. No canto, o homem de cinza tossiu e Laura hesitou, voltando à expressão neutra, o rosto inexpressivo.

Tão inexpressivo que aquele momento assombraria os pesadelos de Margaret pelo resto da vida, o momento em que ela achou que tinha perdido a irmã para sempre.

Então, friamente, sem demonstrar qualquer sentimento, Laura recitou:

— Rua Gates, 3488. Primeiro de setembro. Onze horas.

E só. O homem no canto tinha se levantado e jogado umas notas na mesa. Ao ouvir as botas dele se aproximando, Laura ficou tensa.

Margaret tirou a valise de debaixo da mesa e a colocou entre as duas. O homem apareceu no espaço imediatamente acima do ombro de Laura e agarrou a mala antes que ela conseguisse.

Margaret não o reconheceu. Era mais novo do que o dr. David e tinha a cabeça raspada. Ela achou ter visto uma arma por baixo do casaco dele, mas podia ter sido só imaginação.

Ele deslizou a valise para fora da mesa e disse, calmo:

— Espere dez minutos no banheiro antes de ir. Se sair antes disso, vamos ficar sabendo.

— E vão fazer o quê? — perguntou Margaret.

Ele desviou os olhos dela para Laura com um sorriso que a gelou até os ossos. Ela assentiu e se levantou, a caminho do minúsculo banheiro úmido aos fundos da lanchonete abafada. Não estava de relógio, e lá também não havia nada para marcar a hora. Então contou. Sessenta segundos para cada minuto, dez vezes. E depois, como não tinha certeza se tinha contado direito, fez tudo de novo.

Voltou para a mesa, terminou o café e ficou esperando Darrin voltar para buscá-la.

Com a informação que Laura lhes fornecera, Freddy foi à polícia. A polícia os levou até o FBI. O endereço era um galpão antigo. Não faziam ideia do que encontrariam lá, nem se Laura tinha dado o endereço só para despistá-los, mas a família Ives tinha poder e dinheiro o bastante para ser levada a sério.

Muita coisa podia dar errado. Laura podia ter mentido. Ou ter dito a verdade e depois confessado para quem quer que a estivesse controlando. Podia ter se equivocado ao passar a informação. Ou talvez tivesse passado da maneira correta, e o que estava previsto para acontecer na Rua Gates, 3488 podia ter sido adiado, remarcado ou simplesmente cancelado.

Mesmo que encontrassem evidências de atividade criminosa, não havia garantia alguma de que conseguiriam levar David a julgamento com as informações obtidas ali. Mas nada disso importava tanto quanto tirar Laura de perto dele.

Era um meio para alcançar esse fim.

Às onze horas da manhã do dia 1º de setembro, o FBI invadiu um galpão alugado para um homem chamado Bill Jones. Chegaram vários minutos depois de uma grande entrega de armas obtidas por meios ilegais.

No tiroteio que se deflagrou, três membros do Momento Popular de Cura Metafísica foram mortos, assim como um agente. Cada uma daquelas pessoas tinha um nome. Cada uma tinha entes queridos dos quais se afastara, além de um medo, uma raiva e um sofrimento que o mundo jamais conheceria.

Foram mencionados em reportagens por meses, e em livros por mais tempo ainda. Mas Laura... Laura estava no centro de tudo.

Não estava lá para receber o carregamento de armas. Estava no centro, do outro lado da cidade, com David e três outras mulheres que ele considerava suas esposas.

Agentes federais fizeram uma batida lá também. No entanto, David e as mulheres se fecharam em um banheiro. Levou sete horas para conseguirem tirá-los de lá.

Não havia nada de ilícito naquele cômodo, nem na propriedade. O nome do dr. David não tinha qualquer ligação com o galpão cheio de armas, nem com os esquemas e planos detalhados para assassinar vários membros do alto escalão do governo.

Mas, se obtivessem o testemunho de Laura, não importaria. Ela poderia conectar todos os pontos. O problema é que, quando a encontraram, ela estava acabada. Esquelética, sem dormir, funcionando à base de uma mistura de estimulantes e sedativos.

"Ele manteve Laura Ives e diversas outras mulheres em um estado de fácil manipulação", diria um médico chamado para depor depois que os advogados de defesa de David tentaram culpar Laura por tudo.

Se Margaret achava que Laura estava mal na lanchonete, não era nada comparado com a situação em que ela se encontrava depois da batida policial.

Assustava-se com facilidade, quase não dormia, vomitava quando tentava comer... David a mantivera em uma dieta quase exclusiva de líquidos e frutas, sucos e refrigerantes adocicados que ele chamava de "remédio". Supostamente, limpariam o organismo dela de alguma coisa qualquer. Ela tinha pesadelos horríveis e não confiava em médicos, embora seu lado racional *soubesse*, àquele ponto, que David Ryan Atwood não era um médico de verdade.

A mente dela estava em guerra consigo mesma. Não sabia o que era real ou não. Ele distorcera tanto a visão que ela tinha da realidade que ela não conseguia mais confiar nem nos próprios instintos.

Nas primeiras semanas, ficou na casa da família, lendo os antigos diários de Lawrence de novo, a familiaridade com tudo aquilo funcionando como um bálsamo para ela. Na maioria das noites, Margaret e Cosmo ficavam no quarto ao lado, mas, quando não podiam, Bernie e Roy assumiam o posto.

Margaret só queria abraçar a irmã com força e prometer que tudo ficaria bem, mas Laura tinha passado os últimos anos escutando que sua família a estava vigiando, controlando, então ainda ficava tensa quando a irmã tentava tocá-la.

Margaret perambulava pelos corredores à noite escutando o choro de Laura, que se propagava pela porta do quarto, até que Cosmo acordou um dia, não encontrou a esposa e foi procurá-la. Às vezes, ficavam sentados juntos no corredor até ela dormir em seu colo.

A cobertura da imprensa não tinha fim e continuou incansável até o julgamento e depois dele. A autoestima já destruída de Laura só ficou ainda mais debilitada.

Ela se sentia tola, inútil. Sentia raiva, perdera as esperanças. Tinha a sensação de estar presa.

Foi ideia de Cosmo levar Laura para Nashville com eles, onde o brilho dos refletores não seria tão forte. Margaret nunca o amou tanto quanto naquele momento.

— Tem certeza? — perguntou, quando estavam deitados no antigo quarto dela, certa noite.

Ele alisou o cabelo de Margaret para longe do rosto e inclinou a cabeça dela sobre o próprio peito para beijar seus lábios.

— Seu coração vai continuar partido sem ela, Peggy — respondeu. — E o meu não tem como estar inteiro até que o seu também esteja.

Os três viajaram dois dias depois. Bernie, Roy e Freddy foram até o aeroporto para se despedir com abraços sofridos e apertos de mão firmes.

Margaret sabia que o coração dos pais também devia estar apertado por precisarem se despedir de Laura de novo, mas fizeram o que achavam melhor para ela, e ela também nunca *os* amou tanto quanto naquele momento.

Quando chegaram à casa em Nashville, Margaret pegou a mala e correu na frente para preparar o quarto de Laura. A cabaninha da infância delas estava armada só até a metade quando Laura e Cosmo subiram, mas ver o tecido parcialmente caído sobre a cabeça da irmã fez Laura soltar uma risada que derreteu algo que estivera congelado no coração de Margaret havia anos.

— É pra você poder dormir em um lugar um pouco mais... aconchegante — explicou, porque Laura estivera dormindo no próprio closet até então, já que era o único lugar em que se sentia segura na Casa Ives.

— Obrigada. — Laura pegou a mão de Margaret e sorriu. Foi breve, e foi lindo.

Levou tempo. Meses. Mas as coisas pareceram começar a entrar nos eixos. Como se o sol estivesse aos poucos nascendo depois de uma noite interminável.

Laura começou até a frequentar um médico amigo de Cosmo com regularidade. Muito aos pouquinhos, foi começando a confiar nele.

Ela não estava *bem*, mas estava melhor, e Margaret se contentava com isso.

Cosmo continuou a fazer turnês, mas para um público *mais velho* e por menos dinheiro. Margaret ficou em casa com a irmã. A mídia parou de tentar encontrar problemas no casamento deles e, em vez disso, passou a dedicar-se inteiramente a questionar se Cosmo não havia perdido todo o brilho e o talento que tinha ao fazer um pacto com o diabo que era a família Ives... ou se só tinha ficado velho demais para o rock.

As críticas a seu novo álbum eram piores do que agressivas: eram mornas. Ele não escandalizava mais o público americano. Só se cansaram dele.

— Não entendo como as pessoas podem ter ido do amor ao ódio, sendo que não mudei em nada — disse ele certa noite, e Margaret sentiu o coração apertar quando tentou explicar aquele fenômeno a ele com base na própria e ampla experiência.

— Porque eles nunca amaram você — respondeu ela. — E também não é como se te odiassem agora. Eles nem te conhecem, Cosmo.

Não fazia sentido para ele. Sempre fora tão presente no mundo que via aquelas pessoas — os jornalistas, fotógrafos, âncoras, críticos — como colegas, *conhecidos*.

Tinha sido bom acreditar que o amavam, e acabava com ele pensar que agora o odiavam. Não dava para se abrir a um sentimento sem abrir uma brecha para que o outro o atingisse também.

— Não perde a gente de foco — disse Margaret. — As pessoas que te conhecem. Que te amam. Que sabem do seu coração.

Ele prometeu que tentaria.

O novo médico de Laura fazia visitas de tempos em tempos, normalmente às terças-feiras, para ver como estavam o sono e alimentação dela, se sua ansiedade tinha melhorado um pouco. Mas em uma daquelas terças, depois de uma semana de exaustão e náusea, Margaret pediu a ele que a examinasse também.

Quando ela começou a descrever os sintomas, o médico ergueu o rosto contendo (muito mal) um sorriso. Assim que ela terminou, ele fez uma pergunta que mudaria a vida dela para sempre:

— Há alguma chance de você estar grávida?

Dessa vez, com Laura no quarto ao lado e Cosmo no quintal bebendo chá gelado com seu agente, Margaret só sentiu alegria pela possibilidade.

Muita alegria.

Uma chama brilhante que queimava tão forte que afugentou aquela sombra que cobrira seu mundo tantos anos antes, como se tudo aquilo tivesse sido só uma nuvem passageira.

Havia muitas coisas para temer, muitas coisas que podiam dar errado, mas, naquele momento, com as pessoas que ela mais amava seguras e por perto, tudo o que Margaret enxergava era aquela luz brilhante.

Então foi tomada pela *esperança*.

Pela primeira vez em muito tempo, sentiu esperança. E isso era tudo.

30

Na terça à noite, repasso as anotações que fiz na sessão que tive com Margaret no jardim, acrescentando detalhes da minha pesquisa paralela conforme avanço.

Nos anos 1960, quando tudo isso aconteceu, ninguém sabia ao certo que tipo de informação Laura cedera às autoridades para ganhar proteção legal. A maioria das pessoas só presumiu que, depois da prisão do grupo, ela virara a casaca e concordara em testemunhar para a promotoria, um acordo que só lhe foi oferecido por causa do dinheiro e do poder da própria família.

Nunca li em lugar algum sobre a extorsão ou o encontro tenso na lanchonete. Então começo a me perguntar por que o assunto foi tão abafado. Se foi algo que o governo preferiu ou se os próprios Ives insistiram para que todo o papel que Laura desempenhou naquela busca e apreensão fosse mantido em segredo.

Com base em tudo que Margaret me contou, o julgamento foi difícil para Laura. Mesmo nas ilustrações rápidas e rascunhadas da corte, ela parece apavorada. Não me surpreenderia se estivesse aterrorizada com a possibilidade de sofrer retaliações por ter feito *mais* do que só se virar contra David Atwood. Por ter armado para ele.

Começo a passar pelas abas do navegador, procurando, até encontrar uma notícia antiga do *New York Times*. Uma manchete. Na fotografia granulada à direita do artigo, Laura está saindo do tribunal de cabeça baixa, cercada de advogados e seguranças. Vários passos atrás, percebo *metade* de um rosto que não tinha visto antes. Um homem usando terno e óculos grandes demais está se virando para falar com alguém na multidão. Não dá para vê-lo por inteiro, mas já é o suficiente para um choque descer pela minha coluna.

Eu o *conheço*.

E de mais de um lugar. Volto para a aba em que estava analisando as ilustrações do julgamento. Desço a página para confirmar minha suspeita.

Ali, bem como eu imaginei.

Uma versão caricata e mais abstrata do homem de terno. Rosto redondo, um vão entre os dentes. Os documentos anexos às ilustrações o descrevem como *dr. Cecil Willoughby, dando seu testemunho acerca do estado médico de Laura Ives durante o envolvimento dela com o caso do Momento Popular.*

Estou vibrando de adrenalina quando tiro o telefone do bolso do pijama e abro a foto que Cecil Wainwright me mandou.

Dou zoom em sua cara até cortar o cabelo comprido dele da tela.

Rosto redondo. Sorriso com vão entre os dentes. É o mesmo homem.

Sinto o mundo girar quando *outra* onda de déjà-vu me atinge. Porque tenho quase certeza de que essa não foi a única vez que vi o dr. Willoughby na mídia.

Em uma nova aba, abro o famoso vídeo da coletiva de imprensa, filmado do lado de fora do hospital, anunciando a morte de Cosmo Sinclair.

Lá está ele de novo, de jaleco branco, o cabelo curto e bem penteado, com gel.

Dr. Cecil Willoughby.

Capitão Cecil Wainwright.

O dono do Fish Bowl. O cara que dá festas anuais de não aniversário para si mesmo e nunca sai de casa sem um chapéu bucket. O cara que ultimamente anda *interessado demais* na presença de não só um, mas dois jornalistas na ilha Little Crescent.

Com as mãos trêmulas, mando uma mensagem para Hayden: Puta merda.

Pois é, responde ele. Tô chegando.

JOGO UMA COLHERADA de café em um filtro novo.

— O que isso significa?

— Não sei ainda — responde Hayden, inclinando-se contra a bancada. Ele apoia cada uma das mãos de um lado da cintura e um pedacinho de sua barriga aparece quando a camisa sobe.

Eu me forço a voltar para a tarefa em questão.

— Mas é coincidência demais, não é? — Pego água na torneira. — Não tem como esse médico *e* Margaret terem acabado no mesmo lugar, os dois usando nomes falsos, e não saberem um sobre o outro. — Ele abre a boca para responder, mas sou mais rápida: — Se não quiser conversar sobre isso...

— Eu quero — responde ele. — Qualquer coisa que eu falar, você descobriria sozinha de qualquer jeito. Vai ser mais rápido se a gente trabalhar junto nisso.

Assinto e uma chama arde em meu peito com a ideia. Jogo a água no tanque da cafeteira, ponho a jarra na base e aperto LIGAR.

— Tipo, teoricamente, é *possível* que ela não saiba que ele está aqui? E vice-versa?

— Claro — responde Hayden. — Tudo é possível. Mas ainda tenho a sensação de que estão *brincando* com a gente aqui, e não consigo descobrir *como* nem *por quê*.

Franzo a testa.

— Nem eu. — Quero confiar em Margaret, porque no fim sou eu que fico pedindo para que *ela* confie *em mim*, então eu deveria estar lhe dando pelo menos o benefício da dúvida... mas tem alguma coisa estranha nisso tudo. — Ela nunca mencionou o Cecil pra mim. Digo, chegou até a falar sobre o médico que testemunhou no julgamento de Atwood, mas não usou o nome dele, e tenho bastante certeza de que nunca deu a entender que tem *amigos* na ilha. Até onde sei, ficam só ela e Jodi naquela casa o dia inteiro, todo dia. E ultimamente nem a Jodi anda mais por lá.

— A mesma coisa comigo.

Ficamos em silêncio enquanto a cafeteira passa o café. Então sirvo uma xícara para cada um de nós.

— Você perguntou isso pra ela? — questiono. — Sobre ele?

Hayden balança a cabeça e coloca a xícara na bancada.

— Não quis pressionar, para o caso de existir uma explicação que ela pretenda dar mais pra frente. Mas é como eu falei, tem alguma coisa muito esquisita nessa oferta de trabalho desde o começo.

Ele inclina a cabeça para o lado e abre a boca.

— Só pra deixar claro mais uma vez — faço questão de insistir —, você não tem obrigação nenhuma de me contar nada.

— Não, não é isso — diz ele. — É que... a gente percebe quando tem alguém mentindo pra gente, não é? Ou quando tem alguém *achando* que está te contando toda a verdade, mas tem mais coisa por trás?

— Aham, às vezes. — Depois de pensar melhor, corrijo: — Muitas vezes.

— É que eu venho sentindo isso. O dia inteiro, todos os dias. Mesmo quando ela está contando coisas que são *verdades comprovadas*. E para alguém que se deu ao trabalho de inventar esse teste ridículo, ela anda estranhamente reticente em, de fato, falar sobre si mesma.

— Ela fica *quieta* nas suas sessões? — pergunto, chocada.

Ele solta uma risadinha pelo nariz.

— Não. Nunca chegou a ficar quieta. Só… evasiva. Ela gosta de conversar sobre livros, filmes, receitas e até sobre a porra do tempo, mas aí se fecha quando o assunto é qualquer outra coisa além disso. Às vezes, ela cancela de última hora, mesmo que, até onde eu saiba, não esteja indo pra lugar nenhum.

Uma ideia surge em minha mente, algo que já consideramos uma vez, lá atrás.

— Vai ver ela está doente, mesmo. Vai ver Cecil está aqui porque ele é médico, alguém em quem ela confia. E está cuidando dela. — Quando *perguntei* para ela *por que agora*, a única resposta que ela me deu foi *Se não agora, quando?*

— Mas por que esconder isso da gente? — questiona Hayden. — Não é incomum que as pessoas decidam fazer esse tipo de coisa no fim da vida. Aliás, quase todas as entrevistas que fiz desde que escrevi sobre o Len foram com celebridades idosas perto do fim da vida e que queriam uma chance de contar sua história. Nós assinamos acordos de confidencialidade. Se ela está doente, por que não conta?

— Porque as pessoas nem sempre são lógicas ou práticas — argumento.

Fico pensando na minha época de adolescente, quando Audrey e eu finalmente fomos para a escola pública e deixamos todas aquelas cirurgias dela em um passado remoto.

Poderíamos ter conseguido evitar um pouco do bullying se as pessoas soubessem pelo que minha irmã tinha passado, *por que* tínhamos estudado em casa e ficado isoladas até então. Mas Audrey não queria que ninguém soubesse.

— Você se importa se eu perguntar pra ela?

— O que, se ela está doente? — questiona Hayden.

Balanço a cabeça.

— Sobre o Cecil.

Ele faz uma careta.

— Você que sabe, mas...

— Mas?

Hayden dá um suspiro e passa a mão pelo cabelo escuro.

— Não sei. Talvez ela não leve numa boa. Estamos tão perto da linha de chegada. Se você quiser ser contratada...

— Eu quero ser contratada pra contar a história dela — argumento.

— Mas, se ela não estiver disposta a ser honesta com a gente, *não tem* trabalho para ser contratada.

— Tá. — Ele assente. — Então a gente pergunta.

— A gente pergunta — confirmo.

Estendo a mão para apertar a dele, como se tivéssemos chegado a um acordo. Assim que ele a pega, no entanto, eu o puxo para perto, envolvo seu pescoço com meus braços e o beijo. Ele desliza as mãos pela bancada, uma de cada lado de mim, o peito pressionado contra o meu enquanto aprofunda o beijo.

— Você está com gosto de café — sussurro.

— Você também — responde ele.

— É, mas eu *sempre* estou com gosto de café — ressalto.

Ele desliza meu short para baixo.

— Vai ver eu queria ficar com o seu gosto.

Ele se ajoelha na minha frente, o trabalho esquecido, tudo esquecido, exceto aquilo que não chegamos a pronunciar. Que nos amamos. Que, quando ele olha para mim, o mundo para de girar.

NA QUARTA À noite, encontro Hayden no quarto dele no Grande Lucia.

Ele abre a porta antes mesmo de eu bater. Na mesa adiante há uma caixa de pizza e uma salada do lugar que fica logo atrás do Little Croissant.

Sinto algo pesado no ar e sei que nós dois sentimos: as paredes do hotel fechando-se ao nosso redor, a areia caindo na ampulheta, a última metade do livro ficando menor a cada página virada. As cortinas da sacada dele estão puxadas para o lado, a porta, aberta, e o oceano ao fundo, pintado de roxo, rosa e azul pelo sol poente. Até aquela paisagem parece um lembrete de que os nossos dias, as horas que ainda temos juntos nesta bolha, estão contados.

Hayden pega o controle remoto e desliga a TV sem som antes de olhar para mim, nossas mãos se unindo. Ele beija minha testa e, em seguida, se afasta para olhar para mim à luz fraca da luminária ao lado da cama.

— Quer saber o que ela falou sobre o Cecil? — pergunta.

Sinto minhas entranhas se contorcerem. Sei que ele me contaria e estou morrendo para saber, mas temos tão pouco tempo e já quebramos tantas regras que essa parece uma que podemos deixar intacta.

Amanhã eu mesma pergunto para ela.

— Hoje, quero que seja só a gente.

Não quero pensar em trabalho nem nas nossas vidas em cantos opostos do país, ou no quão arrasada posso acabar ficando no sábado à noite.

— Só a gente — concorda ele, a voz suave, e ergue minhas mãos para beijar a ponta dos meus dedos.

Quando nossos lábios se encontram, cada pitada de autocontrole que eu ainda tinha some. Abro os botões da camisa dele. Hayden tira minha camiseta e me levanta contra seu corpo, minhas coxas se enlaçando ao redor da cintura nua dele, nossos corações batendo em sincronia. Ele me carrega até a cama e desabamos ali, o restante das camadas de roupa desaparecendo quando nos enfiamos debaixo das cobertas e, mesmo que o cheiro suave de amêndoas dele esteja em todos os lugares, sinto que ainda assim não é o suficiente. Pressiono o nariz contra o pescoço dele e inspiro, a risadinha baixa que ele solta gerando uma vibração que perpassa todo o meu ser.

Ele desliza minha lingerie perna abaixo, provocando arrepios por onde passa, e tiro a cueca dele também. Nós nos emaranhamos em um nó de calor e eletricidade.

— Tudo bem? — sussurro, com as mãos nas bochechas dele, as dele no meu quadril enquanto deposita o próprio peso em cima de mim.

— É só a gente hoje — sussurra ele de volta.

Meu coração dispara, mas não deixo de perguntar:

— Isso é um sim?

Ele me beija com mais intensidade enquanto desliza a mão até a carteira que está na mesinha de cabeceira.

— Sim — responde, tirando uma camisinha de lá de dentro e me beijando mais uma vez antes de se sentar sobre os pés.

— Graças a Deus — exalo, observando enquanto ele veste a camisinha.

Eu o puxo de volta para mim, faminta, o corpo todo tenso pela expectativa quando ele se posiciona e começa a entrar em mim, e relaxo para ceder a ele quando me penetra com um gemido rouco.

— Ai, meu Deus — grito, um pouco alto *demais*, mas nunca fui muito boa em ser discreta, e é tão bom finalmente tê-lo por completo.

Ele estremece em cima de mim e fica imóvel até que eu o puxe para mais perto, permitindo que ele entre, devagar e cada vez mais, enquanto essa sensação dispara faíscas pelos cantos da minha vista. Ele mexe o quadril uma vez, um teste, e grito de novo.

— Você tá bem aí? — pergunta ele, envolvendo meu queixo com uma mão.

— Eu tô ótima — respondo, ofegante.

— Está mesmo.

Ele interrompe minha risada quando empurra o quadril para a frente mais uma vez. O prazer consome minha mente e me esqueço de tudo. Arqueio as costas embaixo dele, que desce as mãos pela minha coxa, apertando com força enquanto se enterra ainda mais dentro de mim.

— Quero você por cima — declara.

Rolamos juntos até que eu esteja em cima dele. Me apoio sobre os joelhos e desço lentamente, fechando os olhos devagar conforme sinto nossos corpos quentes se movendo juntos. Ele me puxa mais para perto e me beija intensamente, percorrendo minha pele com a língua enquanto levanto o corpo devagar e desço de novo sobre ele.

— Cacete, Alice. — Ele aperta minha cintura com tanta força que acho que vai deixar marcas de unha, mas ainda assim quero que seja mais forte. Não há parte alguma dele que pudesse penetrar meu corpo ou meu coração com tanta força que fosse me satisfazer.

Esfrego o corpo contra o dele; entrelaço as mãos em seu cabelo escuro e comprido; mordo a lateral de seu pescoço para não gritar quando ele agarra minha bunda e me puxa com ainda mais força para si. Quando põe a boca em meu peito, tudo em mim fica tenso. Separo nossos corpos, me sentando e arfando enquanto sinto que vou me despedaçar por inteiro.

— Senta — peço, puxando o ombro dele, que me obedece, as costas apoiadas na cabeceira. Chego mais perto e ele me guia com as mãos até ele novamente nessa nova posição.

— Alice — sibila ele contra meu pescoço enquanto me movimento no mesmo ritmo que ele, que agora é devagar e quase delirante.

Um som fraco escapa da minha garganta, um *hum?* que soa quase como um ronronado.

— Parece que com você eu sempre quero mais — sussurra ele, os lábios percorrendo de leve meu pescoço. — Eu achava que já tinha me apaixonado, mas isso aqui é diferente.

— Eu sei — sussurro de volta, ainda subindo e descendo devagar, o desejo crescendo em mim a cada movimento, a voz fraca e sem ar. — Sinto como se você fosse meu. Como se fosse meu de um jeito que ninguém nunca foi.

— Eu também quero que você seja minha — murmura ele, apertando meu corpo contra o dele com ainda mais força.

Aceleramos o ritmo.

Eu tento dizer que *sou dele*, tento explicar que tudo o que não sabemos um do outro, todo o tempo que não passamos juntos, não tem como pesar mais do que essa sensação nos meus ossos, o êxtase de estar perto dele.

Mas não consigo. As sensações crescem dentro de mim, grandes demais para serem comunicadas em palavras.

Rolamos de novo e ele estica o corpo por cima de mim, uma das mãos segurando meus dois pulsos acima da cabeça.

— Eu te amo — diz ele de novo, e tento corresponder, mas a única coisa que sai é o nome dele, sem parar, como se estivesse implorando por alguma coisa. Implorando *por ele*.

Então o nome de Hayden vira um grito desconexo quando chego ao ápice debaixo dele, as ondas de sensação me atingindo fundo, e o sussurro com o qual ele chama meu nome é minha única âncora na torrente ofuscante de prazer.

Ele também chega ao limite, e aperto as coxas ao redor de seu corpo, segurando-o mais perto enquanto atingimos o pico. Não sei se dura segundos ou algumas horas, aquela sensação. Mas, enfim, diminui, e ele sai de cima de mim e desmorona de costas na cama, puxando meu corpo para me aninhar ao seu, melado de suor.

Ficamos lá, arfando, os cobertores chutados para longe e o outro braço dele me envolvendo, por tanto tempo que começamos a pegar no sono.

— Você vai ficar? — murmura ele, sonolento.

— A gente ainda nem jantou — provoco. — Você não pode me expulsar ainda.

— Quis dizer se vai passar a noite.

— Ah, se você quiser — respondo.

— Eu quero — solta ele. — Sempre quero você aqui.

— Aqui? — E me sento em cima dele de novo, uma perna de cada lado. — Ou aqui?

Ele sorri.

— Aí tá bom pra mim.

E me puxa de volta para o seu lado.

O jantar vai ter que esperar.

31

De manhã cedinho, passo em casa para tomar um banho quente e trocar de roupa. Com o cabelo ainda molhado, faço uma parada no Little Croissant e pego um café para mim e outro para Margaret, além de dois croissants de pistache.

Se estou tentando conquistá-la com pequenos mimos? Talvez. Mas também estou me mimando. Vou precisar de muito açúcar e muita cafeína hoje.

Não estou só cansada, estou *ansiosa*. Para perguntar a ela sobre Cecil, e com o quanto a pergunta pode afetar minhas chances de conseguir o trabalho.

Contenho outro bocejo quando paro na frente da casa dela e meu celular vibra no porta-copos.

No quintal, pode entrar.

Entro sozinha e serpenteio pela casa até a porta de correr dos fundos. Margaret está sentada a uma de suas mesinhas de jardim embaixo de um guarda-sol aberto, com um livro já muito lido virado para baixo no braço da cadeira.

— Trouxe uma coisinha pra você. — Coloco o croissant e o café na mesa.

— Ah, você é um anjo — diz ela.

— Imagina. — Sento-me na cadeira à frente dela. — É que essa é a nossa última sessão antes da proposta final, então achei que a gente podia comemorar enquanto ainda dá. — Ela arqueia uma das sobrancelhas. — Quis dizer que ou eu vou pegar um avião de volta pra Califórnia *ou* vamos levar isso aqui a sério *de verdade*.

— E o que essas últimas semanas têm sido? — pergunta ela, de repente parecendo tão cansada quanto eu. — Você vem pegando leve?

Tomo um longo gole de café.

— Uma visão geral. O próximo passo seria eu pegar o que fizemos até agora e dividir em categorias, depois mergulhar mais a fundo em tudo, uma categoria por vez.

— Você sabe que vai ter que me vender essa ideia depois, né? — lembra ela.

— Não estou te vendendo nada — respondo. — Na verdade, isso aqui é mais um aviso. Se o que fizemos até agora foi assim tão difícil...

— Então só vai ficar pior — supõe ela.

— Vão ter assuntos que você não vai querer abordar — confirmo. — Assuntos que podem ser importantes pro resto do livro. Se a gente puxar uma linha, pode acabar desemaranhando um novelo inteiro.

Ela me espia por cima da tampa do copo de café.

— Deixa que eu me preocupo com isso.

— Claro — respondo. — Só estou tentando ser transparente.

Sobre o ombro dela, na janela da cozinha, capto um lampejo de movimento.

— Tem alguém aí?

— A Jodi.

— Ela voltou? — pergunto, surpresa.

— Acho que até eu a irritar de novo.

Todas as minhas perguntas não respondidas vêm à tona.

— Sabe, você nunca me contou qual é a sua relação com a Jodi.

Ela me encara sem piscar, quase em desafio.

Não consigo evitar: dou risada.

— É segredo?

— Faz parte da história — responde ela. — Uma parte à qual podemos chegar ou não, dependendo de como as coisas acontecerem hoje.

— A gente chega lá — prometo, e me ajeito mais para a frente na cadeira enquanto a brisa levanta o cabelo que estava grudado na minha nuca, e o cheiro de protetor solar flutua até meu nariz. — Mas primeiro eu queria te perguntar sobre uma outra coisa.

Ela suspira, como se a ideia a deixasse exausta, mas acena com uma das mãos, dando autorização para que eu continue.

— Você conhece mais alguém na ilha?

Ela inclina a cabeça para o lado.

— Como assim?

Dou de ombros.

— Isso mesmo que eu perguntei. Você conhece alguém aqui além da Jodi?

— Bom, tem a mocinha que faz minhas massagens — responde ela.

— Entendi — incentivo. — Além da Jodi e dela, então.

Ela abre a boca, um sorriso surgindo ali devagar, e de repente eu só *entendo* para onde isso tudo está se encaminhando.

— E além do Hayden e de mim — acrescento.

Ela fecha os lábios.

— Por que quer saber disso?

— Não vai responder à pergunta? — questiono, intrigada com o quanto ela está sendo evasiva.

— Não vai responder a minha? — rebate ela.

— Cecil. Wainwright. Ou Cecil Willoughby.

A expressão de choque que percorre o rosto dela se cristaliza bem rápido em outra, que parece mais irritação, talvez até raiva.

— Sabe, você não é a primeira pessoa que o menciona pra mim essa semana. Que coincidência mais esquisita. — Quando não respondo de imediato, ela continua: — Preciso lembrar que você assinou um acordo de confidencialidade?

Hesito. O que ela está querendo dizer com isso? Que Hayden e eu estamos compartilhando informações ou que ficou tão brava com a pergunta que está pensando em me processar?

— O Hayden encontrou uma pista — explico. — Tropecei nela por acaso e investiguei por conta própria.

Ele não me contou nada, na verdade. E, mesmo se tivesse contado, não sei por que faria tanta diferença.

Foi por isso que ela trouxe a gente aqui, não foi? Para contar a própria história. E Cecil faz parte dela.

Depois de um segundo, a expressão dela volta a murchar em exaustão.

— É, eu devia ter imaginado que vocês o encontrariam.

Na verdade, não consigo deixar de sentir que foi *Cecil* quem *me* encontrou.

Penso no e-mail que me levou até ali. No nome, LindaDaAVolta-PorCimaAos53, que não parece muito a cara de Cecil, mas que talvez seja intencional. Vai ver ele tenha sido a pessoa que me trouxe até aqui.

Mas, se foi, por quê?

Todo esse mistério provoca uma sensação que parece eletricidade no meu corpo inteiro, sinapses que normalmente estariam inativas analisando tudo o que aconteceu até este momento e tentando estabelecer ligações entre coisas que eu talvez tenha deixado passar. Esta parte do trabalho é tipo como se eu fosse uma caçadora de recompensas. Viciante, na verdade.

— O que o antigo médico da família está fazendo aqui com você, Margaret? — pergunto.

Ela encara de volta, o olhar duro como aço.

— Você está... — engulo em seco. — Você está doente?

Ela ergue as sobrancelhas, mas já as baixa novamente.

— Não. Não mais do que qualquer idosa comum que passou a vida fumando cigarros e bebendo martínis.

— Então o que está rolando? — tento mais uma vez.

— Pegue seu gravador — solta ela. — Vou contar o resto da história.

A história

VERSÃO DA MÍDIA: "Bebê da Realeza Americana" a caminho?

VERSÃO DE MARGARET: Margaret não estava grávida.

Os sintomas, o ganho de peso, tudo tinha sido só coincidência. Com a mesma rapidez que ela e Cosmo descobriram isso, os repórteres perceberam a mudança no físico de Margaret e começaram a especular se a Princesinha dos Tabloides tinha "se descuidado" ou se estaria esperando um herdeiro da dinastia Ives-Sinclair. Se logo ela seria promovida a *rainha*.

Era sufocante. Não só porque ela não conseguia imaginar nada mais maravilhoso do que ter um bebê com Cosmo, mas porque abria os olhos dela para o que isso significaria para todos eles.

A mera *ideia* de paternidade colocou Cosmo de volta em um pedestal de adoração pública. Pareceu até que tinham perdoado Margaret por toda a sujeira relacionada a David Ryan Atwood.

Mas nada daquilo era real. E agora Cosmo também sabia disso. O amor dos desconhecidos era muito volátil. Não se fazia nada para merecê-lo, então também não dava para *fazer nada* para evitar que sumisse, ou azedasse e se transformasse em ódio.

Fizeram o possível para ignorar a mídia e se concentrar no próprio futuro, no bebê com o qual sonhavam. Mas eram cercados toda vez que saíam de casa, havia sempre pessoas bloqueando a frente do carro, câmeras grudando em todas as janelas. Toda semana, a equipe de segurança pegava alguém vasculhando o lixo, procurando alguma coisa que valesse a pena divulgar. Começaram a deixar as cortinas fechadas noite e dia, a trancar portas e janelas. Falavam aos sussurros, como se existissem orelhas grudadas na parede do outro lado, prontas para escutar.

Foi como se Margaret e Cosmo tivessem chegado em casa em uma noite em Nashville e, quando saíram de manhã cedo, o mundo estivesse de cabeça para baixo e tudo e todos fossem uma ameaça.

Lá no fundo, ela sabia que era *ela mesma* quem tinha mudado: ficava pensando em como seria transportar um bebê no meio daquela multidão, ficar vendo estranhos escreverem sobre ele como se o conhecessem, como se pertencesse a eles.

Não era mais uma observadora externa do pânico de Laura. Agora ela o *sentia na pele*, e concordou com o médico da irmã quando ele sugeriu que Laura passasse um tempo longe, onde pudesse ser anônima, *sozinha*, enquanto eles esperavam o frenesi da mídia diminuir.

O pai delas ofereceu à filha mais nova um chalé esquecido que a família tinha na Suíça, o mesmo lugar para onde o avô delas tinha levado a amante Nina Gill para ter seu bebê em segredo.

— Sempre quis conhecer a Suíça — disse Laura quando Margaret contou, e com um longo e choroso abraço entre irmãs, ficou tudo decidido.

Margaret achou que a ansiedade e o trauma de Laura seriam uma barreira e que ela não aceitaria que o médico a acompanhasse até a Europa para ajudar na adaptação, mas os dois tinham ficado muito próximos, amigos até, e Laura confiava nele. Igualmente importante era o fato de que Margaret também confiava nele.

Então foram. As irmãs trocavam correspondências diárias, quase como se estivessem enviando páginas de um diário.

Odeio isso, chegou a escrever Margaret uma vez. *Fico preocupada quando você está longe.*

A resposta que recebeu dizia: *Eu nunca vou estar longe de você. Até do outro lado do mundo, meu coração está com você e sinto o seu comigo. Mas está na hora de concentrar suas preocupações no bebê.*

Margaret ainda não estava grávida, mas, quando Laura escreveu isso, sentiu que o próprio coração talvez explodisse de amor por aquele ser que ainda nem existia.

Quanto mais tentavam engravidar, mais ela queria um filho.

Pela primeira vez, ela e Cosmo começaram a ter brigas constantes. Margaret estava mais ansiosa que de costume, então não dormia direito. E Cosmo estava impaciente. Nunca ficava em um lugar só por muito tempo. Saía sem ela quando não conseguia convencê-la a ir junto, e aí ficava irritado com os paparazzi invadindo seu espaço pessoal, o que só piorava tudo.

Margaret só queria saber de ficar em casa, mas ele achava que isso seria "deixar que eles vencessem".

— A gente tem permissão para existir fora dessas quatro paredes, Peggy — disse ele certa vez.

— A questão não é ter permissão ou deixar de ter — respondeu ela, tentando clamar por racionalidade. — Mas por que a gente se daria ao trabalho de sair só para passar raiva e se desapontar depois?

Depois desse argumento, ele desistiu de querer brigar e só sobrou tristeza em seu rosto.

— Não vai dar certo — sussurrou por fim, rouco.

— Cosmo... do que você...

— Um bebê — disse ele, a voz cheia de agonia. — A gente não pode trazer uma criança para o meio dessa bagunça. Crianças merecem correr em parquinhos, subir em árvores, fazer amigos e tudo o mais.

Ela ficou de coração partido, mas, ao mesmo tempo, aliviada. Porque também sabia disso, mas tinha medo demais de pronunciar aquilo em voz alta, vinha esperando que ele percebesse sozinho.

E agora ele tinha percebido.

O que uma criança merecia e o que o mundo tinham a oferecer eram coisas bem diferentes.

Foi ele que começou a chorar primeiro. Era um homem emotivo, mas ela nunca o tinha visto soluçar daquele jeito, tão vulnerável. Puxou-o para junto de si e o abraçou forte enquanto ele deixava as lágrimas rolarem, a cabeça baixa, a testa apoiada na lateral do pescoço dela.

— A gente vai sair dessa — prometeu ela aos sussurros, passando as mãos pelo cabelo claro dele. *O amor que sentimos um pelo outro vai bastar*, pensou, mas não pronunciou em voz alta para não dar azar.

O acidente aconteceu em uma terça-feira.

Margaret jamais se esqueceria.

O dia tinha começado como qualquer outro, mas perto da hora do almoço uma onda de náusea fez Margaret correr para o banheiro. Uma hora depois, sentiu uma dor súbita no abdômen. Vinte minutos mais tarde, teve febre, e a dor piorou a ponto de não conseguir parar em pé. Ela se encolheu no chão em posição fetal, agarrando a barriga, e gritou por Cosmo.

Ele veio correndo e, ao vê-la toda encolhida, deitada sobre o tapete, caiu de joelhos do lado dela e tentou entender o que estava acontecendo.

— Chama um médico — sibilou ela.

E ele tentou, mas o médico de confiança dele, o que tinha levado Laura para a Europa, não estava em casa. Estava dando plantão no hospital. Então Cosmo pegou Margaret nos braços, já gritando ordens para o motorista, e a levou para o andar de baixo. Do lado de fora, colocou-a no banco de trás do carro e entrou logo depois, segurando-a com carinho enquanto disparavam até o portão de entrada.

O motorista quase atropelou vários jornalistas que estavam esperando ao pé da colina e demoraram para abrir passagem. Seguiram em alta velocidade pelas ruas a caminho do hospital, mas não estavam sozinhos.

Vários carros aceleraram, vindos do acostamento, para persegui-los.

Margaret não parava de chorar. Cosmo não parava de prometer que ia ficar tudo bem, mas não estava enganando ninguém. Estava apavorado; furioso.

Carros os cercaram dos dois lados, câmeras apontadas para fora da janela. Estavam chegando a um sinal amarelo.

O motorista acelerou para não ter que parar no semáforo e os outros carros também.

No último segundo, o que estava à esquerda meteu o pé no freio e queimou pneu até parar, mas o carro de Cosmo voou direto pelo cruzamento.

Já tinha percorrido um terço do caminho.

Metade.

Dois terços.

Mas foi então que o caminhão atingiu a lateral com tudo e o mundo ficou escuro.

32

— A CORDEI DENTRO DE uma ambulância — conta Margaret. — Mas a viagem foi curta. A gente estava a só duas quadras do hospital quando tudo aconteceu.

A voz dela quase nem vacila. Fico me perguntando quantas vezes deve ter repassado esse monólogo na cabeça, talvez até ensaiado em voz alta. Eu mesma devo ter chegado a ler centenas de relatos, mas ouvir da boca de Margaret é diferente. Excruciante. Sabia que chegaríamos a essa parte uma hora ou outra, só que, quanto mais fui ficando próxima de Margaret, mais tive medo de que chegasse.

— Eu não parava de perguntar sobre o Cosmo — diz ela, rouca. — Ninguém me falava onde ele estava.

"Me levaram para a emergência, mas eu estava relativamente bem. Tinha uns arranhões e hematomas, mas só. Lembro que implorei para que ligassem para a Laura. Por algum motivo, eu achava que ela ia consertar tudo. Sei lá por quê.

"O dr. Willoughby me encontrou lá. Cecil tinha virado um amigo próximo desde que fora testemunha de defesa no julgamento do Momento Popular. Era o único médico em quem Cosmo tinha confiado para me levar naquele dia mais cedo, quando me encontrou com dor.

"Ele me disse que Cosmo estava passando por uma cirurgia. Estava com uma atelectasia pulmonar e um edema cerebral. E eu só tinha uma apendicite. Fora isso que tinha causado a febre e a dor. Eles me sedaram para me operar, e quando acordei..."

A voz dela enfim falha.

— Meus pais estavam no quarto do hospital comigo, e o Cecil também, mas...

Os olhos de Margaret ficam distantes. Ela toda parece distante. Não como se estivesse absorta em memórias, mas como se as estivesse vendo por detrás de um painel de vidro, onde não pudessem machucá-la.

— Meu marido já tinha partido. — Os olhos marejados dela encaram os meus. — Ele era o amor da minha vida e nós só passamos quatro anos juntos. Meus pais não conseguiram me dar a notícia. Foi o Cecil quem me contou.

— E a Laura? — Mal consigo forçar as palavras a saírem.

— Não estava lá. — A voz dela vacila, uma mistura de raiva e mágoa. — Minha irmã não veio.

O silêncio se prolonga entre nós por vários segundos, então ela engole em seco e diz:

— Estava com medo demais. De voltar para o meio daquela bagunça. E nunca consegui perdoá-la. Então paramos de nos falar.

— Por quanto tempo?

Ela engole em seco, mas não responde.

Lágrimas queimam meus olhos. Sussurrando, pergunto:

— Você se arrepende?

Ela força uma risada.

— Claro que me arrependo, porra. Me arrependo de tudo. Me arrependo de quase toda e qualquer decisão que já tomei na vida e de como todas elas me fizeram chegar aonde estou hoje. E ainda sinto raiva dela. Mas, mesmo enquanto ainda estava furiosa, nunca deixei de ter esperanças... de que... — Ela fecha os olhos, uma lágrima se desprendendo dos cílios escuros e escorrendo pela curva da bochecha. — Tinha esperanças de que ela estivesse feliz.

Ela leva um momento para se recompor, como fez tantas vezes antes, endireitando os ombros e erguendo o queixo.

— Meu pai pagou para que tivéssemos privacidade total durante o luto. Por quatro dias, pessoas se reuniram do lado de fora do hospital para rezar pelo meu marido sem saber que ele já tinha morrido. Quando chegou a hora, agendamos uma coletiva de imprensa e Cecil deu a notícia enquanto a gente ia embora por uma porta lateral. Meus pais tentaram me convencer a voltar para a Califórnia, mas tudo o que restava de Cosmo… estava tudo na nossa casa. Eu não podia ir embora.

"Minha mãe ficou comigo em Nashville por várias semanas. Toda vez que a gente saía, a imprensa aparecia sem dar a mínima para como a presença deles fazia eu me sentir. Foram mais gentis no começo, me deram uns cacarecos, umas flores e uns ursinhos, presentes e pedidos de desculpa que não significavam nada. Eles não o conheciam. Não tinham como sentir falta dele. Quem sentia era eu. A cada hora de cada dia.

"Sinceramente, eu queria punir todos eles, mas não conseguia pensar em uma forma de fazer isso. O melhor que consegui bolar foi jogar mais lenha na fogueira deles, alimentar a fome insaciável que tinham por fofoca. Queriam uma louca, então virei uma louca. Arranquei nossos canteiros e joguei as flores nas lixeiras junto ao portão. Saí descalça de casa e cortei o cabelo com a tesoura da cozinha. Usei meu vestido de noiva no funeral e me deliciei com cada manchete sobre meu comportamento maluco, porque pelo menos parecia uma prova de que eu tinha *algum* controle sobre a narrativa deles da minha vida. Depois de aproximadamente duas semanas, esse sentimento parou de aliviar o sofrimento e eu só queria ficar sozinha. Deixar que a dor que eu sentia me tomasse por completo, sem barreiras. Mandei minha mãe embora, paguei e dispensei os funcionários. Aí me tranquei em casa. Por dois anos, a única pessoa que vi com certa frequência foi o Cecil.

"Ele me visitava mais ou menos uma vez por semana naquele primeiro ano. Depois disso, voltou para a Suíça, para Laura. De vez em quando, ligava pra perguntar como eu estava. Eu ficava curiosa para saber se era a pedido da minha irmã, mas nunca cheguei a perguntar. Ele era a minha última conexão com ela, e bem lá no fundo acho que eu só queria me agarrar a isso.

"Dois anos depois da morte do meu marido, meu pai insistiu para que eu voltasse a morar na Casa Ives. Concordei, mas não suportava ficar na ala onde Laura e eu tínhamos crescido juntas, e onde Cosmo e eu tínhamos passado tantas noites, então, em vez disso, me acomodei nos antigos aposentos do Gerald.

"Quando meus pais me contaram que Cecil e Laura iriam se casar, quase cedi e liguei pra ela. Tinham se apaixonado aos poucos durante todos aqueles anos de amizade. A gentileza e paciência dele eram exatamente do que a minha irmã precisava. Mas qualquer felicidade que eu sentia por ela sempre acabava virando dor depois de alguns minutos. Meus pais e o Roy foram para a Europa, para participar da cerimônia privativa que ocorreria na casa deles. Eu fiquei para trás, sozinha na minha mansão vazia.

"A pior parte foi quando descobri que minha irmã tinha dado à luz uma menininha e eu não participei. Perdi a gravidez, o parto, a coisa toda."

Sinto surpresa percorrer minhas veias como se fosse fogos de artifício.

— Ela teve uma filha? Você não é a última Ives?

— Sou — responde ela com firmeza. — Quando eu morrer, o nome morre comigo. Laura se certificou de que fosse assim, e eles criaram a filha na Europa, longe da gente. Longe dos fãs do Cosmo e do circo da mídia. Mantiveram contato com meus pais, mas a distância. Era o único jeito. Às vezes, quando minha mãe e o Roy iam jantar em casa, ela me perguntava quando eu perdoaria minha irmã, mas a verdade é que não era mais a falta de perdão que me afastava dela.

Balanço a cabeça, sem entender.

— Então *o que* era?

Ela pensa por um minuto. Então se levanta da cadeira.

— Vem comigo, Alice.

Eu a sigo corredor adentro até uma porta fechada. Ela a abre e revela um espaço pouco mobiliado, com uma mesa, um computador, duas cadeiras e um vaso com uma planta bem cuidada. No canto, abre a porta do armário e depois se afasta, apontando para uma caixa marrom na prateleira de cima.

— Ah, claro. — Avanço, pego a caixa e a entrego para ela.

Ela a coloca na mesa e, com as mãos trêmulas, abre a tampa.

— O que tem aí? — pergunto.

Ela só aponta lá para dentro e depois me chama para olhar. Nervosa, inclino o corpo para a frente sem fazer a mínima ideia do que vou encontrar.

— Fique à vontade — diz ela.

Levanto a pilha de recortes amarelados de jornal da caixa com cuidado e começo a ler as manchetes. São todas sobre ela, algumas de antes da morte de Cosmo, outras posteriores, mas todas cruéis.

A MALDIÇÃO IVES ROUBA A VIDA DE COSMO
"EU CULPO A PEG", DIZ AMIGO DE INFÂNCIA DE COSMO
AS MENTIRAS QUE OS IVES CONTAM: COMO PEG ARMOU PARA COSMO

E há muitas outras. Usam apelidos como Peggy Ambiciosa e Margaret Eu-Eu-Eu. Chamam-na de nariz em pé, traiçoeira, manipuladora, venenosa. Acusam-na de odiar dividir os refletores com o marido. Ela nunca é fotografada *saindo*, mas sempre *marchando para fora*. Ela não *veste* nada, *exibe*. Escrevem sobre rixas com outras queridinhas de Hollywood e, em um tabloide específico que me embrulha o estômago, uma fonte anônima diz que Cosmo estava prestes a se separar de Margaret quando morreu. A manchete é: *Se eu não posso tê-lo, ninguém mais pode.*

Sinto o estômago se revirar. Enfio tudo de volta na caixa.

— Margaret — digo com gentileza. — Você sabe que isso é tudo um monte de merda, né?

— Quem disse? — responde ela, calmamente.

— *Nariz em pé? Manipuladora?* Fala sério! — retruco. — São só estereótipos antigos sobre mulheres. Seria a mesma coisa que chamar você de Jezabel.

— *É só uma notícia* — diz ela, direta, sentando-se em uma cadeira. — Era isso que eu falava para o Cosmo. E acreditava nisso, de verdade. Mas depois que o perdi, e depois a Laura... quando as pessoas que a gente ama não estão por perto para nos lembrar de quem somos, as notícias de repente ficam maiores e mais reais do que todo o resto. É fácil se perder dentro de uma personagem com a sua cara e o seu nome.

Quero esticar o braço e pegar na mão dela, ou dar um abraço, mas não tenho certeza se ela gostaria disso.

Eu não pertenço a você, imagino-a dizendo. E ela tem razão. Sou só mais uma pessoa sentada aqui, tentando coletar uma impressão dela para moldar em algo que as massas possam digerir.

— É por isso que não conseguia mais falar com a minha irmã — explica ela. — Porque tudo o que eles diziam começou a parecer verdade. Como se eu fosse amaldiçoada. Como se tudo em que eu encostasse acabasse sendo destruído. Eu tinha tanta, tanta vergonha. A Laura não veio me ver depois do acidente porque sabia que acabaria entrando nessa zona de guerra. E, por mais irritada que eu estivesse com ela por tantos e tantos anos, não suportava a ideia de inseri-la nessa zona de guerra de novo. Então mantive distância. Acompanhei a velhice dos meus pais. Enterrei meu pai, depois meu padrasto e, por fim, muitos anos depois, a minha mãe. Aí, em 1985, tentei sumir.

— Espera. Você... *o quê?* — O ano de 1985 era *duas décadas* antes de ela desaparecer.

— Comprei uma passagem só de ida para Londres. Levou uns quatro dias para a cobertura do que passaram a chamar de *O intercâmbio da viúva de Cosmo* chegar às bancas. Dali, voei para Miami. Mesma coisa. Depois, consegui ficar duas semanas em Providence, Rhode Island.

— Sua época *Jet Set?* — pergunto, incrédula. Dove Franklin achava que ela só estava entediada e de luto, então tinha começado a torrar dinheiro para passar o tempo. *Eu* achava que aquele período era sinal de que ela estava se curando.

— Isso, um plano mal pensado atrás do outro — confirma ela. — Sabe, uma coisa era ser socialite. Mas meu marido era lendário. Acho que ficar me seguindo por aí era o mais perto que as pessoas chegavam de ter uma parte dele de volta. Com o tempo, tive que aceitar que isso nunca teria fim. Então voltei para a Califórnia e passei mais vinte anos naquela casa, trancada com os fantasmas da minha família e as cartas e os diários deles. Até que, um dia, na primavera de 2003, uma mulher apareceu no meu portão. Meteu o dedo na campainha até eu atender. Disse que era minha sobrinha e precisava conversar. Tentei mandá-la embora, mas ela ficava voltando. É estranho... ela tem muito mais a ver comigo do que com a Laura. Teimosa, determinada. Mas a Jodi tem um bom coração... igual a minha irmã.

— *Jodi* — sussurro, e a compreensão vibra por todo o meu ser.

Margaret parece nem estar me escutando. Ela continua:

— Acabei deixando ela entrar com a condição de que, depois de ouvir o que tinha para me falar, iria embora para sempre. Ela concordou. E aí me contou que... — Ela faz uma pausa. — Minha irmã estava doente.

Ela faz outra pausa e percebo que me inclinei para a frente e prendi a respiração.

— E o que você fez?

— Mandei ela embora — suspira ela.

Sinto o coração se contorcer como um pano espremido até a última gota.

— Mandei ela embora, e aí... aí peguei todos aqueles diários e cartas, do Lawrence, do meu pai, meus, coloquei na lareira e queimei tudo. Como se isso fosse cortar meus laços com a família em definitivo. Como se finalmente eu estivesse me confinando em uma ilha qualquer. Intocável. Segura. Sem poder machucar ninguém.

Nesse momento meu coração se despedaça de vez. Não só por todas aquelas histórias perdidas, os detalhes que viraram fumaça, mas pela solidão insuportável que agora paira ao redor de Margaret como um véu.

— A Jodi tinha deixado um cartão de visita, mas nunca encostei nele — continua ela. — Tinha o telefone e o endereço dela, em uma ilha minúscula na Georgia. E eu não conseguia me convencer a queimá-lo. Queimar o passado? Claro. Mas tinha uma parte de mim, acho, que ficava se segurando à possibilidade de um futuro, por mais que eu tentasse impedir. De tempos em tempos eu encarava aquele cartão no aparador, até que ficou tão empoeirado que nem dava mais para ler. Mas, a esse ponto, já estava gravado na minha memória.

Abaixo os olhos para o meu caderno e pergunto, sem jeito:

— Então foi por isso que você quis desaparecer? Porque, se Margaret Ives deixasse de existir... você podia ter sua irmã de volta?

— Eu já falei para você. — O joelho dela estala quando se levanta. — A única pessoa que vai ouvir essa história é a que for escrever o livro.

E, simples assim, terminamos a sessão, e agora tenho mais perguntas do que nunca.

NÃO ME ENCONTRO com Hayden na quinta à noite. Ele está no quarto de hotel terminando a proposta para amanhã, e eu tenho minha própria proposta para escrever até sábado.

Enquanto volto para casa depois de entrevistar Margaret, fico repassando a história dela em looping na minha cabeça. Todos aqueles anos sozinha, os planos malsucedidos para escapar. *E Jodi.*

O jeito que ela e Margaret brigam faz muito mais sentido agora, tem um ar de *família*, mas a ausência dela parece um pouco mais estranha, dado o contexto. Fico morrendo de curiosidade de saber o resto da história e, se for para eu ganhar o direito de escutá-la, preciso encher a barriga, porque tenho uma longa noite de pesquisa e escrita à frente.

Paro no mercado e pego uma pizza congelada para o jantar, além de uma garrafa de chá verde, umas amêndoas importadas, uma salada pronta e uma barra de chocolate amargo.

Deixo tudo, menos a pizza, na porta do quarto de hotel de Hayden e volto depressa para o carro, digitando no caminho: Tem uma surpresa na sua porta.

Entro no carro e fico olhando a porta dele se abrir, ele sair — preciso mencionar que *sem camisa* —, olhar para a esquerda e para a direita e depois pegar as sacolas e entrar de novo, a cabeça inclinada na direção do telefone.

Gostei, diz, mas tinha esperança de que fosse você.

A gente não ia trabalhar nada, respondo.

Mas a gente teria usado bem o tempo, rebate ele.

Amanhã, respondo, e volto para o meu bangalô em meio às árvores.

À mesa da cozinha, me sirvo uma taça de vinho e fico escutando a impressora cuspir página atrás de página de anotações enquanto bebo. Sempre trabalho melhor com coisas físicas.

Quando a impressão termina, levo a pilha de folhas para a cozinha e me sento para trabalhar, caneta em mãos e marca-textos coloridos a postos. Não é como se eu estivesse começando do zero. Já tenho uma boa ideia de como quero lidar com a proposta em si.

A grande questão são as páginas de amostra. Eu deveria estar trabalhando nelas desde o começo, mas queria escolher a parte mais forte da história e, para fazer isso, senti que precisava do panorama o mais geral possível.

Mas o que eu tenho está cheio de buracos.

Tenho *muito* material, mas pouca coisa substancial, de fato. Começo a duvidar do meu processo, mas já é tarde demais para mudar.

Separo as anotações com minhas histórias preferidas. Destaco escolhas de palavras específicas que ela fez, escrevo marcas de interrogação ao lado dos pontos de interesse.

Então deixo minha síndrome de impostora de lado e começo a escrever.

Tirando a pausa rápida para esquentar a pizza e várias idas ao banheiro quando minha bexiga está prestes a explodir, não faço nada além de escrever, ler, reescrever e editar até quatro da manhã.

Não pretendia ficar acordada até tão tarde, mas tenho várias amostras usáveis para revisar de manhã. Não, mentira, de tarde. Já é de manhã, e está na hora de dormir.

Esfolio o rosto, escovo os dentes e me jogo na cama. Mando uma mensagem de boa sorte para Hayden.

Ele responde imediatamente, porque é claro que já está acordado:

Dorme bem.

E eu durmo mesmo.

Sonho que estou andando em uma Spyder 1958 azul-marinho, a capota está abaixada, Hayden ao meu lado, nossas mãos entrelaçadas. A estrada serpenteia por entre penhascos e o sol brilha lá no alto. Ele levanta nossas mãos para beijar a minha, os olhos castanho-claros calorosos na minha direção.

Alice a todo momento, murmura ele, e é então que eu acordo.

NA SEXTA À noite, Hayden aparece na minha porta com uma garrafa de champanhe.

— Não era pra eu estar dando isso pra *você?* — pergunto. — Foi você quem fez a proposta hoje.

Ele me dá um beijo na bochecha e pego a garrafa.

— Você pode trazer a champanhe amanhã — promete ele, e me segue para dentro.

Sirvo uma taça para cada e brindamos e bebemos. O sabor doce e suave desce efervescente pela minha garganta e sinto o estômago esquentar na mesma hora.

— Como foi? — pergunto.

Ele dá de ombros.

— Só foi.

— Não vai me contar mais nada? — insisto.

Ele coloca a taça na bancada e pega minha cintura com as duas mãos, me puxando até eu ficar bem na frente dele.

— Como estão as coisas por aqui? — pergunta.

— Boas — respondo, então elaboro: — Sei lá, acho que está tudo certo. Sinto que já fiz tudo o que podia, então, se for pra dar certo, vai dar.

— Vai dar — concorda ele, sorrindo de leve.

Reviro os olhos, mas a verdade é que o voto de confiança dele desliza por entre minhas costelas, quentinho, efervescente e mais delicioso que a champanhe. Abraço o pescoço dele.

— Sabe o que eu acho que seria uma boa ideia agora?

— Posso imaginar — provoca ele, baixinho.

Abro um sorriso.

— Uma caminhada.

Ele dá uma gargalhada.

— Uma caminhada — concorda — seria perfeito.

Vagamos pela trilha por um tempo e paramos para tomar uma bebida na área externa do Rum Room. Uma bebida vira duas, e aí precisamos jantar para ajudar o álcool a descer. Pedimos todos os aperitivos do menu e dividimos entre os dois.

Quando enfim estamos caminhando para casa, a lua está alta e prateada. Desta vez, quando chegamos ao ponto em que a trilha segue por trás do bangalô alugado e ele me beija, como daquela primeira vez, nenhum dos dois se afasta. Nos entregamos um ao outro, as mãos famintas por pele exposta e cabelo, línguas, dentes e lábios frenéticos.

Tento me convencer de que não importa o que aconteça amanhã, o que temos entre nós não vai mudar, mas consigo sentir o pânico latejando entre nossos corpos, o medo de estarmos correndo contra o relógio.

Eu me afasto para respirar, nossas testas unidas no escuro.

— E se... — sussurro — a gente fizesse isso juntos?

— Fizesse o que? — murmura ele, passando o polegar pela parte de baixo das minhas costas, sob a camiseta.

— O livro — sugiro. — E se a gente escrevesse juntos?

Ele fica tenso nos meus braços.

— Só estou dando uma ideia — digo, tentando não levar a reação dele para o lado pessoal. Não é *errado* que ele tenha um jeito preferido de trabalhar. Não quer dizer nada sobre como ele me vê... será que quer?

— Não — responde, e a palavra cai como uma pedra no fundo do meu estômago.

— Tudo bem, então — respondo.

— Não, não é isso. É que eu já perguntei isso pra ela — diz ele. — Faz uma semana que perguntei se ela estaria aberta à possibilidade de escrevermos o livro juntos. E ela disse que não.

— Por que não? — pergunto, franzindo a testa.

— Sei lá — responde ele. — Mas tudo bem. Você merece esse trabalho, sozinha.

— Para de ser tão legal — retruco. — Você também tem o direito de querer.

— E quero, mesmo — admite ele. — Mas tem coisas que quero mais.

Ele me beija de novo, devagar e com determinação. Um beijo com sensação de promessa. Então eu o levo para dentro e tento encontrar todas as formas possíveis de fazer minhas próprias promessas.

E mantenho uma que já fiz.

Toda vez que quase falo que o amo, engulo as palavras e seguro com força. Só mais uma noite. Mais uma noite e aí vou poder dizer com todas as letras essa maravilhosa verdade.

33

DE MANHÃ, PASSO de fininho por um Hayden adormecido e vou até a cozinha. Bebo água enquanto faço um café, depois tomo uma xícara enquanto guardo o notebook e as anotações na bolsa.

Coloco minhas coisas junto à porta da frente, escovo os dentes, lavo o rosto e volto na ponta dos pés para dentro do quarto, para me vestir.

Apesar de estar sendo o mais silenciosa que consigo, Hayden se remexe e acorda enquanto estou passando a camiseta pela cabeça. Abre um olho e me lança um sorriso sonolento que, para quem não o conhece, pode parecer uma careta.

— Oi — diz, rouco.

Meu coração fica quentinho no peito.

— Eu estava tentando não te acordar.

— Eu precisava me levantar, mesmo — diz, sentando-se, os cobertores se aninhando de maneira sugestiva ao redor de sua cintura nua. — Vem cá.

Eu me sento ao lado dele, que me puxa contra o peito e deposita um beijo no topo da minha cabeça.

— Eu gosto de acordar do seu lado — murmura.

— E do meu ronco, você gosta? — provoco.

— Gosto também — responde ele. — É tipo como se eu tivesse colocado um ruído branco pra tocar, só que no máximo.

Solto uma risada e, com certo esforço, me desvencilho dele.

— Pode colocar esse ruído branco pra tocar sempre que quiser.

Eu me levanto, pego um elástico e alguns grampos da cômoda e os uso para prender meu cabelo curto e descolá-lo da nuca. O ar-condicionado está se esforçando, mas imagino que o dia hoje esteja *bem quente*, considerando a temperatura do quarto.

— O que é isso? — Escuto ele perguntar, mais desperto agora.

Eu me viro e o pego segurando o pequeno mosaico emoldurado que comprei na galeria da praia.

— Isso — respondo, cruzando o quarto até ele e pegando o quadro de suas mãos — é *Nicollet*.

— Não, eu sei — responde ele. — É que nunca vi ninguém usar a grafia desse nome assim, só minha mãe.

Eu o encaro, confusa. Minha mão tomba, e com ela o mosaico.

— Espera, esse é o nome da sua mãe?

Ele assente.

— Grafado exatamente desse jeito. Com dois "eles" e sem "e" no final.

Uma pequena onda de náusea me atinge, seguida por aquele zumbido no fundo da cabeça, a sensação de que estou descobrindo alguma coisa importante.

— É um nome de família? Nome de solteira de alguém, talvez?

— Não sei — responde ele.

— Você nunca perguntou? — Mesmo que não sejam muito próximos, essa falta de curiosidade em querer saber não parece muito a cara dele. Na verdade, é o tipo de informação que se costuma compartilhar com os filhos sem problemas.

— Ela não sabe de onde o nome vem — explica. — Minha mãe foi adotada, mas já veio com esse nome. A agência falou para os meus avós que era melhor não mudar, para o bem dela. Por isso ela sempre foi meio paranoica com questões de saúde, sabe? Porque não tem histórico familiar nem nada. Achei que tivesse te contado isso.

— Não contou. — Perco o chão enquanto perguntas começam a brotar em minha mente. — Você chegou a falar que ela tinha problemas de ansiedade, mas não todo o resto.

Ele endireita o corpo e franze a testa.

— Tudo bem aí?

— Eu...

Não sei aonde queria chegar quando comecei essa frase. Será que *eu estou bem*? Será que estou vendo ligações entre coisas que não existem? O jornalismo faz isso às vezes, faz a gente ver o mundo como se fosse um quebra-cabeça a ser resolvido.

A mãe dele tem o mesmo nome que um hotel antigo da família Ives. E daí?

O mesmo nome da irmãzinha que fez Lawrence ir embora de casa para salvar, o nome dado a Ruth Nicollet Allen, um bebê Ives secreto. Parece um pouco coincidência demais, mas no fundo não deve ser nada.

Só que aí penso no que Hayden me contou, sobre como ele veio parar aqui.

Ele não procurou pela Margaret. Foi *ela* que *o* encontrou.

Fecho os olhos para que o quarto pare de rodopiar.

— Em que ano sua mãe nasceu? — pergunto.

Ele franze a testa de novo.

— Quê?

— Só... me fala quando ela nasceu. — insisto, agitada.

Ele ri de nervoso.

— Em 1967. Agora vai me contar por que está me interrogando desse jeito? — Ele começa a se levantar, o rosto preocupado. — Alice, está tudo bem?

— É só que... isso me lembrou de uma coisa e... — Dou um passo para longe dele.

Mas é então que o alarme do meu celular toca, alertando com estardalhaço que preciso sair neste exato segundo ou corro o risco de me atrasar para a última reunião com Margaret.

Saio do transe, embora minha mente ainda esteja em parafuso, o corpo alternando entre escaldante e congelante.

— Estou atrasada — gaguejo, correndo em direção à porta.

— Alice? — chama ele às minhas costas.

— Eu te ligo quando terminar — prometo, sem olhar para trás, o rosto queimando. Agarro minha bolsa e percebo que ainda estou com o mosaico na mão, então o enfio no compartimento em cima do computador. E aí saio correndo.

Estou sentada no carro, estacionada na rua em que Margaret mora, repassando furiosamente minhas anotações. Não me preocupo mais com o atraso. Quando ela me manda uma mensagem lembrando que combinamos às nove horas e já são nove e sete, eu ignoro.

Ela já mentiu demais para mim. Não vou entrar até estar pronta. Até ter certeza de que ela não vai mais poder mentir.

Encontro as anotações do dia em que perguntei sobre o nome Nicollet, um nome que ela tentou esconder de mim. Disse que era uma referência à irmã de Lawrence, o motivo para ele ter ido para o oeste e que depois abandonara, e admitiu que Ruth era filha biológica de Gerald. Na época, tudo isso me pareceu uma grande revelação, um segredo que eu desvendara. Mas e se esse não fosse o segredo que ela estava tentando esconder? E se fosse só uma distração?

Corro os olhos pela transcrição da nossa conversa, e lá está.

Seja lá o que me contar, não precisa sair daqui, falei para ela.

Mesmo naquela época, a resposta dela me pareceu estranha.

Isso inclui o garoto... nós assinamos dois *acordos de confidencialidade. Então, seja lá o que eu te contar, não pode contar pra ele. Você sabe disso, né?*

Em todas as ocasiões que o acordo de confidencialidade veio à tona, a pessoa com quem ela mais se preocupava era Hayden.

A preocupação não era o risco de eu me vender e abrir a boca para a revista *People*, mas que eu compartilhasse informações com o outro escritor concorrendo pelo trabalho. Como se estivéssemos ouvindo histórias diferentes esse tempo todo.

O que de cara me faz pensar nas dúvidas que Hayden tem tido sobre esse trabalho desde o começo, as suspeitas dele de que ela está mentindo a cada palavra que diz. Escondendo alguma coisa dele.

Ela queria falar com Hayden... mas não sobre si mesma.

Sobre qualquer outro assunto. Sobre *ele*.

Como se quisesse *conhecê-lo*.

Minha mente entra em um turbilhão. Não sei dizer se é só uma ressaca bizarra misturada com anos me entupindo de café ou se acabei tropeçando mesmo em alguma coisa importante.

Mil novecentos e sessenta e sete. A mãe dele se chama Nicollet e nasceu em 1967. Menos de um ano depois da morte de Cosmo.

Mil novecentos e sessenta e sete. Quando Margaret mandou a mãe de volta para Los Angeles, dispensou todos os funcionários e se fechou na casa de Cosmo em Nashville. Por dois anos. Sem ver ninguém a não ser Cecil Willoughby, o médico de confiança da família.

Alguma outra coisa pinica o fundo do meu cérebro, e estou vasculhando furiosamente minhas anotações de novo, sempre voltando para a gravidez secreta de Nina Gill.

Nove meses teria sido muito óbvio. Precisaram enrolar um pouco. E falar do assunto nos jornais quando podiam.

Nina passou dois anos nos Alpes.

Uma parte de mim ainda não consegue acreditar. Jogo os papéis no banco do carona e pego o mosaico.

Nicollet: a pessoa por quem você faria qualquer coisa. A única que te convenceria a abrir mão de tudo.

Doze por doze centímetros, minúsculos cacos de vidro de tom quente. Vermelhos e âmbar translúcido, dourados, organizados em uma espiral apertada como uma galáxia em miniatura.

Quanto mais encaro, mais a sensação cresce dentro de mim.

A verdade. Sinto-a ali, se debatendo para escapar da jaula.

Enfio o mosaico na bolsa e saio do carro.

Entro na casa de Margaret sem nem bater.

— *Finalmente.* — Escuto Margaret chamar dos fundos da casa.

Não respondo, não tiro os sapatos, só deixo meus pés me levarem até a sala como se estivesse em um trilho de trem.

Como se talvez eu *não* tivesse livre-arbítrio. Talvez, desde o começo, eu estivesse destinada a vir parar aqui, desde que nasci, e não havia como impedir.

Ela se levanta da cadeira de vime quando me vê entrar decidida e ergue as sobrancelhas até a altura do cabelo.

— Alice, está tudo bem? Você não parece bem. Se estiver doente...

Estendo o mosaico para ela. Ela percorre o objeto com os olhos. Aperta os lábios, o rosto ainda impassível, mas consigo ver as engrenagens girando em sua mente, calculando o quanto já deduzi, todos os motivos pelos quais jogaria isso contra ela como se fosse uma acusação.

Só há um motivo, na verdade.

Ela finalmente ergue os olhos para encontrar os meus.

— O que é isso? — pergunta, baixinho.

— Me diga você — respondo.

Ela me encara de volta, o rosto duro e, pela primeira vez, eu vejo. *A semelhança.* O mundo todo estremece.

— O Hayden é seu neto? — pergunto.

Outro momento em silêncio total.

— Com quem mais você falou sobre isso? — pergunta ela. — Porque acho que não preciso te lembrar de que...

— Eu assinei um acordo de confidencialidade — interrompo. — É, eu sei.

Ela aperta ainda mais os lábios. Não fala mais nada. Mas também não nega.

— Você tem uma filha — declaro.

— Não — nega ela, em um sussurro. Depois, em um murmúrio ainda mais baixo: — Eu *tive* uma. Por nove meses, enquanto a gestava. Sabia que não tinha como ela viver daquele jeito. Não sendo quem era, não do jeito que a gente queria que ela vivesse. — A voz dela fica trêmula. — Nossa filha nasceu e eu a segurei nos braços por cinco minutos. Cinco minutos, e foi o bastante para ter certeza de que não podia ficar com ela. Certeza de que eu a amava demais. Então fiquei olhando enquanto a levavam embora do quarto, e Nicollet Ives deixou de existir.

— O Cecil te ajudou. — Forço as palavras a saírem, apesar do nó que sinto na garganta: — Ele te ajudou a esconder a gravidez depois do acidente. Fez o parto. Coordenou a adoção.

— Ele era o único que sabia — responde, a voz fraca. — Foi ele quem me examinou. Fazia só uma semana que a gente tinha descoberto e... — Ela engole em seco. — O Cosmo estava uma pilha de nervos de preocupação. Eu tinha começado a sangrar. Sabia que provavelmente não era nada, mas ele queria ter certeza.

— Então não foi apendicite coisa nenhuma?

Ela balança a cabeça, os olhos marejados.

— Ele devia ter me escutado, mas estava em pânico. E aí... no carro... os paparazzi... ele estava tão bravo e com tanto medo. *Onde a gente estava com a cabeça?* Ele não parava de repetir isso. Nós dois entendemos, naquele momento, como seria a vida dela. Que ela nunca teria uma vida para chamar de sua. Nunca. E aí... — Ela engole um soluço. — E aí ele morreu e eu só soube. Soube que tinha que salvá-la. Da forma como não pude salvá-lo. E foi isso o que fizemos, Cecil e eu. Salvamos minha filha.

Minha mente continua girando, um carrossel alucinante de dor, sofrimento e confusão.

E, no meio de tudo, uma silhueta alta, imóvel.

— Ele sabe? — Minha voz soa fraca e rouca. — Você contou pro Hayden por que ele veio até aqui de verdade? — Um pensamento atropela todos os outros na minha mente, devastando tudo ainda mais. — Se o trabalho já era dele desde o começo, por que me chamou aqui?

— Ele não sabe — responde ela, rouca. — E *não era* dele. O trabalho... nem existe.

Seguro a ponte do nariz com os dedos, bem entre os olhos.

— O livro...

— Nunca tive a intenção de escrever um livro. — Os músculos da mandíbula dela ficam tensos, uma expressão que grita tanto *Hayden* que meu peito parece que vai rachar ao meio. — Eu só precisava de *tempo*.

— Tempo? — questiono, a voz fraca.

— Para conhecer ele. Para ver se... se ela está feliz. Se tinha alguma chance de eu... talvez... se ela me perdoaria um dia.

— Tá de brincadeira comigo. — Parece que meus pulmões vão se dobrar ao meio, o coração preso entre eles.

Ela me encara e não fala mais nada.

— *Por quê?* — Minha voz treme conforme ganha volume. — Por que quis me trazer aqui? Por que perder tempo armando *esse circo*?

— Porque ele não viria se não fosse assim! — grita ela. — Eu tentei atrair o Hayden aqui pra ilha antes, mas nunca tive resposta, então desisti. Achei melhor aceitar. Mas a Jodi, não. Ela quis te mandar aquele maldito e-mail...

— *A Jodi?* — pergunto. — Por quê?

— Porque ela é uma metida! — diz Margaret. — Porque ela acha que está cumprindo a vontade da mãe dela! Achou que, se trouxesse outro escritor para o meio da jogada, o Hayden ia pensar que a coisa toda era verdadeira e... e que era uma história que valia a pena brigar pra conseguir.

Tento conter as lágrimas de raiva que se acumulam em meus cílios.

— Você estava me usando.

— No começo — responde ela. — Mas depois, com tudo o que aconteceu... Alice, você me fez mudar de ideia. Me fez acreditar que talvez seja *possível* compartilhar minha história. Achei que se contasse a verdade para o Hayden... se ele aceitasse... talvez no fim a gente pudesse escrever mesmo o livro. Nada sobre ele e a mãe dele, claro. A gente protegeria a privacidade deles. Mas o resto... tudo o que aconteceu com a Laura, tudo o que eu queria que o mundo soubesse sobre os meus pais. Meu *marido*... — Ela balança a cabeça e fecha os olhos com força. — Mas aí ele veio aqui ontem e disse que não queria o trabalho.

Sinto o coração parar de bater.

— *O quê?*

Ela abre os olhos. Parece distraída de um jeito que nunca a vi antes, como se de alguma forma *isso*, depois de tudo o que ela passou, fosse o golpe final.

Balanço para a frente e para trás e me apoio na parede.

— Ele já negou?

— Eu me recusei a falar sobre o Cecil com ele — conta ela. — E aí ele disse que não importava, porque já tinha decidido que não era a pessoa certa para o trabalho. Mas a verdade é que ele me odeia. Desde o começo. Eu percebi. A Jodi não acredita, fica indo embora toda vez que eu cancelo uma dessas conversinhas, mas pra mim está óbvio desde o começo. Aquele jovem não quer ter nada a ver comigo, nem como o *tema desse livro*. Mesmo sabendo que envolve um *pagamento*.

— Ele não te *conhece!* — Estou quase aos gritos. — E como ia fazer para conhecer? Você mentiu para ele o mês inteiro, todos os dias.

— Nunca menti para ele — retruca ela. — Só evitei certos assuntos.

— Você tem que contar a verdade pra ele. — Sinto o peito latejar com a traição, a injustiça. — Não pode esconder isso dele.

Ela balança a cabeça.

— Ele não quer saber a verdade sobre mim. Não quer ter nada a ver comigo. E nem a mãe dele.

— Não dá pra saber — disparo.

— *Dá sim* — responde ela.

— *Como?*

— Porque eu a vi! — grita em resposta.

Por um segundo, um silêncio medonho recai sobre a casa. Então ela dá um passo na minha direção e sua voz se transforma em súplica:

— Esperei até ela fazer dezoito anos e a encontrei por meio de um detetive particular. Estava morando em Indiana, com uma família linda, e achei... sei lá o que eu achei. Tentei me apegar ao fato de que ela estava viva, de que parecia feliz, e que nada mais importava. Mas não conseguia parar de pensar nela. Precisava de provas.

— Provas *do quê?* — exigi.

— De que eu tinha feito a coisa certa. De que, quando a entreguei pra adoção, não havia mesmo outra opção. Foi por isso que quis começar essa coisa toda de desaparecer. Para ver se era possível. Se talvez eu...
— A voz dela fica carregada com as emoções presas na garganta. — Se talvez eu tivesse cometido um erro ao me separar dela. E, toda vez que os paparazzi me encontravam, eu sentia só uma... uma pontadinha maldita de alívio. Porque significava que eu tinha feito a coisa certa. E todo ano, quando chegava o aniversário dela e ninguém descobria sua identidade... tudo parecia valer a pena. Era a única coisa que me fazia dormir à noite. A única coisa que me dava forças para seguir em frente. Eu finalmente tinha aceitado bem, até então, a ideia da solidão. Mas aí a Jodi apareceu.

Ela aperta os dentes.

— Depois que eu dispensei a Jodi, não consegui parar de pensar na minha irmã. Àquela altura, eu já estava reclusa havia anos, mas de repente não suportava mais ficar naquela casa cheia de fantasmas. De todo mundo que eu tinha perdido. Todo mundo para quem minha família já tinha feito mal. Vendi a Ives Media e me livrei do dinheiro, doei quase tudo e, ainda assim, fiquei com a sensação de que aquela casa, aquela história toda, estava me sufocando. Então um dia simplesmente peguei minhas coisas e saí. Vaguei por horas pela cidade e ninguém falou comigo. Ninguém nem olhou pra mim. Nenhuma viva alma.

"Fui até a praia e aconteceu a mesma coisa. Fiquei esperando alguém me reconhecer, mas tinha parado de pintar o cabelo e de usar maquiagem, e, o mais importante, eu tinha sessenta e sete anos. Em algum momento durante os meus anos recônditos, acabei chegando à idade em que as mulheres ficam invisíveis. Fui de *femme fatale* ingênua a bruxa velha."

Ela abre um sorrisinho, mas não retribuo o gesto. Minhas emoções estão todas confusas — raiva, decepção, dor, tristeza —, e o último mês de entrevistas passa pela minha mente em uma mistura nauseante e caótica. Tudo que Hayden me contou sobre a mãe dele, a depressão, a ansiedade, os traumas que herdou dela, começam a se encaixar com a história de Margaret, e sinto que preciso de um minuto para respirar. Para encontrar um sentido naquilo tudo e pensar no que fazer a partir dali.

Mas ela entrou em uma toada e a história transborda dela:

— No final daquele dia, voltei para o carro para ir pra casa e simplesmente não consegui. Não ia voltar para aquele lugar. Então fui para o leste. Dirigi sem parar até não conseguir mais e parei em um hotel de beira de estrada. Paguei em dinheiro para não precisar usar meu nome. De manhã, continuei dirigindo. Quando vi, tinha ido parar no endereço que estava naquele cartãozinho que a Jodi tinha deixado comigo. Estava em uma pequena ilha na Georgia.

A voz dela falha.

— Passamos seis meses juntas, minha irmã e eu. Tínhamos mudado muito desde a última vez que nos encontramos, mas, mesmo assim, de alguma forma, foi como se não tivesse passado tempo algum. Ainda pertencíamos uma à outra. Uma *com* a outra. Foram seis meses maravilhosos e terríveis até ela falecer, mas não antes de me fazer prometer contar a verdade para Nicollet.

Ela continua, firme:

— Eu teria concordado com qualquer coisa que a Laura pedisse àquele ponto. Mas sabia que ela estava errada. A melhor coisa para a Nicollet continua sendo, hoje, o que era naquela época. Enrolei o máximo que pude, mas a Jodi nunca me deixou esquecer disso. No fim, contratou um detetive, mas nem precisava. — Margaret balança a cabeça em uma risada tão dura e áspera quanto uma lixa. — Eu teria encontrado a Nicollet com uma pesquisa rápida no Google. Ela se casou com um político de cidade pequena e acabou voltando para os refletores. Refletores menores, claro, mas igualmente cruéis. Agora você acredita na maldição Ives? Mesmo tendo aberto mão de uma vida inteira com ela, eu não consegui protegê-la.

— Mas isso não é o fim — afirmo, enfática. — A única coisa que a impede de estar com ela agora é você mesma. Precisa contar tudo para o Hayden. Ele merece saber a verdade. E a mãe e o irmão dele também.

— A verdade? — Ela bufa, sarcástica. — Não prestou atenção em nada do que falei nessas últimas quatro semanas? Já faz um bom tempo que ninguém valoriza a verdade no mundo. Eu não sou ninguém pra ele e pra família dele, e é melhor que seja assim. Então, não, não vou contar nada. *Nem você.*

A última frase me corta como uma lâmina. A implicação. A ameaça.

Os milhões de dólares que eu estaria devendo para esta mulher se desrespeitasse o acordo.

Há um brilho desesperado e quase implacável nos olhos dela.

De súbito, meu corpo todo está suando e meu coração golpeia o peito como se fosse o bico de um pica-pau, desenfreado e forte.

Margaret dá meio passo em minha direção.

— O Hayden não quer mais escrever esse livro — diz ela. — Mas nós ainda podemos, Alice. Sinto muito que tenha te atraído pra cá com uma mentira. Sinto muito por não ser a mulher que você achava que eu fosse e que as coisas não tenham acabado do jeito que você esperava.

Mas vou fazer o que puder pra te ajudar da mesma forma que você me ajudou. Pode até ser que a gente não consiga contar a verdade toda, mas podemos contar o meu lado da história. Corrigir alguns erros do passado. Era isso que você queria, não era? Ter a chance de contar a história que seu pai sempre quis saber?

Uma dor lancinante, ofuscante, me atinge.

— Não posso fazer isso.

Ela ergue a sobrancelha direita.

— O quê? Vai me dizer que acha que essas biografias de celebridade contam toda a verdade? Todo mundo tem segredos, Alice.

— Não é por causa disso. — Eu me afasto dela. — É por causa da sua vida. Da vida da Nicollet. — Engulo um nó que desce rasgando. — Da vida do *Hayden*. Ele tem o direito de escolha nessa história.

— Ele teve — rebate ela, o timbre de sua voz se tornando mais agudo, como se implorasse para que eu entendesse. — Ele me conheceu. Não gosta de mim. Não posso mudar quem eu sou, mas também não vou mudar quem ele é. Então de que adianta virar o mundo dele de cabeça pra baixo? Como isso ajudaria?

Fico assustada com a semelhança desse argumento com o que falei para Hayden quando ele insistiu para que eu conversasse com a minha mãe, então, neste momento, ouvindo de fora, entendo o quanto soa frágil.

Porque também vejo o quanto os olhos dela estão marejados e brilhantes, vejo a tensão em seus ombros e a forma como apertou as mãos em punhos na lateral do corpo, os nós dos dedos brancos.

E, depois de anos pensando em Margaret como uma mulher de sorriso fácil, roupas extravagantes e gargalhadas altas, finalmente enxergo a verdade. Tudo o que ela herdou das gerações passadas.

A culpa de Lawrence por ter falhado com as pessoas que amava, a raiva de Gerald pelo amor eternamente inalcançável e o medo de Freddy de não ser o suficiente para quem mais importava.

O terror do que acontece quando se exige algo que uma pessoa não pode dar.

E tudo fica ainda mais estúpido porque, no fim, ela já não tem mais o amor que tanto deseja. Está sozinha. Aquela casa *grita* solidão, e ela está tão acostumada a se esconder entre quatro paredes que nem se permite imaginar qualquer coisa diferente daquilo.

— Contar pra ele só pioraria tudo — resmunga. — A Jodi já está furiosa comigo, mas achei que pelo menos *você* fosse entender.

— Eu entendo a história que está contando — desengasgo, o fervor diminuindo dentro de mim. — Mas a verdade é que você só está com medo.

E me viro para ir embora.

— Alice — chama Margaret. — Se for embora agora, não tem mais volta, então *pense bem*.

Paro por um mero segundo na saída para o corredor. Ela parece tão pequena e frágil que parte meu coração.

— Está vendo? — digo. — As escolhas que fazemos importam.

E aí vou embora.

34

Durante todo o percurso dirigindo de volta ao bangalô, luto contra as lágrimas, tentando pensar em um plano de ação e sendo barrada por algum empecilho toda vez.

Não posso contar a verdade para Hayden.

Não posso mentir para ele.

Meu celular está cheio de mensagens dos meus amigos perguntando como foi a proposta, pedindo notícias. Silencio as conversas e dirijo até a praia. Nem saio do carro, só fico ali sentada com o para-choque encostado em uma duna, soluçando.

Nem sei por que estou assim tão emotiva.

Estou triste por não ter sido contratada, claro.

Magoada por tudo o que Margaret passou. Pela decisão que ela decidiu tomar e pelo amor que demonstrou ao considerá-la, e como todo esse amor se solidificou em uma casca dura ao redor dela, mantendo todo mundo do lado de fora.

E estou devastada por Hayden. Por mim.

Depois de chorar até acabarem as lágrimas, dirijo de volta para casa. Deixo a bolsa do notebook no carro e entro para começar a fazer as malas imediatamente, ignorando os surtos repentinos de choro que começam e terminam de maneira aleatória.

Deixo o problema dos horários de voo para depois. Só sei que não vou mais ficar aqui.

Perto das duas da tarde, ouço uma batida à porta. Vou abrir e a dor que sinto ao ver Hayden na soleira, com *outra* garrafa de champagne na mão, é física, uma estocada no meio do meu coração.

— Eu sei que você disse que ia comprar a champagne hoje — começa ele.

— Recusei o trabalho — cuspo antes que ele possa continuar.

Ele fica pasmo.

— Quê?

Engulo o nó na garganta.

— Recusei o trabalho.

— Não entendi — responde ele.

— Pois deveria — respondo. — Você também recusou.

A expressão dele vai murchando devagar.

— Espera. Você ficou *brava* por eu ter recusado?

— Era você que queria que eu "soubesse que mereci" — digo, parafraseando-o, como se, no fim, isso tivesse qualquer importância. Como se qualquer coisa tivesse importância nessa história toda. Não estou brava com ele, mas estou *brava*, e por isso a raiva começa a disparar para todos os lados, atingindo quem estiver pela frente. — Aí você só deu pra trás no último minuto. Então acha mesmo que eu mereço ou só achou que eu não tinha a menor chance?

Ele deixa o queixo cair.

— Porra, Alice, é claro que achei que você tinha chance. E também imaginei que fosse fazer um trabalho melhor que eu e... e não queria que essa merda toda azedasse o que a gente tem.

— Não acreditou que eu não fosse ficar magoada com você — esclareço.

Ele fecha a boca com um estalo.

— Eu não queria te colocar nesse lugar de ter que considerar a possibilidade. E também nem queria tanto assim ser contratado.

— Bom, agora eu também não quero — retruco, as lágrimas queimando nos olhos. Não depois de tudo, não a custo da verdade. Não a custo dele. — É tão difícil de entender?

— *É* — responde ele, enfático. — É o trabalho dos seus sonhos.

— Mas é exatamente isso! Era só um sonho — empurro as palavras para fora. — A realidade não bateu com as minhas expectativas.

— Você está *mentindo* pra mim, Alice. — A voz dele falha com a mágoa. — O que tá rolando?

Balanço a cabeça e me afasto quando ele tenta se aproximar, mantendo a distância como se isso fosse proteger meu coração já despedaçado.

— Não posso... — respondo, rouca.

— Alice, o que foi? — implora ele. — Conta pra mim. Fala o que está acontecendo. Se eu fiz alguma coisa que te magoou, então me diz como consertar que eu conserto. Qualquer coisa.

Recuo quando ele tenta me tocar, tremendo com o esforço que faço para conter os soluços.

— *Não posso* — respondo mais firme. — Fala com a Margaret.

— Eu não quero falar com a Margaret — retruca ele. — Ela não é importante. Você é.

— Desculpa — falo, e então repito, como se fosse um disco arranhado: — *Desculpa*. Não posso te falar mais do que isso. Não tenho como... não tenho como justificar mais do que isso.

Não só por causa do acordo, mas por causa de Margaret. Porque não importa o quão furiosa eu esteja com ela, essa história é dela. É ela quem tem que contar. Foi o que prometi a ela antes de saber a verdade, e ainda é nisso que acredito.

— Você só precisa ser sincera — diz ele, arrasado. — Só fala comigo.

— Por favor, não insiste — choramingo. — Não tenho mais nada pra te falar.

Ele me encara e a descrença que vejo ali se transforma em uma resignação frustrada.

— Então é isso?

Quero pedir para ele ficar. Implorar para ele ficar.

Mas já sei que não vai funcionar. Que ele não vai conseguir deixar isso para lá. Que, mesmo se conseguisse por uma noite ou duas, esse segredo ia corroer o que existe entre a gente. Margaret vai voltar a se esconder, e aí, um dia, não vai mais estar aqui, e se eu *finalmente* contar para ele depois de tudo, como ele vai ser capaz de me perdoar por ter mentido por tanto tempo?

— Por favor, vai embora — sussurro.

Ele me encara por um longo instante, os olhos escuros reluzindo com as lágrimas.

— Tchau, Alice — diz ele, parecendo fazer força para falar cada uma das palavras, e então se vira e vai embora até a entrada da rua, para longe de mim, enquanto tento não desmoronar.

Tento não o chamar de volta.

Tento não contar agora, no pior momento possível, em que eu só teria como machucá-lo, que o amo mais do que jamais amei alguém.

Quando ele já foi, fecho a porta e me encolho no chão, deixando uma nova torrente de lágrimas me dominar. Não sei quanto tempo dura, se são minutos ou horas, mas, quando os soluços param e consigo voltar a respirar, pego o telefone e mando uma mensagem para minha mãe.

Tudo bem se eu passar uns dias em casa? Não estou muito legal.

Os pontinhos aparecem para indicar que ela está digitando. A resposta de sempre.

Claro.

DEBAIXO DA COLCHA verde-neon horrenda, deitada no meu quarto de infância, começo a procurar outros trabalhos, meio desanimada. Celebridades que estão envelhecendo e podem querer contar a própria história, tendências de namoro que podem virar artigos para o *The Scratch* e restaurantes em Los Angeles que podem estar precisando de garçonetes. Porque, para ser sincera, a última coisa que quero fazer neste momento é voltar para o trabalho que já tenho.

Conto o mínimo possível para meus amigos — que não vou trabalhar com a Margaret, que vou passar uns dias com a minha mãe —, mas, tirando isso, estou meio que ignorando as mensagens deles.

Penso em ligar para Hayden, mas o que mais eu teria para dizer? Tudo o que eu poderia fazer seria garantir que quero estar com ele, implorar para que deixe esse único segredo para lá, mas, se algum dia ele descobrir, como me perdoaria por saber uma coisa tão séria e não ter contado?

Será que ele *conseguiria* estar em um relacionamento com uma pessoa que ele sabe que, no fundo, está mentindo, todo dia, do mesmo jeito que Margaret estava?

Crio jogos mentais para mim mesma: *Se meu telefone tocar neste minuto e for ele, vou contar tudo.*

Fico me perguntando se Margaret me perdoaria algum dia, como se estivesse em um jogo de *bem me quer, mal me quer*, e se eu só calhar de puxar uma pétala no momento certo, todos os meus problemas vão desaparecer.

Depois de três dias a esmo, minha mãe entra no quarto, acende a luz e resmunga:

— Se vai ficar aqui, acho bom ajudar com o serviço.

Não tenho como argumentar contra isso.

Visto uma roupa e a encontro no jardim. Ajoelho ao lado dela na terra e, sem olhar para mim, ela tira o chapéu do meu pai da cabeça e me entrega, ainda cavando com a outra mão.

Sinto um aperto no coração com o gesto, com a familiaridade da cena, com o carinho silencioso. Visto o chapéu e começo a trabalhar.

Pelos dois dias seguintes, nós plantamos.

Batata inglesa, abóbora, mais pepino e vagem. Preparamos a terra para o plantio na estação fria que vem chegando, limpamos os canteiros vazios, reviramos o substrato com fertilizante. Pegamos os brotinhos de brócolis que ela fez germinar no mês passado e replantamos na terra, junto com a couve-galega e as cenouras.

Dou comida para as galinhas e apanho os ovos. Colho as frutas maduras da fileira de árvores e faço a manutenção do banheiro seco.

Tomo banhos curtos e escaldantes e ajudo a cozinhar todas as refeições. Meus membros ardem, mas minha mente, enfim, sai do turbilhão.

Na minha quinta noite ali, nós nos sentamos para jantar em silêncio, do mesmo jeito que fizemos todas as refeições desde que cheguei.

À minha frente, no outro extremo da velha mesa de madeira, minha mãe pega o garfo e, em seguida, volta a pousá-lo na mesa.

— Vai me contar o que está acontecendo, filha?

— Você *quer* que eu conte? — pergunto, surpresa.

Ela se recosta na cadeira, que não combina com a minha, já que todas foram encontradas em pilhas de lixo de calçada ou em bazares e restauradas de maneira adorável por ela e meu pai.

— Que merda de pergunta é essa? — exige saber ela.

— Desculpa — respondo depressa, pensando em como remediar o que acabei de falar.

— Pelo amor de deus, Alice — diz ela. — Sei que não vou ganhar o prêmio de mãe do ano, mas acha mesmo que eu sou *tão* ruim assim? Que vejo minha filha claramente sofrendo e não dou a mínima?

— Não, não tem nada a ver com isso — retruco.

— Se aconteceu alguma coisa — diz ela, franca —, pode me contar. Se perdeu o emprego, só fala.

— Desculpa te decepcionar — murmuro, baixando os olhos para o prato. — Mas não, não perdi o emprego.

— *Desculpa me decepcionar?* — exclama ela, chocada. — Acha que eu quero que perca o emprego?

A coisa toda só piora. Só quero colocar um curativo nessa situação o mais rápido possível, voltar atrás ou explicar meu comentário.

Mas a verdade é que, agora que sinto a mente lúcida e consigo pensar, a memória do que Margaret disse fica vindo à tona: *Como isso ajudaria? Ele não gosta de mim... não posso mudar quem eu sou, mas também não vou mudar quem ele é.*

Afasto meu prato e, respirando fundo, trêmula, forço as palavras a saírem, apesar do nó que sinto na garganta:

— Você nunca respeitou o meu trabalho. Não me respeita por fazer o que faço. Acha que é uma coisa idiota e fútil, uma perda de tempo, e sinto muito... sinto muito por não ser igual a Audrey. Sinto muito por não estar mudando o mundo, por não estar vivendo uma vida com zero emissão de carbono e por gastar dinheiro com... com coisas desnecessárias tipo manicure, velas e livros de romance. Mas essa sou eu, e mesmo que você não entenda isso, pode só, por favor, *fingir* por alguns dias do ano que me respeita? Que *gosta* de mim? Porque não sei ser outra pessoa e estou me sentindo sozinha, *tão sozinha,* cacete, sendo a pessoa que não se encaixa nessa família.

Ela me encara, quieta, a expressão neutra.

Meu peito sobe e desce enquanto tento controlar a respiração. Meus olhos, percebo, estão marejados, e estou segurando o garfo como se minha vida dependesse disso.

Um segundo se passa. Depois outro. Fico me perguntando se ela vai só pegar os talheres e voltar a comer, como se nada tivesse acontecido.

Fico me perguntando se ela vai gritar. Se vai me *responder à altura.*

Mas, enfim, ela cede:

— *Ah, meu amor.*

Arrasta a cadeira para trás, contorna a mesa, vindo na minha direção, e se abaixa para me abraçar. Esse contato simples, o abraço forte sem tapinhas casuais nas costas, sem pressa para se afastar, me faz começar a chorar de verdade.

— Aqui é o seu lugar — murmura ela, beijando o topo da minha cabeça. — Nunca duvide disso.

— Não duvido — argumento, a voz um tom mais aguda.

Minha mãe segura meus ombros e se ajoelha ao meu lado.

— Alice — diz, calma —, eu respeito você. Amo você. *Gosto* de você. Mas não te entendo.

Pisco para afastar as lágrimas e as feições delicadas dela voltam a tomar forma.

— Seu pai... — Ela balança a cabeça e tenta de novo: — Quando você era bem pequena, vivia grudada em mim. O dia inteiro, todo dia. A Audrey era mais independente, mas você era minha sombra.

Fungo e seco os olhos.

— Eu era?

Ela assente.

— Conforme você foi crescendo, foi se tornando quem é... não sei explicar de um jeito que não vá soar agressivo, então vou só falar de uma vez. Nos primeiros anos como mãe, eu sentia que você e sua irmã eram partes do meu coração andando por aí, para fora do meu corpo. Eram seres independentes, mas pertenciam a *mim* também. Parecia um milagre, porque é mesmo. Vocês combinavam o DNA do pai de vocês e o meu, e de alguma forma isso significava que eram pessoas diferentes, mas que, ao mesmo tempo, eram nós dois e nenhum de nós.

"Aí você começou a crescer e a gostar de coisas novas. Coisas que eu nem imaginava. Partes suas que eram só suas, e não precisava mais de mim. Foi uma coisa incrível... quer dizer, era o *esperado*. Mas também era apavorante. Permitir que você crescesse e ficasse diferente de mim. De repente, comecei a ver portas trancadas onde antes existiam só corredores largos."

— Mãe, eu não precisava mais de você porque não me *permitia* precisar. Porque a Audrey estava doente, e eu achava que era isso o queriam de mim. Que eu só estivesse... bem. *Feliz*. E eu *estava*. Dei um jeito.

— Eu sei — responde ela. — E isso me chateia demais. Porque eu queria ter sido mais presente. Não só quando a Audrey estava doente, mas depois também. Seu pai...

Ela hesita de novo, mas se força a pôr para fora:

— O seu pai *te entendia*. — A voz dela vacila e ela dá de ombros. — Ele entendia as coisas que você ama. Entendia o seu senso de humor. Tinha acesso a partes de você que nunca consegui enxergar, e tudo bem, eu aceitava, mais ou menos. Mas quando ele morreu... minha nossa, Alice, ainda não consegui entender como ser a pessoa que você precisa que eu seja. Ele sabia a coisa certa para te falar, sempre. Sabia te animar ou te dar um choque de realidade. E eu quero ser uma boa mãe pra você, mas não tenho como ser ele.

— Eu não preciso que você seja ele — prometo, em meio às lágrimas.

— Você merecia ter ele aqui. Não sei quantas vezes já desejei que fosse eu no lugar dele.

— *Mãe*. — Sinto o coração rachar e se despedaçar, a abraço de novo. — Nunca mais fala isso.

A voz dela sai trêmula, fraca e rouca:

— Sinto tanta saudade dele.

Fecho os olhos, mas as lágrimas conseguem escapar pelos cílios mesmo assim.

— Eu também — choramingo. — Eu devia ter conversado mais com ele. Escrito tudo. Devia ter registrado todas as piadas bobas e todos os conselhos. Devia ter gravado vídeos dele cantando na cozinha enquanto você cozinhava. Devia ter conhecido mais ele enquanto ainda tinha tempo. Antes que fosse tarde demais.

Minha mãe afrouxa o abraço e se afasta, apoiando o pé inteiro no chão e secando as próprias lágrimas.

— Meu amor — diz ela. — *Não é* tarde demais. O que quer saber?

• • •

Apoio o celular em uma pilha de livros em cima da mesa, pronto para gravar o vídeo, e coloco o gravador do lado, ambos apontados para onde minha mãe está sentada com um monte de álbuns de foto antigos. Aperto gravar nos dois e vou me sentar ao lado dela.

— Por onde a gente começa? — pergunta ela.

— Pelo começo.

Ela abre álbum atrás de álbum até encontrar o que está procurando.

— Nossos dias na comunidade — diz, sorrindo com afeto para a primeira polaroide deles, ao sol, os dois de macacão, mais magros e mais jovens. Ele está com um braço ao redor dela. Tem outro chapéu de aba larga na cabeça, mas não muito diferente do que temos hoje.

— Você falou que ele era ridículo? — pergunto, e ela abre mais ainda o sorriso.

— Totalmente ridículo — confirma ela.

— Me conta tudo — peço.

— Só se você fizer o mesmo — estabelece.

Estendo a mão. Fechamos o acordo.

Então nos intercalamos contando nossas histórias.

Na manhã seguinte, eu me sento na escrivaninha do quarto da Audrey e começo a escrever uma carta.

Depois de conversar com a minha mãe, sei o que precisa ser dito. Não tenho como controlar como ela vai ser recebida, mas preciso tentar.

Assim que termino, escuto alguém bater à porta da frente e, logo depois, os passos da minha mãe e várias vozes falando ao mesmo tempo.

Sinto a nuca formigar enquanto me levanto e atravesso a casa pequena em direção às risadas e conversas. Na entrada, paro assim que os vejo tirando os sapatos.

— Alice! — grita Priya, e corre na minha direção, me abraçando com força.

— O que vocês estão *fazendo aqui?* — pergunto, pasma, quando ela me solta.

— Sua mãe convidou a gente — responde Cillian, me abraçando logo em seguida.

Espio minha mãe por cima do ombro dele.

— Você mexeu no meu celular? — questiono, mais confusa do que chateada.

— Claro que não — responde ela, parecendo *um pouquinho* ofendida com a acusação.

— Passei meu número pra ela da última vez que vim aqui — explica Bianca, a próxima na fila do abraço. Eu a aperto por um bom tempo, grata demais por eles terem vindo me ver mesmo sem eu pedir.

— Estou feliz que estejam aqui — digo.

— Mesmo? — pergunta Priya. — Então *por que* a senhorita não responde nossas mensagens?

— É uma longa história — digo.

— Alguém quer chá ou café? — oferece minha mãe.

— Eu *adoraria*, Angie, por favor — responde Cillian, e segue minha mãe corredor adentro espiando tudo e me lançando um olhar rápido por sobre o ombro enquanto diz: — É tão bom *finalmente* ser convidado para vir aqui.

— Ele nunca vai superar o fato de ter sido o último a vir aqui, vai? — pergunto.

— Se você morrer primeiro — diz Bianca, enganchando um braço no meu e me puxando para seguir os dois —, ele vai falar disso até no discurso do seu funeral.

35

Não posso contar tudo para eles, mas conto o suficiente. Que o trabalho com a Margaret foi para o saco. E que Hayden e nosso relacionamento foram junto.

Que isso me fez duvidar de mim mesma e do meu trabalho.

— A gente segura as pontas no *The Scratch* pra você — promete Bianca —, enquanto você entende o que quer fazer agora.

— Não quero dificultar a vida de ninguém — respondo.

— Alice, a *sua* vida já está difícil — diz Cillian.

— Não, tudo bem — falo. — Não é tão grave assim, podia ser pior.

— Bom, então vamos parar de pensar em como "podia ser" só por um minutinho — pede Priya. — Isso não precisa ser a maior tragédia do mundo. Nem precisa ser a maior tragédia da sua vida.

— Exato — concorda Bianca. — Você está mal agora, e é isso que importa.

— Estou tão feliz por vocês estarem todos aqui — repito e, quando Cillian abre a boca, com certeza prestes a dar uma alfinetada, acrescento:

— *Principalmente* você, Cillian.

E aí caímos todos na gargalhada.

Mostro o quintal para eles e deixo que tirem fotos com Marietta, nossa galinha mais amigável.

Minha mãe põe a gente para trabalhar por uma hora à tarde, e depois nos revezamos usando o único chuveiro da casa.

Cillian está morrendo de vontade de comer pizza, então, pela primeira vez desde que me entendo por gente, *desde que eu nasci*, minha mãe concorda em pedir uma. Enquanto esperamos o entregador, ela e eu fazemos doce de pêssego e deixamos esfriando para comermos de sobremesa. Depois que ela vai dormir, jogamos uma partida de Banco Imobiliário quase inteira, mas aí decidimos que odiamos demais o jogo e que a gente não suporta nem mais um segundo daquilo.

— A gente devia fazer uma festa do pijama — sugere Priya.

— É literalmente o que a gente tá fazendo — retruca Bianca.

— Não, tipo, quis dizer que a gente devia dormir todo mundo junto na sala — explica Priya.

— Eu estou velho demais pra dormir no chão — argumenta Cillian em meio a um bocejo.

— Mas eu *odeio* dormir sozinha — solta Priya.

— Eu durmo com você, se quiser — oferece Cillian, mexendo as sobrancelhas de maneira sugestiva.

— Nunca mais — rebate Priya, porque foi *realmente* assim que a amizade deles começou.

— Eu quis dizer *sem segundas intenções* — insiste ele.

— Ou é isso ou um de vocês vai ter que ficar no quarto da Audrey e o outro no sofá — digo.

Priya faz biquinho.

— Por que eu não posso dormir com você?

— Porque *eu* pedi antes, tipo dez minutos depois de chegar — diz Bianca.

— Tá — aceita Priya. — Cillian, eu aceito.

— Bom, agora não sei mais se ainda quero — reclama Cillian, e eles ficam discutindo por um tempo enquanto nós nos levantamos e damos boa noite. No fim, ficam os dois no quarto da Audrey, e Bianca e eu nos enfiamos na minha cama.

— Você parece mais animada — murmura ela, sonolenta, quando já estamos deitadas.

— Vocês me animaram — digo.

Ela balança a cabeça.

— Não foi isso que quis dizer. Você parece mais feliz do que estava antes de viajar pra cá. Mais em paz, sei lá.

É estranho, mas ela tem razão. Eu me sinto arrasada, mas ao mesmo tempo parece que tiraram um baita peso dos meus ombros.

Sinto saudade de Hayden. Eu o amo. Mas depois de enviar aquela carta, sinto que fiz o que pude.

Fiz o que precisava para viver uma vida sem mais nenhum arrependimento.

— Estou pensando em escrever um livro de memórias — sussurro, encarando o teto escuro.

Bianca se vira para ficar de frente para mim.

— Tá falando sério?

Assinto.

— Sobre os meus pais. Sobre tudo o que eles me ensinaram.

— Que ideia linda — responde ela.

— Não é a mesma coisa que uma biografia da Margaret Ives — emendo. — Não tenho certeza de que alguém vá querer ler.

— Mas não precisa pensar nisso agora — responde Bianca. — Por enquanto, você só tem que pensar no que *você* quer escrever.

Quero, percebo, escrever sobre a mesma coisa que sempre quis.

— Quero escrever sobre o amor — revelo.

Bianca assente com a cabeça.

— Então faça isso. Escreva sobre o amor.

● ● ●

Depois de um último abraço em grupo, meus amigos entram em um táxi que vai levá-los até o aeroporto. Minha mãe e eu acenamos enquanto eles se afastam e o sol se põe, reluzente, atrás deles.

Fico pensando, como sempre faço durante o nascer e o pôr do sol, no minúsculo mosaico que está no meu quarto.

As cores de *Nicollet*. As cores da *esperança*.

Já dentro de casa, colocamos a câmera no apoio improvisado e voltamos ao trabalho.

Um mês se passa. Ajudo minha mãe na horta durante o dia, o gravador ligado enquanto conversamos. Ouvimos música enquanto cozinhamos o jantar, todas as preferidas do meu pai. Depois, olhamos álbuns de foto e assistimos a filmes antigos.

Valorizo como ouro cada palavra que ela me diz. Não só quando fala do meu pai, mas quando fala dela também. Tinha razão quando disse que não era tarde demais para conhecê-lo, mas o que estou percebendo só agora é que ainda não é tarde demais para conhecê-la também.

Às vezes, nas raras ocasiões em que terminamos o trabalho mais cedo, ficamos sentadas lá fora na grama, tomando cerveja e remendando meias enquanto o sol se derrama pelo horizonte, pintando tudo em sua glória.

O pôr do sol, descubro, é a hora do dia preferida da minha mãe. Ela fica mais relaxada vendo o dia terminar com tudo em seu devido lugar do que ficaria com um banho quente, uma taça de vinho ou qualquer outra coisa.

Fazemos chamadas de vídeo com Audrey quando ela está disponível, e ela conta sobre o trabalho e pergunta do nosso.

Minha mãe não é outra pessoa. Nem eu. Mas ela me pede para mostrar alguns dos artigos que eu mais gostei de escrever e, às vezes, quando os lê à noite no sofá, de frente para mim, até ri. Empurra os óculos de armação de arame para o topo da cabeça, olha para mim e fala alguma coisa do tipo:

— Você me lembra tanto ele.

E isso faz eu me sentir não só vista, mas *amada, querida*.

Theo me manda algumas mensagens, mas, quando eu invisto tão pouco nas nossas conversas quanto ele, a coisa morre depressa. Não é um término porque não estávamos em um relacionamento e, por mim, tudo bem.

Tento não pensar muito em Hayden, mas ele está em todo lugar. Em um mês, invadiu todos os aspectos da minha realidade. Tipo a música de Cosmo Sinclair.

Hayden, Hayden a todo momento.

Ainda escrevo para o *The Scratch*, mas a maior parte são artigos curtos, com entrevistas por telefone e trocas de e-mail. Passo um fim de semana em Atlanta para entrevistar um chef de cozinha, mas, de resto, fico praticamente o primeiro mês todo ao lado da minha mãe, sendo a sombra dela mais uma vez, só que ainda um ser independente.

Cinco semanas depois de os meus amigos terem ido embora, eu a convenço a pedir pizza de novo.

— Estava *mesmo* muito boa — cede ela, mas negocia: — Só que no máximo uma por mês.

Damos um aperto de mãos para firmar o acordo, e ligo para fazer o pedido.

Ela está no banho quando a pizza chega e eu estou finalizando uma salada.

— *Tô indo!* — grito na direção da porta, então lavo o cheiro de cebola dos dedos e seco as mãos na calça a caminho da porta.

Abro-a e o pôr do sol me cega por um breve segundo antes da mancha ofuscada à minha frente se transformar em um homem.

Um homem alto, absurdamente bonito, em carne, osso e *carranca*.

— Hayden — solto, de queixo caído, me sentindo vagamente como se tivesse corrido com tudo e dado com a cara na parede.

Ele me encara com o rosto bem sério e impassível, do jeito que sempre fez.

— O que é isso? — pergunta, na lata, e levanta um pedaço de papel.

Nada muito elaborado. É uma folha de caderno inteira escrita em tinta azul, frente e verso. Com a minha letra.

Por meio segundo, fico gelada com o medo de ter mandado a carta para a pessoa errada. Para ele, em vez de Margaret.

Mas aí percebo que seria impossível. Eu nem tenho o endereço dele.

— Lembrou? — pergunta ele.

Tento falar. Não sai som algum.

Quando ele percebe que não vou responder, desvia os olhos para o papel. Pigarreia e lê, suscinto:

— Cara Margaret, uma vez você me perguntou se podia confiar no Hayden. Eu falei que podia, mas isso não era bem verdade.

— Sei o que está escrito — consigo dizer, baixinho, mas ele continua.

— Sim, ele é uma pessoa fechada, assim como você. E, assim como você, tem bons motivos para ser do jeito que é. Ele toma cuidado com quem vai se abrir, mas, quando pega confiança, ama sem barreiras. Ele é direto e honesto, mas nunca cruel ou grosso. Pode ser difícil de interpretar o que ele está sentido, mas ele não manipula nem engana.

"Ele não dorme bem. Sabe onde ficam todas as lanchonetes vinte e quatro horas no entorno de Little Crescent e provavelmente sabe onde ficam todas do bairro dele também. Ele cuida da saúde; como não tem um histórico familiar completo, prefere não correr riscos.

"Ele é divertido, muito divertido, mas, como tem um humor muito seco, pode levar um tempo para as pessoas perceberem isso.

"Nunca usa shorts. Tem medo de cobras, mas não tanto a ponto de não proteger alguém, se for necessário.

"Ele é generoso e tem muita consideração, e todo segundo que passa sem você conhecê-lo é um segundo desperdiçado. Não sei o que sua filha vai dizer se pedir para conhecê-la mais uma vez. E não tenho certeza do que o Hayden diria também, mas sei que ele leva a vida a sério. Sei que não é o tipo de pessoa que foge de uma conversa difícil e depois se arrepende de ter fugido.

"Acho que ele é a pessoa mais maravilhosa que já conheci e, sendo bem honesta, sua decisão sobre contar ou não a verdade para ele me afeta diretamente, porque eu o amo do fundo do coração e, como alguém disse uma vez, quando se ama, se faz de tudo para dar o que a pessoa precisa. Até desconstruir o mundo e construir um novo.

"Eu já o perdi, mas talvez você não precise perder também. Seja lá o que você decidir, ele merece uma chance de decidir se quer ou não. Ele merece que essa pergunta seja feita. Da sua amiga (acho, espero), Alice Scott."

Ele fica olhando para a página por vários segundos e continuo parada ali, tremendo de nervoso e dominada por emoções viscerais. Por fim, ele levanta os olhos para encontrar os meus, o rosto tenso.

— Como conseguiu isso? — Eu me forço a perguntar.

— Ela me mandou. Junto com uma carta dela explicando o que aconteceu.

Meus olhos queimam. Minhas bochechas queimam. Minha *pele* queima, mesmo que por dentro eu esteja gelada.

— É verdade? — pergunta ele, enfim.

— O quê? — sussurro.

— É verdade? — repete ele.

— Desculpa, eu não podia te contar — falo de uma vez. — Eu *queria* contar, mas...

— É — e ele se aproxima, deixando o braço com a carta cair do lado do corpo — verdade?

— A ligação que a Margaret tem com você?

O queixo dele se mexe um centímetro para a esquerda.

— Que você me ama?

As lágrimas me vencem.

— É claro que é verdade. Como não seria? Eu amei você quase que desde o primeiro segundo, desde antes de te conhecer. Antes de entender o que estava acontecendo. Confiava em você e te amava. Ainda confio e ainda amo.

— Ótimo — responde ele, e dá outro passo na direção da porta aberta. — Porque eu também te amo. Te amo tanto que nunca mais quero ficar longe de você. Me mudo pra Los Angeles, encontro outro emprego, sei lá, o que for.

— *Hayden...*

— Nem tente me convencer do contrário, Alice — retruca ele. — Toda vez que a gente tenta proteger um ao outro, só perdemos ainda mais tempo juntos, e não quero perder nem mais um minuto. Quero ficar com você. Nada mais vai importar tanto quanto isso. Não no fim da minha vida. Não agora. Nada nunca vai importar mais do que com quem eu passo meu tempo, e quero que seja com você. Preciso que seja com você.

Chorei mais nos últimos dois meses do que nos dois anos anteriores, e estou determinada a segurar as lágrimas neste momento, a ficar bem, calma e firme até o fim desta conversa.

— *Pode ser?* — conclui ele, inclinando a cabeça para me olhar nos olhos.

— Eu amo esse plano — sussurro. — Estou muito grata e honrada. Mas ele tem um problema.

Hayden franze a testa, uma expressão que atinge meu coração como uma flecha de cupido.

— Qual?

— Não vou voltar pra Los Angeles — explico. — Vou ficar na Georgia por um tempo. Talvez pra sempre, não sei. Estou trabalhando em um novo projeto e, quando terminar, acho que vou querer ficar perto da minha mãe enquanto ela está saudável. Eu te amo demais, mas não posso mais perder o tempo que tenho com ela. Perdi tempo de vida do meu pai e preciso que as coisas sejam diferentes agora, e desculpa, porque, se fosse qualquer outra coisa... eu abriria mão de *qualquer outra coisa*, mas acho que disso não consigo, e sei que não posso pedir a você que espere por mim, mas eu queria que...

Ele coloca as mãos em meu rosto enquanto continuo tagarelando.

— *Alice.*

— Eu adoraria se você me interrompesse agora — sussurro, o coração pesado no peito.

Ele sorri.

— Ouvi dizer que Atlanta é um ótimo lugar pra ser jornalista de música.

E, simples assim, minha determinação para não chorar já era. As lágrimas caem pesadas e depressa, escorrendo pelo nariz, pingando do queixo.

— Tá falando sério? — pergunto, chorosa.

— Tô falando sério.

— Tem certeza? Porque...

Dessa vez ele me interrompe mesmo, e nossos lábios se encontram; subo as mãos para o cabelo dele, que estende e firma as dele nas minhas costas, me puxando para mais perto, se embriagando de mim. Aperto o corpo dele o mais forte que consigo, o pôr do sol quente e radiante, toda aquela esperança concentrada em um lugar só.

Nós nos afastamos só o suficiente para apoiar nossa testa uma na outra e sinto a mão dele subindo e descendo, carinhosa, pelas minhas costas.

— Quando me ponho a sonhar — murmura ele em minha orelha —, ou tudo parece desmoronar... É Alice, Alice no meu pensamento. Alice a todo momento.

A história

VERSÃO DA MÍDIA: O biógrafo Hayden Anderson, vencedor do Pulitzer, colaborou com a jornalista Alice Scott para escrever a mais nova e ousada biografia de Margaret Ives, *Do lado mais distante do mundo.*

NOSSA VERSÃO: É uma história de amor. Como tudo que escrevo, o livro é sobre isso. É o que mais importa para mim, sobre qualquer pessoa que já entrevistei: *Quem você ama? O que faz seu coração bater mais forte? Para quem você desconstruiria o mundo, e como construiria um novo?*

Contamos a verdade, a maior parte dela.

Nicollet, no entanto, continua um segredo. É o único jeito.

A mãe de Hayden não quer ser famosa, não assim. Mas está aberta a conhecer a mãe biológica. Aberta, se não ansiosa.

Existe um caminho a ser seguido, e ele termina onde tiver que terminar. Tudo o que eles podem fazer é seguir caminhando no próprio ritmo.

Margaret anda mais lenta ultimamente e se movimenta menos. Não consegue mais cuidar do próprio jardim, mas minha mãe e eu vamos sempre ajudar. Hayden vem lá da cidade para encontrar a gente. Às vezes, saímos com o barco e catamos lixo, levamos para casa e ficamos vendo Margaret transformar todos aqueles cacos em alguma coisa linda.

Por mais que eu ame meu mosaico, o devolvo para ela, e ele fica em um lugar de destaque na prateleira sobre a lareira até que, um dia, não está mais lá.

— O que aconteceu? — pergunto, enquanto espano suas estantes de livros.

— Mandei embora com uma carta — responde ela.

Não insisto. Ela vai acabar me contando mais quando quiser, ou talvez não.

Está sendo bem corajosa naquilo que importa.

O livro é um sucesso. Os fóruns on-line vão à loucura. Alguns especulam na direção certa, mas erram o alvo só um pouquinho, o bastante para não descobrirem a verdade.

Cosmo Sinclair ainda está vivo, EU JURO, dá para SENTIR no jeito que a M. I. fala dele, escreve um dos conspiradores, e outra centena deles curte o comentário.

De certa forma, ele está. A memória dele ficará viva para sempre. Foi passada para seu neto.

Será passada para nossa filha.

Foi inesperado, mas quase que da noite para o dia Hayden se torna o tipo de homem que canta para minha barriga de grávida, que às vezes manda dezenas de mensagens como "o que você acha desse nome?" ao longo do dia, quando estamos trabalhando em nossos escritórios separados, a um metro um do outro em nossa nova casa.

Não chegamos a nenhuma decisão quanto ao nome até estarmos a caminho do hospital, com o intervalo entre as contrações cada vez menor.

Na sala de espera, minha mãe e a mãe de Hayden se intercalam andando de um lado para o outro. De trinta em trinta segundos, Jodi, Margaret, Cecil, Audrey, Priya, Bianca, Cillian ou o irmão de Hayden, Louis, nos mandam alguma variação de *Ela já chegou?!*

Até que, enfim, ela chega.

Laura Grace Anderson-Scott nasce às 23h53. Desliza para o mundo aos quarenta e cinco do segundo tempo de uma terça-feira.

Metade ele. Metade eu. Ela mesma por inteiro.

Hayden a segura contra o peito com lágrimas nos olhos... nosso mundo inteirinho empacotado naquela coisinha minúscula e impossível, e nunca senti nada igual ao amor que se espalha por meu coração.

Como se eu tivesse engolido o sol. Como se estivesse destruindo cada pedacinho de escuridão dentro de mim.

Sei que faria qualquer coisa para protegê-la, qualquer coisa para tornar o mundo um lugar melhor para ela.

Naquele momento, me sinto mais próxima dos meus pais do que nunca estive, dos dois.

E, curiosamente, me pego pensando no chão serpenteante de cacos de vidro ao redor do ateliê de Margaret. O caminho unicursal.

E me pego pensando que talvez cada caco de um coração partido possa ser reorganizado e utilizado para criar algo belo. Que talvez não importe muito se escolhi este caminho ou se nasci destinada a ele, desde que pare para apreciar a jornada.

Quatro meses depois de Laura nascer, quando ela finalmente começa a dormir melhor, eu me sento com as anotações que passei anos compilando com minha mãe e um documento em branco aberto no computador, um café recém-coado do lado, onde Hayden o deixou para mim.

Estalo os dedos e começo a escrever.

Tudo o que quero contar para ela um dia.

Não só as manchetes, mas toda a verdade.

As partes boas e as ruins, a magia e as maldições, toda a dor e a escuridão junto com a alegria e a luz. Conto a história de um amor tão poderoso que reconstruiu o mundo para ela. E dou a ela as boas-vindas a uma vida e tanto.

Agradecimentos

Primeiro, quero agradecer aos meus leitores, tanto os que estão comigo desde o começo quanto os que só pegaram este livro por impulso e chegaram até o final. Tem sido uma alegria imensa, uma honra e um privilégio escrever para vocês. Sou grata todos os dias. Hoje, no entanto, queria agradecer de forma especial, porque este livro foi uma viagem assustadora e emocionante em vários sentidos, e saber que tantos de vocês foram gentis e me acompanharam por esse novo terreno me ensinou humildade. Estou torcendo para que encontrem coisas para se apaixonar no mundo de Margaret, de Alice e de Hayden.

    Sinto de verdade que tenho os melhores leitores e a melhor editora do mundo. Primeiro, queria agradecer a todos da Root Literary, incluindo, mas não me limitando a Taylor, Jasmine, Gab, Melanie e Holly, que trabalham em um nível sobre-humano e nunca deixam de ser gentis, generosas e de me apoiar. Eu estaria completamente perdida sem elas. O mesmo vale para a minha família da Berkley: Amanda Bergeron, Sareer Khader, Theresa Tran, Dache' Rogers, Danielle Keir, Jessica Mangicaro e Elise Tecco. Um imenso obrigada a Sanny Chiu por mais uma capa maravilhosa, a Craig Burke por conversar sobre *Vanderpump Rules* comigo (e também por ser fantástico no que faz) e ao resto da equipe incrível da Penguin, principalmente Christine Ball, Ivan Held, Jeanne-Marie Hudson, Cindy Hwang, Christine Legon, Lindsey Tulloch e Claire Zion.

Desce mais uma rodada de agradecimentos para minha equipe da Viking no Reino Unido, em especial para minha editora Vikki Moynes e para o restante do time: Ellie Hudson, Georgia Taylor, Harriet Bourton, Lydia Fried e Rosie Safaty. Um superobrigada a Holly Ovenden, por mais uma capa incrível.

Agradeço demais também a minha agente Mary Pender e a assistente fenomenal dela, Celia Albers, que vêm me apoiando muito desde o começo da nossa parceria.

Agradeço também a muitos livreiros, criadores de podcast, revisores, escritores e artistas por aí que amaram e divulgaram meus livros e personagens, e queria poder agradecer pessoalmente a cada um, mas por hora isto aqui vai ter que bastar: obrigada, obrigada, obrigada um milhão de vezes pela gentileza de todos vocês.

E, por fim, como sempre, um obrigada a minha família e aos meus amigos, principalmente à Dottie, que ficou sentada ao meu lado a cada palavra que escrevi. Agradeço a todos vocês por me amarem nos melhores e nos piores dias. Vocês me fazem viver uma vida e tanto! Amo vocês.

Impresso no Brasil pelo Sistema Cameron da Divisão Gráfica da
DISTRIBUIDORA RECORD DE SERVIÇOS DE IMPRENSA S.A.